U0023028

一個跨國風塵女的心靈跋涉

孫博◎著

小說梗概

公元二〇〇一年元旦下午一點多鐘，遊客發現無名女屍橫躺在加拿大境內的尼加拉河上，位於大瀑布下游八百公尺處。

警方經過數日錯綜複雜的偵查後發現，死者是三十歲的上海女郎章媛媛。她一九七一年六月二日誕生於黃浦江畔一個高級知識份子家庭，天生麗質，活潑可愛，自幼嗜好文學藝術，立志要當演員、作家。她從小視茶花如命，長大讀了小仲馬的《茶花女》後倍愛茶花，以至後來取英文名Camille。

一九八九年高考總成績僅差十分，名落孫山，章媛媛極不情願地進了衛生學校，攻讀護理專業。次年與上海名牌大學講師陳智偉相愛，揭開了人生的初戀，曾不慎懷孕，暗自打胎。一九九一年衛生學校畢業後進了市級醫院當護士，那時陳氏已赴美攻讀電腦博士。正在做夢出國陪讀時，她得悉陳氏已把武漢的結髮之妻接到美國團聚，才恍然大悟自己的感情被騙一年多，萬分痛苦之下，她準備跳黃浦江輕生，幸被挽救。從此，她發誓非出國不可，那時正值上海大刮留日風，故決定東瀛。

一九九二年三月八日，章媛媛帶著淘金夢，隻身赴日本東京。打工辛酸，不言而喻。不久，被所

僱餐館老板青川角榮迷姦。在金錢利誘、環境逼迫下，她痛定思痛，決定替青川角榮管理餐館，自然也被他包起來，做了日本人的情婦。在此之際，她與北京一名搞攝影的留學生丁旭發生了短暫的戀情，後被青川角榮識破後一頓毒打，她再三思忖衡量下，和丁旭分手，與青川角榮重歸於好。最終，她與青川角榮的姦情被其太太發現，強逼章媛媛離開東京。由於青川角榮的小舅子是日本暴力團的成員，無惡不作，青川角榮也不敢怠慢，故迫使章媛媛遠離東京避風頭。

恰時，身在多倫多的中學同窗黃虹勸章媛媛移民加拿大，便一拍即合。一九九四年二月二日，她懷揣十七萬美元血汗錢來到多倫多，再次做起北美之夢。在黃虹精心策劃下，她花了一筆錢與香港移民林天賜辦理假結婚，以申請合法居住身分。後在黃虹再三勸誘下，兩人合伙開中餐館「麒麟食軒」。但她不知，財迷心竅的黃虹連同林氏，暗地耍盡把戲，私呑資金，僱用黑幫敲竹槓。兩年後，章媛媛才知眞相，但已爲時過晚，她身無分文之下，只好拍賣餐館，曾有過跳橋自盡的念頭。

爲了生存和還債，一九九六年底章媛媛被迫在多倫多市中心當脫衣舞孃。其中辛酸，難以言表。萬般空虛中，她染上了吸毒和賭博。曾與台灣留學生連浩天的表弟賴文雄邂逅，兩人交談十分投緣，但想想自己的下賤地位，只好克制感情。後來，在人面獸心的酒保艾倫糾纏下，捲入「霹靂摩托車黨」等黑社會賣淫、販毒事件中，差一點兒遭毀容。

忍無可忍之下，章媛媛於一九九九年八月二十八日悄悄逃離多倫多火坑，獨自來到一百四十公里之外的尼加拉瀑布市。藉著大瀑布賭場的生意欣榮，她開始了賣笑生涯，與政客、巨賈、醫生、律師

來往。不久，在賭場與台灣博士生賴文雄重逢，舊情復燃。在賴文雄的猛烈追求下，兩人展開了一場轟轟烈烈的愛情，幾經波折後，她終於答應賴文雄的跪地求婚。此後，她斷絕與外界任何男人交往，巧妙和黑社會徹底告別，全力補習英文，準備報讀醫學院的護理專業，重新再活一次。對賴文雄更是忠心耿耿，以實際行動「贖罪」，報答他矢志不移的關愛。

二〇〇〇年七月底，章媛媛與賴文雄赴台北拜見準公婆，打算訂婚。賴家老少見到她如此漂亮能幹，馬上答應訂婚。但就在這時，半路殺出程咬金連浩天，賴家得知章媛媛的脫衣舞孃身世後，立即趕她出門。痛哭流涕後，她不顧賴文雄的一再挽留，獨自一人返回加拿大。而賴文雄則暫時留在台北，收集博士論文資料，照料病重的母親。

章媛媛回到尼加拉瀑布市後，大病一場。十一月初更查出患上愛滋病，再加上碰到百年未遇的大雪，心情惡劣透頂，人生已走到絕望的境地。想不到，十一月底在賭場被「霹靂摩托車黨」盯上，限定她回多倫多賣淫。雪上加霜的心境下，她幾次想輕生，一了百了，但想想對賴文雄總要有個交待，故想等他春節回加拿大後再作最後決定。但沒想到，十二月二十九日凌晨，「霹靂摩托車黨」又找上門來，痛打強姦，威脅再不回多倫多賣淫就要她的人頭落地。

百般恐慌、孤獨無援之下，章媛媛給心上人賴文雄寫下長長的遺書。二〇〇〇年十二月二十九日凌晨，章媛媛勇敢地跳進了她鍾愛的尼加拉瀑布，結束了三十年的生命。事發後，警方經過複雜、詳盡的偵查後才得知她的身分，並安排上海的家人前來認屍。

二〇〇一年一月二十二日葬禮那天中午，賴文雄閉門舉行了別開生面的婚禮，了卻章媛媛的生前願望，場面可歌可泣，章家三口感激不已。下午的葬禮上，墓碑前擺滿了白色茶花，數個和死者曾有染的男人均感惋惜，痛苦不堪。賴文雄哭得不成人型，章母幾次暈倒。就在他們離開大雪紛飛的墓地時，突然看到章媛媛生前走失的「歡歡」狗衝入墓地，對著蒼天大聲嚎叫……

〈導讀〉靈與肉的反思——讀孫博的《茶花淚》

洪天國（加拿大中國筆會會長）

一個女人漂洋過海後走上賣笑生涯，患上世紀絕症，最終魂斷尼加拉大瀑布——這可以說是移民潮中最沉重、最殘暴的一幕。上海姑娘章媛媛走的是這條路。旅加青年作家孫博卻用文學的筆觸，向廣大讀者展現這條道路的坎坷不平，風風雨雨，以及淚與血的交融。

移民文學對移民潮的反思，大都是用靈魂去反思靈魂。《茶花淚——一個跨國風塵女的心靈跋涉》卻用肉體去反思靈魂。說得更確切些，是用一個女人在不斷出賣身體的生涯中去反思人的靈魂。這種反思給人一種更徹底的，更暴露的，更淋漓盡致的感覺，而這種感覺又是極爲複雜的，愛的、恨的、痛惜的、可憐的，如同五味瓶子一樣，酸甜苦辣，盡在其中。

孫博對章媛媛的複雜心態中，同情是一條主線。作者同情一個弱女子在複雜罪惡的社會環境中掙扎的無奈。從這個意義上講，《茶花淚》的第一反思便是社會的反思。章媛媛走上賣笑生涯，並非她

的本性所決定，而是社會環境逼迫她一步一步陷入的。首先是大學講師陳智偉的感情玩弄，造成章媛媛的初戀被騙，繼而是日本老板青川角榮的強暴，中學同窗黃虹的欺騙，酒保艾倫的逼良爲娼，以及霹靂摩托車黨、黑蝙蝠黨的威逼引誘，所有這些的背後是巨大的社會屏障。西方社會在發達繁榮中所隱藏的罪惡與欺詐，正是使千千萬萬生存能力較弱的人走上悲慘道路的根本原因。《茶花淚》提醒所有移民者，你面對的是一個先進但同時充滿罪惡與欺騙的社會。有了這樣的思想準備，才能在移民道路上尋找生存的空間。

《茶花淚》所進行的第二個反思是文化的反思。章媛媛在走上墮落前是有所掙扎的，這種掙扎實際上是文化觀念的搏鬥。章也知道，賣笑是道德觀念所不容的，是對女性尊嚴的背叛，但章同時又抵不住環境的威逼與金錢的誘惑，最終又屈服於「身體就是本錢，青春就是資本」的色財觀念。在這兩種截然不同的文化觀念衝突中，《茶花淚》比較中肯地揭示出章媛媛在不同文化觀念相搏中失敗的根本原因：作爲一個外貌艷麗的女子，章讀書成績平平，無一技之長，又羨慕浮華生活與虛榮，最終成爲金錢的俘虜。

對於賣笑女子可否從良？這種文化觀念的衝突集中地反映在台灣留學生賴文雄及其父母之間。賴與章之間所展現的一場可歌可泣的愛情，是《茶花淚》荒涼中的一縷陽光。但這縷陽光被「娼妓不可爲妻」的傳統中國文化觀念所吞沒了。本來，賴文雄很可能成爲章媛媛改邪歸正的救星，但這顆救星只是突閃一下，便熄滅了。

人性的反思是《茶花淚》的第三個反思。農民之子陳智偉對城市女性的報復心態，日本人青川角榮利用金錢玩弄女性的無恥，黃虹受金錢誘惑而進行的一系列欺騙，酒保艾倫爲錢爲色的凶暴，均爲人性中最爲罪惡的一面。對於這些人性罪惡的揭露，《茶花淚》旗幟鮮明，與對章媛媛不幸的同情，對賴文雄與章媛媛眞情相愛的肯定，恰成對比。由此看來，孫博是一個愛憎分明、感情奔放的青年作家，在這種人性的反思中，實際上也表露了他自己的人性。

——原載《多維新聞網》二〇〇一年六月九日

目錄

1 無名女屍撲朔迷離

1.尼加拉河上的女屍

尼加拉瀑布宛若巨大寬闊的水晶簾，破空而瀉，氣勢磅礡。飛流拍石擊水，發出雷鳴般的巨響，數里之外就能聽得清清楚楚。到處四濺的水花瀰漫在半空中，有如煙雨，也似淡露，挾雜著呼嘯的北風，使天地顯得格外寒冷、堅硬，平添幾分蒼涼、悲慟。

但這刺骨的寒風和冰冷的水花，阻擋不住慕名而來的世界各地遊客。他們有備而來，早已全副武裝，有的穿著長大衣、戴著皮帽子，靜靜佇立在瀑布前，面對壯觀的奇景流連忘返；有的裹著厚厚的

羽絨衫，走在雪痕斑斑的人行道上，亦步亦趨地向瀑布挺進。更有不少人把自己包紮得嚴嚴實實，紋風不入，全身上下只露出兩個眼睛，遠遠地看上去，活像一個個笨重的機器人，匍匐在滑溜溜、濕漉漉的馬路上。

西元二〇〇一年一月一日下午一點多鐘，兩個邁向瀑布的美國遊客同時發現，一具無名女屍橫躺在加拿大境內的尼加拉河上，大概位於瀑布下游八百公尺的地方。當地警察局接到線報後，旋即派出五輛警車趕赴現場，封鎖了尼加拉河大道。緊接著，兩輛救護車沿河鳴笛而來。不一會兒，水上警察也駕著汽艇破冰趕到。胖子警長一手抓著對講機，另一隻手在空中比劃著，指揮水陸兩路的人馬打撈女屍……

《多倫多週刊》編輯部內，節假日值班的五位同仁，緊張地圍在電視機前，收看以上由遠景到近景的實況轉播。有的說像謀財害命，有的說可能是誤殺，也有的講大概是殺人滅口，也有的猜測是情殺，衆說紛紜，爭論不休。

就在這瞬間，郭總編風塵僕僕地闖進來。照理，他今天是休假，不會來辦公室的。他那肥大的頭迅速左右擺動，環視在場的下屬，搖頭晃腦地開腔道：「都在這裡？還不趕快去現場。」

「郭總，到大瀑布一百四十公里啊！少說也要一個半小時。我們趕到那兒，警方十有八九收隊了。」採訪主任樊劍洪抬起頭回應著。不言而喻，這是一種婉轉拒絕上司的語氣。

郭總編圓圓的臉蛋突然拉長了，皺起眉頭，有點不耐煩地拉大嗓門說：「你們到底有沒有新聞觸

覺？六八○電台已明確講死者是亞裔。我看啊，說不定還是咱們中國人。滴水成冰的冬天，打撈屍體可沒那麼容易喔。你們說，是不是？」

室內突然鴉雀無聲，各人面面相覷。他們個個都知道總編的潛台詞，只是心照不宣而已，免得惹事上身。

樊劍洪無奈地凝視著郭總編那副嚴厲的面孔，心中不買帳地想：冰天雪地的，誰願意跑到那麼遠去？何況，英文媒體一定會作大肆報導，到時翻譯一下電訊稿就完事了，再說今天才星期一，離星期六出刊還有好幾天，這期間不知是否還有更大的新聞發生，沒必要大驚小怪的，即使死者是華裔，也有充足的時間補充背景資料……

「我們需要的是第一手新聞！這個時候不塞車，一個多小時就到了。賈峰，你有經驗，帶幾個人趕快去吧。」郭總編下意識地抬起左腕，看了看手錶，以一種強硬的命令式口吻，大聲地點了高個子的名字，然後頭也不回地揚長而去，走向內間的總編室。

攝影記者李志豪背上所有家當，駕著豐田四驅越野車，以時速一百三十公里的速度，飛駛在圍繞安大略湖的QEW西行線上。數不清的車輪把高速公路上的薄冰輾得粉碎，白晃晃的碎冰隨著車輪的滾動，發出一陣又一陣鏗鏘的聲音。他手握方向盤，雙眉緊鎖，沉默不語，一副心急如焚的樣子，只當賈峰和吳小嫻不在車內一樣。

由於前幾天剛下過一場大雪，沿途公路周邊白茫茫的雪跡依然可見，那些晶瑩剔透的冰枝還是倒

掛在樹上，房頂的有些部位白雪已經融化，露出一塊又一塊不規則形狀的黑色。整個大地如同一幅抽象潑墨山水畫，沒有雪的地方彷彿是濃墨，被輪胎和腳印踐踏過的小路是灰色地帶，屬於中間層次，而依舊堆雪處就像故意營造的留白。

賈峰坐在駕駛座旁，眼看時速錶指針還在往上爬，嚇得背脊直冒冷汗，連雙手也涼起來。後排的吳小嫻再也忍無可忍了，發出一連串尖叫的救援聲，央求車速放慢。

「老兄，慢一點。這樣加速，未到瀑布，我們先上西天了。」賈峰再也按捺不住了，提高嗓子叫喊起來。

「不快，能搶到照片嗎？沒準人家已收隊了。」李志豪終於開口，儼然理直氣壯的樣子。

賈峰湊近他的耳朵，再次提高嗓子說：「不怕警察來抓你？」

「大不了吃罰單，怕什麼？在台北，就是這樣搶新聞的，有時遲一秒鐘啊，就錯過好鏡頭喔。」李志豪回答得乾淨俐落，如同堅硬的冰塊有稜有角。

吳小嫻大聲嚷起來：「那就不要命啦！爲公殉職，我可不幹，本小姐還沒享受青春哩。」

李志豪聲嘶力竭地叫喊道：「好啦，別吵了！就保持一百三。沒看到郭總編那副吃人的嘴臉，拍不到好照片啊，回去怎麼交差？上一次唐人街綁架案沒有人到現場，他就很不滿意，前幾天的銀行搶劫案又沒人去，更是大發雷霆。」

「如果女屍眞是中國人啊，那就夠我們忙一陣子的。」賈峰自言自語。

李志豪搖搖頭說：「眞可惜，這麼年輕就見上帝了。從電視畫面上看，她還蠻漂亮的。」

「自古紅顏多薄命啊。」小嫻嘆著長氣。

「吳美人是有感而發啊。」李志豪總喜歡跟她開玩笑。

「去你的，老是美人長美人短的。我說錯了嗎，戴安娜三十六歲就走了，碰來碰去啊，都是壞男人。」

提起戴妃，賈峰一股怒氣就從心底直冒上來，控制不住地衝出喉嚨口：「誰不憐香惜玉？但她也該好好檢討檢討自己，那麼愛出風頭。」

「簡直風騷透頂。背著王子與老情人幽會，成何體統？」李志豪迫不急待地插著嘴。

小嫻有點生氣的樣子說：「不跟你們講了，男人都不是好東西啊！只許州官放火，不許百姓點燈。」

兩個男人異口同聲地發出爽朗的笑聲，帶著幾絲淫蕩。小嫻也被這莫名其妙的笑聲感染了，難以控制地發出一陣陣嘲笑聲。車內清脆的聲音鑽出窗子，和車外飛輪的旋轉聲揉合起來，組成一支美妙刺激的「冬之曲」，劃破冰涼冰冷的氣流，一路蕩漾在開往尼加拉瀑布的高速公路上。

2.面容令人毛骨悚然

一路上的閒聊和不羈的笑聲，並未影響飛馳的車速。剛過一個小時，李志豪駕駛的豐田四驅越野車，悄悄進入了尼加拉瀑布市。

這是一個近八萬人組成的城市，位於多倫多的西南面，以奇景尼加拉瀑布而聞名於世，每年從世界各地前來觀光的遊客超過二千萬人次。近年豪華賭場的開設，吸引了更多本地和美國遊客，立即刺激和帶旺了其他商業發展，使該市迅速成爲一個名副其實的世界頂尖級旅遊娛樂勝地。確切地說，瀑布位於加拿大的尼加拉市和美國水牛城之間。

離瀑布越來越近，李志豪挺起腰，極目遠眺，直往人群擁擠的地方駛去。果然見到好幾輛警車和救護車停在尼加拉河岸邊，還有一架直升機在半空盤旋。好幾個電視台記者站在高高的圍欄上，緊張而顫抖地做著現場直播。

李志豪眼掃四方，咬了咬牙齒，突然以命令式的口吻，像子彈出膛一樣的速度講起來：「車位難找。吳美人，請妳坐等。抓緊時間，否則白來，全功盡棄。快！快！」

吳小嫻還沒來得及反應過來，李志豪已把車突然停到一條小路邊，拔出鑰匙，扔給小嫻。他飛速

拎起工作包，一個箭步衝下車。賈峰也從另一個車門跳下去，緊跟李志豪，三步併爲兩步地奔到現場岸邊。眨眼間，李志豪已爬到最高的圍欄上，手上高高地舉著尼康相機。

直升機正把懸吊著的屍體慢慢地往救護車旁放下。所有的焦點都集中在救護車上。李志豪不停地按動相機快門，活像一個前線的戰士，握著衝鋒槍分秒不斷地掃射。

李志豪透過長鏡頭，看得清清楚楚。女屍的臉色蒼白浮腫，凹陷下去的雙眼像兩個黑窟窿，眼結膜下有多處出血點，兩個黑漆漆的鼻孔如冰塊雕琢而成。她的嘴唇微微張開，好像有話要說，嘴角有幾絲血跡。長波浪頭髮像假髮般散亂地披在頭上，有幾撮還結著冰，胖呼呼的耳際下露出一對閃亮的金耳環，整個面部像一個女鬼，令人毛骨悚然。她身穿血紅色滑雪衫，黑色牛仔褲繃得緊緊的，黑皮靴好像硬套上去的，白白胖胖的左手中指帶著鑽石戒指。

儘管是隆冬，圍觀的人群越來越多，少說也有七十人。有的用手套緊緊地捂著鼻子，有的感慨萬分地直搖頭，有的裹著皮大衣指手劃腳，有的三三兩兩評頭論足。

站在賈峰旁邊的高鼻子、金頭髮男人對女友說：「妳看，從臉架子來判斷，死神並沒有奪走她昔日的艷麗。」

「是啊！還挺漂亮的，眞可惜。肯定是亞洲人，也許是中國人。」藍眼睛、紅頭髮的女人緊挽著男友的手臂，有點驚訝地回答著。

這時，他們兩人不約而同地定下神，朝賈峰瞟了一眼，做出一副難以形容的表情。但那四隻深邃

的眼神好像是在說，死者就是你的同胞啊。賈峰突然感到好尷尬，渾身不是滋味。頓時，他的臉上感到火辣辣的，胸口好像也被人狠狠地捅了一刀。

直升機發出轟隆隆的聲音，徐徐地向空中升騰，越飛越高，越來越快。賈峰好不容易擠到救護車邊。這時，李志豪已鑽過人群，鏡頭對準救護車的後門。

幾個警員迅速用白布裹著屍體，只能依稀看得出死者修長身材的輪廓。四個警員抬著擔架，把屍體推進救護車內。

一群記者馬上擁向胖子西蒙警長，七嘴八舌地問長問短。他一語不發，只是用對講機通知所有警員收隊。然後他用手提電話同上司嘰哩咕嚕一陣後，向四周掃了一眼。

還是「城市電視台」的面子大，立即現場採訪西蒙警長。賈峰和李志豪正站在近在咫尺的有利位置，李志豪的鏡頭死死地瞄準警長。

「警長，請談談女屍的簡單情況吧。」電視鏡頭對準節目主持人和警長。

「首先，對尼加拉瀑布地區的二〇〇一年第一宗命案感到遺憾。這也是全加拿大今年的第一號命案。照目前情況看，女屍是東方人，頸部有明顯的勒傷痕跡，雙手也有被抓傷的印記。到底是他殺，還是自殺，難以判斷，詳情要等驗屍報告出來後才能公佈。明天下午四點，在本市警察局召開新聞發佈會。」警長簡潔扼要地講著，顯得特別幹練。

話音剛落，西蒙警長向眾多傳媒擺了一個大招手的姿勢，扭頭步向警車。幾個警員緊隨著他那高

大魁梧的身影，如一陣肆虐的颶風，說走就走，留不下一絲的回風。

當賈峰和李志豪回到灰色的豐田越野車上，吳小嫻的火氣還沒消，一副咬牙切齒的樣子。

「今天來遊車河啦。我來，就是給你看車子的。」她矛頭直指李志豪。

李志豪手抓三筒膠卷，得意洋洋地搖著說：「大有收穫。遲一點點，什麼都拍不到啦。」

「不到現場，還算什麼記者。我愛這行，就是喜歡這份刺激。」她翹起嘴大聲嚷著，好像非要把李志豪活活吞噬下去不可。

李志豪笑滋滋地說：「那太好了。下次有槍案，請妳去現場。死者出殯，也叫妳去。那可刺激了！」

她氣呼呼地回敬道：「去你個死人頭。狗嘴裡吐不出象牙。」

「我們也是沒辦法，抓緊每分每秒啊。如果等找到車位，那眞是白來一趟。好了，我請客，去吃點東西吧，志豪駕車也很辛苦的。」賈峰打著圓場。

「有什麼好吃的，不是麥當勞，就是漢堡王。要請客，回多倫多吃海鮮大餐。」她還是繃著臉。

「有個新發現，妳發脾氣時最美，眞是冷血美女。這樣吧，我幫妳拍一組冷血美女照片，怎麼樣？算是賠罪。」李志豪看著照後鏡，依然嬉皮笑臉地說著。

吳小嫻直起腰，狠狠抓了一把李志豪的頭髮，好像用出了小時候吃奶的勁。

「救命啊！冷血美女殺人啦。」李志豪大聲喊起來。

她終於發出一陣陣奸笑聲。大概是報了一箭之仇，心裡總算平衡了。女人就是這個樣子，吃不得半點的虧。

「別胡鬧！這樣下去，非出車禍不可。」賈峰忍不住驚叫起來，總算平息了吵吵鬧鬧。

車內又恢復了笑聲，向不遠處的麥當勞快餐店駛去。

瑰麗的晚霞在暗灰色的天際燃燒，好像是著了火一樣。這是寒冬少見的迷人景色，與結著薄冰的安大略湖形成強烈的反差。李志豪平穩地駕著車，飛速奔馳在QEW東行線上，向多倫多的地標CN塔挺進。

「好端端的一個人就去了。這世界什麼事都會發生啊。」半途，吳小嫻坐在後排，好像一個人在說囈語。

「網絡時代嘛，一切難以捉摸。一夜之間，可以成爲億萬富翁，也可變成窮光蛋。大家的價值觀念都顚倒了，人也越來越不可思議。」李志豪同樣帶著悲觀的論調。

賈峰笑著說：「本人啊，信奉今朝有酒今朝醉，自己對得起自己就可以了。若干年後回顧自己，沒到世上白來一趟，就算幸福了。」

「今朝有酒今朝醉？說來容易，做起來可難啊。新世紀的生活重擔，壓得我們每個人都喘不過氣來，要活得瀟灑也難喔。」小嫻似乎很傷感的樣子。

賈峰帶著開導的口吻說：「兇殺案可不是每天都發生的，千萬不要胡思亂想，更不能顧影自憐。

小嫻啊，跟我學，每晚一杯葡萄酒，包妳快活如神仙。」

「明天生活會更好喔！」李志豪也插了一句，發出一陣怪笑聲。

回到多倫多，比預計的時間晚了十分鐘。踏進編輯部，正是燈火通明的時候。其他同仁都下班了，只有郭總編一個人坐在那兒看電視。見到他們三人走進門，他馬上站起身來，好像迎接遠方而來的嘉賓，笑得眼睛瞇成一條細縫。

「正好趕上吧，我說得沒錯。電視裡，看到你們的光輝形象了。」郭總編挺著大大的肚子，一副自負的樣子。

簡單會報現場情況後，賈峰故意加了一句：「還好小李當機立斷，叫小嫻坐在車裡等，否則什麼都拍不到了。」

「很好，二十一世紀，就是要發揚團隊精神嘛。我看這樣吧，這宗案子由你和小嫻追蹤，明天先去參加記者會。如果死者是中國人，我們要大做特做，攝影記者要及時跟上。據我所知，還沒有華人魂斷尼加拉瀑布的。多驚險啊，好新聞。」郭總朝他們吩咐道。

吳小嫻聳了聳肩，李志豪偷偷朝賈峰伸了伸舌頭。俗話說，新聞界是最唯恐天下不亂的。亂了，才有新聞可做。亂了，才有刺激可尋。

3. 女屍撲朔迷離

次日下午，賈峰和吳小嫻追著西移的太陽，頂著寒流，行駛在QEW高速公路上。他倆宛若一對遠足覓春的戀人，一路談笑風生地來到尼加拉瀑布市警察局。

四點前五分鐘，賈峰和吳小嫻準時趕到會場，在座的除了他倆外，全是洋人記者。主持記者會的，還是昨天那個胖胖的西蒙警長。他手握一份報告，照本宣科地讀起來。

「諸位新聞界的朋友：根據法醫科學中心連夜趕出來的驗屍報告顯示，公元二〇〇一年一月一日在尼加拉河上發現的女屍是東方人，發現屍體前三天已斷氣，也就是公元二〇〇〇年十二月二十九日清晨五點鐘。死者年齡介於二十五至三十歲，身高五英尺六英寸，體重一百一十磅。女屍頸部有被尼龍繩勒過的印記，左胸有大量瘀血塊，右手臂有條三英寸長的刀疤，證明臨死前有搏鬥痕跡。死者是O型血，但在她的手指甲內發現些微凝固的AB型血。另外，在她的內褲和子宮壁發現同一個男人的精液。據法醫初步判斷，死者是在尼加拉瀑布下游二百米處下水的，如果不是冬天下雪、部分湖面結冰的話，屍體早已被湍急的尼加拉河水衝到安大略湖。但很難判斷，是自己跳進瀑布，還是被人硬性推入。」

西蒙向在場的人環視了一下，繼續看報告講著：「至於在死者身上發現的AB型血，以及她子宮壁的男人精液，法醫科學中心還要作進一步的檢驗和分析。眾所周知，從樣本上搜尋DNA是一項十分複雜而又費時的工作，能夠遺留在女死者身上的樣本可以是一根頭髮、一個指紋等等。下一步的工作，就是蒐集一定數量的DNA，然後採用聚合連鎖反應的化學程序，製作出基因圖譜。該程序將會產生出DNA的九個重點區域密碼，專家就可利用其與其他DNA樣本上同一區域的密碼進行比較。而這一切，都需要時間……」

「到底是他殺，還是自殺？」一個電視台記者迫不及待地打斷警長的話，大聲地追問著。

西蒙警長仰起頭說：「沒有這麼快下結論。從目前掌握的資料看，我只能說——並不排除蓄意謀殺。我們已經成立了『一號女屍特別調查組』，我任調查組組長，各位有事可找我。」

「死者穿的是什麼衣服？哪一個國家生產的？」戴寬邊黑眼鏡的金髮女記者發問。

「外衣是血紅色滑雪衫，中國上海出產的『上羽』牌；黑色牛仔褲是Calvin Klein牌子；皮靴是名牌Bally；粉紅色內褲是上海的『三槍牌』，有一邊已被撕破。死者帶了一枚藍寶石雞心項鍊和鑽石戒指，價值不菲，還帶了一只奧米嘉手錶。」西蒙看了看檔案，如數家珍。

滿臉絡腮鬍子的記者接過話題：「能不能說死者來自大陸？或者乾脆說從上海來。」

「無可奉告。日本人，甚至加拿大人也有可能穿上海產的衣服。我們已打聽過，這兩種牌子的上海衣服早已進口加拿大，各大百貨公司現在都有貨。在沒有確鑿的證據前，我們只能說死者是亞裔。」

另一個警員插嘴說。

最後，警方向各人發出了死者面部的電腦組合彩色圖案，請各媒體儘速刊登，尋求破案線索。

西蒙警長補充道：「我們已設立了一條熱線電話，務必請你們刊登。人總是在一定環境中生活的，市民的力量是巨大的。」

散會時，吳小嫻遲遲不肯站起身，有意讓別人先走。賈峰感到有些納悶，剛想開口問個究竟，她已衝到西蒙身邊。賈峰也一個箭步跟上前。

「西蒙警長，我倆特地從多倫多趕來的。」她邊講邊遞上名片。

「我們總編輯特別重視這宗案件，專門派我倆追蹤，以後還要多多麻煩你。看樣子，死者十有八九是上海人。」吳小嫻拿出女人天生具有的公關本領。

「何以見得？」西蒙警長禮節性地回敬名片。

「通常女性都穿本地產的內褲，加拿大的婦女喜歡穿美加生產的，或者是歐洲名牌。只有一個例外，她們習慣穿從自己家鄉帶來的。尤其是中國婦女，出國前都會買不少內衣帶出來。何況，死者的外衣也是上海牌子。」小嫻的英文非常流利，據說以前在香港讀的是教會中學。

西蒙警長笑起來，雙眼瞇成一條縫。他呲牙咧嘴地說道：「吳小姐更適合當偵探。妳的分析給了我不少啓發，看樣子，死者來自上海的成分較高。但我們警方最後還是以事實講話。」

賈峰插了一句：「果眞是中國人的話，我們非追蹤到底不可了。到時還請警長多多提供情報。」

「一定。我會在第一時間，將最新消息通知你們。說不定還要你們協助。」西蒙警長握了握他倆的手，算是告辭了。

「賈峰，肯定是你們上海人。」

步出警察局，向停車場走去時，吳小嫻的這句話更增添了賈峰內心的沉重感。畢竟，他也是從那個中國最大的城市而來。這種「故鄉情結」難以形容，就像有人當著他的面說上海人滑頭小氣、上海男人娘娘腔等，心裡總不是滋味。

賈峰點了點頭，避重就輕地應付一句：「夠我們忙的。郭總就是喜歡華人的新聞。」

「中文雜誌，當然最關心華人的事。」

賈峰一本正經地說：「妳看這個女人是自殺？還是他殺呢？」

「從種種跡象看，他殺的機會很高。因爲價值連城的首飾都在身上，不可能是謀財害命。這麼漂亮的女人，八九成是情殺。很有可能是兩個男人爭風吃醋，最後得不到的一方動了殺念。在一個大雪紛飛的夜晚，兇手偷偷闖進她的寓所，相互搏鬥後，把她強姦了。男人怕她事後報警，用尼龍繩把她勒死，然後把屍體拖上車，半夜裡將她拋下瀑布……」她繪聲繪影，邊說邊做著手勢。

賈峰禁不住笑出聲來：「眞像一篇偵探小說，如果眞是這麼簡單就好了。也有可能是另一種設想，她與對方搏鬥後被強姦，兇徒逃之夭夭，她求助無門，一時想不通，對生活失去了勇氣，最後走上自盡道路……還有可能是經商失敗，債務纏身，最終一了百了，走上絕路。」

「我看呀，自殺不太可能。要從那麼高的瀑布跳下去，那可是要多麼大的勇氣啊，再鐵石心腸的女人，都沒有這麼大的膽量。就是你借給我一個膽，我想都不敢想，那麼高，嚇死人了。」吳小嫻在車內說得津津有味。

賈峰邊緊握方向盤駕車，邊嚴肅地說：「妳分析得也有道理啊。但一個人絕望後，他們的心理早已變態，是常人難以想像的，什麼事都做得出來，他們認爲死了一了百了，是擺脫煩惱的最好方法，也是一種最好的自我滿足。當然，這當中又有死者內在本性的原因，又有外部環境的因素，並不是一兩句話能夠講清楚的……」

「郭總編知道案情進展啊，肯定興奮不已，非要我們死追不放了。」小嫻自言自語起來。

賈峰深有同感地點點頭。他倆都已十分清楚，死者十有八九是華裔，這個案子非忙得他們精疲力盡不可。他們也清醒地知道，只有與西蒙警長保持密切的聯絡，才能獲得第一手的最新資料。

2 確認死者爲上海煙花女

4. 老門衛認屍解謎團

吳小嫺壓根兒沒想到，西蒙警長在新聞發佈會後的第二天，也就是一月四日中午十一點，就主動打電話來通風報信了。

西蒙警長在電話那頭，不無幽默地笑出聲來：「吳小姐，妳眞該改行，明天一大早到警察局來報到吧。眞像妳推測的，剛剛確知死者的身分——是一個上海女人。」

「太好了！果然不出所料。太棒了！太棒了！……」吳小嫺像中了百萬彩票，不由自主地用英文大

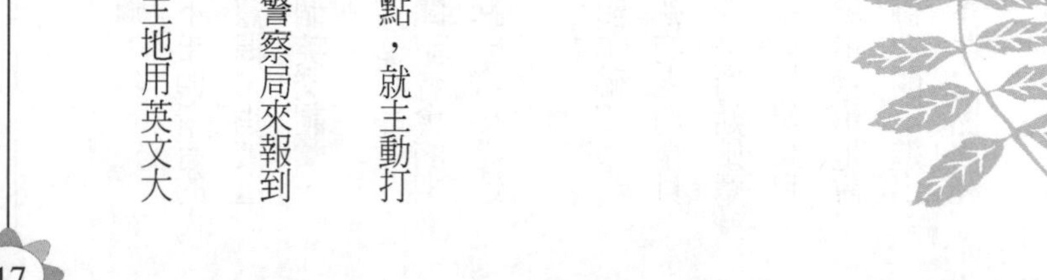

聲重複叫喊起來，抓著電話機的手在不斷的顫抖中，顯然是被從天而降的好消息沖昏了頭腦。

如此震耳欲聾的尖叫聲，久久在室內迴盪，驚動了在座的每一個同仁，他們不得不停下手頭所有的工作。十多雙眼睛看著她眉飛色舞的表情，十多對耳朵豎起來偷聽她的對話。連內間的郭總編，也被這突如其來的尖叫聲所吸引，快步奔跑出來看個究竟。坐在小嫻對面的賈峰，聽了她講的幾個英文詞彙，已經心領神會了。頓時，他渾身感到熱乎乎的，大腦也嗡嗡響起來。

小嫻和西蒙警長聊了幾分鐘後匆匆收線，依然在手舞足蹈。她立即站起身，像召開新聞記者會的架勢，好像晚一秒鐘報告案情，就會錯過一趟班機一樣。她環顧四周，朝迎面而來的郭總編說：「女屍是上海人。」

「喔！太好了。」郭總一個箭步衝到小嫻身旁，臉上的肥肉還在抖動，迫不及待地問來龍去脈。她依然站在那兒，簡單複述了西蒙警長的電話內容。原來，尼加拉湖濱大廈一〇〇號的老門衛貝利，昨天深夜看到電視新聞後，即刻撥警察局的熱線電話，說死者照片很像住在四一四室的上海姑娘章小姐，再三申明最近一週都未見到她的人影，警方約他次日去認屍。今天上午十點多鐘，貝利匆匆來到警察局旁邊的停屍間，看了一眼女屍的面容後，他一口咬定就是住在四一四室的章小姐，繪聲繪影地說平時都叫她的英文名字Camille。貝利還眼淚汪汪地與警方嘮叨，章小姐對人和善熱情，每次開車進出都會主動跟他打招呼，聖誕節那天還送給他一包中國糖果哩。西蒙警長還約定他們，當天下午三點去死者的住處採訪。

「這次，我們一定要全力以赴，做出日報難以做到的專輯。本週的其他稿件壓一壓，我跟排版部商量一下，把截稿時間延遲到明天上午十點鐘。今天晚上回來，你們可要加班喔。提醒一句，要多拍點照片，萬一新聞不夠，就用照片湊……」郭總編興致勃勃地吩咐著，不想疏忽每一個細節。

他那副欣喜的勁頭，不亞於哥倫布當年發現新大陸。這種年過半百的男人不輕易表露出來的手舞足蹈，是向編輯部所有的同仁再一次證明，他原先的判斷是百分之百的準確。也因爲他的興奮，大夥兒都知曉這宗案子夠編輯部忙的了，非累得有人趴在地上不可。

四日下午三點鐘，賈峰、吳小嫻和李志豪一路風馳電掣，準時趕到尼加拉市湖濱大廈一〇〇號。車剛停下，他們發覺兩輛警車和電視台的採訪車，分別停在不遠的地方。

三個人匆匆來到這棟高級大廈入口處，出示了記者證，直奔四樓。在樓道拐彎前面，他們找到了四一四室。一個年輕警員擋在門口，不讓他們進去，但朝裡面的警員細聲傳了一句話。透過門縫，隱約可見幾個警員正在拍照片，時而傳出翻箱倒櫃的聲音，叮叮噹噹的。

眨眼之間，西蒙警長一搖三擺地走出來，邊抬腕看了看手錶，邊向他們揮手打招呼道：「眞準時啊！可以進來了，但要抓緊時間拍照。」

跟隨西蒙警長，他們跨進室內。這是一個朝南的兩室一廳結構，牆壁是奶黃色的，地毯是淡灰色的，收拾得乾乾淨淨、簡簡單單。四盆白色茶花佔據了客廳偌大的位置，淡淡的花香撲鼻而來，使室內平添幾分典雅和高貴。不必贅言，主人愛茶花如命。或許，就在這純潔的茶花背後，蘊涵著一段又

一段耐人尋味的故事。李志豪眼觀四方，不停地謀殺膠卷，不放過任何有價値的鏡頭。

他們慢騰騰地走進臥室。牆上掛著死者的大幅齊胸肖像，明眸皓齒，眼神中帶著幾絲清高，笑容中透出幾分嗲氣。烏黑的長髮恰到好處地披在裸肩上，與白皙的肌膚形成強烈的對比，散發出古中國情調。賈峰看在眼裡，心中不由自主地嘀嘀咕咕起來——眞是一副典型的上海美人氣派，有點張愛玲筆下葛薇龍的味道，也有點像王安憶筆下的王琦瑤。如此氣質的女人是上海固有的，是滬上名媛的專利，是中國任何一個城市的女人都沾不上邊的，如同「寶貝」一詞，只能用在上海女人身上，如果用到其他城市女人身上，馬上就會變了味、走了樣，甚至四不像起來。

李志豪胸前掛著相機，仔細凝視著肖像，雙眼睜得大大的，有點發呆的樣子，似乎影中人使他回想起遙遠的故事，或者憶起美麗的夢魘。賈峰故意推了推他的臂膀，他好像才如夢初醒，馬上抓起相機，對準焦距，連續幾次閃燈，翻拍了數幅美女照。

死者床頭櫃上放著幾本書刊。兩本英文時裝雜誌壓在最下面，一本EQ的中文書在中間。最上面的黃色封面精裝書，是小仲馬的英漢對照本《茶花女》，顯然是她最鍾愛的書，就是在臨死前還是愛不釋手。賈峰隨手翻閱《茶花女》，是台灣「三人行書局」的一九八三年版本，不少地方用紅筆劃著線，有些英文單詞下面注著中文。仔細看扉頁，可以辨認出潦草的字跡：「章媛媛購於台北誠品書店二〇〇〇年八月八日」。賈峰示意李志豪，拍下她的手跡。

西蒙警長走過來，揮了揮手中的護照說：「死者叫 Camille Zhang，一九七一年生於上海。這本加

拿大護照是一九九七年九月簽發的。我已致電移民局，詳細資料他們會傳眞到局裡，但沒這麼快來，就請你們明天下午再到警察局來一趟吧，也許可以知道死者的詳細背景資料。說不定啊，還要請你們兩位幫忙翻譯中文資料呢。」

「那再好不過了，我們願意爲警方效勞。」吳小嫻反應非常敏捷，賈峰也點了點頭。

5. 相簿提供破案線索

就在這時，一個警員大聲地驚叫起來。原來在壁櫥裡發現了一大本相簿，衆人馬上湊上前去觀看。前面幾張是死者的個人生活照，包括在大瀑布前的留影，以及在多倫多CN塔下的照片，後面全是她與不同東西方男人的合照，有的姿勢不乏親熱。其中有四張與同一個中國男人合攝，有一張的背景是台北圓山大飯店牌坊，賈峰看了看照片上的日期──二〇〇〇年八月八日，這正是她在台北購買《茶花女》這本書的同一天。看來，她與這個男人的關係非比尋常。至少從這四張照片上的勾肩搭背動作看得出來，他們是一對情人，或者說曾經是一對戀人。

賈峰把這一發現告訴了西蒙警長。皮膚黝黑的貝利在一旁聽著，看了看照片上的那個男人，脫口而出：「喔，別大驚小怪的。這男人我見過，以前每週至少來一次，有幾個週末還來領過夜停車證。讓我

想一想，喔，他叫 Peter，好像還在讀書。好久沒有見到他了，連聖誕節都未看到他的人影。我猜想，他們早已分手了。」

「太好了。這些線索都很重要，真需要你們的合作。」西蒙邊說邊招呼一旁的警員，記錄他們交談的詳細內容。

西蒙警長站在那裡，隨手翻著照片，突然停住，自言自語道：「這不是阿維德嗎？」

賈峰馬上指了指手挽著死者的男人，追問道：「阿維德是誰啊？」

西蒙迴避不了賈峰的目光，摸了摸小鬍子說：「他是前市議員，去年四月份，為性醜聞的事被迫下台了。」

西蒙繼續快速翻閱著照片。然後指著緊摟死者的幾個男人說：「這是賭場副總裁的兒子大衛，對岸美國一家汽車公司的總經理，有名的花花公子；這個是咸美頓市電單車黨的頭目，去年被人槍殺了；這個禿頂男人是著名的律師多米尼克，去年十月太太剛病逝……」

「看來，這個上海女人並不簡單。把所有照片帶到局裡去。」西蒙警長吩咐下屬。

賈峰走進另一間小房間，裡面擺設再也簡單不過。除了書桌外，就是一個衣櫥和兩把椅子。他的注意力集中到書桌上的電腦。剛朝電腦方向走去，就被一個女警員叫住了。

「請別碰，這部電腦也要帶到局裡去，包括所有的磁碟片。可能會發現不少線索的。」女警員的講話頻率很快，她自我介紹叫喬安娜。

她把所有的信件、照片等塞進大紙盒內。高個子警員也把電腦主機和所有磁碟片裝進皮箱內。然後，他們又打開壁櫥門拍了幾張照片。櫥內掛滿了春夏秋冬的時裝，以及五顏六色的內衣。

臨走前，高個子警員在門上貼了一張長長的封條。西蒙警長再三囑照貝利，任何人不得入內，等待家屬抵達加拿大處理遺物。

他們一行三人和兩個警員，跟著貝利來到地下停車場。貝利指著A414字樣的車位說：「這輛紅色BMW就是章小姐的車。」

帶著皮手套的警員，從手提箱內抽出一根皮條，塞入玻璃窗內，打開了車門，比職業竊犯偷車的速度還要快上數倍。然後，警員套取了車上的指紋，拍了幾張照片。

李志豪站在車前，不停地按動尼康相機快門。女警員喬安娜也帶著手套，把車內所有紙片和地圖冊，以及一本小通訊錄全部放進皮袋子內。

他們告辭時，貝利又向警員囉嗦了一陣子：「請你們儘快破案啊，千萬別讓兇手逃了，這麼好的姑娘都要殺，眞該死的傢伙。紅顏薄命啊，可憐的姑娘，可憐的Camille……」

喬安娜耐心地對貝利說：「我們不會讓歹徒逍遙法外的。不會冤枉一個好人，也不會放過一個壞人。謝謝你的合作，以後可能還要麻煩你。」

彎腰駝背的貝利伸出粗大的雙手，緊緊握著喬安娜的手不肯放下，一副好像是家屬央求的神態。似乎也只有這隻屬於警方的手，才能抓住兇嫌一樣。也可看得出，死者生前對他確實很尊重，以尊重換來

了老人的信任。

賈峰和李志豪看著眼前的一幕，心中湧起一股難以名狀的滋味，而吳小嫻咬緊牙關，極力抑止熱淚奪眶而出。

6. 確認死者為上海神女

朔風凜凜，凍雲低垂，好像大雪馬上就要從空中傾倒下來一樣。一月五日中午時分，賈峰和吳小嫻行駛在QEW高速公路上，前往尼加拉警察局。他倆的眼睛都有點虛腫，渾身上下沒精打采的，肯定是昨晚開夜車趕稿的原因。

「這下可好了，到瀑布好像回娘家一樣頻繁。」小嫻打著呵欠，從牙縫裡硬擠出一句話，大概是怕賈峰駕車無聊發悶。

賈峰乾咳了一聲說：「昨天深夜寫完稿，怎麼都睡不著，腦海中老是出現章媛媛的音容笑貌。」

「就因爲是老鄉？就因爲她漂亮？」小嫻調皮地做起鬼臉。

「眞可惜啊。不是吹捧上海女人漂亮，我在加拿大還從來沒見過這麼漂亮的中國女人。你看她的那副眼神多麼勾人，還有那身材，天生的模特兒身段。就連我們的審美大師李志豪，昨天也看得目瞪口呆

的。這樣的女人在上海灘上啊，也是屬於鳳毛麟角。」

賈峰接著說：「我看這宗案子沒那麼簡單。你看她接觸的人，不是議員，就是名律師，還有巨商和黑道上的人。也許捲入一場大型走私買賣或販賣中，他殺的可能性很高，並非一宗單純的情殺案。」

吳小嫻也若有所思地慢慢道來：「從她那麼多名牌時裝，像Chanel、Jacob、Corbo Studio、Plaza Escada、Holt Renfrew等牌子樣樣俱全，幾乎每一件內衣和外衣都是名牌，還有Bocci鞋子，再加上那輛名車，看得出來，她的進帳非常豐厚。現在還不知她是什麼職業，但聽老貝利介紹，她常常晚上出去深夜而歸，有時是一大早回寓所，很有可能是交際花。要知道，單一個月的房租就是一千五百元啊，還有那麼多Cartier、Tiffany等名牌珠寶首飾，不可能是普普通通的打工族。再說，一個人也沒必要住這麼大的房子。」

「就是交際花的話，也是高級的。這種女人如衆星拱月，圍著她轉的男人一大把。漂亮就是女人的本錢嘛。」小嫻補充道。

賈峰嘆著氣說：「漂亮也是女人的禍根啊。不管怎樣，到目前爲止，我們收穫還是蠻大的，也沒白來幾次。郭總現在一定在看雜誌的大樣，他應該滿意了，可有不少獨家新聞，就連西人傳媒也沒有我們的材料多。明天的發行量又要上去了，就等著王社長請我們喝酒吧。」

「喝什麼酒？都累死我了，哪兒有力氣去喝，只想好好的睡一覺。」小嫻邊說邊又打了一個呵欠，雙眼睏得瞇成一條縫。

不知不覺的，鵝毛般的大雪從彤雲密佈的空中簌簌落落地飄散下來，像蝴蝶般地撲打著車窗，在玻璃上撞了一下，又翩翩地飛向另一旁。如此惡劣的天氣，無疑給駕駛者帶來了極大的不便，賈峰打起全部精神，熟練地握著方向盤往前行駛，四個車輪輾過成千上萬朵雪花，留下一串又一串嚓嚓的響聲。

下午兩點多鐘，大地已經披上一層銀裝，所有肉眼看得見的景物都是白茫茫的一片。但那大肆淫威的雪花並未就此甘休，依然像蘆花一樣在空中大搖大擺地飄蕩。

賈峰和吳小嫻風塵僕僕地來到尼加拉警察局，西蒙警長剛剛走進會議室。方才坐下來，尚未寒暄幾句，西蒙就遞給他們各人一份書面資料。原來是一份檔案的複印件，具體內容如下：

尼加拉市警察局卷宗

案件編號：二〇〇一〇一〇一

案件歸類：謀殺（不排除自殺）

立卷時間：二〇〇一年一月五日

立案時間：二〇〇一年一月一日

個人資料：姓名：Camille Zhang（一九九七年八月二十日入加籍時改用，原名Yuan Yuan Zhang，
中文書寫：章媛媛）

性別：女

出生日期：一九七一年六月二日

出生地點：中華人民共和國上海市

國籍：加拿大

護照號碼及簽發日期：VE674654，一九九七年九月十日

身高：五英尺六英寸

體重：一百一十磅

膚色：黃

眼珠顏色：褐

頭髮顏色：黑

婚姻狀況：離婚（一九九四年四月三日和香港移民林天賜結婚，一九九七年八月二十五日離婚）

職業：在多倫多曾與中國女子黃虹合開中國餐館；倒閉後在多倫多市中心當脫衣舞孃；死前無固定職業

住址：尼加拉市湖濱大廈一〇〇號四一四室，始於一九九九年九月一日

電話：519-338-1818

社會保險號碼（SIN）：532-848-732

駕駛執照號碼：Z9524-89007-10602

入加拿大境時間：一九九四年二月二日

曾居住國家及時間：日本東京，一九九二年三月八日至一九九四年二月二日

緊急狀況聯絡人：無

案底調查：無犯罪紀錄

報案詳情：二〇〇一年一月一日下午一點二十九分，兩名美國遊客發現女屍橫躺加拿大境內尼加拉河上，位於瀑布下游八百公尺處。

西蒙警長抖了抖手中的卷宗講：「你們都看清楚了吧，按照目前綜合各方面的資料，就是這麼多。死者居住過好幾個城市，並且還跨國，無疑給破案增加了難度，所以要有充分的時間做多方面的偵查。」

他又從卷宗內取出一份複印件，揚揚手說起來：「這裡還有一份皇家銀行的財政清單，目下死者擁有現金存款十一萬元，她每個月以現金存入銀行六千至七千元。一九九七年底時，對岸水牛城3P汽車公司總經理大衛送給她一輛嶄新的紅色328iBMW，就是照片中與她合影的那個男人……據我們推測，死者從事皮肉生涯多年。與她來往的人廣泛混雜，所以破案需要一段時間。我們現在一方面傳召有關人員，一方面在電視上繼續播放死者的生前照片，盼望民眾提供破案線索。另外，我們已通知中國駐多倫多總領事館，請上海的家屬儘快來加拿大認屍，料理後事。」

聽罷，賈峰啞口無言，大腦像被棒球棍猛擊了一下。俗話說，老鄉見老鄉，兩眼淚汪汪。更何況，已經明確斷定死者是個風塵女子。也許是故鄉效應之故，主觀意識上不想讓不祥字眼套在同鄉人身上，但還是逃脫不了。

西蒙警長對賈峰說：「昨天，聽誰講了一句，你也是上海人？太巧了，也許對破案有用。」

「是的，我也從上海來。並且，我和 Camille Zhang 還是同齡人。」賈峰毫無退路，不如和盤托出。

「那太好了！你對我們很有用喔。至少，到時與她家人的溝通方面，要容易得多。」西蒙警長立即張大著嘴笑起來。

凝視著西蒙電燈泡一樣的大眼，賈峰感到一種莫名其妙的難堪。爲免尷尬，他沒話找話說：「西蒙警長，吳小姐的推測很準喔，死者確實是一個妓女。」

西蒙笑呵呵地對小嫻說：「妳簡直就是一個探員啊！」

「我只是憑感覺罷了。」吳小嫻有點得意，翹起小嘴說。

「女人的第六感往往最準喔。」賈峰硬裝出一副嬉皮笑臉的樣子。

彼此交流一會兒後，西蒙突然板著臉，一本正經地提醒道：「你們在寫稿時，千萬不能提到案中可能涉及的人物，以免打草驚蛇，一切以我們警察局公佈的新聞稿爲準。有什麼新發展，我依然會即時與你們聯絡。」

準備握手告辭，西蒙抬腕看了看手錶，笑嘻嘻地說：「不早啦，我得趕快去請示局長，申請吳小姐

來局裡工作。」

三個人發出響亮的嘻笑聲，劃破了會議室內死水般的寧靜。如此爽朗的笑聲，久久地在警察局大樓內迴盪，與風雪交加的室外形成了強烈對比。無疑，如此悅耳的笑聲，也給白色的寒冬塗上了一層絢麗的暖色。

7. 塔下的悲劇

一切都出乎人們意料，但好像又都在合乎邏輯的情理之中。一月六日出版的《多倫多週刊》竟然變得洛陽紙貴，增印三千冊還是供不應求。這一期的封面設計得異常聳動，以章媛媛的巨幅美人肖像當主題圖片，特粗黑體標題大字「上海靚女魂斷瀑布」，壓在直升機吊女屍的背景圖上。

市民路過書店、報攤，或者超級市場，一眼就會發現這本醒目的雜誌，有的甚至顧不得購物，買本雜誌先睹爲快。城北的「龍源文化書城」前，更是排起了爭購雜誌的長龍，一眼掃過去，少說也有五十多人。他們每人手捧一本雜誌，排在付款的隊伍中，更有不少人邊看邊議論紛紛，國語粵語混雜一起，時而冒出幾句吳濃軟語。

一位個子高高的耆老雙手捧著雜誌，邊閱讀邊操著粵語自言自語起來：「眞是紅顏薄命呀。」

「還是阿拉上海人。到底誰殺了她呢？眞是作孽。好可惜呀，儂看她，漂亮得不得了，標準的上海小姐。」站在旁邊的中年婦女，用上海腔的廣東話答著老人。

「眞的好靚。可憐！可惜！」老人捧著雜誌的手顫顫抖抖的。

排在前前後後的幾個人，不由自主地加入討論，有人一口咬定是情殺，也有的說像謀財害命，最後大家相互無奈地搖了搖頭，爲美人香消玉殞連連哀嘆。每一個人的臉上，幾乎都寫滿了「憐憫」或「同情」的字眼。

到了中午十二點鐘，在整個大多倫多地區所有報攤上，已經覓不到一份多餘的《多倫多週刊》，這是創刊十年來前所未有的紀錄。按慣例，到第二天下午還會有百分之四十的雜誌在市面上流通，直到下一個週六的新雜誌出版，還會有百分之二十左右的雜誌回收，王社長眞有點後悔昨天加印的數量太少了。他怎麼都未曾料到，在多倫多的中文媒體極其發達之下，並不起眼的週刊也會有這麼風光的一天。聽到這個好消息，郭總編樂得馬上致電通報賈峰和吳小嫻，好好地表揚了他們一番。

從一月一日女屍案發後已經整整五天，爲忙於追蹤新聞、應付寫稿，賈峰沒有一個晚上能夠睡個安穩覺，今晚是週末，自己和小嫻合寫的五萬字特稿，再加上李志豪的照片，已經成爲城中焦點話題，下午又收到郭總編的表彰電話，作爲一個新聞從業員，精神上已經得到了最大的滿足。照理說，今夜應該好好地蒙頭大睡一覺。

但深夜一點多鐘，他躺在床上已經兩個小時，口中的數目字已唸到一千多，依然輾轉反側，毫無睡

意。他的心如同瀉進屋內的清冷月光，冰涼冰涼。腦海中不斷疊印出中國歷代名妓薛濤、柳如是、關盼盼、崔鶯鶯、董小宛、賽金花的形象，還有西洋名著中的妓女代表人物卡秋莎、費爾南德、瑪格麗特。他想，每一個時代的東西方作家、詩人，甚至思想家都對神女獻出了極大的憐憫心，而自己作爲一個舞文弄墨之人，至少也會有幾分同情心。更何況，章媛媛既是自己的同鄉，又是同齡人。

既然無法入睡，賈峰乾脆起身，倒了一杯智利葡萄酒，大大地喝了一口，但願這暗紅色的液體從口腔流入喉嚨，進入內臟，暖遍周身，起到催眠作用。

他手握酒杯，憑窗而立，極目遠眺，CN塔高高矗立在黑壓壓的夜幕中，給溫柔的城市增添了幾分男性氣概，塔頂一閃一閃的微波信號，點綴著深邃漆黑的天穹。他自從五年前第一次登上這個塔，就做起了五彩繽紛的塔下之夢，但從來沒有像今天如此關注她，久久地注視她。

看著眼前雄偉的CN塔，賈峰也不由自主地想起故鄉的東方明珠塔。或許人們忽略了一點，兩個塔的造型都有異曲同工之美。正如全球最高的CN塔一樣，亞洲之最的明珠塔，也給女性化的上海注入了不少陽剛之氣。巧合的還有，就在一週前的十二月二十九日，兩地的市民還透過國際通訊衛星，各自在塔上進行了一場「二〇〇一跨越太平洋：上海—多倫多新世紀的對話」活動，多倫多大學的洋學生與自己的母校復旦大學的學弟，還進行了一場空中交流。從此，兩個城市之間的距離縮短了，兩地市民的心更近了。

此刻，賈峰如饑似渴地關注這兩個巨塔，就是因爲從明珠塔下而來的章媛媛，在CN塔下發生了悲

慘的故事。在他看來，英國文豪狄更斯曾經寫過一部膾炙人口的《雙城記》，或許二十一世紀會誕生一部內容深厚的《雙塔記》。

賈峰在室內不停地踱步，看著電腦桌上的本期週刊，再一次端詳著章媛媛的肖像。他的腦海就像飛流直下的尼加拉瀑布，聲如奔雷，澎湃洶湧，把所有的睡意沖得精光。他舉杯空對寒月，發出聲嘶力竭的天問：章媛媛啊，章媛媛，妳爲何要從事這樣的職業？女人當娼是世上最低賤的求生方式，妳們追求的是虛妄不實的衣食享受。是通常所說的環境所逼，抑或迷戀性愛的本質天性作祟，還是有難言的苦衷。中西古今，哪一個煙花女沒有一部血淚斑斑的痛苦史。妳視茶花爲命，心甘情願地把自己的名字與之劃上等號。沒想到，一百五十年以後，有這樣一個東方女郎離鄉背井，來到冰冷的北美洲，續演可憐的瑪格麗特。

他再也無法控制自己的思維，只好任憑它奔騰不息。中國國門的開放已經整整二十個年頭了，數以百萬人捲入了一浪又一浪的出國潮中，而像章媛媛一樣的「另類女性」雖然只佔極少數，但就自己所接觸的資料來看，爲數並不少。她們爲了生存，被迫用身體語言，譜寫了一曲曲哀婉的古老艷歌。令人遺憾的是，還沒有一部全方位反應「另類女性」的著作，但這是一個迴避不了的現實問題。

娼妓，這個跟人類歷史同樣古老的社會現象，眞是太複雜了，難怪大文豪小仲馬很早就發出驚人的感嘆：「到底什麼是賣淫？它是什麼東西？大城市放蕩的譫妄，還是永恆不變的歷史現象？它在什麼時候終結？也許，只有整個人類死亡它才隨之死亡？誰能回答我的問題？」

可憐的章媛媛，到底是誰殺了妳？是怨家，是債主，是情敵，還是妳自己……

在這樣一個冰冷的子夜，賈峰產生了仔細探索章媛媛悲慘命運的念頭。出於一個知識份子的良知，也出於一個新聞從業員的使命。但願在探索過程中能找到蛛絲馬跡，爲警方提供有益的破案線索。

3 通緝鬈髮中國男人

8.前議員主動找上門

章媛媛的兩幅生前彩照在電視台播出後，尼加拉市警察局內熱線電話機響個不停，七十二個小時內共接到一百多個相關電話。有人說與她有一面之緣，有的說同她有短期交往，更有人坦誠說與她有親密接觸。就連和她喝過一杯咖啡、跳過一次舞的男人，都聲稱自己是她的男朋友。如此曝光方法還眞管用，媒體威力之大也可略見一斑，難怪名流政客見到記者大人都得禮讓三分，甚至逃之夭夭，免得說錯一句話惹得渾身禍。

一月八日上午十點多鐘，西蒙警長手捧咖啡，一步三搖地跨進辦公室，剛準備坐下，就傳來了急促的電話鈴聲。原來，前市議員阿維德已經來到樓下的訪客室，要求見他。西蒙未想到他不請自來了，也許來者不善、善者不來吧。前幾天還打過電話到他公司，人事部說他聖誕節前一晚就去邁阿密度假了，要到一月十日前後回來。

全尼加拉城的人大概都知道，阿維德曾經是個風流倜儻的政客，女人恐怕是他最大的嗜好。去年四月份，他與有夫之婦的秘書緋聞曝光後被迫下台，目下在一家美加跨國企業當商業諮詢顧問，他以前在美國拿過一個經濟學碩士學位，從政前一直在銀行當經濟分析師。不得不提一句的是，比阿維德年輕十歲的法裔太太至今風韻猶存，年輕時肯定是個大美人兒，如今在對岸水牛城的一家公司任公關經理，她好像從來不介意丈夫在外面玩女人，或許還作爲一種榮耀。也有傳聞說，她的風流史並不遜色於阿維德，前陣子好像和她的總經理有過一手，如今和家庭醫生又有一腿，每週非要光顧診所一次。

爲公務上的事，西蒙曾與阿維德有過好幾次的接觸，算是老相識了，但這次見面後半句話都未寒暄，兩人馬上進入正題。阿維德生怕引起誤解，不得不先自我解釋一番，他和太太是昨天下午從邁阿密回尼加拉市的，晚上十點在電視上看到章媛媛的照片後才知死訊，立即與好朋友警察局長掛了電話，兩個人談了半個多小時後，局長叫他第二天直接找西蒙警長詳談。

坐在西蒙對面的阿維德，腰桿子筆直，輪廓分明的臉部有點像好萊塢明星湯姆·克魯斯，被邁阿

密的陽光曬得古銅色的膚色，與外面依然白雪茫茫的大地形成強烈對比，更突出他的健康。講起話來眉飛色舞的樣子，絕對看不出他是個五十多歲的人，倒像四十開外的中年漢子，聲如洪鐘，精力旺盛，難怪有那麼多漂亮女人主動投懷送抱。

阿維德從西裝內上袋裡掏出一支雪茄，用鼻子嗅了一下，塞進嘴裡，用打火機輕輕點燃了。這是他用了十多年的古巴Montecristo老牌子，每天非要抽它幾支才有精神，尤其是一大早，有了這玩意兒才提得起勁兒。每個月光這筆開銷，足足夠一個普通四口之家的伙食費。

他吐了一口煙，凝視了一下西蒙，坦率地打開話匣子：「我與章小姐的關係不錯，有一段還很密切。可以這麼說，對她有不少了解。她不但漂亮、聰明，而且非常善良，有著西方女人少有的賢慧……想不到會落到如此悲慘下場，上帝眞不公平啊。」

西蒙皮笑肉不笑的樣子，有點彎曲的右手掌在空中比劃了一下，帶著異樣的聲調說：「我說老朋友，冒昧地問一句，你和她到底什麼關係？……」

「當然，只是一般的朋友而已。我是把她當成孩子來看待的，她比我女兒大不了幾歲。她對外面的朋友都說，我是她的教父。」阿維德聳聳肩，咬著牙齒搶過話題回應道。

「眞的嗎？你看你，越活越年輕的樣子，眞是人見人愛啊。你和章小姐的親熱照片，可都在我的手上喔。」西蒙喝了一口咖啡，舔了舔嘴唇，帶著發福男人特有的色瞇瞇神態說。

阿維德狠狠地抽了兩口雪茄，故作姿態地大力吐出濃煙，一本正經地說：「只是跳跳舞，吃吃飯

而已。我可以向上帝保證，說的全是眞話！」

「我只是開個玩笑。別介意，我的老朋友，我的教父先生。」見他高高舉起右手，一副動眞格的模樣，西蒙捧腹大笑。

阿維德又自言自語起來：「章小姐一點兒都不勢利，我在台上台下一個樣，隨叫隨到。不像有的女人，我當議員的時候拚命巴結，下台後置之不理，有的甚至躲起來，連我的電話都不肯接，眞他媽的活見鬼。」

西蒙站起身，轉向背後的檔案櫃，從卷宗中抽出一疊照片，一邊給阿維德看一邊說：「既然你和章小姐這麼熟悉，那你一定知道這個傢伙。」

「當然！這是大衛。就是對岸3P汽車公司的總經理。這小子曾經是章小姐的男朋友。」阿維德瞄了一眼照片，脫口而出。

講起大衛，阿維德頭腦兩旁的青筋突然爆出來了，有點刻骨仇恨的樣子。他聲稱自己是他倆的媒人，但他們同居了幾個月就鬧翻了，具體分手原因不詳。好像曾經聽章小姐提起過，大衛在感情上很霸道的，不允許她和其他男人交往。這種純粹的個人私事，他也不好意思多過問。

「也許是我造的孽，介紹他們深交，還眞有點後悔。那傢伙，是個有名的花花公子，憑著有錢，幾個月就換一個女人，可都是漂亮的女人啊……」阿維德說著說著，語氣突然由憤恨轉變成羨慕了。

聽完阿維德的介紹，西蒙鎭靜地說：「大衛到加勒比海岸度假去了，等他回來再講。千萬別打草

驚蛇。」

「很有可能與他有關。這傢伙，專玩好女人，該死！」阿維德好像在說囈語。

西蒙警長斬釘截鐵地回應道：「可要有確鑿的證據啊！也許，我們眞的需要你的幫助。」

阿維德默默點頭，一口答應。告辭時，他握著西蒙警長的手再三強調，自己願意二十四小時配合警方破案，隨叫隨到。並且會周詳地回憶與章小姐交往的整個過程、每一個細節，但願能提供有用的破案線索。他坦爽地說，要以自己的實際言行，報答章小姐生前對他的眞誠友情，但願能給她的在天之靈帶去慰藉。

西蒙警長目送著阿維德瀟灑挺拔的背影，突然若有所思起來。從阿維德的語氣中似乎可以揣測到，他和大衛可能有些過節，也許就是爲了大美人章媛媛而爭風吃醋，他這把年紀當然鬥不過大衛，再說大衛有的是錢，最終由朋友變成了冤家……

或許由於從警三十多年養成了職業習慣，西蒙總喜歡用懷疑的目光看待世界上的每一個人和發生的每一件事，尤其在破案的整個過程中，不能輕信任何一個可能涉案的人，不管你是堂堂正正的一國總理，還是普普通通的老百姓。想到這裡，西蒙伏案疾書，記下零星的思想火花。最後，他在同一頁紙上並列畫了阿維德和大衛的人頭像，並且用紅筆在這中間打了一個很大的問號。

9.通緝華裔鬈髮男人

在一百多個市民舉報電話中，最使尼加拉警察局感興趣的，還算「假日酒店」客房部提供的線索。據酒店保安人員反映，二〇〇〇年十二月二十八日晚上十一點多，有住客致電服務台，說隔壁一二一二房內傳出很大的驚叫聲。當警衛迅速趕上十二樓時，聽到房內有細微的哭聲，馬上敲門。出來開門的是一個三十至四十歲的鬈髮東方男人，看樣子像是中國人。透過半掩的門縫，警衛見到一個長髮披肩的東方女人坐在沙發上，雙手用紙巾捂著臉。鬈髮男子不好意思地說，正在與女朋友吵架。當保安人員問那個女人是否需要幫助時，她搖了搖頭，說了聲謝謝。警衛告辭前，請他們不要大聲喧嘩，以免影響別人休息。

過了大約半個小時，同一個保安人員在一樓大廳遇到一二一二房的一對男女。男方還向警衛搖了搖手，算是打了一個招呼，他倆並肩離開了酒店。保安人員清晰地記得，這個女人上身穿著血紅色滑雪衫，下身是黑色牛仔褲，手上拎著黑色小皮包。而男方披了件黑色長大衣，身高同女的差不多。

「假日酒店」的保安人員到警察局錄了口供，一口咬定死者章媛媛就是他十二月二十八日晚上在一二一二房見到的女人。然後，女警員喬安娜給他看投影幻燈片，請他辨認裡面是否有一二一二房的男

人。這是根據章媛媛的三大本相簿製成的，保安人員一幅幅仔細觀看，足足花了一個小時。最後，他對著喬安娜無奈地搖搖頭。但他再三強調，那個男人有兩個明顯特徵——頭髮鬈曲，個子矮小。

「一號女屍特別調查組」成員分別約見市民，綜合各方意見後認為，鬈髮華裔男子是最大的嫌疑犯。因為驗屍報告顯示，章媛媛是十二月二十九日清晨五點鐘斷的氣，也就是說五個小時前她還跟鬈髮男人在一起。並且，臨死前穿的血紅色滑雪衫及黑色牛仔褲，和打撈上來的衣服顏色相吻合。

還有一個非常重要的線索，「尼加拉賭場」工作人員反映，章媛媛經常在晚上流連賭場，但她很少玩幾手，最多是玩玩吃角子老虎機，反而喜歡和人攀談。賭場保安人員早就懷疑她是個高級妓女，每晚在這裡兜客。根據賭場酒吧的兩個女侍應回憶，十二月二十八日晚上九點多鐘，死者章媛媛和一個東方男人進來過，各人喝了一杯雞尾酒就走了，大概一個小時吧。因為酒吧光線較暗，此男人是否鬈髮不太清楚，但個子比較矮，披了件長大衣。

一月九日上午十點鐘，「一號女屍特別調查組」每天例行的碰頭會上，大家一致認為，在「尼加拉賭場」與章媛媛喝酒的矮個子男人，與住在「假日酒店」的那個男子應該是同一人。也就是說，這個鬈髮男人整晚都和死者章媛媛形影不離。至少，在十二月二十八日晚上九點鐘以後他倆曾在一起。

西蒙警長當機立斷地說：「為免疑犯逃離法網，立即通緝鬈髮華裔男人。喬安娜帶領兩個警員，馬上去假日酒店查閱資料，有情況馬上打電話給我。其他人待命，二十四個小時內不得離開辦公室。」

女警員喬安娜和兩個男警員荷槍實彈，三步併著兩步地跳上警車。一路鳴笛聲響徹雲霄，在尼加

拉河畔上空久久迴盪，給寒冬增添了幾分恐怖。二十分鐘以後，警車飛馳抵達「假日酒店」。

見是警察局來人，酒店經理馬上笑臉迎上來，心中猜測大概是爲了女屍而來。經理把他們三個人迎到會客室，彼此寒暄幾句後，他馬上致電下屬，把旅客登記簿拿來。警員很容易查到，十二月二十八日晚上入住一二一二房的男人名字叫連浩天，家住多倫多市大學街四四三號。在警察局坐鎮的西蒙警長收到喬安娜的電話後，立即致電多倫多市警察局，要求調查該男子背景。

數分鐘後，多倫多警察局馬上回電西蒙警長，發現連浩天在旅客登記簿上填寫的地址是虛假的，大學街四四三號是移民局地址。聽到這消息，西蒙緊鎖的雙眉反而舒展開來，大概是因爲發現了新資料，可以進一步證明鬈髮男人就是嫌疑犯了。

西蒙警長拍了一下桌子，立刻致電仍在酒店的喬安娜：「連浩天塡的住址是假的，大學街四四三號是移民局。看來，這傢伙早有預謀啊，非抓到他不可！請與酒店好好合作，全面詳細檢查所有資料。」

根據喬安娜的要求，經理帶領他們來到帳台。在一名小姐經過二十多分鐘的電腦搜索下，終於查清楚連浩天在十二月二十七日下午五點住進酒店，二十九日上午九點五十分結帳，用VISA信用卡付費。

西蒙警長立刻通過信用卡號碼，與銀行取得聯絡，查到了他的個人資料。然後又和聯邦移民局聯繫，很快知道了他的詳細情況：

姓名：Hao Tien Lian（中文書寫：連浩天）

性別：男

出生日期：一九六五年三月二十日

出生地點：台灣高雄市

國籍：加拿大

護照號碼及簽發日期：VD365892，一九九八年十月五日

身高：五英尺七英寸

體重：一百三十磅

膚色：黃

頭髮顏色：黑（天然鬈髮）

婚姻狀況：未婚

教育背景：二〇〇〇年九月畢業於多倫多大學統計學系，獲博士學位

職業：二〇〇〇年十月起任加拿大CG保險公司數據分析師（多倫多總公司）

入加拿大境時間：一九九五年八月七日

住址：多倫多央街一〇〇〇號皇家大廈六一六室

電話：416-563-4626

社會保險號碼（SIN）：569-458-641

駕駛執照號碼：L8346-95126-50320

案底調查：無犯罪紀錄

下午三點多鐘，女警員喬安娜和CG保險公司保安部通了電話，證實連浩天是他們的雇員，但最近兩天放假，明天才會上班。爲免節外生枝，西蒙警長立即向局長會報案情進展，要求和多倫多警察局聯手，當晚緝拿嫌疑犯連浩天。

晚上七點，西蒙警長帶著四個全副武裝的男警員，開了兩輛警車抵達多倫多警察局。副局長和西蒙是昔日警校同窗，得知老同學要來多倫多辦案，下班後特意留下來恭候。

副局長和西蒙見面時，又是擁抱又是握手的，好像十幾年沒見過面一樣，場面還眞有點兒肉麻。各自問長問短一陣後，副局長把亞裔偵緝科吳探員介紹給了西蒙，才匆匆告辭回家。

西蒙警長一行五人和吳探員等四名多倫多警員，立即在會議室裡佈置緝捕連浩天方案。會議結束之際，吳探員又接到央街一〇〇〇號皇家大廈保安員的電話，確認六一六室停車位仍空空如也，根據閉路電視顯示，屋主駕的黑色凌志（LEXUS）汽車下午三點十分離開大廈。

聽完吳探員的會報，西蒙警長下意識地看了看手錶，正好是九點半。他環視在座的每一個人，嚴肅地說：「諸位，我們不能在這裡坐等啊，就按照一號方案行動吧。」

九名警員兵分兩路，風馳電掣地行駛在市中心的央街上。其中六人荷槍實彈，乘坐兩輛鳴笛警車，另外三人一身便衣裝束，駕著一輛民用小型客貨車。十點整，三輛車在皇家大廈室外停車場會合。兩個保安人員早已等候在此，馬上迎上來與吳探員交談，告知連浩天還未回來。

兩輛警車停在大廈背後兩頭，各有一人留守。以西蒙爲首的四名軍裝警員，跟隨保安人員進入大廈，西蒙和吳探員坐鎮辦公室指揮，兩個警員分別在一樓和六樓步行樓梯進出口處佈哨。另一位保安人員則跳進小型客貨車，引領三名便衣警員進入室內停車場，車停在離六一六室停車位僅十公尺處，一人留守車內，另外兩人跟隨保安人員巡邏。

一直等到深夜十一點半，閉路電視上才出現凌志汽車進入車庫的影像。睡意濃濃的西蒙警長，顯然是被保安人員的叫喊聲驚醒了，他雙手揉了一下眼睛，立即透過對講機通知所有人馬各就各位。

連浩天把車停穩，人剛從車裡鑽出來，就見到保安人員和一個陌生人突然出現在面前，嚇得他往後一退，差一點兒撞到旁邊的車子，他心裡怦怦直跳，一副做賊心虛的樣子。保安人員馬上主動和他打招呼，並介紹旁邊的一位高個子是新來的保安人員，帶他熟悉環境。這下，連浩天才恢復了平靜，隨便搭訕了幾句，拔腿就跑。

連浩天匆匆進了電梯。剛上到一樓，一個身材魁梧的中年洋人男子走進來，朝他點頭微笑。

「喔，我也到六樓。」中年男子看了一眼電梯指示燈，自言自語道，好像又是故意講給他聽的。

連浩天習慣地看了看手錶，已是十一點四十五分，往日這時候根本遇不到任何人，今天怎麼像見

到鬼一樣，並且碰到的都是英俊彪形大漢，他心中開始納悶起來。到了六樓，他耍了一個小花招，故意讓這個人先出門，看看他到底想幹什麼？

連浩天尾隨著彪形大漢，一直目送著他朝樓梯口方向走去，自己才扭轉身走向自己的家門。進了屋，倒了杯威士忌，喝了一小口，躺在沙發上，深深地喘了一口氣，才算把紛亂的情緒穩定下來。

過了一刻多鐘，連浩天剛踏進廁所漱洗，突然有人按門鈴。他躡手躡腳走到門後，透過小孔朝外張望，見是剛才在停車場碰到的保安人員一個人，內心才稍微鎮靜了一點。

他拉開一條門縫，保安人員輕聲對他說：「先生，你停在下面的凌志車忘了上鎖……」

「喔，謝謝！我就去。」他這才想起，剛剛在停車場裡嚇得連車都忘了鎖。

說時遲，那時快，西蒙警長和吳探員奪門而入，搞得連浩天措手不及，往後退了兩步。

「連先生，我們懷疑你和一宗兇殺案有關。」連浩天還沒反應過來，吳探員先發制人。

西蒙警長手持拘捕令，在連浩天面前揚了揚說：「連先生，請跟我們到尼加拉警察局去一次吧。」見到另外兩名身穿戎裝的警員也跟進來，手上還握著槍，連浩天點點頭，一聲未吭。從他的表情看得出來，肯定知道章媛媛死了，並且早已預感到大禍將臨頭。

吳探員乾淨俐落地說：「請你趕快收拾一下東西吧，大概幾天後才能回來。」

他穿好衣服，隨手拎起公文包說：「早就知道，你們要來找我。但我可以告訴你們，我絕對不是兇手！」

「連先生，請放心，我們不會冤枉好人的，一切依法辦事。」西蒙警長斬釘截鐵地說。

連浩天毫無反抗的意思，在四名軍裝警員的押送下進入電梯，步向大廈正門前的警車，乖乖地上車。西蒙警長和吳探員等人握手告辭後鑽進車內，剛坐穩，他習慣地抬腕看了看手錶，已是次日凌晨十二點四十五分。

兩輛警車亮著紅燈、響起警報，穿過多倫多市中心，登上高速公路區，飛向尼加拉市警察局……

10.連浩天如實招供

審訊連浩天的工作，在一月十日上午十點開始。西蒙警長擔任主審，在座的有特別調查組的女警員喬安娜，還有一名男警員負責記錄和控制錄音系統。

西蒙警長雙眼通紅，顯然是睡眠嚴重不足。當然啦，半夜從多倫多押回連浩天後，回到家裡已是凌晨四點鐘，躺在床上怎麼都難以入眠，一直到天亮，才好不容易闔上眼。他手捧咖啡，大口大口地喝著。女警員喬安娜倒是不一樣，濃眉大眼之間帶著一股勃勃英氣，加上她白皙的皮膚和修長健美的身段，愈加散發出女性的嫵媚。

連浩天看上去也是睡眼惺忪的樣子。目光無神呆滯，更顯出鼻子的扁平和嘴唇的寬大，整個五官

很不協調。他的手上也捧著一大杯咖啡，非得靠咖啡因提神不可。這是他活了三十六年來，第一次在拘留所過夜，整夜望著天花板發楞，心中滋味難以形容。

還沒等西蒙正式發問，連浩天就迫不及待地說：「我交待一切。但我對天發誓，章媛媛不是我殺的，絕對不是！」

「不要急，連先生，慢慢來。現在沒有人講你是兇手，你要控制情緒，好好跟我們合作。」喬安娜勸慰著，帶著女性特有的溫柔語調。

西蒙習慣地摸了摸小鬍子，然後開腔：「請問連先生，去年十二月二十八日晚上你在哪兒？」

「章媛媛約我九點在尼加拉賭場酒吧見面。她比我遲了十分鐘到達。」

「你和她什麼關係？何時相識的？講得越仔細越好。」喬安娜突然插嘴，西蒙有點不耐煩地朝她瞟了一眼。

連浩天喝了一口咖啡，慢慢講道：「說來話長。一九九七年初我與她相識。那時，我剛到多倫多大學讀博士，她是央街MW脫衣舞酒吧的舞孃。那陣子我正好失戀，經常光顧那家酒吧。因爲她是唯一的東方舞孃，又能說會道，爲我解悶，所以我們很快成了朋友。後來我幾乎每週都要去看她一次，她很盡力地爲我跳腿上舞，也允許我悄悄地摸她上身和臀部，每次我都心甘情願地給她一百多元小費，最多一次給過她三百元喔。有好幾次我提出同她上床，她怎麼都不答應，我開價高達一千元，她都不幹，也許嫌我長得醜。你們大概都清楚，有些舞孃是賣身的，給她幾百元就可以上床了……」

「請你講和章小姐的關係吧。」西蒙警長馬上打斷他的話。

他點點頭，繼續說：「我知道，她有一個洋人男朋友，好像是歐洲血統，經常在她收工時來接她。聽酒吧的其他舞孃講，章媛媛喜歡和本地男人交朋友。我們電腦系的一個加拿大人就親口跟我講過，他跟章媛媛上過床。大概那年五月份前後，我表弟從滑鐵盧市來多倫多觀光，就是我舅舅的兒子，我們一起去了酒吧，我還介紹他與章媛媛相識。好像他倆有緣份，一見面就有很多話講，並且她很情願地讓他上下其手。你們知道，通常脫衣舞孃與陌生人見面是不會讓人摸的，只有到了熟悉的程度才會這樣，當初我與她相識後一個多月才允許我動手的，也許我的表弟長得高大英俊的原因。」

連浩天舔了舔嘴唇，不停地說：「一年多後，章媛媛突然不在酒吧跳舞了，我去那兒打聽過好幾次，都沒人知道她的詳細下落，我好像又一次失戀了。後來曾經聽到不少有關她的流言，有的說她被百萬富翁包起來了，有的說她嫁給美國富商，也有的說她仍在多倫多賣身。」

「那你後來，眞的沒見過她嗎？」喬安娜問道。

「眞的沒有。坦白地說，我曾經給過MW脫衣舞酒吧的一個舞孃二百元，叫她打聽章小姐的下落，但第二個禮拜去找這個女人時，她已不在那兒做了。這種女人，眞是不能相信。」

西蒙提起嗓子說：「後來，你又是怎麼見到她的？」

連浩天喝完最後一口咖啡，繼續往下說：「直到去年八月份放暑假，我畢業回台北探親，在我舅舅家意外地遇到了章媛媛，雙方驚奇之後是尷尬。原來，我表弟瞞著我一直和她來往，這回特意帶她

到台北準備訂婚。我一聽，嚇得魂飛魄散。這種賣身女人跟她玩玩可以，做老婆千萬不行。更何況，我們家族在台北都是有名望的，我舅舅做過著名大學的副校長，現在還是知名學者，舅媽也是名門閨秀。爲了家族的名譽，我實在忍無可忍，把章媛媛的底牌全部攤給舅舅舅媽。舅舅一聽大發雷霆，馬上要趕他們出門，舅媽當場心臟病復發，立即送醫院急救。章媛媛一氣之下，獨自登上了回加拿大的班機。他們訂婚的美夢也成了泡影，把我當成最大的罪魁禍首，我表弟也病了好一陣子，對我更是恨之入骨，至今也不理睬我……」

「那你表弟叫什麼名字，現在在哪兒？包括地址、電話啦。」喬安娜及時地問道。

「他叫Peter，中文名字叫賴文雄，滑鐵盧大學社會學系博士研究生，今年秋天畢業。目前他在台北，一方面收集論文資料，另外我舅媽住院開刀，他硬要留在身旁照顧，他可是一個標準的孝子啊！……」連浩天邊說邊從公文包裡掏出通訊錄，把賴文雄的電話號碼、住址寫在一張紙上，遞給西蒙警長。

11. 迷姦章媛媛未得逞

恰如警方所預料的，嫌疑犯連浩天肚子裡還眞有不少東西。審訊他的工作休息片刻後，一月十日

下午繼續進行。依然是西蒙警長擔任主審，在座的還是女警員喬安娜，換了另一名男警員負責記錄和控制錄音系統。

西蒙警長開門見山道：「言歸正傳。去年十二月二十八日晚上九點，你和章媛媛在賭場見面後做了些什麼？」

連浩天摸了摸下巴說：「我們在酒吧各點了一杯雞尾酒。中途，我趁她去洗手間時，把事先準備好的迷幻藥悄悄放進她的酒杯。她喝完酒後，馬上說感到很累想睡覺，我順勢提議送她回去。離開酒吧時大概十點不到。我直接駕車到我事先入住的假日酒店。她一倒在床上就呼呼大睡起來，我想可以抱著她美麗的胴體好好過良宵，三年多的願望終於可以實現了。我大膽地給她脫光衣服，還剩下胸罩和內褲時，她突然睜大雙眼坐起身，嚇得我從床上跳起來，以爲是碰到了鬼。」

連浩天瞟了一眼西蒙，他似乎聽得入迷三分。他又朝女警員喬安娜看了看，接著往下說：「原來啊，她對我早有提防。她說親眼看到我把東西放進她的酒杯內，而她根本沒喝那半杯酒，藉著昏暗的燈光，手腳麻利地把它倒到地毯上面……她一邊穿衣服一邊大發雷霆，抓起電話筒說要報警告我。我立即跪在地上央求她，給我一次機會，因爲我剛上班才兩個多月，如果被控刑事罪，我的事業就完了。她夠朋友，果眞放下電話筒，算是原諒了我。我撫摸著她的肩膀安慰著，以前跳脫衣舞時，我經常這樣撫摸她的，見她今天並未有反對的意思，我有點得寸進尺。手不自覺地移到她的胸脯，她還是沒反應，我要求與她幹一次，要多少錢都可以，她和以往一樣，死活都不肯，也不准我摸她上身，口

口聲聲說是對我在台北向舅舅家人攤牌的小小報復。」

他繼續說：「聞著她全身散發出的肉香，我神魂顛倒，心跳得厲害，渾身如烈火在燃燒，再也控制不住自己，強行撲上去，撕破了她的內褲……就在這一瞬間，她大聲說自己是個愛滋病患者，我嚇得動都不敢動。這病，可不是鬧著玩的，我是最怕死的人，立即套上衣服。她自己也穿上衣服，嚎啕大哭起來。這時，酒店保安人員來敲門，她才止住哭聲。保安人員盤問了幾句就走了，叫我們深夜不要發出大聲。」

「後來怎樣？」喬安娜迫不及待地問著。

「她哭得很傷心，說自己眞的患上愛滋病，一個月前剛知道的，現在是過一天算一天。她說，還好與我表弟沒訂婚，否則眞是害了他。從她的眼神看得出來，她很愛我表弟賴文雄。我握著她的手安慰了幾句，就送她回寓所。離開酒店時快十二點了。」

「送她到住處後，你到哪裡去了？大概幾點？有人看見你嗎？講得越詳細越好。」西蒙喝了口水說。

「她就住湖濱大廈一〇〇號，離酒店只有十分鐘。我送她到大廈，親眼目睹她走進大門。然後，我獨自去了賭場。大概三點十五分回到酒店的。」

喬安娜舔了舔嘴唇說：「你能證明十二點以後，你一個人去賭場嗎？又怎樣證明你三點多回了酒店？一定要講實話。最好能提供人證。」

連浩天搖搖頭說：「我知道，你們肯定懷疑我是兇手。但我保證，我不會害人，更不敢殺人。你們也要拿出證據來呀，我要找律師，申請保釋。」

連浩天又補充一句：「不知賭場內有沒有閉路攝影系統，我大概在凌晨十二點十分進賭場，三點離開的。」

西蒙又問：「還沒問你，爲什麼這麼冷的天氣來尼加拉瀑布，又爲什麼住酒店？是特意來看章媛媛？」

「是兩件事湊在一起。我大伯伯從台灣高雄到美國旅遊，但沒有辦加拿大的簽證手續，就約我在大瀑布見面，我們有十年未見面了。我是二十七日下午五點住進假日酒店，立即與章媛媛打電話，但她不在家，我留下了錄音。第二天一早，是她給我回的電話。二十七日住進酒店後半個多小時，我就開車去對岸的美國水牛城了，與我伯伯和我親姐姐共進晚餐，大概十二點回到酒店的。這些，美加邊境海關都有紀錄的，不相信的話，你們可以去查的。」

「那你爲什麼入住酒店時登記假地址？」西蒙抬起頭，嚴厲地問。

「我是怕萬一見了章媛媛後惹麻煩。我知道，她可不是好對付的。」

喬安娜拉長臉說：「你來找章媛媛，爲什麼還特意準備迷幻藥？」

連浩天低下頭，輕聲說道：「不怕直說，她眞漂亮，簡直就是東方維納斯，尤其身材，吸引著每一個男人。那家MW脫衣舞酒吧，她的生意最好，客人一個接一個地排長龍。我想了她好幾年了，但她

一直不肯跟我上床。這塊肉吃不到嘴，我有點不服氣，就是一個妓女嘛，能與其他男人上床，爲什麼就不肯跟我來一次，我可以付雙倍錢。越是得不到的東西，就越想得到，所以我就想出這樣的鬼主意，但倒霉，還是被她識破了。她的電話號碼，也是我絞盡腦汁搞來的，還是賴文雄的妹妹幫的大忙。」

「你知道不知道，把迷幻藥放入酒杯企圖強姦，也犯了刑事罪。」西蒙聳了聳肩，大聲地說。

連浩天頻頻點頭：「我該死，我該死！應該接受懲罰。但我眞的沒殺章媛媛，眞的。你們千萬不能冤枉我。」

12.一封未發的情書

一月十一日上午十一點剛過，吳小嫻前腳踏進《多倫多週刊》辦公室，後腳就接到了西蒙警長的求助電話。他在電話那頭氣喘吁吁地說，經過華裔電腦專家整整一個星期的仔細檢查，章媛媛的五十多張磁碟片中未發現任何有價值的東西，磁碟片中分門別類地下載了網絡上的資料，包括中國文學、上海風土人情、女性化妝，以及愛滋病方面的資料等等，卻沒有一篇是自己寫的文章。剛剛電腦工程師興沖沖地趕到警察局，遞給西蒙一大疊列印出來的中文資料，說是在CBL數據復原科技公司的大力

協助下，上午八點才從章媛媛的電腦主機中恢復了兩個月內被清除的所有中英文文章，長長短短的加起來共有十來篇。

照理說，警察局應該找專業公司翻譯文件的，但在尼加拉市一時還眞找不到中英雙語翻譯公司，由於時間緊迫，西蒙警長突然想起了《多倫多週刊》的記者，他們的英文不錯，應該可以勝任這份工作，再說他們對案情也非常熟悉，此時他急忙打電話來，就是想請吳小嫻立即趕到尼加拉，幫助翻譯關鍵部分的手稿，期望從中發現有用的新線索。當然，他講明所有翻譯費用照付，參照翻譯公司的標準。

郭總編聽了小嫻的請示後，立即把賈峰叫進辦公室，希望他倆一起去尼加拉警察局。他擔心翻譯量大，小嫻一個人抵擋不了，再說翻譯文章必須要有人校稿，免得出任何差錯，兩個人可以互相校稿。還有一個原因，他不想讓一個女孩子獨自駕車到那麼遠去。這樣一來，正中賈峰下懷，可以掌握更多的第一手資料。

賈峰和吳小嫻帶了《新英漢詞典》等幾本工具書，火速趕往尼加拉警察局。下午一點多鐘，西蒙警長見到他們兩個都來了，樂得雙眼瞇成兩條縫，臉上的肌肉往四處膨脹。他邊招呼秘書趕緊準備咖啡，邊自言自語地說會付兩個人的翻譯費用，只是希望儘快看到翻譯稿。

他倆跟著西蒙警長，來到一間小型電腦室。裡面有四五台電腦，其中有兩台開著，顯然是供他們翻譯打字用的。接過西蒙遞來的中文資料，他們快速地瀏覽了一遍。在所有十多篇手稿中，發現兩篇

與案情有關的長信，都是寫給賴文雄的。一封是十一月十五日寫的，詳盡描述了羅患愛滋病的經過，這封信到底是否寄到台北，難以判斷；另一封是寫於十二月二十四日平安夜的信，透露了黑幫「霹靂摩托車黨」對她的糾纏，但是否寄出也不知。其他十篇都屬應景小品文，一半是寫思念故鄉親人的，對案件並無多大關聯。

半小時後，賈峰和吳小嫻向西蒙警長會報以上情況。西蒙聽後，對兩封寫給賴文雄的長信深感興趣，請他們一字不漏地翻譯出來。商量以後，由小嫻翻譯第一封情書，賈峰翻譯另一封。西蒙也同意了賈峰的小小請求，破例允許他在電腦室內抽煙，並主動從隔壁房間裡拿來一個煙灰缸。

根據歷年來的翻譯習慣，吳小嫻總喜歡先詳細閱讀中文原件，吃透其中全部涵義後再動筆翻譯。她邊喝咖啡，邊仔細閱讀起章媛媛的情書。

「文雄：

也許這是一封永遠不會投遞的信件。

因為，我實在沒有足夠的勇氣面對殘酷的現實；因為，我怕心愛的人知道我的慘況後，飄然離我而去。

要知道，精神上的離棄比身體空間上的相隔更恐怖、更可怕。自從我們由『妓女』和『嫖客』的買賣關係轉化為『戀人』後，你不但成了我肉體上的支撐，而且早已成了我的精神寄託。也許有人會

大聲地嘲諷：一個風塵女子也有資格談『精神』？那就大錯特錯了。

古今中外的神女，哪一個沒有一部血淚斑斑的心靈史？哪一個沒有複雜的精神世界？如在上海成材的揚州雛妓張玉良，如小仲馬筆下的瑪格麗特。

八月十五日台北中正機場一別，至今已整整三個月，好像等待了好幾十年。九十一天，我是每分每秒地數著過。難以想像，在沒有你的日子裡我是怎樣熬過來的，如一頭沒有靈魂只有軀殼的動物，行屍走肉般地生活在無人問津的雪國一隅，做一天和尚撞一天鐘。

文雄，請原諒我一次又一次的謊言——早就提醒過你，我是一個喜歡撒謊的女人。在這個充滿金錢銅臭、私慾燻天的社會，講真話就意味著吃虧，『誠實』已成了『無能』的代名詞。每次你打來電話，我都是報喜不報憂，或者是胡編亂造地搪塞。我以為，毫無必要讓心上人分擔我的痛苦，你為了我已經付出太多太沉重的代價，連我下一輩子加起來，恐怕也難以償還。

不知你和家庭的真實關係到底怎樣？還是那麼水火不相容嗎？不只一次地跟你說過，天涯何處無芳草，但生育你的母親只有一個，千萬不要為了我，再和你母親大人嘔氣板臉，再和你父親大人唇槍舌劍，為我這樣的女人拋棄家庭，實在不值得！我可是一個被幾十個男人插過的香爐啊，早已失去了女人的尊嚴，甚至早已被剝奪了做正常人的權利。

我最擔心的倒霉事，昨天終於被證實——我患了世紀絕症愛滋病。

我是學醫學護理出身的，太清楚患上黑死病意味著什麼。此時此刻，『哀莫大於心死』用在我身

上是再也恰當不過了。

你也知道，自從台北回到加拿大後，我反反覆覆發高燒、間間斷斷拉肚子。本來以為，這些症狀是精神上受到強烈打擊引起的，但到十月初，我連續發高燒、嘔吐達十天，打針、吃藥都無濟於事，渾身感到無力，時常覺得頭重腳輕，連開車握方向盤的力氣都沒有，去看家庭醫生都是叫出租汽車。一天到晚都想睡覺，但躺在床上又闔不上眼，看著天花板發癡，腦海中不斷湧現出我倆在一起的歡樂情景，但願良辰不會成追憶。近兩個月來，我根本沒有食慾，剛剛喝了牛奶馬上就會嘔吐，每天靠吃一小碗白粥過日子，人正在一天一天地消瘦下去。而每次你打來電話，我是硬強打起精神和你聊天，儘量不讓你覺得我身體狀況極差……

最後，家庭醫生要求我驗血，到醫院抽了六西西血進行ＨＩＶ檢測，兩個星期後報告出來，呈陽性反應，也就是說我感染上了愛滋病毒。這是屬於初步的『篩選檢驗』，醫院馬上又叫我去做「確認檢驗」，反覆幾次均是陽性反應，直到昨天最終的『免疫檢驗』報告出來證實，我是愛滋帶原者，也就是確認我是一個愛滋病患者。

這一晴天霹靂，炸毀了我僅有的一點點僥倖心理，精神全部崩潰。因為我太了解愛滋病的情況，不妨講幾個最簡單的數字給你聽，但願不會嚇壞你：全球共有四千多萬愛滋帶原者生活在死亡線上，存活率只有十至二十年，如果一旦引起併發症，幾個月內就會死亡，目前每年有二千萬人死於愛滋病併發症。

由於愛滋病的潛伏期長達十年，所以我也不知何時傳染上的，而像我這樣的風塵女子，患上這一絕症的機會極高，即使每次要求對方戴保險套，都很難保證傳染不上。更何況，有幾次那些死男人強行不肯使用套子。特別是那個日本淫棍青川角榮喜歡口交，這也是容易感染愛滋病的途徑之一，他號稱玩過上百個女人，現在想起這些真令人作嘔……

文雄，我的內心真的非常矛盾，照理我應該馬上告訴你，因為你是我最近一年內唯一的性伴侶，再說好幾次你都沒有戴保險套，按照你的口頭禪「不喜歡穿襪子洗腳」，這樣是很容易傳染上的（別誤會，我想應該是我傳染給你），你也應該立即去做HIV檢測，以免誤時，釀成更多的悲劇；但我真怕你知道後，馬上和我斷絕任何關係，我僅存的一點點泡沫式的希望瞬間就會破滅。還有，我也不想讓你們家庭知道，讓他們每一個人來笑話你。請原諒一個弱女子的自私！但這種自私的背後，又包含著我對你所有的愛，所有的依賴。

唯一值得慶幸的倒是，八月份台北訂婚告吹，反而成了好事，否則真的會連累你一輩子。情人可以不負責任，丈夫可不一樣了，尤其是你這樣誠實的男人。也許現代人越來越喜歡同居，就是不想受到婚姻的約束，彼此可以盡情享受性愛，但又不必承擔太多的責任。從另一層意義上來講，你父母當初趕我出門是非常『英明』的舉動，我至今沒有責怪他們的意思。有的，只是對你的感激；有的，只是對你雙親的尊重。

文雄，等我何時想通，我就會把這封信伊妹兒給你。如果一直想不通，這就會成為一封永遠不會

發出去的情書。到底叫我如何是好？我的上帝啊。

永遠愛你的媛媛

二〇〇〇．十一．十五 於尼加拉」

13. 黑幫盯梢露端倪

賈峰幾乎和吳小嫻同步翻譯完這封信，桌上的煙灰缸已積得滿滿的，少說也抽了五六支香煙，再不停地抽下去，小嫻非得提意見不可。他站起身，狠狠地伸了一個懶腰，然後又坐到電腦前，點了一支煙，逐字逐句地校起稿來，其中文原稿如下：

「文雄大哥：

請允許我第一次這樣稱呼你。在我心中，你宛如庭園裡屹立不倒的雪松，傲然挺拔、高大偉岸。但願你那堅實的肩膀，永遠是我依靠的支柱；但願你那寬闊的胸膛，永遠是我寧靜的港灣。

我一次又一次寄託飛舞的雪花，化作聖潔的問候，祝你新年身體健康，祝你順利獲得博士學位，

也祝你母親大人早日康復；我一次又一次在夢中呼喚你，快快回到我身邊吧，我唯一的戀人。

此刻是平安夜，眼下的尼加拉瀑布在燈光照射下五彩繽紛，別有一番浪漫情緻。她的雄偉並未被沉重的大雪所掩蓋，她的壯觀絲毫沒有受到冰柱的侵襲，更顯示出她擎天的氣勢，非凡的神奇。與自然美景相比，反襯出我靈魂的卑微和低下。這樣的卑微和低下，有時連自己都難以原諒，更何況祈求上帝的寬恕。

如今我變成一個愛滋病患者，一天比一天臨近死亡，毫無理由怨天尤人，全是自己作的孽。誰叫我沒有異國生存的本領？誰叫我當初不聽父親的忠告？誰叫我天生貪圖享受？誰叫我這麼愛慕虛榮？唯一值得深思的是國門打開以後，無知的少男少女隨波追逐出國潮，認為海外遍地是黃金，但像我這類意志力薄弱、語言不通、又沒有專業技術的女人，很難適應新的環境。俗話說，移民是一次靈魂的脫胎換骨，絕不是每一個人都經得起翻天覆地的『再活一次』，不但有語言的障礙，還有文化的差異，最難的是心理上的調適。

但願渴望子女成材的父母，千萬不要隨意放孩子走出國門，切記三思而行，不但要好好衡量孩子的智商（IQ），還要考慮情商（EQ），兩者缺一不可。並非危言聳聽，東京有章媛媛，紐約也有章媛媛，巴黎有章媛媛，倫敦也有章媛媛……我的名字，遲早會成為『另類留洋女人』的代名詞，就像中國歷代的李師師、陳圓圓、柳如是、李香君、董小宛、賽金花……同類的女人有同類的名聲，我並不懼怕這種同類，這是歷史給予的劃分，插著滿身的翅膀也飛不了。文雄，我真想早一天續寫自傳體小

說《新茶花女》，早日讓天下父母看到我的肺腑之言，因為我的來日已不多，只要患一次小小肺炎之類的急性病，就足以送我上西天一程。如果我來不及寫，勞駕你拿到博士後續寫，可以把所有的稿費捐贈給「加拿大愛滋病基金會」。按照我目前的體力，很難調整心緒來寫作，也許要等到你歸來，給予我無比的力量。順便說一句，你媽媽讓你過好春節再回來，那你就多一點時間陪伴她老人家吧。病人尤其渴望親人在身旁，我的體會越來越深。

我在家庭醫生的再三勸導下，兩週前開始了『雞尾酒療法』，心情也略微好轉了一點點。更重要的是，最近在網上看了上海老鄉陸幼青臨終前的《死亡日記》後，增添了我面對愛滋病的勇氣。三十七歲的他，面對死亡毫無畏懼，而是用生命的最後一刻，寫下了光輝動人的最終一頁，十二月十一日凌晨六點五十五分，他幸福地閉上了眼睛，他給我們留下了『善待自己』的忠告。現在看來，死亡並不可怕，每一個人都會經歷生老病死，關鍵是怎樣活在當下？怎樣善待自己？我正在考慮在有限的生命裡，做一點有意義的事，至少可以呼籲全社會關注『另類女性』，也可為愛滋病團體籌款。

『雞尾酒療法』是華裔科學家何大一研製成功的治療愛滋病混合藥，服用非常方便，每天只需兩次，每次兩片，但該藥費用昂貴，每年需要一萬美元，好在安省的醫療保險全包，也總算享受到了加拿大的優厚福利。這種療法現階段也只能控制愛滋病毒，把體內的病毒數目降低，但尚不能完全根除，最壞的是有副作用，會改變服用者的長相，這也是我當初不肯服用的原因，但想想能延長生命，一切的外貌都在其次了，但願你下個月底見到我時不會變成醜八怪。俯瞰窗外，車水馬龍，川流不

息。歡樂的人群都趕著去參加聖誕派對，少男少女趁著好時光偷食禁果。一年一度的冬季燈節，更是吸引了美加兩地無數遊客前來瀑布觀賞，一派喜氣洋洋的氛圍，就像狄蘭．托馬斯說過的：夜是流動的一切。對著這個光怪陸離的流動，我忽然生起『熱鬧是他們的，我什麼也沒有』的感慨。

文雄，今晚我比任何時候都惦記著你，整個的軀體渴望你全方位的蹂躪，我已有四個半月沒有你的滋潤，長期的自慰將會使我變成一個沒有性慾的廢人。哪怕走到生命的盡頭，只要還有一口氣，我都得盡情享受最終的性愛，哪怕是赤裸裸地躺在你的懷中閉上雙眼，也在所不惜，這是亞當和夏娃造人的真諦，這是上帝賦予每一個男女的權利。性愛不但會使女人變得更溫柔，也會使人變得更健康。你那旺盛的精子，一定會提高我的免疫力，也許能夠抵禦我頑強的愛滋病毒。

前幾天曾做過一個桃紅色的悲壯之夢。我倆在地毯上瘋狂做愛數小時後，滿屋子迴盪著蝴蝶般尖叫的餘韻，音響裡仍不斷重複傳出貝多芬的《第五交響曲》。你手抱身披紫色紗巾的我，輕輕地擺放在淡藍色的床單上，然後用一朵又一朵的白色茶花，將我從頸部到腳全部掩蓋，最後又將我的臉部掩沒，只露出一雙眼睛，你默默地站立在我身旁，淚水一滴一滴落到我眼前的茶花上，悄悄地凝視著我闔上雙眼……這是我多麼渴望的一種死亡方式啊！最好在網路上直播，讓全世界人都知道，一個東方愛滋病女患者的『快樂死亡』，這是多麼的壯觀，又是多麼的催人淚下。

文雄，我內心深處真的不想離開你，一天也不能，我要享受我們來日不多的愛。這也是我遲遲不想把病情告訴你的原因之一，也許要到生命的最後一刻才會告訴你。當然，每次做那事我一定要求你

帶套子，以免陪葬。我們這些七〇年代誕生的新新人類，首先是為自己而活的，就連最終的死亡都得保持『神聖的自我』，請再一次原諒我的自私——徹頭徹尾的自私。但我的這些自私，絕不影響對你燃燒的感情、真摯的愛。

有一件事不得不告訴你，上月底的一個晚上我實在感到無聊，就去附近的賭場打發光陰。請別誤會，絕不是去兜客，而是去玩吃角子老虎機解悶。自從你那次跪地求愛後，我的身體沒有被任何男人碰過，你是我唯一值得信賴的男人，我可以對你發誓——要為你守後半輩子的節。正如你所說，我的以前不是屬於你，自從接受你的愛以後，全身心屬於你一個人擁有，這個還有不少芳澤的香爐，是專供你一個人插的。但沒料到，那晚臨別賭場前，竟被『霹靂摩托車黨』的一個傢伙盯梢上，我費了九牛二虎之力，才穿過酒吧後門逃走的。記得以前曾跟你提起過，這是一個無惡不作的黑幫，當初我在多倫多無形中捲入他們爭漂亮女人賣淫之中，還強逼我參與販賣，專為他們找華裔買客，我還差點兒遭到另一派黑幫的毀容，就是為了遠離他們，我才來到尼加拉的。這些在我的《新茶花女》中，都有詳細的記載。

看來，等你回來後再好好商量，怎樣對付他們，但絕對不能傷害到你。說到底，我是一個愛滋病患者，他們對我又能怎麼樣呢？最多同歸於盡。我倒是非常喜歡溫哥華，也許在那山明水秀的地方度過我最後的歲月也該心滿意足。主要看你明年秋天畢業後到哪兒工作了，我是「嫁雞隨雞，嫁狗隨狗」喔。表面上裝出要遠離你，但內心卻是如此渴望嫁給你，這也許是一個正常女人的心聲。女人的話，

往往是相反的。世上最表裡不一的，就是女人。

文雄，一顆寂寞的芳心，等待你早日回來撫慰。一個空虛的靈魂，祈求你全心全意的拯救。

讓你哭笑不得的小妹　媛媛

二〇〇〇．十二．二十四　聖誕平安夜」

賈峰校完稿，心緒顯得有點激動，再一次被章媛媛的眞誠所打動，連續感慨了數聲。他又和吳小嫻交換了一下翻譯稿，統一兩封信中關鍵詞語的用字，以免造成警方理解上的混亂。

下午五點多，西蒙警長笑嘻嘻地接過翻譯件列印稿，顧不上招呼他們，站在那兒一動不動地迅速閱讀起來。

14. 案情盤根錯節

就在賈峰、吳小嫻翻譯完兩封情書的當天晚上，西蒙警長立即召集「一號女屍特別調查組」漏夜開會，詳細討論案情。發現女屍至今已整整十天，但似乎還沒有任何實質性的進展，在座的彼此都心

急如焚。

西蒙警長首先對大家說，根據目前掌握的資料，並無足夠證據指控連浩天是兇手，也沒證據顯示他不是元兇。所以只好先將他拘留，等待進一步審訊和對他的DNA測試結果，看看是否與章媛媛子宮壁的精液有關。

一個男警員急著說：「依我看，連浩天口供的可信度並不高，他擁有博士學位，編一個自圓其說的完整故事，比準備一份十頁的功課還要簡單，再說案發至今已有一段時間，足夠他反覆推敲。即使一篇高難度的學術論文，也夠時間準備。」

西蒙抬起頭，朝大家看了一眼說：「我倒是認為，連浩天的口供有一定的可靠性。你們看，他說章小姐患愛滋病，這在兩封情書中已得到證實。還有和死者一起到賭場酒吧去，與賭場提供的時間相吻合。還有他承認，撕破了死者的粉紅色內褲企圖強姦，這與我們掌握的眞實情況完全一致……」

女警員喬安娜認為，西蒙分析得有一定道理。她接著嚴肅地說，現在的癥結是十二月二十九日凌晨十二點至五點，死者章媛媛到底在哪裡？這段時間，連浩天又在何處？如果眞像他自己所述，先到賭場玩幾手，然後三點鐘回酒店休息，那他就不是兇手。反之，講不出自己身在何處，又找不到任何人證物證，他依然是個最大的嫌疑犯。

在座的七八個人絕大多數都點了點頭，默認喬安娜的推理。西蒙警長卻不以為然地搖搖頭，招呼秘書給每人分發兩封情書的英文複印件，清了清嗓子，慢慢說開道：

「案情並未如我們想像的這麼簡單啊！而是越來越複雜、棘手，如同滾雪球，越滾越大。各位手上拿到的兩封情書，是章嫒嫒寫給賴文雄的，重點部分我都加了粗線條，請大家留意。從這兩封信來看，至少給我們提供了以下的重要訊息：第一，死者和霹靂摩托車黨有關係，大家都知道吧，這是一個總部設在魁北克的有組織犯罪集團，他們喪盡天良，無惡不作，在加東主要城市都有他們的人馬，尤其在多倫多和倫敦市勢力不小，這樣的話，章嫒嫒的遇害就增加了多種可能性，包括黑幫互相殘殺、殺人滅口、謀財害命、報復誤殺等等；第二，死者與日本人青川角榮的關係非同一般，提起他恨之入骨，那麼，這個淫棍到底在哪裡呢？在日本，在加拿大都有可能，甚至在美國，或逃到歐洲去了，所以，我們要設法搞清青川角榮的底細，也許還要請求駐日本大使館的幫助；第三，死者曾寫過自傳體小說《新茶花女》，其中有不少寶貴的資料，可以這麼說，如果能找到這本手稿，案情就可大白了……」

「看來，賴先生一定掌握不少眞實的情況。說不定，《新茶花女》的手稿就在他手上，否則不可能續寫。至少，他閱讀過。」喬安娜邊看情書，邊迫不及待地插嘴。

西蒙習慣地摸了一下小鬍子說：「這就是我要說的第四點，死者與男友非同一般，而是水乳交融，他們的感情已上升到一定的精神層次，這又與連浩天的交待相吻合。所以，我們要立即致電台北，請賴文雄火速趕回多倫多。我相信，他一定會提供重要線索的。」

一個戴眼鏡的男警員提出：「我們也要和死者的家庭醫生取得聯繫，說不定也會有新的發現。」

西蒙點點頭，表示同意他的想法。就在這時，中國駐多倫多總領事館打來電話，說章嫒嫒一家三

口已順利抵達多倫多，今晚暫住「凱龍酒店」。西蒙答應，明天中午十二點警察局派車到多倫多，接他們一家到尼加拉瀑布市認屍。

深夜十一點了，會議室的燈光依照亮著，案情討論會仍在進行。這裡是一個猜疑的世界，猜測和懷疑宛如剪刀的兩條刀口，但願早點剪掉謎團，露出事物的本質，早日將兇手緝拿歸案，還死者一個清白。

最終，與會者一致決定：馬上致電台北通知賴文雄，叫他以最快速度趕回加拿大；和死者家庭醫生聯絡，取得死者患愛滋病的具體資料；抓緊與前市議員阿維德進一步聯絡，不放過與案情有關的任何細節；準備傳召美國水牛城3P汽車公司總經理大衛，他畢竟與章媛媛相好過幾個月，並且曾送給她一輛BMW汽車；暫緩打聽青川角榮的下落，等賴文雄回到加拿大後再說。

4 雙親認屍細訴少女心

15. 雙親淚訴少女之心

章媛媛的家屬得悉噩耗，已是一月八日傍晚。其中頗費一番周折，由於她當初是從上海直接去日本，然後再轉多倫多的，所以在加拿大入境紀錄上完全沒有上海的資料。中國駐多倫多總領事館五日下午接到警方通知後，馬上和國內有關部門聯絡，最後在上海市公安局出入境管理處徐匯分局的努力下，終於在三天後找到家屬。多虧市公安局、加拿大駐上海領事館的一路開綠燈，四十八個小時內辦妥了抵加的所有手續。加拿大航空公司也及時伸出援手，擠出三張半價機票給章家。

死者的母親和弟弟都是第一次出國，但怎麼都提不起一點兒新奇感。其父老章多次出國考察，有一次還懷揣著逾千萬美元的合約，但心情從來沒有這一趟沉重，一路上老是躲在廁所裡猛抽煙，好像不去騰雲駕霧一番，整個心臟就會窒息，香煙成了他唯一的飲料和食物。一家三口怎麼都沒有想到，新紀元伊始會來到寒冷的異國，為親人料理後事，上演一齣白髮人送黑髮人的悲劇。

十二日上午十點多，賈峰和吳小嫻頂著如沙如粉的大雪，來到章家下榻的市中心「凱龍酒店」。遞上名片說明來意後，章家友善地讓他倆坐下。賈峰先用上海話跟他們寒暄，大概鄉音使彼此的距離縮短了，氣氛慢慢地活躍起來。但見吳小嫻突然皺起眉頭、緊繃著臉，好像世界末日快來臨了，他們只好改用國語對話。

老章身材瘦削，一看就知是個老「煙槍」。他臉龐輪廓分明，堅挺的鼻樑上架著黑邊眼鏡，一副典型的中國知識份子派頭。額頭數不清的皺紋，刻下了歲月的滄桑，粗看外貌像六十多歲的老人，比五十開外的人顯得更蒼老，倒也更突出上海人的精明。他早年畢業於上海交大，現在是一家電力廠的高級工程師，在業內也是位小有名氣的電氣專家。

章太太皮膚白淨，五官端莊，看不出已過五十，倒像四十剛過的婦女，風韻猶存。但看她的打扮和舉止，好像有潔癖，一問下來，果然是一名內科醫生。章媛媛好像跟母親一個模子裡鑄造出來的，彷如一對孿生姐妹，只不過比她年輕一點而已。更確切地說，她是媽媽的複製人，尤其是那雙濃眉明眸、挺拔的鼻子，簡直一模一樣，分毫不差。

兒子章嗚嗚倒像爸爸，又高又瘦，皮膚也有點黑黑的，好像被煙燻過一樣。這一點不像白面書生的上海男人，有點北方男人的粗獷，恐怕就憑這點，受到不少女孩子的青睞。他正在就讀上海外國語大學三年級，學的是國際金融專業。夫妻倆當初「造人」時，好像約法三章過一樣：一個孩子像一個人，各有各的寵愛。最終確也如願，男像父，女似母，男孩有款有型，女孩漂漂亮亮。

看著他們和諧幸福的一家，賈峰和吳小嫻實在不忍心打開話匣子，只是我看著你，你看著我，人人心知肚明，但個個又不敢直言。整個房間裡的空氣，如同室外屋簷下的冰柱，凝固堅硬，使人有一種透不過氣來的感覺，並且帶著刺骨的寒冷。

還是老章面對現實，咬著牙打開正題：「破案有沒有線索？媛媛過世已十多天了。」

「警方正在傳召嫌疑犯，相信很快就會水落石出的，請你們放心啦。」小嫻結結巴巴的國語，帶著很濃的廣東話口音。

「眞沒想到，媛媛死得這麼慘……」章太太的聲音異常沙啞，沒說幾句，眼淚就止不住地往下流。第一次聽她講話的人，要麼以為她的聲帶天生有問題，要麼以為她剛剛做過大手術，傷了元氣。

老章見太太哭哭啼啼的，也自言自語起來：「說來也眞有點玄。元旦那晚黃金時段，上海電視台播放上海和多倫多新世紀的空中對話節目時，媛媛弟弟出於好奇，還打過一個電話給姐姐，但一直沒人接。為這事，他弟弟心中一直不開心，悶悶不樂了好幾天，似乎有心靈感應一樣。」

「我還以為姐姐去美國南部度假了，但前一陣子又沒聽她講起過。眞沒想到，這是一個永遠沒有人

接的電話。上帝太不公平了，我姐姐眞是個大好人，到底誰殺了她呢？我眞該去做國際刑警……」章嗚嗚也悲從中來，每一個字都吐露出對姐姐的眞情。看來，姐弟倆的感情確實不錯。

賈峰抬起頭，問老章：「平時，媛媛常打電話回上海嗎？最後一次是什麼時候打的？」

老章點了點頭說：「一個月大概一、兩次吧。聖誕節那晚她還打過，並沒有發現她情緒反常，有說有笑的。聖誕節前幾天啊，還收到她五百加元，說是給我們過新年的。」

章太太補充道：「自從九二年初去日本，她每年這個時候都會寄錢回來，眞是一個孝女啊。事實上，我們在上海也不缺錢用，每年能收到她的錢，就像報平安一樣，我們也就放心了，說明她在外面混得還不錯。這些錢啊，我都替她存在中國銀行裡頭，大概也有四千多美金吧。」

吳小嫻問了一句：「最近幾年，她回過上海嗎？」

「九五年初她回來過一次，是她祖母生病。那時聽她講在多倫多與人合夥開餐館，在上海待了三週就急著走了。本來說好，今年六月回上海，爲她奶奶做八十大壽的，可現在她已不在世了，她奶奶還不知道哩。」說著，章太太突然哽哽咽咽起來。

賈峰立即岔開話題：「有沒有聽她講起有男朋友？或者寄過男朋友的照片回家呢？」

「去年八月，聽她講去過台北，和一個台灣留學生一起去的。我們估計就是她的男朋友，但她媽媽電話裡問她，她不肯承認，我們也沒多問。她媽媽很關心她的個人生活，她老是回答先掙點錢再講。」

老章嘆了口氣，慢條斯理地說道。

小嫻翹起嘴問：「聽她講過，在尼加拉瀑布做什麼工作嗎？」

「喔，先在花店做幫工，後來到賭場餐館做侍應呀。」章太脫口而出。

賈峰對小嫻搖搖頭，示意她不要再問下去。看得出來，他們對女兒在加拿大的實情並不了解，章媛媛都是瞎編亂造，欺騙上海家人的。賈峰心想，她如此守口如瓶，就和所有「另類女性」的心理是一樣的，感到自己行爲的恥辱，根本無臉見江東父老，同時也不想讓家人擔心，一人做事一人當，親手釀造的苦酒自己喝。

對著章太太，賈峰有意轉移話題說：「媛媛是一九九二年三月去的日本。在這之前，她在上海做什麼工作的？我還是她的同齡人呢。」

她呷了口茶，慢慢道來：「不怕你笑話，我們算是高級知識份子家庭，但對媛媛管教不嚴，尤其是她奶奶更是寵愛她，簡直把孩子慣壞了，所以她的讀書成績一般，物理、化學還開過紅燈，文章倒寫得不錯。媛媛從小喜歡唱唱跳跳，人也長得漂亮，小學是市少年宮合唱團成員，中學又是校文藝隊骨幹，得過不少獎，還客串過兩部電視劇的演出，她的精力根本不在讀正經書上，老是喜歡閱讀中外文學名著，一直在做演員夢和作家夢。高中畢業那年，是一九八九年吧，她一心想考藝術院校，最後總分相差十分，連師大音樂系都沒考上。她自己想第二年捲土重來，但她爸爸一直反對她將來吃藝術飯，就勸她讀個中專，學門手藝，找個事做算了。最後透過我的關係，她極不情願地進了衛生學校，讀護理專業。」

章太太朝老伴看了一眼，繼續往下說：「讀了兩年衛生學校，算是勉強畢業，也是透過我的老同學關係，進了市級醫院當護士。那醫院離我們家不遠，工作環境又好，我和老章總算放心了。那時，我們也把精力轉移到她弟弟身上，希望他將來能考上全國重點大學。但沒過兩個月，媛媛的情緒發生了翻天覆地的變化，甚至有過輕生的念頭。」

賈峰迫不及待地插嘴道：「到底爲什麼事呢？如果可能的話，請您說得詳細一點，好嗎？」

老章接過話題說：「推算起來，該是一九九一年十月底的一天，媛媛突然失蹤，嚇得我們全家團團轉。最終只好報警，二十四個小時後終於在黃浦江畔延安東路碼頭找到她。如果再遲幾分鐘啊，或許她就會跳江自盡了。問她到底爲什麼，她死活閉口不談。後來她媽媽跪在她面前，她才和盤托出眞相。原來，她在讀衛生學校第二年時，瞞著我們談戀愛，對方是上海知名大學的年輕講師，姓陳，好像是湖北人。兩人相好了近一年，媛媛快畢業時，小陳去了美國讀電腦博士。本來講好過幾個月後就辦媛媛去陪讀，但他一去杳無音信。後來，媛媛偶然知道，小陳已把家鄉的結髮之妻申請到美國。她如夢初醒，原來跟她交往只是玩玩而已，他早把老婆藏在武漢，自己在上海風流，媛媛覺得自己的感情徹底被欺騙了，一時難以接受。再加上同學都知道她的男朋友去美國，她也很快會飛到美國，面子上怎麼也過不去。所以就產生了輕生的念頭。」

章太太轉過身子，朝兒子看了看說：「既然到如今，家醜也不怕外揚了。媛媛爲那小陳還打過一次胎。那是她後來去了日本，我在整理衣物時，偶然在箱子底下發現她的一本筆記簿，上面眞實地記

錄了她與小陳的戀愛經過，包括打胎的事。我一直沒跟她提起這件並不光彩的事，也是爲了不想揭她心中的傷疤。這畢竟是她的初戀，對她的打擊夠大的。說來也怪我們不好，讀高三時發現她有談戀愛的苗子，我們就狠狠訓斥了她一頓，爲這事他爸爸還打過她一次，也是平生以來唯一一次打她。所以搞得她後來偷偷談戀愛，她有了男朋友我們都蒙在鼓裡，差一點搞出人命來，我們才恍然大悟。」

「那後來，這個小陳和她有聯絡嗎？他叫什麼名字，現在在美國哪個地方？」吳小嫻非常感興趣地問著。

「好像叫陳智偉，智慧的智，偉大的偉，人肯定在美國，但地址不知道。從來沒聽媛媛說起，與他是否有來往，應該不會有瓜葛，她都恨死他了。」章太太答道。

賈峰自言自語：「原來，媛媛的初戀這麼不順利，充滿了悲劇性，眞可憐。那麼，她的那本筆記簿在哪兒？仍在上海嗎？」

「這次，我也把它帶來了。可以提供給警方的，或許用得上。」章太太細聲地說。

賈峰高興得連連點頭。那副欣喜，好像哥倫布發展新大陸一樣。心中不停地嘀咕，要以最快速度拿到這個筆記本。

老章站起身，爲他們斟滿茶，接著說：「自從那次自殺未遂後，媛媛一氣之下決心跨出國門。本來，我們並不主張她一個人去日本，但見她情緒惡劣，難以從失戀的陰影中走出來，最後也就同意她，換個環境試試。那時，上海還在刮留學日本風，我們就湊了一些錢，讓她申請語言學校，沒幾個

月，就順利拿到了簽證……」

16.領事館送暖問寒

「咚！咚！」

就在老章講到湊錢供女兒去東瀛時，突然聽到有節奏的敲門聲。別小看這兩下清脆的聲音，聽上去也是受過正宗訓練的。

進門來的不是別人，正是尼加拉警察局的兩名軍裝警員，難怪叩門的聲音如此專業。女警喬安娜已和賈峰他們打過好幾次交道，早已成了老朋友，彼此叫了聲名字，揮了揮手，就算打過招呼了。與往日不同的是，一身黑色戎裝的喬安娜，由於腰上束著皮帶，愈加突出了苗條的身段，再配上那雙炯炯有神的明眸，更添矯健的英姿。賈峰私底下曾和攝影記者李志豪議論過好幾次，這麼漂亮的女人什麼行業不好做，偏要整天站在死亡線上，如果有朝一日好萊塢發現了她，或許還眞會邀她去拍警匪片呢。

另一個身材魁梧的男警員年紀輕輕的，大概剛從警察學校畢業。以往，他從未見過吳小嫻他們，難免要相互介紹一番。他站在喬安娜身邊，比她足足高出一個頭，像一座高山，一副標標準準的保鑣

角色。至少，看上去是駕駛員的模樣。

在賈峰的引見下，喬安娜與章家寒暄起來。賈峰絕對沒有想到，老章夫婦都能講一口流利的英語，儘管帶有較濃的滬語口音，但並不影響正常的溝通。看來改革開放後，上海灘上英文好的人是越來越多了，或許也是殖民地上海遺留下來的光榮傳統。恰如有的洋人形容，到上海絕對不怕迷路，淮海路、南京路上隨便找一個上海人，都會講幾句英文。

當老章問起案情進展時，喬安娜朝兩名記者掃了一眼，好像有點怕在「無冕之王」面前說漏了嘴，惹得渾身是禍。但她的臉部表情，又帶有幾分神秘兮兮的樣子。最終，她聳聳肩，做出無可奉告的樣子。

「請問，我姐姐去世十多天了，警方連一點點可疑的線索都沒有嗎？……」章鳴鳴一開口，就是標準的快速美語，令在座者都感到驚訝，不愧爲著名外國語大學的學生。

「非常抱歉！具體案情還不能對外透露，以免打草驚蛇。我只能說，並非如想像的那麼簡單，而是錯綜複雜，甚至涉及其他國家。」喬安娜也快速地答著。

「我們家屬只是希望，早日將兇手緝拿歸案，再也不能讓他逍遙法外，危害其他無辜者。」老章也有點衝動。

喬安娜冷靜地說：「你們的心理，警方完全理解。但案情確實非常複雜，請再給我們一點時間吧。我們一定會嚴懲兇手的，也會讓死者在天之靈眞正得到安息……」

章家三口聽到這些誠懇的話後，心也慢慢平靜下來。房內尷尬、緊張的空氣，也略微緩和了一點。

好像是有意岔開話題，喬安娜扭轉頭對著賈峰說：「大記者，沒想到比我們還早到，眞是消息靈通啊。」

「妳也清楚，新聞這碗飯，不好吃喔。一不留意，好新聞就漏掉了。」賈峰快速用英文回敬了一句。

「頂呱呱！頂呱呱！」喬安娜雙手翹起兩個大拇指，用走了調的廣東話輕聲講著。

賈峰和小嫺看著她怪裡怪氣的樣子，好不容易抑制住笑聲。要不是遇到這樣悲傷的場面，兩人一定會笑得前仰後合。

不一會兒，中國駐多倫多總領事館的教育、僑務領事都親自抵達酒店。他倆都很精練、年輕，四十歲肯定還沒到。這或許也是一種趨勢，中國派駐領館人員越來越年輕。爲配合章媛媛家屬順利到達多倫多，他們還眞盡了不少努力。昨天，就是由他倆親自到機場接機的，然後又安排他們住進酒店，一起去用餐，一直陪伴到深夜才離開。

見是領事館的人，喬安娜立即走向前，握著他們的手說：「眞是非常感謝你們的配合。請允許我代表尼加拉警察局，向你們致謝！」

「這是我們應該做的。還需要什麼幫忙嗎？儘管來電話，我們會設法滿足你們的。」僑務領事邊遞

上名片，邊脫口而出。

喬安娜咧開性感的嘴唇說：「一定會再打擾你們的。案情並沒有我們想像的那麼簡單。」

「我們會盡力合作的，請西蒙警長放心吧。」教育領事說。

章父一本正經地說：「這兩位領事眞是太好了，我們回去一定寫信到外交部，好好感謝他們。每一件事，他們都考慮得非常周詳，還生怕嗚嗚挨凍，給了他一件棉大衣。我們在上海時，就接到了他們的慰問電話……」

僑務領事岔開話題說：「章叔叔，這都是我們應該爲僑胞做的。只是希望，案情早一點水落石出。」

高個子警員抬腕看了看手錶，朝旁邊的喬安娜示了一個眼神，大概是提醒她，時間不早了。

賈峰走到喬安娜面前，俏皮地敬了一個禮，悄悄說：「報告警長，我們能追蹤採訪嗎？」

看著賈峰淘氣的樣子，喬安娜幽他一默：「早知道，我們不必冒雪來多倫多，你們順便帶他們一程就是了。最多，西蒙請你們吃pizza。」

「這意味不一樣。你們來，代表警方對這件案子的重視。」小嫻也不甘拜下風，快速地答著。

喬安娜向小嫻豎起大拇指，面帶三分笑容。這身體語言大概是說，妳這個東方女人眞不簡單啊，盡挑好話講。

兩名領事把章家三口送上警車後，與喬安娜禮節性地握了握手，準備告辭了。老章坐在車內，頻

頻地朝窗外的領事招手，算是深深地表達謝意。

17.記者的神聖使命

一朵朵百合花般的雪花，在半空中肆無忌憚地嬉笑調情，狂歡舞蹈。然後，極不情願地慢慢落在不潔的高速公路上，被巨大的輪胎壓得粉身碎骨，變成了污濁的水漿。

賈峰駕著黑色豐田，緊跟著飛駛的警車，向尼加拉瀑布市進軍。吳小嫻坐在駕駛座旁邊，悶悶不樂。

「吳美人，已經是新世紀了，別這麼不開心，又是誰惹妳啦？」瞧她並不好看的臉色，賈峰有意挑起話題。

「去你的，你也這樣諷刺我，全是那個李志豪叫起來的，真要找他算帳，什麼美人長、美人短的……哎，我倒要問你，你怎麼對章媛媛的案子這麼感興趣，郭總又沒叫我們今天冒雪來追蹤。你是不是真的喜歡大冬天逛瀑布啊？」果然，小嫻心中有怨言。

賈峰一楞，脫口而出：「小姐啊，可沒人逼妳來喔。昨晚是妳打電話給我，自告奮勇的。」

「我是怕你一個人開長途車，怕孤獨，發生車禍可不得了。我可不願意新年裡失去一個酷哥同仁

喔。」她俏皮地說。

賈峰也嬉皮笑臉起來：「喔，原來是這樣。先要謝謝妳啦！但在我的生活字典裡，可從來沒有孤獨兩個字。」

「好啦，耍不過你的嘴皮子。你對章媛媛的每一件事都很感興趣，似乎已超出了一般的新聞報導層面，好像要研究她的終生一樣。就因爲她是你的老鄉？又是同齡人？」小嫻一本正經起來。

賈峰清清嗓子說：「眞聰明，還沒來得及告訴妳，我想對章媛媛的悲慘遭遇作一番深入的探索，如果有可能，她的男友賴文雄也同意的話，我可以續寫她的《新茶花女》。即使難與小仲馬媲美，也要竭盡所能，把二十世紀末的新茶花女形象公諸於衆。作爲一個新聞從業員，好像眞有一種使命感。」

「原來是這樣，你早點跟我直說就是了。還看不出你有這麼大的野心，想當大作家啊，眞不愧爲哥倫比亞的碩士。」吳小嫻帶著誇讚的口氣說。

「這有什麼奇怪的？記者出身的名作家，多得不勝枚舉，海明威還當過《多倫多星報》的記者呢。中國就有蕭乾，好像九九年初剛逝世的。」賈峰有些理直氣壯的樣子，好像馬上就能成爲海明威第二。

「難怪你這麼認眞，除了發稿還要幹私活。大作家呀，到時出了名，可別忘了本小姐陪你的功勞喔。」小嫻發出香港人少見的嗲聲嗲氣。

「一定記上妳一筆。說實在的，海外華人作家本來就不多，大家都忙於生計，哪有時間寫長篇小

說。而在大陸本土的作家，再有天大的本事，都難以寫出好的移民文學，哪怕出來考察過幾個月，都是蜻蜓點水般的，不可能有深度。而我在美國待了三年，尤其在加拿大的五年中，始終站在新聞第一線，沉浸在生活中，積累了很多素材。俗話說，生活是創作的源泉。」賈峰越說越有勁兒。

「不是每個記者都能成爲作家的，像我這樣的人，就會寫寫新聞稿。而你就不一樣了，每一篇文章都富有文采，尤其是那些大特寫。否則，郭總編也不會這麼器重你。你一定會成功的，到時一定得請我吃大餐喔。」小嫻好像總是忘不了「吃」字，倒也體現了香港人的本色。

賈峰用右手快速敬了一個禮，像背台詞一樣地說：「一定遵命，請妳吃海鮮大餐。到時，就請妳挑多倫多最好的餐館吧。」

小嫻抿嘴而笑：「可別開空頭支票啊。不過，章媛媛的案子倒是越來越複雜，如果寫出來，可讀性一定很強。說不定啊，還眞會成爲暢銷書的，風靡中港台和海外。」

賈峰接過話題說：「很明顯的，可以將章媛媛的生活分成三大塊：一是上海的少女時期，二是東京時期，三是加拿大的賣笑時期。目下第三時期略有眉目，而前兩個時期仍是空白，我的任務就是要盡力塡補這些空白。近水樓台先得月嘛，她的家人在這裡，應該可以提供不少上海時期的情況。她之所以走上賣身道路，並非一朝一夕，總有個前因後果，絕不會天生喜歡做『雞』，也絕不會一生下來就是賣笑的料子。只有詳細考察她人生旅途中的每一個軌跡，才有可能在蛛絲馬跡中尋覓到她誤入歧途的眞正原因，或是生理的，或是環境的，或是社會的。但願從中可以發現她的仇人，爲警方提供更多

的破案情報。可以坦白的告訴妳，這就是我冒雪特意來追蹤章媛媛家人的原因了。」

「剛才，章媛媛的媽媽不是說了嗎？她手頭有一本筆記簿。最好能在第一時間拿到這個本子。」小嫻插嘴道。

「但人家不會隨意給你的。」

小嫻很有把握地說：「放心，等一會兒，我一定會說服西蒙警長的，讓我們先睹為快。」

「那就先謝謝妳了。剛剛兩個小時的採訪，收穫還眞不算少。至少有兩點可抓住，一是她的初戀失敗，對她的打擊很大，很有可能是她誤入迷途的一個重要原因；二是九年前在上海，她就有自殺的傾向。現在，警方尚未排除自殺的可能性，或許可以從她潛意識作此深沉的研究，露出破案端倪。」

小嫻連連點頭，似乎佩服得五體投地。但她還是一口咬定，章媛媛是被人殺死的，而謀財害命、情仇、誤殺的可能性較大。她說，零下幾十度的冬夜，要有超乎尋常的毅力，才能完成自己跳入瀑布的壯舉。何況是個女性，借給她十個膽，恐怕都不敢。

18. 停屍間裡呼天搶地

章家三口在西蒙警長、女警喬安娜的帶領下，步進警察局旁邊的驗屍中心。賈峰和吳小嫻緊跟在

後面，遵警方所囑不准拍照，他們就乖乖地把照相機留在車內。

一個穿白大褂的工作人員，早已站在冷颼颼的門口等候他們。「白大褂」鐵板著臉，大概長期和死人打交道患上了可怕的職業病，早已失去了應有的笑容，連一絲可能的人間溫情都蕩然無存。他那走路姿勢也和機器人一模一樣，毫無彈力，更不用說表情了。

穿過長長的、陰森森的走廊，拐彎抹角地經過一間又一間小房間。這些白色房門上，都插著同一規格、同樣藍色的硬紙卡片，上面是用電腦打印出來的黑色字體，包括人名、日期、編號，這大概就是停屍間了。他們如同走進了一個密封的玻璃鬼屋，四周佈滿了即時炸彈，誰一吭聲就會爆炸，所以大家只好屏著氣，躡手躡腳的。相比之下，那細微的腳步聲傳來了有節奏的回音，愈加顯得恐怖。

在一個轉彎處，「白大褂」突然停下腳步，機械般地從腰間拔出鑰匙，看也不看地伸進鎖內。冷冰冰的小門，突然打開了。撲鼻而來的是一股難以形容的怪味——有點像發了霉，也有點像打開冷藏室，還挾帶著藥水的味道。更讓人不適的是，室內的溫度奇低，大概是怕屍體腐爛。

「白大褂」打開燈，黑漆漆的房間終於有了光亮。房間異常的小，一張單架床就佔據了一大半位置。「白大褂」走到床前，熟練地揭開了屍體的面布。死者和一月一日打撈上來的模樣差不多，但沒有那麼浮腫，顯然還未經過化妝，保持原來本色，以便家屬認屍。

死者臉色蒼白得如同一張白紙，凹陷緊閉的雙眼活像兩個黑窟窿，堅挺的鼻子彷彿冰雕而成，但鼻樑中間似乎有斷裂接駁的痕跡。她的嘴唇依然張開著，好像還有好多話要對親人訴說，嘴角的血跡

不見了。她那長波浪髮髻散亂地披在頭上，雙耳下的金耳環是臉部唯一的光亮。老章趨前看了一眼，向緊隨在旁的西蒙警長點了點頭。

「哇——」章太太剛看了女兒一眼，突然嚎啕大哭起來。這驚天動地的哭聲，一浪高過一浪，充滿了小小的停屍間，在整個大樓內久久迴盪。

她想撲向前去，握一握女兒冰冷的手。她想走向前，聽一聽女兒的心跳。她的心一次又一次地呼喚女兒：我可憐的孩子，妳為何去得這麼突然？妳為何去得這麼早？妳有什麼話要對媽媽講？醒來吧，我親愛的女兒，別跟我開這樣大的玩笑！如果上帝要命，就拿我這條老命去交換，去抵償吧……

她的雙手被「白大褂」緊緊地抓住，絲毫動彈不得，好像被一個鐵鉗子死死地箝制著。

「我的姐姐——」突然間，章嗚嗚放聲大哭，從另一面撲向死者。

「白大褂」冷不防，怎麼都來不及阻擋章嗚嗚。說時遲，那時快，女警喬安娜一個箭步衝向前，狠狠抓住了章嗚嗚的雙手。

眞是一波未平，一波又起。小小停屍間裡，被呼天搶地的哭聲所膨脹，整座大樓好像就要塌下來一樣。

在西蒙警長、喬安娜、「白大褂」以及賈峰等人的再三勸阻下，章家三口帶著聲嘶力竭的叫喊，才勉強離開這裡。

「白大褂」迅速地熄燈關門後，在走廊裡摸出一張認屍紙，請老章簽字。老章接過筆，他的手感到

異常軟弱無力，簽了字後，眼淚終於忍不住地往下直流。

走出驗屍中心，吳小嫻咬著西蒙警長的耳根一陣子，然後扶住章母往前走。到達警察局會議室後，西蒙很快從章太太手上拿到了章媛媛的筆記簿，並叫秘書火速複印一份。

休息片刻後，西蒙警長對章家說：「今天，你們也累了。等一下，先去你們女兒生前的住所休息，明天上午十點接你們來局裡，我向你們詳細會報案情。」

吳小嫻從西蒙手裡接過筆記簿的複印件後，連連道謝。然後，他倆跟著警車，來到章媛媛生前的居所——湖濱大廈一〇〇號。

門衛老貝利看著章家三口，泣不成聲，彷彿是自己的錯，是他沒照顧好章媛媛一樣。他握著老章的手，吞吞吐吐地說：「Camille是個好姑娘，太慘了。這個世道太不公平了！」

跟著老貝利，上樓來到四一四室。馨香的茶花味依然充溢著房間，但很多花葉已經完全凋謝了，有少部分正在枯萎之中。人去花謝，章太太見到此情此景，淚水如泉湧。

女警喬安娜對著老章說：「你們暫時就住在這裡吧。生活上有什麼問題，就找老貝利。這是我的名片，有事可跟我聯絡，明天上午十點，我來接你們到局裡去。西蒙警長剛才跟你們講了，他會向你們會報破案情況的。放心，我們會竭盡全力偵破，不會讓你女兒白死的。」

臨走前，喬安娜對賈峰講：「大記者，繼續你們的採訪吧。如果有時間的話，請帶他們出去逛逛，市中心有幾家中國餐館的。」

走進臥室，見到女兒維妙維肖的大幅肖像，章太太再也抑制不住，關起門來，用盡全力放聲大哭一場。

一個多小時後，大家硬勸章太太，人去不復返，活著的人飯還是要吃。最後她才同意出去吃點東西。賈峰對本地路線不是很熟，無法繞過大瀑布，只有快速駕駛。或許，他們全家人一輩子都不願意遊覽這個所謂的舉世奇觀。

離開尼加拉瀑布，已是晚上八點多，吳小嫻似乎並不覺得累。拿著章媛媛筆記簿的複印件，止不住的興奮。

「小嫻，眞的非常感謝妳。如果妳今天不來啊，恐怕還拿不到這個筆記簿。」賈峰也難以平靜，飛速駕著車。

小嫻眉飛色舞起來：「謝什麼？到時出書，別忘了請客就是了。」

「眞可憐，章家還不知道女兒從事賣身。明天西蒙肯定會攤牌，到時不知道會發生怎樣的事。」賈峰自言自語。

「太可怕了。下午認屍時，那個房間陰深深的，還有一股令人作嘔的怪味道。哎，不談了，晚上講這些，眞有點怕怕的。今晚肯定會做惡夢，都是你。」小嫻埋怨著，打了他一小拳。

「打得很及時，否則我都沒精神開車了。」賈峰調侃著。

吳小嫻一本正經地說：「會不會是她以前的男朋友陳智偉從美國過來找她，她不肯重敘舊好，他

強姦章媛媛後，兩人發生爭執，打成一團，一不小心，他誤殺了章媛媛。最後，在一個風高月黑的凌晨，他不得不把她放進車尾廂內，開到大瀑布，把她推下去，自己逃之夭夭……」

「眞精彩！又是一部推理小說的好結構。我看啊，沒這麼簡單。不過，得把這個情報告訴西蒙警長，不妨請美國警方調查一下陳智偉的情況。」

「到哪兒去找啊，大海撈針，同名同姓的陳智偉多得不得了。」小嫻嘆了一口氣。

賈峰回答說：「我可相信美國的ＦＢＩ，他們可厲害了。等我今晚看了章媛媛的少女日記再講吧。」

5「初戀日記催人淚下」

19.初戀日記耐人尋味

車燈照著雪地，反射出刺眼的光線，彷彿和天上的星斗遙相呼應，總算使寒夜有了一點點亮色，不至於顯得太荒涼淒慘。賈峰駕著黑色豐田車，從尼加拉瀑布穿過長長的黑夜，衝入燈火通明的多倫多心臟。

他把吳小嫻送到家，再回到自己寓所，已是深夜十一點鐘。他顧不得休息，迫不及待地打開章媛媛筆記簿複印件，斜躺在沙發上快速翻閱起來。恰如她母親所講的，這是她一九九〇年九月至一九九九

二年元月的隨筆，每篇長短不一，以日記體寫成，有點像自傳體小說，大概有四萬字左右。

作爲章媛媛的同齡人，賈峰太熟悉那個時代的中國教育體制。從小學懂事起，每一個兒童幾乎都學會記日記，還要作爲功課交給老師批改，老師也會一本正經地在課堂上講評。上了高中以後，由於數理化功課繁多緊張，班主任或語文老師都會自動讓步，並不要求學生記日記，但每個禮拜都要交一篇「週記」，至少每月交一篇「月記」，算是一種「寫作練筆」，也算意識形態上的「會報思想」。長大告別中學校門後，不少人依然保持著記日記的良好習慣，有的作家成名後直言無諱地說，他們的寫作是從日記起步的。賈峰本人的寫作，也是從日記開始的，初三那年在《青年報》上發表的處女作，就是一篇日記形式的「長風公園遊記」。

顯然，章媛媛的這些隨筆是「週記」式的、「月記」式的，隨心所欲，沒有規範。因爲是偷偷寫給自己看的，所以也就十分大膽和暴露，她的意識和潛意識全部躍然紙上，倒也眞實反映了一個生於七〇年代少女的心聲。根據西蒙警長的囑咐，賈峰邊看邊用紅筆劃出重點部分。說不定，到時還得把關鍵部分翻譯成英文。

（尊敬的讀者，第五章內容原封不動地選自章媛媛的少女日記，小標題爲筆者所加。當然，第一人稱的我就是章媛媛本人。每篇開頭的年月日時間，是指她寫作的當天。）

一九九〇年九月十二日　凌晨

有人說，初戀像唐詩，令人反覆咀嚼；也有人說，初戀像檀香橄欖，令人回味無窮……我說，初戀更像夏天的雷陣雨，說來就來，嘩嘩啦啦下個不停，哪怕你插上翅膀都難逃。

我和陳智偉的偶然邂逅，就如那傾盆大雨，事先毫無跡象，難以阻擋。好幾天來，我的嘴裡依然保留著他舌尖的餘味，一種帶著幾分煙臭的男子漢氣息。想起這種標準的男人味，就使我垂涎三尺。爲了這個氣息，我似乎已經渴望了好久、好久。

上週六晚上，硬被雷雅萍拖到她就讀的R大學，參加青年教師主辦的舞會。這是一所全國重點大學，坐落在市北近郊，外地學生佔絕大多數，但該校學生的「口碑」並不怎麼好，有人編了「男的個個像色狼，女的人人醜八怪」的順口溜，暗地裡挖苦他們，可能是出於對一種高智商群體的妒嫉。

這「醜」字套在雷雅萍頭上，實在有點冤枉，她除了個子奇矮以外，算得上五官端正，如果鼻樑上沒那討厭的眼鏡，還可稱得上秀麗。去年高中畢業時，大部分同學都在一百六十公分上下，可她還未過一百五十公分，後來聽她說吃了不少進口的增高丸，才好不容易增加了一公分，剛到一百五十一公分。她是我高中時代最好的朋友，給過我不少眞心的幫助，尤其在數學方面，她曾經不厭其煩地爲我開小灶。

這種類型的大學舞會，通常都在學生食堂內舉行，像我這樣漂亮的女孩是很少光臨的。要麼就去上海芭蕾舞團舞廳，或者至少是上海京劇院之類的場地，帶有專業水準的。誰叫父母當年精心「造人」，給了我美麗出衆的臉蛋，還有豐乳俏臀。進入高中第二年，我就意識到自己有堅挺的雙乳和圓渾

的臀部，這是生爲女人的驕傲。再說我的舞的確也跳得好，從小就在少年宮裡唱唱跳跳長大的，上了衛校後又整天在外面「瘋」，還特地到市文化宮參加了一期交誼舞速成班，練得一身嫻熟的舞姿。並非自我感覺太好，上海是專門培養新潮美女的地方，專門出大明星的城市，從胡蝶、阮玲玉、周璇到秦怡、謝芳，再到陳沖等一長串名字，哪一個不是巨星？

美其名曰「迎新生聯誼舞會」，實爲王老五教師找女友搭橋，也爲中年教師偷雞摸狗提供方便。以飯廳臨時改成的舞池雖然簡陋，倒也寬大，足足可塞五六百人。其中不乏俊男美女，大概不少是外校來的訪客，就像我一樣。

音響裡傳出「澎、恰、恰」的華爾滋舞曲，幽暗的燈光下，亂哄哄的一團。照理，這是一個再簡單不過的慢三步，但放眼望去，有半數人的步子沒踩在節拍上，只見男的摟抱著女的，有的乾脆緊緊地貼在一起親吻，還有男人索性把雙手放在女人的兩片屁股上，好像跟著音樂按摩……我實在不想加入這種低質素的狂魔亂舞，寧願今晚不上場，坐在一邊和雷雅萍閒聊。

過了一會兒，悅耳的探戈舞曲悠悠響起，但見不到一個人上場，方才熱熱鬧鬧的場面，突然冷清清的，大概難度太高，嚇壞了這些書呆子。突然，一個帶眼鏡的高個子男人從旁邊衝過來，好像去趕飛機一樣。他用普通話和雷雅萍打了一聲招呼，隨即伸手邀我跳舞。

「伊是阿拉系裡最年輕的講師，叫陳智偉，舞跳得不錯。」雷雅萍見我有些不情不願的樣子，用快速的上海話咬著我耳根說。

聽到後面一句，才刺激我懶洋洋地站起身。今天本小姐，倒想好好領教領教這個「鄉下人」的舞技。多少年來，上海人已經約定俗成，把不會講滬語的人都稱爲「鄉下人」，哪怕你是北京人，或者是廣東人，都一律這樣稱呼。

進入舞池中央，他一臉嚴肅的樣子，還帶著幾分緊張，好像肩負祖國重任參加國際比賽。隨著「澎、恰、恰、恰」的節奏起步後，他的步子變得敏捷起來，臉上微微泛出笑容，我也很快跟著進入了角色。常步、前進横跨、並騎式，步步入扣，緊抓節拍。他帶著我圍繞假設的大圓圈盡情地舞蹈，他沿圈前進，我沿圈後退，配合得天衣無縫、維妙維肖；再加上難度較高的同退並騎式、分駢步、交叉轉、刷踏步，更覺過癮，他的步子如同快刀切豆腐，絕不拖泥帶水，跟著他生動犀利的步伐，我如癡如醉，好像身在雲間，飄飄欲仙……

在一片掌聲、口哨聲下，他有禮貌地把我送回原座，我才如夢初醒，剛才整個舞池裡，只有我們一對人在忘我地狂舞。數分鐘之內，已徹底改變了我對這個「鄉下人」的看法。即使土生土長的上海男人，也沒多少人探戈跳得好的，這個叫陳智偉的舞技還眞不一般，不比那些專業「舞棍」遜色，第一次配合跳探戈到此水準，實屬不易，看來他受過專門訓練。

「沒白來吧，媛媛。動作敏捷，工架好得不得了！」雷雅萍悄悄對我說。

看了看鄰座的人，爲了掩飾內心的興奮，我抖了抖粉紅色的落地長裙，低頭對著雷雅萍的耳朵說：「沒虧這身漂亮的裙子。」

在這樣一個校園舞會上，能碰到如此超水準的「舞棍」，實在是個奇蹟。我立即後悔，沒把最漂亮的舞裙穿出來。隨著不停的音樂響起，陳智偉又邀我跳了倫巴、恰恰舞、快三舞等多個舞，每一種舞步都很嫻熟，跟他跳舞簡直是一種享受，如臨「羽衣霓裳時時舞，仙樂飄飄處處聞」之境。難能可貴的還有，每次他都很有禮貌地把我送回原座，一派紳士風度，與一些自顧自的男人隨地放下舞伴，顯然不同。對陌生男人的戒心，被他爐火純青的舞姿融化了，消失得無影無蹤，對他的好感，也從心底油然而生。大概不至於使雷雅萍顯得太難堪，當中他也穿插邀請她跳了兩個華爾滋舞，算是安慰。

但奇怪的是，他好像不善言辭，跳了兩個鐘頭的舞，加起來講的話還不超過十句，都是我問他答。猜想他不諳上海話，還是少講爲妙，免得我這個上海小姐看不起他。或者是有意扮冷酷，僞君子一個，這樣的男人我見多了。

舞會接近尾聲時，場上僅有的暗淡燈光突然熄滅了，取而代之的是四個角落的四枝大蠟燭。雖然說和外面普遍的舞場沒有分別，陳腔濫調，倒也平添了幾分浪漫情懷。場上數百人立即騷動起來，以最快速度邀舞伴上場。誰手腳慢，誰就搶不到漂亮的女孩。哪個女人漂亮，湧過來的男人就越多。這是舞會的最高峰，剛剛數小時的「澎、恰、恰」，都是爲這精華鋪墊的。有的人，就是爲了這個精華而來的，這是所有人的美麗時光。

柔和的慢四步音樂緩緩響起，對對舞伴緊緊摟抱。每一對都像熱戀中的情人，跳起了纏纏綿綿的貼面舞。在這樣醉人的氛圍下，我也情不自禁地倒在陳智偉的懷裡，任他擁抱，任他的臉貼著我的

臉。

「今晚，妳是最漂亮的。」突然，他對著我的耳根說。

「沒有別的話嗎？」這樣老土的語言獻殷勤，聽膩了覺得反胃，我不太客氣地脫口而出。

就在這瞬間，他用力把我拖到舞池中央。四周黑壓壓的人群，幾乎都沉浸在卿卿我我之中。突然，他大力地摟緊我，瘋狂地吻著我的嘴唇。我還沒有完全反應過來，他的舌頭已經成功地伸進我的口腔內，游刃有餘起來。我那可憐的舌頭啊，馴服般地任他狂舔，也不時地反抗，用力頂幾下，反而更激起了他野獸般的熱情，兩人一直舔到口水四溢，一直吻到口燥唇乾……

要不是舞曲停止，燈光重新四射，也許我們還會站在那裡吻下去，一直會吻到雙腳發軟，一直到無力地跪倒在舞池裡。燈光下，我的臉感到火辣辣的，全身熱烘烘的，有一種想燃燒的感覺。

「一切語言，都是多餘的。」他拉著我的手送到原位，順便塞給我一張名片。

沒想到，我的初戀就從這個莫名其妙的狂吻開始。而這張方寸大小的名片，則是我唯一的媒人。

20. 口尚乳臭的初吻

一九九〇年九月二十五日　深夜

確切地說，陳智偉不是吻我的第一個男人。我的初吻，在高三上學期獻給了同班同學毛昌耀。不知什麼原因，他比我們都大一歲，個頭自然也比其他男生高一點。他是一個出類拔萃的優秀學生，眼下遠在北京一所著名大學就讀。

或許是口尙乳臭的原因，那次和毛昌耀相吻，兩個嘴唇如同兩片花瓣，輕輕碰了一下就匆匆離開了，彼此沒有太大感覺，雙方慌慌張張的，好像做賊一樣，擔心被人發現。事後，我還問出「會懷孕嗎？」的傻話，笑得他捧著肚子直不起腰。

他可能早已把我淡忘了，但對於我是永遠不會忘卻的。在我並不沉重的記憶簿上，是很難把他的名字刪去的。畢竟，他是我情竇初開時代，暗戀過的第一個英俊男孩。自從高一上半學期，看了他在籃球賽上的瀟灑球技，我就喜歡上他了。

平心而論，當初朦朦朧朧的戀情半途夭折，原因是多方面的，怪不得誰，說不定還是好事。至少，對毛昌耀來講是好事，沒有荒廢他的學業，最終他不負衆人所望，進了名校。

現在想來，都是那些多嘴的「馬屁精」同學，把雞毛蒜皮的事全部報告給班主任歐陽老師，當中還加了不少油鹽醬醋，完全變了味。說我和毛昌耀手拉手地去「和平電影院」看電影，說我們一起逛「古今胸罩商店」，說我們肩碰肩地坐在「老大昌」吃法式蛋糕，更有離譜的說我們倆常在一起親嘴。

那天下午放學，歐陽老師一本正經地叫我到辦公室。由於他成天喜歡和女同學在一起，有時還露出一點女人腔，我們女生暗地裡都叫他「娘娘腔」。他先叫我在辦公室裡做功課，然後等打掃教室的同

學回去後，又把我一個人叫回到教室，還反鎖上了門。

剛坐下，「娘娘腔」開門見山道：「章媛媛，妳大概也知道，我找妳到底爲什麼事？」

我搖搖頭，做出若無其事的樣子。他拉長臉說：「有人反應，妳和毛昌耀軋朋友，是不是？」

見我低下頭，他繼續問：「自己講吧，到什麼程度了？」

看到我一直不吭聲，他似乎等得有點不耐煩了，站起身，那副嘴臉湊到我眼前說：「你們還偷偷親嘴啊——在襄陽公園內。」

我內心怦怦直跳，他怎麼知道得如此詳細？莫非有人跟蹤我們？眞是一件可怕的事情，比文化大革命還可怕。由此看來，不正面回答也過不了關，我低著頭說：「對天發誓，我們就那一次，嘴只碰了一下。」

「是誰主動？」他好不容易坐下，又像訊問犯人一樣。

「一起。」我脫口而出。

「兩情相悅，愛的共鳴啊。」他邊說邊發出譏笑聲。

他又站起身，那個大嘴湊到我耳朵邊，那雙眼睛色瞇瞇地看我的眸子說：「他摸過妳沒有？上面，還是下面？」

聽到這話，我突然感到噁心起來。記得在一份青年雜誌上讀過這樣一篇文章，世界上有一種人，專門靠打聽別人的隱私過日子，細節知道得越多越開心，比如做愛的細節、強姦的每一個步驟等等…

……看來，眼前的「娘娘腔」就屬於這號人了。

「他的手，伸進妳衣服裡摸嗎？」還沒等我回答，他邊舉起手邊發出淫蕩的笑聲。這種狗男人，簡直患了偷窺癖，恨不得我脫光衣服，從上到下讓他看個夠。我皺起眉頭，咬著牙，站起身，大聲地叫起來：「什麼都沒有！眞的。你到底想做啥？」

見我大發雷霆，他才收斂地縮回到椅子上，白面書生的臉脹得像豬肝一樣的顏色，斷斷續續地說：「章媛媛，老師都是爲妳好啊。誰不知道，妳是校花，我是怕妳上當吃虧啊……沒有摸就好，沒有摸就好。」

我本來以爲，這件事就這樣不了了之。但三天以後，令人噁心的「娘娘腔」原封不動地轉告給我媽媽。有一次，媽媽在飯桌上說漏了嘴，講出我軋男朋友的事。一向嚴厲的爸爸立刻皺起眉頭，在他再三追問下，母親才和盤托出。

爸爸氣得臉發紫，破口大罵，說這麼重要的事都瞞著他，成何體統？出於本能的自衛，我頂了幾句嘴。他突然扔下手中的飯碗，摑了我一巴掌，奶奶馬上站起身，要跟爸爸拚命。比我小九歲的弟弟搞得莫名其妙，呆若木雞地坐在那兒，一動也不動。媽媽見狀，馬上也拉下面孔，和爸爸唇槍舌劍起來，這也是我見到的，雙親唯一一次的吵架。從小到大，我一直是爸爸媽媽的掌上明珠，爸爸從來沒有大聲罵過我，更不用說動手了，我感到了莫大的委屈，嚎啕大哭起來，家裡突然亂成一團……

最終在媽媽的一再勸阻下，我答應快刀斬亂麻，斷絕和毛昌耀的任何關係。那天放學後我找到

他，告訴了他我家人的意思，他顯得痛苦而無奈，再三強調是眞心喜歡我的，談戀愛也不會影響功課……後來，他離開上海去北京時，都沒跟我打招呼，也許還在怨恨我當初的「任性」。

21. 扭曲的高中生活

一九九〇年十月二日　下午

毛昌耀至今也不會知道，我當初毅然提出分手，也是逼不得已啊。三年的高中生活，他是我精神上的唯一「男生」，無數次桃紅色的夢中，他是我唯一的白馬王子，難以計數的偷偷自慰中，大腦中映現的是他那冷峻的臉龐和瀟灑的姿態。自從那次爸爸打了我以後，媽媽已經和我約法三章，求學階段一律不准談戀愛，工作以後再講。

仔細想來，並非只有早戀事件使我萬分痛苦，整個高中時代我活得都不快樂。雖然說我們只是一所普通學校，但也屬老字號中學，每年都有近十人考進名牌大學，所以升學壓力很大。最終，我們這一屆五百多人中，共有十二人跨進全國各類重點大學之門，破了建校四十年的紀錄。

毫不誇張地說，一個少女正常的人性，都被沉重的功課扭曲了。小學、初中時期的天眞爛漫，消失得無影無蹤。早在小學時代，我就是市少年宮合唱團的成員，還上過好幾次電視，接待過無數批外

賓，樂壞了全家大小，尤其是我那可愛的奶奶，逢人就說我家孫女是演員。也從那時起，我做起了演員夢。如今，有些當年的小伙伴已成了著名演員，他們是幸運的，但大概都不會記得我了。

讀初中的時候，我一直是校文藝骨幹，還自編自導過節目，也客串過電視劇的演出。那時為了提高自己的文學水平，還不斷地閱讀中外文學名著，不管看得懂還是看不懂的，一律拿來偷讀。《收穫》、《上海文學》、《萌芽》三大文學雜誌每期必讀，自從一首詩歌在《青年報》刊登拿了十元稿費後，又做起了作家夢，每週都會寫點東西練筆。

但一踏進高中之門，就被考大學的氛圍所包圍，演員夢、作家夢都泡湯了。同學之間彼此都在殘酷地競爭，就像大人們向我們灌輸的那樣，別人的分數比你高，就意味著你多一個對手，自己的前程就會受到威脅。每晚的功課堆積如山，不到凌晨做不完，初中時客串電視劇的演出，也在爸爸的再三勸阻下被迫中斷。如此的拚命學習，使人變得越來越自私，絕對的個人主義意識，慢慢地吞噬了集體主義觀念，「雷鋒」對我們來說，已成為一個久違的歷史名詞。

在這種你死我活的競爭環境下，雷雅萍能抽暇輔導我的數學，眞是異數中的異數，使我非常感激，我媽媽也常常在週末留她吃飯，作為一種暫時的報答。雷雅萍說不為別的，就是喜歡和我在一起，這是一種講不清的緣份，她說喜歡我們家的「書卷氣」，也許她出身於普通的工人階級家庭原因，嚮往高級知識份子家庭的氣氛。但往往是，窮人的孩子早當家，雷雅萍非常懂事，按照我媽媽的說法，她將來一定會成大器。和她交往，我媽媽也最放心。

雷雅萍很希望我能順利考進藝術院校，不要埋沒天生的表演才能，但最終，我在文化考試中相差十分，連師大音樂系都和我無緣，雷雅萍也爲我難過了好一陣子，好像是她自己名落孫山一樣。我更是悲傷得飯茶不進，夜不能寐。這種一次考試定終身的教育制度，至今我還耿耿於懷，也許我會憎恨一輩子。有多少富有才華的年輕人，就因爲相差幾分被拒高等學府之外。也許，這是不公平之中的公平。但如果我父母是當大官的，我的命運也許就不一樣了，不要說相差十分，就是二十分也照樣坐在大學課堂裡。

高中畢業後，在我媽媽的精心安排下，我極不情願地進了區衛生學校，攻讀護理專業。說句實話，我從小生長在醫生家庭，太清楚醫生是怎麼一回事了。在媽媽眼裡，可能我們每個人都不衛生，所以一天到晚要不停地洗手。但當我們眞正病了，甚至發高燒，她好像什麼事都沒發生一樣，就說吃了藥自然會好的。使我懷疑，醫生是一種最沒有感情的職業，好在我爸爸從來不生病，否則他們的感情得打一個大問號。

衛生學校是屬於中等專科學校，專門爲區級醫院、地段醫院輸送護士。按照我爸爸的講法，我再不情願，也得學門手藝，好在競爭越來越激烈的十里洋場立足。衛校離我們家不太遠，我仍住在家裡，但雷雅萍住到學校宿舍裡去了，她是一個標準的書呆子，居里夫人是她的偶像，再說他們家的住房異常緊張，據說僅有的一間大房間，都被她哥哥用作新房了，所以週末她很少回家，我們見面的機會也自然少了。

22.農民之子的誘惑

一九九〇年十一月五日　子夜

上海男人越來越娘娘腔，這是一個不爭的事實，「馬大嫂」（買、汰、燒）也許是他們的唯一樂趣。著名作家沙葉新早就寫過《尋找男子漢》的劇本，遺憾的是，男子漢千呼萬喚不出來。也難怪，上海本身就是陰性文化異常發達的城市，各個不同時期的女人，用不同的尖叫譜寫出不同的曲調。

相形之下，農民子弟陳智偉對我的誘惑越來越大，甚至到了不可抗拒的境地。像我這種漂亮的上海女孩，並不喜歡白面書生的上海男人，倒渴望外地男人的黝黑和粗獷，如同高中時代暗戀過的毛昌耀一樣，個子高高的、皮膚黑黑的，聽說他是山東種。

九月初的R大學舞會，算是第一次和陳智偉偶然相遇。他在舞池裡的瘋狂之吻，激起了我羅曼蒂克的夢想。我參加的舞會加起來不下一百場，但從沒碰到過如此大膽的男人，那些男人最多拐彎抹角地挑逗，或是身體貼近我佔點小便宜，或是約我散場後喝咖啡、吃宵夜。我就讀的衛校，班上三十多人清一色女性，校園內很少見到男性，渴望和男性交往，是一種正常的生理和心理反應。但外面舞廳裡結交的朋友，十有八九是花花公子，我內心根本看不起他們，僅僅局限於跳跳舞、喝喝咖啡而已。

陳智偉卻不一樣，他是有文化有教養的人，他這種出格的小流氓行爲，對我來講倒是十分新鮮。

輾轉反側三週多以後，還是想解開這個「文化流氓」的謎。我主動致電約他出來跳舞，但被他婉言拒絕了，說是正在埋首準備十月底的托福考試，並且巧妙地要了我家的電話號碼。是眞是假，只有他自己知道，也許是有意擺臭架子。這個年頭，上海灘上考托福的人比排隊買菜的人還要多，否則「前進外語進修學院」的生意沒有那麼火紅，也不會開了一家分校又一家。上海灘上，幾乎每條大街小巷上都有一家外語補習學校，幾乎每個大學生都在蠢蠢欲動，部分高中生也提前加入了托福行列。上海人的崇洋媚外，全國聞名，舉世皆知，參加托福考試人數之多，可見一斑。

他越是這樣擺架子，我越感到他神秘。每天放學回家後，還沒放下書包就問奶奶，有沒有人打電話給我，搞得她老人家也緊張兮兮的。就在我伸長脖子等他電話感到無望時，昨天他突然打電話來，樂得我不知所措。他鄭重其事邀請我參加一個市級交誼舞比賽，聽他說光報名費就是二百元。我高興得手舞足蹈，好像是第一個中國人獲得了諾貝爾文學獎。

今天下午正好沒課，中午放學後直接去「紫羅蘭美髮廳」焗髮盤髻。回到家，翻箱倒櫃，最終挑了一身火紅的露背繡金邊長裙，加上同色的高跟舞鞋，配上烏黑發亮的頭髮和修長的個子，彷如一個待嫁的公主，雍容華貴。下午三點，一輛的士，直駛比賽地點「大世界」。

沒想到，陳智偉一身燕尾服，站在門口等待我，活像一個英國紳士，臉上的眼鏡不見了，顯然是換了隱形眼鏡。他比我那天晚上見到的更英俊瀟灑，但皮膚似乎黝黑了一點，這正是我喜歡的膚色。

按照比賽規定，初賽時我們分別跳了華爾滋、探戈和倫巴舞。決賽自選舞中，我們只跳探戈，這是我倆的拿手好戲，最終兩人捧回了亞軍獎杯，獲得二千元現金。當晚，組織單位邀請前三名到「紅房子」，吃了一頓正宗的德式西餐。

「紅房子」出來後，陳智偉提出送我回家，正中我的下懷。慢慢走過陝西南路左拐，徜徉在淮海中路上。也許我倆都外披風衣，地上的人影顯得異常修長。這條繁華中不乏幽靜的大道，曾有「東方香榭麗舍大街」之稱，近年來正在恢復元氣，再現昔日的旖旎風情。但我無心觀賞閃爍的霓虹燈，以及各類櫥窗內琳瑯滿目的商品，倒是集中精力聽他的「演講」。看來，他的口才絕不比舞姿遜色，標準的普通話抑揚頓挫，不時地加插一兩句走了調的上海話，引得我好幾次捧腹大笑，差一點兒撞到行人。

也就是這秋夜裡的散步，我對他有了較多的了解。他比我整整大九歲，都是六月份的生日，正是無巧不成書了。他的老家在湖北鄉下，雙親都是農民，從小也在家裡務農，還要肩負照顧弟弟妹妹的重任，眼下三個弟妹都在鄉下社辦企業工作。一九八〇年，他考入武漢一所普通大學，讀數學專業，他是村子裡四十年來的第二個大學生，爲家族增添了無數榮耀，父母一生的積蓄都心甘情願地供他上大學。臨行那一天，整個村子的人都擁在他家門口歡送，那場面不比歡迎中央首長視察遜色，至今講起這些，他還喜形於色，沉浸在美好的回憶之中。

在武漢讀書四年中，他年年拿頭等獎學金，並在課外做家庭教師，每個月都按時寄錢回老家。更值得炫耀的是，他在大學四年級時修正了羅馬尼亞一個數學權威的定理，業內轟動一時。在大學老師

的極力推薦下，他輕而易舉地考進了上海著名的R大學電子計算機系，攻讀碩士學位。三年後，他又以優秀成績畢業留校任教，由於他在國際著名雜誌上發表多篇論文，半年後就破格升爲講師，成爲全系最年輕的講師，也是全校第二年輕的講師，那年他才二十六歲，一時成爲新聞媒體追蹤的焦點人物。上個月，系裡已把他晉升副教授的材料，上報到學校高級職稱評定委員會。但他對這個副教授並不感興趣，想到美國深造。

本來想擠進公派留學行列，但看看系裡排隊等候的人一大幫，多數都有副教授以上職稱，輪到自己頭上不知要到何年哪月，決定先試試自費留學，最近偷偷考了托福，還在準備雞阿姨（GRE）……聆聽他的故事，對於一個十分嚮往大學生活的我來說，如同聽天方夜譚。簡直讓人難以置信，一個三代農民子弟，邊種田邊讀書，從武漢讀到上海，還要讀到美國去，並且非要上麻省理工學院不可。還沒走到我家門前，我對他已經佩服得五體投地。說句實話，我的心已被他徹底俘虜了。他不是「文化流氓」，而是一個有抱負的青年，是一個值得我信賴的男性，也是我夢寐以求的白馬王子……這時，他想要我什麼，我都會義無反顧地獻給他。

可惜，事與願違。從「紅房子」到我家，正常步行只要一個小時，我有意帶著他繞了一個大圈子，花了足足兩個小時。在這段時間裡，他的雙手始終插在風衣口袋裡，根本沒有碰我的意思，兩人只是肩並肩地走著、交談著，好像那晚舞會上的狂吻，消失得無影無蹤，似乎從未發生過。臨分手前，我以期盼的眼光看著他，乞求他再一次瘋狂地吻我，從頭到腳的吻，從外到裡的吻。

但他沒有任何反應，只是輕輕碰了一下我的肩，悄悄地說：「等我忙完手頭的論文，一定打電話給妳。今晚，整個淮海路的燈光都是爲妳開的。」

帶著全身的失望和滿腦子的納悶，根本無心咀嚼他最後一句話。只是依依不捨地目送著他，快步消失在夜幕中……

對於一個可憐的上海少女，又是一個失眠難熬的黑夜開始了。沒有盡頭，毫無方向。

23. 聖誕夜我為君狂

一九九〇年十二月二十六日　深夜

世上所有的玫瑰，都爲我一個人盛開。

全球所有的香檳，都爲我一個人啓蓋。

儘管帶著撕心裂肺的餘痛，儘管帶著快感後的迷茫，但我還是要打開這鮮艷的玫瑰，高舉起盛滿香檳的酒杯，邀請所有見過面或從未謀面的朋友，聆聽我彈奏一曲動聽的「致愛麗絲」，共同慶祝一個十九歲上海美少女的盛典——她在一夜之間變成了眞正的女人。

榮獲我初夜權的白馬王子，不是別人，正是三個月前在R大學舞會上邂逅的青年才俊陳智偉。怎

麼都難以自圓其說，一個清高的上海紅髮少女，一個出身於高級知識份子家庭的千金，一個從小在花園洋房內彈鋼琴長大的淑女，一個曾是數千人中學的校花，會把她珍貴的處女膜獻給一個名不見經傳的「鄉下人」。

世界上有些東西，是用不上邏輯的，也難以推理。尤其是面對男女關係，所有的理論都顯得蒼白無力，一切都是命中注定。既然相信緣份，就不該後悔；既然順其自然，就會產生愛。自然最美，美在自然中，愛也在自然中。

昨天晚上，是我認識陳智偉三個多月來的第三次見面，與上次碰頭相隔了整整一個半月。雖然每晚都在失眠的相思中度過漫漫長夜，但是出於上海小姐的自尊，也爲了和他賭氣，我橫下一條心，堅決不打電話給他。自己心裡定下一條底線，聖誕節前他如不打電話來，這輩子就休想見我。四天前，在千顧萬盼的心境下，終於等到了他的電話，我喜出望外。他邀請我聖誕夜到T大學跳舞，我欣然答應，這也是我求之不得。

T大學也是一所名校，以校園優美著稱於世，離R大學不算遠。舞廳設在華麗的專家樓旁邊，雖然不大，但裝潢精美，充分體現了小巧玲瓏，像個專業舞廳的樣子。大概賣出去的入場劵太多，小小的場地塞滿了數百人，大家肩碰肩地圍成一圈坐著，靠門口的都站在那裡，黑壓壓的一片，噪音大得耳朵有點受不了，倒也是過洋節的氣氛，熱熱鬧鬧的。

陳智偉在車站接到我後，一直處於興奮狀態，有點輕飄飄的，與上兩次見到的矜持判若兩人，好

像有什麼喜事要向全世界宣佈。不停地誇耀我打扮得前衛而得體，這應該是衝著我一頭紅髮、一對大耳環、一身皮衣來的，還說我是上海灘上最漂亮的女人，眞有點喝醉酒的樣子。他越是這樣「十三點」兮兮的，我越是要拿架子，愛理不理的，甚至做出答非所問的樣子，看看這個「鄉下人」葫蘆裡到底賣什麼藥。

一輪華爾滋、迪斯可後，場上氣氛活躍起來。探戈舞曲響起，將舞會推向第一個高潮。我像一個驕傲的公主，趾高氣揚地跟著他上場，在他敏捷的步伐帶動下，沉浸在動人的旋律之中，不禁令人想起十八世紀末期，西班牙少女滿綴玫瑰花，翩翩起舞的情景。這舞曲，彷彿也把我們帶到第一次邂逅的瘋狂中。

曲終，他精神煥發，笑個不停，比剛進舞廳時更亢奮，好像快樂的心就要跳出來一樣。那張嘴像開機關槍，不停地誇獎我舞姿迷人、彈性十足，眞使我丈二和尙摸索頭腦。我再也耐不住，直接問他怎麼如此開心，是否患了「笑病」，要不要去看醫生。在我數次盤問下，他終於告訴我一個特大好消息——昨天剛收到了托福成績單，六百三十分。

難怪他這麼「癲狂」。托福考六百分以上已不簡單，都屬於高智商的人了，何況他第一次就獲得如此高分，眞是「王者之王」了。再加上他在海內外發表的數篇論文，看來，進美國著名大學再也不是夢想。也再一次證實了他沒騙我，前一陣子眞的準備托福考試去了。心中對他僅有的一點點疑惑，也在這一刻消失得無影無蹤了。女人最怕被人騙，上海女人更不容易被人騙。

此刻，場上響起了經典樂曲「繞著時鐘搖滾」。我跟著陳智偉一起衝向舞池中央，匯入扭動的人群中，大幅度地擺動四肢，跳起了瘋狂的迪斯可。跳吧，使出渾身解數，爲了尋求早已失去的平衡。狂歡吧，爲了尋回三〇年代的感覺，爲了續寫穆時英的《上海狐步舞》，爲了續傳張愛玲的《流言》……

舞會中場，陳智偉突然挽著我的手說：「媛媛，我想喝酒。」

「那很簡單，到外面隨便找個酒吧。我請客，慶祝六百三十分。」我看了看手錶，正好九點。

「不如去我們學校，我們那群王老王今晚有個聚餐，就在我們教工宿舍裡。」

「沒問題，現在就走吧。我還要早點回家，免得我爸爸發脾氣。」

這是我第一次來到R大學單身男教工宿舍。儘管一路上他已跟我打了好幾支「預防針」，但當我第一步踏進這個四層樓的建築後，還是覺得異常難受，主要是那煙味挾帶著臭跑鞋味，令人噁心。走廊裡黑漆漆的，樓梯口也沒有燈，環境比我想像的要差上好幾倍。

跟著他，摸到三樓盡頭的一間房間。進入門內，淡淡的清香撲鼻而來，房內整整齊齊，除了兩張床、兩個寫字台、兩個大書架外，牆上還掛著一把吉他，大概亂七八糟的衣物都藏在壁櫥裡了。環境與室外有天壤之別，使我有些驚訝。

正在我感到納悶時，他笑著說：「我可沒這麼乾淨，全是另一個室友收拾的，是你們上海人，一副娘娘腔，好像有潔癖。」

「那他人呢？」我倒想見識一下這個「出污泥而不染」的同鄉。

「回家了，上海人嘛，週末和過節自然回家。」他邊說邊取下外衣，並示意我也脫下外衣。

「你不是說去聚餐嗎？」

「是啊！就我們兩個。」他迅速從寫字台下取出一樽酒和一束火紅的玫瑰，放在台上。又從書架上取來兩個酒杯，斟滿了紅葡萄酒。

「那菜呢？」

「秀色可餐也！有美人和酒足夠了。」

各自喝了一口酒後，他點起一盞蠟燭、打開音響，也順手熄了燈。這個「鄉下人」還真夠浪漫的，一點兒都看不出來。

「看來，你早有預謀啊……」

還沒等我說完，他的舌頭已經鑽進我的嘴裡。我毫不客氣地伸展舌尖，和他的舌頭展開一場冗長的生死搏鬥，我進他退，他衝我守。感到渾身燥熱之際，他已熟練地把我剝得精光，平放在床上。接著，他舉起酒樽，慢慢地、慢慢地灑遍我的全身，好像一個老園丁提壺澆花，不放過每一瓣花朵，不漏過每一片花葉。接著，他一絲不掛地跪在床邊，大力地吮吸著我身上的紅葡萄酒，從脖子到胸部，從小腹到大腿，再從小腿到腳，每一寸都不放過，每一絲都不錯過。然後，他靈敏的舌尖久久徘徊在雙乳和茂密的森林區，一絲不苟，如癡如醉，我像一個受過專業訓練的睡女郎，一動也不動地隨他擺佈，由他上下其手。

直到他舔得我周身癢酥酥的，每一個細胞好像著了火，立刻就要燃燒的時候，音響裡的華爾滋舞曲停了，突然傳出熟悉的搖滾樂。隨著快速強烈的節奏，他富有彈性的身子迅捷爬到我身上，如同蓋了一張熱烘烘的棉被，壓得我舒舒服服，還有點喘不過氣來。我情不自禁地發出輕輕的呻吟，整個身子空空的，肉體張開著，等待有東西把我塡滿。突然間，我全身顫抖起來，越來越厲害，隨著他的用力衝撞，我發出了聲嘶力竭的慘叫，像死了親娘。我忍受著劇痛，讓他全部進入，膨脹了，膨脹了，直到他游刃有餘起來，才塡飽了我空洞的意識。一陣驚悸之後，他緊隨著搖滾樂，引領我跳起了旋轉的迪斯可。這舞步，是方才舞池裡的延伸，但力度大大地超過了舞池內，甚至到了登峰造極的地步……觀賞這嫻熟舞姿的，只有這張一米多寬的單人床，還有那盞即將燃盡的蠟燭。

久久的騰雲駕霧之後，兩人終於登陸。我無力地躺在他水一樣的懷裡，心依然在怦怦直跳。他坐起身，點燃了一支「紅塔山」，狠狠地吸了兩口。我一手奪過他的煙，塞到嘴裡，拚命吸了幾口，才定下神來。

「眞沒想到，妳還是第一次。」他撫摸著我的肩，冷靜地自言自語。

「我是上海灘上最後一個處女啊!你眞夠運氣。」我俏皮地回答。

「那我這個鄉下人，就是爲了征服最後一個處女來的。眞是不枉此行啊。」他一副心滿意足的樣子。

他再一次擁緊我，悄悄地說：「放心，我會對妳負責的。」

聽到他如此樸實而簡單的表白，我一陣感激，眼淚奪眶而出。他雙手摟著我的雙肩，像哄騙一個三歲的小孩子。接著，他用靈活的舌頭舔乾了我的眼淚。

他身上還在繼續冒汗，沾濕了我前胸，我帶著調侃的口氣說：「怎麼還在出汗啊？又沒跳舞。」

「農民嘛，不動也會出汗。」沒想到，他也突然幽默起來了。

24.山盟海誓求墮胎

一九九一年五月十五日　下午

自從聖誕節度過了銷魂的「第一夜」後，我和陳智偉正式步入了瘋狂的「戀愛季節」。對於剛剛領略男性滋潤的少女來說，更是一發不可收拾。

我如饑似渴地盼望和他見面，用我們發達的四肢盡情地舞蹈，充滿心靈上的每一個空虛，塡滿肉體上的每一個空洞。在熊熊烈火中，我們一次又一次地呼喚：肉慾啊，您不是罪過，而是亞當和夏娃的饋贈，您是對生命的眞誠崇拜。

獨自一人的時候，我像個快活的小鳥，走起路來都是蹦蹦跳跳的，嘴裡還不停地哼著流行歌曲，似乎這世界上只有我一個人擁有男人，周圍的朋友都是可憐的孤家寡人。在衛校裡，本來就和同學們

瘋瘋癲癲的，幾個好友碰到一塊專講黃色笑話，這幾個月來我更是變本加厲，她們都說我比以前更漂亮更風騷了。我的自我感覺也越來越好，輕飄飄的，好像自己真的成了「上海小姐」。

外面的世界可以放蕩不羈，但回到家裡一定要收斂，就得規規矩矩聽爸爸媽媽的話，就得挾著騷尾巴做孝女，因爲要嚴格遵循「約法三章」，免得爸爸動肝火。上次爲了我染紅頭髮的事，爸爸說我人不像人，鬼不像鬼的，講我越來越離譜，爲這事還和媽媽頂撞了好幾次，最後還是在奶奶的再三勸阻下，總算平息了戰爭火苗。但我父母並不理解，我早已是個大人了。在他們眼裡，也許我永遠是個小孩。雙親更不會知道，他們的女兒已經是個標標準準的「女人」了。說不定，哪一天做上外公外婆了，他們還蒙在鼓裡。

從懂事起就確立了一種印象，我爸爸好像是活在上一世紀的人，是個處處保守的工程師，近年來的出國考察沒少過，但依然老古董一個，也許是學理工科的原因，丁是丁，卯是卯，從不含糊，整天和冷冰冰的機器交道，也就造成了冷冰冰的性格。按我媽媽的說法，爸爸是外冷內熱，但我怎麼也體會不到，這點，當然是媽媽最有發言權的。相對來說，媽媽要開明得多，醫生嘛，見多識廣，上海灘上所有的新名詞倒背如流，偶爾也會冒出一句剛剛出爐的俚語。這也難怪，媽媽自幼生活在富裕的書香門第，聽說外公外婆都是蘇州城裡喜歡追趕潮流的人，媽媽是他們唯一的千金，自然養成趕時髦的習性。這方面，我可是接受了媽媽的遺傳。當然，我比母親更前衛、更開放，俗話說「青出於藍勝於藍」嘛。

每到星期天，我就像初嫁的媳婦回娘家，興奮不已。一大早起床，直衝「哈爾濱食品廠」，買了陳智偉最喜歡吃的奶油蛋糕，還有紅腸、牛肉乾等一大包熟食，立即跳上二十六路電車，再轉兩輛公共汽車，趕到R大學教工宿舍。有時歸心似箭，寧願出幾十塊錢坐的士，爲的就是早一分鐘見到我的男人陳智偉。那個外表簡陋、室內清潔的屋子，成了我們的「洞房」。說也奇怪，第一次來到這幢大樓時的噁心感，早已蕩然無存，有時甚至覺得，這種臭臭的味道是一種特殊的男人氣息，三天不聞，還眞有點周身不舒服，飯不香、覺不甜。按照陳智偉的獨特解釋，這叫做「愛屋及烏」。說句心裡話，早已是他的人了，即使他生活在死人骨頭成堆的墳墓裡，我也有足夠的膽量與他共枕眠。

星期日整個白天到夜晚，大概有十個小時，我們幾乎都在一米多寬的單人床上度過。因爲他的上海室友週六晚上回家，要到星期一上午才返校，所以在這段自由的時間內，任由我們天馬行空。由於不是每天見面，每次碰頭格外抓緊時間狂歡，一個像性虐待狂，另一個如性受虐狂。似乎硬要把一週的損失奪回來一樣，算是體驗了「小別勝新婚」的滋味。翻雲覆雨成了我們唯一可做的冗長功課，他就像批改大學生的繁複作業，從頭到腳，仔仔細細，一寸不漏地在我身上作出各種符號的眉批，時輕時重，時慢時快，在性感帶還不時地打上驚嘆號，用力地蓋上幾個大印。累了，就閉上眼睛躺一會兒，醒來再繼續作戰，循環往復，直到我毫無力氣開口，直到我的全身水份都擠乾了，快要脫水了，直到這個「農民」身上沒有汗水可以出，直到他豎起小白旗，才懶洋洋地匆匆起身，到附近餐館胡亂地吃個便餐，送我上車站。有時，他也會招一輛的士，塞給司機幾十塊錢，依依不捨地和我吻別……

但天有不測風雲，肆無忌憚地狂歡三個月後，我就懷孕了。作為一個護理專業的學生，每次都很謹慎，一定要求他帶套子，唯一的例外是在虹口公園的幽會。那晚，我倆躺在鬆軟的草地上，呼吸著初春的新鮮空氣，邊看著星羅棋佈的夜空，邊暢想未來的美國之夢。那時，他已得到美國三所著名大學的明確答覆，都願意錄取他，只不過獎學金的數目尚未最後敲定，他說先去打天下，等定當後就接我出去陪讀……不知什麼時候，他的手悄悄鑽進了我的上衣內，熟練地攀登起高峰，突然間，我全身感到軟軟的、癢酥酥的，有一種強烈被踐踏的慾望，但身上又沒帶避孕套，只好罷了，再仔細想想，正好是我月經停止後的第三天，應該在「安全期」內，我就大膽地隨他的興致辦事了。躲在幽暗的角落裡，像第三者偷情一樣，倒也另有一番難以形容的快感，這也是我們第一次在大自然的懷抱裡，享受野合的趣味，眞可謂其樂無窮。但沒料到，就此一次播下了種子，倒也印證了「安全期並不安全」的說法。

當我把化驗報告遞給他看時，嚇得他渾身發抖，鼻子上直冒冷汗。定神後，他把我摟在懷裡，坐在床沿，慢慢地親吻著我，還用紙巾擦乾了我臉上嘩嘩的淚水。接著，又耐心地安慰了我好一陣子。

然後，他山盟海誓般地對我說：「妳放心，我一定會對妳終身負責。自從妳的第一夜給了我後，我就一直這麼想的。但現在，妳還在讀書，是不能結婚的，妳家裡也不會同意，不如打胎。再說啊，我剛去美國時，肯定是拚命讀書，競爭比國內要激烈好幾十倍，讀不好，拿不到獎學金，哪兒有那麼多錢讀書？都是頂尖的名校，學費高得嚇死人，即使到時把妳接出去，也沒精力照料孩子，妳還年

輕，以後再生，多生幾個……」

見我沒有多大反應，他乾脆撲通一聲，雙腿跪在我面前。他抬起頭，仰望天花板，接著，高高舉起緊握的右手，閉著雙眼，自言自說起來：「萬能的上帝啊，你作證吧。農民的兒子不會說謊，一定會娶章媛媛爲妻。如果我講假話，一定遭雷打，遭電擊，不得好死……」

看到他這副可憐而虔誠的樣子，我實在不忍心，立即下床把他扶起身，費了九牛二虎之力，才把他按在床上。

「不要這樣，男子漢哪有這樣的。我今天特地來，是找你商量的，我沒有任何要求，也絕對不會鬧到你系裡，也不會影響你前途，請你放心，這是我們兩個人之間的事。但有一個要求，只要你以後對我好，我就滿足了。」聽著我樸實的話，他感激涕泣，直楞楞地盯著我的雙目。

最終，我答應他那對萬分乞求的眼神，盡快去墮胎。此話剛開出口，他索性像個三歲嬰孩，倒在我懷裡嚎啕大哭起來。俗話說，好漢有淚不輕彈，何況是他這樣的硬漢子。他的淚水，使我再一次相信了他的眞誠。

一個月後，也就是前天，在陳智偉的陪同下，我們去了一家區級醫院做手術。還是他在醫學院讀書的老同鄉介紹的，算是開後門，不用查看結婚證書。在上海灘，什麼東西都得開後門，從嬰兒出生的探望時間，到殯儀館內死人的火葬安排，從子女上知名幼稚園，到上重點中學、大學，每一個行業，都有難以計數的人擠在「後門」裡。醫院更是一個需要開後門的地方，因爲它和人的生老病死息

息相關，所以上海的醫生特別吃香，這是我從小就耳聞目睹的，媽媽三天兩頭就會帶大包小包的東西回家，說是醫院同事給的，事實上是病人送的。最近幾年，已不時興送大大小小的實物了，而是冠冕堂皇地送錢，通常把錢放在信封裡，見面交談幾句，環顧四周是否有其他人，不露痕跡地塞給對方。本來，我們也打算送個信封給打胎的醫生，但他那個同鄉說沒有必要，因爲他們的交情很深。不管怎樣，我們欠了他那個同鄉一筆人情債。

墮胎手術非常簡單，屬於一種小手術，十多分鐘就完事了，我在教科書上早已學過。但上了手術台，還是非常緊張，全身有點顫抖，心裡有一種難以承受的罪惡感，沒想到一個如花似玉的上海小姐，她肚子裡的第一個小生命來得這麼早，也去得如此快……

那個戴大口罩的醫生，臨動手術前的一番話，更令我回味無窮：「就這樣定了嗎？現在還可以反悔，女人的第一胎，好重要啊，何況妳這麼漂亮。」

25. 情慾復甦的都市

一九九一年六月十日　深夜

墮胎後身體感到有點虛弱，但又不敢在家裡露出一點點蛛絲馬跡。平時自由散漫慣的人，突然要

挾起尾巴做人，眞的好辛苦。陳智偉每天下午都會打個電話來，問長問短的，也算夠體貼的，但遠水救不了近火，他住得太遠了。唯一能暫時解脫我心靈痛苦的，也只有心愛的鋼琴聲，有時下午放學回家，會彈上好幾個小時，直到父母下班回來爲止。虧得身體外形沒有任何的變化，否則難逃媽媽那雙銳利的眼睛。

奇怪的是，這種身體內部機制、心理上的微妙變化，終究被好友宋蕾識破。她是我進衛校相識的第一個好朋友，個子和我差不多高，外貌不算美，但精心打扮後也就成了摩登女郎了，常常穿一身性感的衣服，喜歡喝酒、抽煙，處處表現出前衛的思潮，我的舞技就是和她一起去學的，她也教會我第一次吸煙。我和陳智偉的事，曾經跟她隱約提起過。今天下午放學回家的路上，她突然拉著我的手不肯放，我還以爲發生了什麼大事，急需我的幫助。她二話沒說，硬把我拖到馬路斜對面，拐了兩個彎，走進了「北海道酒吧」。

她和那些侍應揮揮手，還講了兩三句打情罵俏的話，顯然是這裡的常客。剛坐下，有個西裝筆挺的男人走過來，溫柔地拍了拍她的肩，兩人眉來眼去的，順手給她點了一支薄荷沙龍煙。

她對那男人吐了一口煙，然後指了指我說：「還沒給你介紹呢，我的好同學媛媛。」

這男人邊向我伸出手，邊笑著說：「好名字，好名字。現在就時興圓圓方方的。蕾蕾上次帶來的一個朋友，就叫方方，是不是？」

此番話立即引來哄堂大笑，氣氛馬上活躍起來，他也麻利地爲我點上一支薄荷沙龍煙，看來是一

個很會做生意的精明之人。原來，他是這裡的老板，宋蕾叫他「老K」，是從日本打工回來的，聽說在那兒掙了不少錢。

老K的目光久久盯著我，帶著色瞇瞇的樣子。好像要在我臉上尋找失去多年的記憶，或者是尋覓財路。

「媛媛漂亮嗎？你的眼睛，怎麼突然像死魚一樣。」宋蕾嘲笑他。

「是我開張一年來，最漂亮的客人。這樣吧，今天免費招待美人，妳們隨便點餐吧。」老K一副豪爽的派頭，好像李嘉誠是他爸爸。

「不但漂亮，還是玉女喔。你又感興趣了，是不是？三歲到八十歲的女人，都合你胃口啊。」宋蕾越說越來勁。

老K也笑出聲來，慢慢地說：「蕾蕾，妳這張嘴啊，我都吃不消了……好，只要美人常來光臨，我的生意就會好啦。客人來了，妳們慢慢用吧。」

香噴噴的咖啡剛上來，宋蕾單刀直入地問我：「看妳最近有點憂鬱，是不是那個鄉下人欺負妳了，就是那個窮講師。」

「沒有啊，還是那個樣子，不冷不熱的。」我搪塞著。

「媛媛，我們是好朋友，妳瞞不了我的。看妳前幾個月，風騷透頂，一定和他上床了，紅彤彤的臉，一翹一翹的屁股，走起路來，白花花的精液也會流出來，說不定啊，還做過手術……」

我被她說得心裡怦怦直跳，索性低下頭不吭聲。然後狠狠地吸了一口煙，算是掩飾內心的不安。或許，她以為我是一種默認。

她抽了口煙，吐出一縷縷青煙，悄悄打開了話匣子：「和男人睡覺，是很正常的事，精液是世界上最有營養的補品。不瞞你說，我在高二時就失身了，他比我大十三歲，是搞外貿的。去年，他移民到阿根廷去了，阿拉就分手了。我還為他打過兩次胎，打一次一萬元，男人沒一個好的，就要抓緊機會，狠狠地敲他一筆，過了那個村，就沒那個店了。」

難怪有人說，上海女人是一個存錢罐，眼前的宋蕾就是一個「門檻精」的活教材。相比之下，也許我就顯得太蠢了一點。軋朋友半年來，用錢方面都是我倒貼，陳智偉的錢都用在準備出國了。平心而論，陳智偉吸引我的不是錢，而是另一種高於錢的東西，其中也包含了我的美國夢。就在我思考這些問題時，宋蕾又滔滔不絕起來。

「現在啊，我和一個美國洋鬼子混在一起，是在人民公園的『英語角』裡相識的，那人還會講一口流利的中文，來上海進修中醫針灸的。」

「那妳，早已跟世界接軌了。真羨慕妳啊，蕾蕾。」

「什麼接軌不接軌的，別書呆子兮兮了。聽大人講，與三〇年代的舊上海相比啊，現在相差遠啦。」她翹起性感的嘴，不服氣地說。

關於舊上海，我們只能在小說中讀到，只能在電影中看到，是真是假，我們這一代人無從比較。

我不想在歷史長鏡頭中過日子，注重把握今天，更加嚮往未來，這也許是我看中一個「鄉下人」的主要原因。論現在，陳智偉是個窮教師，可以說是身無分文，但他的前途難以估量，美國是個到處是機會的地方，對於一個既會玩又會讀書的人來講，更是充滿了機會。

宋蕾又一次打亂了我的思緒，一本正經地說：「媛媛，要說羡慕，妳這麼漂亮的美人兒，要多少洋人沒有啊？足足可以排一整條淮海路。說句客觀的話，外國人到上海，一是爲了做生意，二是衝著上海女人來的。上海女人，可都要把握機會啊，要麼出國，給外國人玩，要麼留在上海，白相外國人。說句外國男人，眞讓人口水直流，他們個子大，什麼都成正比例的。」

談起男人的身體結構，她比課堂上認眞十倍還不止，像個權威專家的口氣，津津樂道地講個不停，不時地鼓吹洋鬼子那玩意兒如何大，又怎樣威猛有力，自己又是如何如何地舒服。還說她喜歡玩新花樣，什麼亂七八糟的口交、肛交都試過。她說也喜歡騎在男人身上，掌握控制權，讓對方伸展到身體最深處，游刃有餘。還說喜歡在水裡享受，尋求另一種時沉時浮的刺激……她邊說邊不停地做著手勢，繪聲繪影的，活像個老淫婦，一點兒羞澀感都沒有。

宋蕾平時雖然前衛，但沒想到有如此一本豐富的「性經」，足足可以編厚厚一冊《宋氏性典》，使我佩服得五體投地。相比之下，我的那些偷偷摸摸的，又帶有一點浪漫情懷的「性事」，眞是有點小巫見大巫了。

26.別出心裁的分別

一九九一年七月十五日　晚

今天上午，我心不在焉地坐在課堂裡，不知多少次抬腕看手錶。整個身心也隨著秒針，不停地顫抖。老師兩次提問我，都是一問三不知。到十點半，我下意識地屏氣凝神，抬頭朝窗外張望了一眼，看著藍天白雲，失落感油然而生。

就在這瞬間，我心愛的陳智偉登上了美國西北航空公司的班機，飛向深邃的天際，遠赴美國深造。這並不是一個簡簡單單的赴美留學，上海灘上每天都有不少人出國深造，沒什麼値得稀奇的，而他是以全額獎學金進入麻省理工學院攻讀電腦工程博士學位，那就非同小可了，這在R大學半個多世紀的歷史上，也是屬於鳳毛麟角。所以校、系領導特別重視，專門派人派車送行，明明知道這些優秀人才一去不復返，但官場文章還得要做。

本來，我也想親自到虹橋機場爲他送行，但他怕我到時控制不住感情，以免在校領導和導師面前出醜，我無奈地答應了。我爲他的送行就提前在昨天，按照幾個星期前的約定，他在上海的最後一天，要和我靜靜地在「洞房」度過，也不去外面餐館吃飯，他說要抓緊每一秒鐘，盡情享受上海女人

的溫柔。

半年多來，我越來越體會到，性愛和吃飯、睡覺一樣不可缺少，有時顯得更重要。別的不說，就舉一個小小的例子：有一次我感到頭昏腦脹，全身上下沒一個地方舒服，坐立不安，感到世界末日快要到了，這樣的狀況持續了兩天，做醫生的媽媽給我吃了藥，也無濟於事，到最後只好去找我的「男人」，上床盡情舞蹈一陣後，渾身出汗，所有穴位豁然開通，原來的疼痛消失得無影無蹤，接著食慾大開，拚命進食，他戲稱這種治療方法叫「一點通」。後來，同樣病症又復發兩次，依然採用神奇的「一點通」，還眞的奏效。我想，這就是西醫上所講的內分泌失調，中醫所講的陰陽不調和吧。難怪有人說，健康的性生活有益長壽，也最益於女人的聲音。

對女人而言，性愛更是至關重要。因爲它和感情息息相關，並非單純的肉體之歡，女人的肉慾很大程度上是受感情支配的，而精神又帶著濃厚的肉體味。女人心理上不接受那個男人，感情上不喜歡那個男人，絕對不會跟他上床，除非她是娼妓，除非她是間諜，除非她爲了達到不可告人的目的。

昨天一早起床，精心打扮後上學。一堂課後，溜之大吉。走到街口，招了的士，直驅R大學，抵達教工宿舍正是中午十一點。快步登上三樓，敲了幾下房門，但無人回應，時間是他定的，爲何人又不在？感到萬分納悶。只好試著用力推門，突然敞開，門上方落下三朵火紅的玫瑰，嚇了我一大跳，就在驚叫之際，他從門後竄出，雙手緊摟我的腰，舌尖快速伸入我嘴裡。接著，把我抱到床上，他簡直就像一個色狼，粗魯地剝光我的衣服，未等我完全反應過來，他已像一頭凶猛的野獸，進入我的身

體，我調動所有神經系統，盡快趕上他的節奏，享受令人銷魂的「高峰體驗」……

兩人死去活來一陣後，我才如夢初醒。睜開眼睛，突然見到寫字台上擺了一桌香噴噴的菜餚。仔細一看，都是我喜歡吃的夏季菜，有酒糟雞翅、醉蟹、涼拌黃瓜、涼拌海蜇，還有油爆蝦、鴨肫肝，另有兩樽法國紅葡萄酒。原來，他前一天就去附近的餐廳訂了外賣，我抵達十分鐘前他剛剛取回來。還是第一次發現他如此周到細心，自然是一番感激涕零。

「今天，非叫這兩個瓶底朝天。」他邊開酒邊說。

「本小姐一定奉陪，不醉不休。」我握緊雙手，學古人作揖狀。

「一言爲定。」他遞給我一杯。

兩人一絲不掛，舉杯齊眉。兩個杯子在半空中碰撞，發出清脆的聲音。

「祝你一路平安！」

「祝我們夫妻早日團聚！」

他一飲而盡。我也不甘落後，一口氣喝完半杯。他坐在床沿擁著我，我斜躺在他懷裡，邊品嚐佳餚邊餵他進食，好讓他騰出雙手，做更重要更有趣的事。他也絕不偷懶，不停地上下其手，時而直線，時而轉彎，時而停頓，偶爾發出驚人的感嘆。有時索性低下頭來，用三寸不爛之舌幫忙，舔一番、吮一下、吸一次，直到我扔掉筷子，發出嗲聲嗲氣的尖叫，又將我的全身壓在他的下面。

和往常一樣，每次翻雲覆雨之後，我都會習慣地躺在他懷裡，伸出手臂和他比黑白。我的白皙不

言而喻，他的黑雖然比不上黑人，但也夠厲害的，接近於古銅色，這點和我父親不分上下。我喜歡皮膚黝黑的男人，想來和家族遺傳有關。我媽媽全身白嫩得出奇，四十多歲了，皮膚還像水蜜桃般，碰一下，水就會流出來。一眼看上去，她就是江南大家閨秀的風範。而爸爸皮膚黝黑，好像被煙過濾過，他出生在銀川，三歲時跟著父母到上海，後來一直沒離開過這個他並不十分喜歡的城市，也算是個「老上海」了，也許是大西北的風水，練就一副標準的男子漢形象。曾經聽我奶奶說過，當初我媽媽嫁給爸爸，看中的就是他一身的「黑皮」，但外公外婆卻不以爲然。我也曾經悄悄問過媽媽，爲什麼嫁給皮膚這麼黑的人，媽媽老是想迴避，但最後還是露出一句：你爸爸黑得非常健康，少有的健康。搜索枯腸，在我的記憶中爸爸只感冒過一次，倒也印證了媽媽的說法。

我早就暗地猜測，媽媽是學醫出身的，深諳人體之道，其中定有奧秘。直到今天，看到眼前的「黑皮」陳智偉使不完的勁，出色地做出一次又一次的表演，總算體會媽媽年輕時的選擇，一白一黑，反差強烈，更會激起衝動。還有，國外早就有心理學家研究指出，黑人的性慾比白人、黃種人都強，那麼，同屬黃種人中的皮膚黑白程度與性慾強弱，到底是否也有內在的關係呢？

三個小時後，兩瓶紅葡萄酒已全部被消滅。兩人醉醺醺地躺在床上，摟成一團，呼呼大睡起來。

我睜開惺忪的眼睛，已是深夜十點多，馬上叫他起身。他睜大雙眼，好像仍在夢裡一樣，摸著我的下身，講著囈語：「老婆啊，眞想做個貞操帶給妳鎖上。」

「你就放心去美國吧。你是我唯一的男人。」

他突然流下淚水：「媛媛，我一到那兒，就會想辦法把妳接到美國。」

「不急，你先集中精力讀書。有空的話，給我多寫點信就可以了。」

我順手遞給他一個信封和一本精選小相本，信封裡面裝了三百美元，這是我從小到大的所有壓歲錢，前兩天到華僑商店門口黑市兌換的。

「相本我一定帶走。這錢，我不能收。怎麼能用妳的錢？我還是男人嗎？」

「這個時候，還分你我？你不是說，我是你的老婆嗎？我知道，你身上也只有兩百多美金，萬一學校裡沒派人接機，你就叫的士，身上可少不了錢啊。」

在我再三勸阻下，他終於收下了三百美元，感激得眼淚奪眶而出，我也情不自禁地落下眼淚。轉眼間，兩人哭得像個淚人，緊緊抱成一團。這是為離別而哭泣的，這次的分離不知何時相逢。分離是相逢的開始，只不過是一句阿Q式的自我安慰罷了。

他一手捧著三枝紅玫瑰，另一個手挽著我，送我到校門口。在大街上，他攔了一輛的士。臨上車前，兩人再一次吻別。

我極不情願地鑽進車內，他把玫瑰遞給我。司機大概是等得不耐煩了，用力踩油門，車子飛起來了。

「為什麼是三朵？」我快速搖下玻璃窗，揮了揮手中的玫瑰，大聲嚷著。

「我——愛——妳！」他高高地舉起手，伸出三個手指。他那響亮的叫聲，劃破了夜空。

27. 母親河的拒絕

一九九一年十一月六日　深夜

黃浦江啊，您是大上海的母親河，您是每一個上海兒女心中的河。自幼喝黃浦江的水長大，對她情有獨鍾。就因爲彼此產生了濃厚的感情，黃浦江對每一個上海人都備加愛護，從不輕易接受任何一個子民，除非他犯了天忌，除非他無冤可伸。

一個禮拜前，我在外灘黃浦江畔徘徊了足足二十四個小時，心境如同歌德筆下的少年維特。我的美國陪讀夢，一夜之間被可恥的謊言徹底毀滅了，中學好友雷雅萍、衛校好姐妹宋蕾，還有那數不清的好朋友怎麼看我？他們都知道，我有一個去美國讀書的男朋友，他們知道我也快要去遍地是機會的國度了。我無形中感到，那一雙雙白眼已經化成帶刺的箭，射向我的全身，我已經遍體鱗傷，早已不成人形。最使我傷心痛苦的是，陳智偉不露痕跡地欺騙了一個無辜少女的眞摯感情，自認爲聰明的上海女人，竟被一個「鄉下人」玩弄得如此慘不忍睹，毫無立錐之地，不如閉上雙眼，勇敢地跳進黃浦江，所有的煩惱就會一了百了。

深夜的濱江大道上，涼風習習，吹得渾身冷颼颼的。我沿著江堤，從外白渡橋走到南邊的延安東

路，再從延安東路走向外白渡橋，在這一點五公里之間來來往往，實在累了，就席地而坐，然後又起身茫然地行走。拍岸的濤聲交織著輪船的汽笛聲，更增添了我的煩惱。眼前數十座綿延起伏的萬國建築大廈，往日看起來如一座座晶瑩剔透的宮殿，目下卻像一個個黑窟窿，那哥德式的尖頂如怪獸的舌頭，那巴洛克式的廊柱像毒蛇，張牙舞爪地向我撲來，發出一陣又一陣震耳欲聾的嘲笑聲。這響亮的譏笑聲似乎也在呼喚我：妳這般年輕，這麼漂亮，妳的青春才剛剛開始，爲一個「鄉下人」殉身值得嗎？年輕人，勇敢地抬起頭，明天會更好。

面對江心，大腦中始終被跳不跳下去糾纏著。如此痛苦的思考，差不多一天一夜了。我乾脆拿出硬幣，拋向空中，讓它自由落在地上，如果國徽朝上就不跳，跟自己賭了好幾次，都是國徽朝上，也許我命中注定不該跳下去。就在這時，就在延安東路碼頭處，突然被當地巡邏的兩個警察叫住。他們說，接到過路市民的電話後，已經派人跟蹤了我一個晚上，以防發生意外。經他們盤問，正是我所居住派出所要尋找的人，顯然，是我家人已報了警。

爸爸媽媽見了我，像重逢失散多年的親人，抱著我痛哭流涕。最後在爸爸耐心開導，和媽媽跪地請求下，我終於說出了陳智偉的卑鄙行爲，但有關墮胎的事依然守口如瓶，這個見不得人的秘密，就讓我一個人承擔吧。

陳智偉七月十五日離開上海後，我每天都在等待他的來信，兩週未等到，三週又沒有，一個月還是沒有來信，到底是病了？還是發生什麼重大的事呢？我焦頭爛額，再好的美餐到我嘴裡都味同嚼

蠟，夜不能寐，最後只好靠安眠藥維持。臨走的前一晚講定，他一到波士頓當天就寫信給我的，我到郵局問了好幾次，都說航空郵寄信件十天左右就該收到了，再遲三週也到了。

九月初，在媽媽的特殊「後門」下，我進了一家市級醫院的高級病房當護士，離家不遠。工作倒一點兒不累，但我還是無法集中精力做事，整天頭暈目眩，大腦裡老是浮現陳智偉的影子。短短兩週內，老護士長已向我發了三次脾氣，好在她知道副院長是我媽媽大學同窗，也不敢對我怎樣，如果碰到其他人，早就被她炒魷魚了。

一直等到九月底，依然杳無音訊，我再也忍受不住了。到R大學找到雷雅萍，請她設法打聽。她知道一些我和陳智偉的親密關係，但絕對不會想到我們會那樣水乳交融，她是一個十足的書呆子，也在準備托福，爭取畢業前赴美國留學，免得工作後申請出國限制多多，還要付什麼培養費之類的。

雷雅萍一聽還沒收到陳智偉的第一封信，同樣感到納悶，她還以爲我早已收到信了。兩人商量來商量去，最後想出一個好辦法，找他在系裡讀研究生時的導師，因爲以前聽講過，他和「老板」的關係不錯。至今我也不明白，爲什麼那些研究生喜歡把自己的指導教授稱爲「老板」，也許是跟西方人學的。

三天後，雷雅萍終於打聽到，陳智偉的老板就是赫赫有名的蔡教授。但可惜，他去溫哥華參加一個國際研習班，要到十月底才能回滬。聽到這消息，我眼淚直流，僅有的一根救命稻草也沒了。雷雅萍又設法找到他兩個師兄，都說沒收到他的信。看來，也只有等待蔡教授回國了。

蔡教授回滬後的第三天，陳智偉的一個大師兄悄悄告訴雷雅萍，陳智偉的太太一週前剛從武漢到

波士頓陪讀，蔡教授在溫哥華還跟他太太通過電話。雷雅萍把原話搬給我聽後，我固執地講那個大師兄年紀太大，記憶力不好，搞錯了。

次日，雷雅萍陪同我到蔡教授府上登門拜訪。蔡教授聽了我的來意後，無奈地證實，大師兄的話是眞的。原來，陳智偉的結髮之妻在武漢，是他大學老師的千金，當初也就是這個老師推薦他報考上海名校的。蔡教授還反過來懷疑，他的好學生陳智偉是不會欺騙女孩子的……

可能用「傷心絕頂」來形容我的感受，都嫌不夠。我怎麼會這麼傻呢？機場不肯讓我送行，從不讓我見他老板，獨自一人回老家，從不肯在校園附近的餐館一起進餐，從不給我介紹他的那些朋友……這一切都是經過周密的考慮，早已打下欺騙的伏筆。

我這個自認爲聰明的上海女人，一直蒙在鼓裡，任由他玩弄。他遠走高飛後，還規規矩矩地爲他守節，眞是一個智商奇低的笨女人啊，恐怕整個十里洋場都找不到第二個。難怪有哲人說，戀愛中的女人是最蠢的。

28. 遠離傷心城

一九九二年一月十五日　深夜

經過兩個月死去活來的掙扎，我決定盡快離開令我傷心的城市。儘管這是生我養我的土地，但我如果跨不出國門，心裡這股氣出不了。最好還要想方設法去美國，親自找陳智偉這樣的狗男人算帳，非把那玩意兒剪下來做成標本不可，掛在他老婆房間裡祭拜。如果有錢的話，僱個職業殺手幹了他也不錯，但要千刀萬剮，不要一槍那麼便宜他。

直到現在我才恍然大悟，他當初為什麼要勤練跳舞，為的是征服上海女人。據他自己講，剛抵達上海時只會跳最簡單的慢三步，在一次學生會主辦的舞會上，他請了五個女孩跳舞，沒一個理睬他，大概都嫌他的鄉下人打扮，請到第九個姑娘時，總算上場跟他跳了，但他在轉彎時不小心踩了對方一腳，那姑娘立即拉長面孔，甩了甩手，嘴裡大聲罵了一句：「你這個鄉下人，不會跳舞，不要出來。」當場揚長而去，搞得他好尷尬，一點兒男子漢的自尊都沒了，眞想找個地洞往下鑽。從此以後，他發誓要學好跳舞，精心包裝自己，征服高傲漂亮的上海女人……但絕對沒有想到，我會成為他胯下的玩物，成為他報復上海女人的犧牲品。

這段時間裡，宋蕾給了我不少安慰，我們常泡在「北海道酒吧」裡，和老K已混得很熟。儘管我知道，宋蕾玩得越來越野，聽說她還抽大麻，但我這個時候，就需要她的瘋狂，就需要變態的刺激，只有這樣，我才會暫時忘卻那個負心郎陳智偉。也只有這樣歇斯底里地發洩，我才能維持內心的平衡。

有一個深夜，我和宋蕾正準備離開「北海道酒吧」，突然進來兩個陌生的中年男人，好像和老K很

熟，談笑風生的，其中一個胖胖的和宋蕾也打了一聲招呼。她悄悄告訴我，這兩個台商很有錢，今晚不走了，好好敲一筆竹槓。帶著幾分好奇，我也跟著不走了，看個究竟。

果然不錯她的所料，兩個台商走過來和我們搭訕，看來他們是衝著我倆來的。坐下後，那個胖男人馬上摟住宋蕾的肩，做出很親熱的樣子，問她喜歡吃什麼，隨便點，今晚他全包。另一個瘦長的男人，規規矩矩地坐在我旁邊，用四不像的上海話跟我閒聊上海菜。我和宋蕾都吃不下什麼，各自點了杯雞尾酒，他們則點了一個日式招牌套餐，邊狼狽地吃著邊和我們閒聊。剛放下筷子，宋蕾就跟著那胖子上二樓包廂了，上面燈光暗淡，是專供人家偷雞摸狗的。

宋蕾曾和我提起過，二樓還有一個舒適的「廁所」，裡面有一個三人沙發，是專供客人即時行樂的，每對進去一小時，老K收費二百元，算是場地費。我想，宋蕾這麼風騷地上樓，免不了要和那個胖子上「廁所」。正想著，我旁邊的台商突然誇讚我長得漂亮，沒完沒了的樣子，我直截了當地問他到底想做什麼，他也爽快，伸出一個巴掌，我不太明白他的意思。他解釋說，上去一小時，給我五百元，就是摸摸而已。我搖搖頭，他伸出兩個手掌，我還是搖頭。

「到底要多少？您開價吧。跟我到酒店，更高。」他好像生氣的樣子。

老K見狀，馬上走過來打圓場：「陳老板，這位小姐還是姑娘啊，別發脾氣！慢慢講。」

「姑娘？上海灘上還有姑娘？我敢打賭，如果她還是處女，我付她十萬……」他一副囂張的樣子。

自從陳智偉甩了我，我對「處女」兩個字非常敏感，誰在我面前提這兩個字，我就會生氣。當初

懷著一片少女的純潔之心，獻出了我珍貴的「第一夜」，但沒想到，好心沒好報，竟然被一個「鄉下人」玩得慘不忍睹……算你陳老板倒霉，正好撞在我槍口上。

我起身聲嘶力竭地叫起來：「他媽的！我是什麼，管你屁事！要找女人，就去找你媽。」

老K和陳老板還沒反應過來，我就揚長而去……

沒過幾天，我中學的另一個好同學黃虹從深圳回滬探親，她約我在西郊的龍柏飯店見面。她中學畢業那年，跟著他哥哥去了深圳，據說混得蠻不錯。

見她一身新潮的性感打扮，讓我吃了一驚，特別是那一頭金髮，配上大耳環倒也迷人，她還叼著煙，眞跟兩年前判若兩人，她以前是很樸素的。

問她深圳如何，她坦率說，在一家港資企業當秘書，還兼做情婦。四十多歲的老板包她吃住，每個月從香港到深圳一次，陪他兩晚，每個月除薪酬外，老板再貼她五千港幣零用。

她吐了一口煙說：「我們這些人被稱爲『二奶』，深圳很多的。我還算好，每個月就陪他兩晚，有些人啊，每個禮拜都被人家包起來，自己一點兒自由都沒有。」

「請妳不要見怪，這和做妓女有什麼兩樣？」我有點不解地問。

「實質是一樣的。但每個男人規矩不一樣，有的不准二奶跟其他男人有瓜葛，那他出的價錢要高一點。我那個老板啊，不允許我帶野男人到住處尋歡，其他也沒多大限制。」她輕描淡寫地說著。

「原來深圳是這樣？」我情不自禁地說。

「我的大美人，上海太保守了。沒有什麼臉紅的，我們也是憑本事拿錢。青春，就是我們的本錢……憑妳的美貌啊，一到深圳就被富商看中，沒幾天，就有人來找妳。說不定，還是年輕富豪來娶妳。」她極盡耐心地說服我。

她又點起一支煙，繼續說：「這次到上海來開訂貨會，就是跟這個老板來的，他去開會了。我是想多掙點錢，然後出國做生意……」

最後，她再次勸我，不如到深圳一起打天下，讓我嚇了一大跳，難道也去做「二奶」，我還沒淪落到這個地步吧。但爲留一條後路，我也沒有拒絕她。

回家後，我打聽家人的口氣，爸爸看我樣子很喜歡深圳的，馬上說，除了外國，中國沒有什麼城市適合上海人去的，深圳再好，但文化跟不上去，總擺脫不了小漁村的影子，而上海一旦發展起來，那很快就會恢復昔日的輝煌，是和紐約、倫敦、巴黎並駕齊驅的，因爲上海的工業基礎雄厚，文化發達，地理位置又好……面對這一大堆理由，我也只好死了去深圳的心。

自從母親發現我抽煙後，再也不忍心看到我一天天頹廢下去。爲了使我盡快擺脫失戀的陰影，重新再活一次，也怕我眞的去深圳，她終於答應我申請去日本留學。說是留學，事實上就是註冊一間語言學校，然後去打工掙錢。爸爸起初不太同意，提起日本他就談起「南京大屠殺」，過不了心理這一關。但最終在媽媽的苦口婆心以及奶奶一再勸阻下，總算點頭默認了。媽媽立即湊錢，請在日本的一個鄰居辦理語言學校。

陳智偉，你這個負心郎，我總有一天會找到你，殺了你！本小姐沒你那麼大本事，先出去再講，總有辦法到美國找到你的，你就等著瞧吧。

6 警方傳召美國花花公子

29. 傳召美國花花公子

根據「一號女屍特別調查組」一月十一日晚上的決定，立即傳召美國水牛城3P汽車公司總經理大衛。原來跟他約好十三日上午十一點來警察局，沒想到，他十點鐘就大搖大擺地來了，說下午要趕回對岸開董事會，也不知道他葫蘆裡賣的什麼藥。就在這個時候，章家三口也到了警察局，本來講好由西蒙向他們詳細介紹破案進展，搞得西蒙有點措手不及，只好叫特別調查組的另外兩人去應付一下，好在是照本宣科。

西蒙警長未想到，素有「花花公子」之稱的大衛先生，今天碰頭卻如此畢恭畢敬，甚至有些低頭哈腰的樣子，抱著一種非常合作的態度。他們已不是第一次見面，以前為其他案子也打過好幾次交道，與他那個腰纏萬貫的父親一模一樣，個子高高大大，鼻子挺挺的，從頭到腳都是趾高氣揚的樣子，好像他是全世界的總經理，地球如果少了他就不會旋轉。這回，他一點點巨商的架子都沒有，西蒙倒反而覺得有點奇怪。但他仔細想，至少也可反映出他對這件案子的重視程度，或者說他和死者確實有過一段不錯的感情。還有，他一定知道警方已經掌握他與死者有染，急於要證明自己是清白的，以免被當成嫌疑犯。

剛坐下，他主動對西蒙說：「我是昨天上午剛知道Camille死了，還是阿維德告訴我的，就是你們以前的市議員。真可惜啊，東方維納斯就這樣殞落了，太悲慘……前天下午，我剛從加勒比海岸度假回水牛城。」

「那你是什麼時候開始度假的？」西蒙隨口問。

「喔，讓我想一想。應該是十二月二十七日中午，星期三吧。」大衛坦然回答。

西蒙點了點頭，出於一種職業習慣，從時間上先判斷作案的可能性，因為章媛媛是二十九日凌晨五點鐘斷的氣，而大衛在兩天前已離開了加拿大，顯然他不太可能是兇手，除非他買兇殺人。

為掩飾先前問話的冒失，西蒙笑著說：「當然不知道，案發時你正在沙灘上曬太陽。怎麼樣，這次和哪個女人一起去的？」

「是個法國人，魁北克來的，對面美國律師樓裡的秘書。如果你要她的地址求證，我馬上可以給你。」

「你就不怕我勾引漂亮的法國女郎？以前我在警校，也有過一個『色狼』的綽號啊……」西蒙說著，哈哈大笑起來。

「你這個警長啊，眞是太幽默了，全加拿大都找不到第二個。這個時候，我就沒有雅興跟你談女人了。」大衛一本正經起來。

女警員喬安娜來個順水推舟，笑嘻嘻地說：「那就請你詳細談談與章媛媛的相識經過吧，儘量全面一點。」

大衛清了清嗓子，娓娓道來：「大概是一九九九年十月初，具體日子已經記不起來了，在尼加拉賭場內我與她邂逅。那晚，我在三樓貴賓廳玩二十一點，一個多小時就輸了九千多元，急得渾身冒冷汗。我抬頭看莊家，準備調整情緒後再次拚搏。就在這時，見到一個美麗的東方女郎站在我斜對面，她穿著低胸黑色連衣裙，長波浪頭髮恰到好處地披在肩上，一對眼睛閃閃發光，顯得既單純又性感。不怕直說，我是在美女堆中長大的，人家都叫我花花公子，但從來沒見過這麼迷人的東方姑娘。我朝她瞟了一眼，她抿嘴微笑，然後輕盈地向我走來，像一陣和暖的春風，我們相互點了點頭。說也奇怪，她一站到身旁，我的賭運立刻轉好，一小時不到，我挽回了大概七千多元。她依舊站在我身旁，一句不吭，嘴角邊總是掛著笑容。接著，我連連進帳，一直到深夜三點我離開賭桌，總共贏了一萬五

千元。」

大衛喝了口咖啡，繼續說：「她對我來說，簡直就是一個幸運財神。那晚我當然要好好謝她，請她喝酒。就在我們進入酒吧時，正好遇到市議員阿維德先生出來。我與這個色鬼是老相識了，自然駐足打招呼，沒想到Camille同他也熟識，還勾肩搭背的，一副親熱無比的樣子。我們三人乾脆坐下來喝酒，這時，阿維德乘機跟我好好介紹了她，說她不但外貌驚人，而且天資聰穎，再加上東方女性的賢惠大度，做起事來一絲不苟，凡好女人有的優點他都講了，好像急於推銷公司的新產品一樣。當然，他也把我好好吹捧了一下，並說出了我的身分，還說出我父親就是這家賭場的大股東。阿維德喝了一杯曼哈頓告辭後，我又喝了杯曼哈頓，Camille喝了一杯血腥瑪麗。臨走前，我塞給她一千元，謝謝她帶給我運氣，並遞給她一張名片。她也給了我手提電話號碼。」

「後來，你們就成了好朋友，是不是？」西蒙急著插嘴問。

大衛點了點頭說：「是的。大概一個星期以後，我約她在賭場相見，她陪我玩百家樂，三個小時我贏了七千多。那晚，我邀請她回我住的希爾頓酒店共進晚餐，她大方地答應了。接著跟我上了樓。那一夜，我徹底地醉了。沒想到中國姑娘是這樣的迷人，皮膚異常的細膩，既溫順又體貼。說實在的，她的柔情絕不亞於西方女人……沒過多少時間，我墜入不可自拔的愛河。」

西蒙馬上打斷他的話說：「就在那時，你送給她一輛328iBMW汽車？」

「是的。大概是十月底。她原來有一輛很舊的尼桑車，聽說引擎有點問題，準備維修，我就叫她扔

了。帶她到車行挑選車，她一眼就看中了這種型號的紅色ＢＭＷ。事實上，那家車行的名車很多，她沒有挑選昂貴的，幾乎挑了最便宜的車，這與我以前的所有女朋友完全不一樣。從這件事可以看得出來，她不是故意要我的錢，敲我一筆。另外，她也從來沒有主動向我討錢，我反而每個月心甘情願地給她兩、三千作零用。那時她沒有工作，好像在上社區學院的英文補習班。我在對岸有寓所，通常都是週末來這邊賭場玩幾手，放鬆放鬆，那段時間就住在Camille的湖濱大廈公寓內，算是半同居狀態。神奇的是，我這樣的情種，很快眞心地愛上了她，三日不見好像失魂一樣，有時會在半夜駕車過來看她，這種感覺是我從來沒有過的，也許她是東方人，對我來說有一種新鮮感，與我以前的清一色西方女友完全不一樣。尤其是光滑細膩的皮膚，令我如醉如癡。我也首次親身體會到，爲什麼有的富翁喜歡找東方女人當妻子。她們身上的許多美德是獨特的，西方女人不可能擁有，即使要學，恐怕終身都學不到。」

「那你家人知道嗎？比如說，你那傲慢的父親。」喬安娜問道。

「在我父親六十大壽的派對上，我第一次帶著她公開露面，應該是十一月底。那晚我發現，與她親熱打招呼的人都有一定地位，包括議員、巨商、著名律師和醫生等等，從他們的眼神交流來判斷，彼此關係非同小可。他們有的當著我的面與她調情，簡直向我發出公開的挑戰，有的用異樣的目光看著我，不乏譏笑的嘴臉。那晚，我第一次覺得這個中國女人不簡單，有點像小仲馬筆下的瑪格麗特，屬於高級交際花一類，說不定也有一個老態龍鍾的有錢伯爵在背後支撐著她，甚至早已被別人包養起來

……」

西蒙警長問道：「你父親是什麼態度？」

大衛略微停頓一下說：「沒過幾天，我爸爸專程找我談話，叫我不要和這樣的女人多交往。大概是有關Camille的閒言閒語傳到他的耳邊，他是一個非常精明的商人，生活細節上也是如此。一定是掌握了足夠的證據，他才會如此嚴肅地訓斥我，以往我交過不下三十個女友，他從來沒有管過我。我父親是個傳統的英國後裔，價值觀念比較保守，他再三強調，不想看到我成爲二十世紀末的阿爾芒。」

30.領教中國女人的厲害

西蒙警長似乎有點不耐煩地問：「那後來，你們兩個人的關係，到底怎麼樣了？」

大衛呷了口咖啡，繼續說下去：「那時我已深深愛上了Camille，每天都想和她共度良宵。有次深夜，我發誓要娶她爲妻，而她無動於衷，只是笑著說時間會證明一切。我內心越愛她越希望她與其他男人斷絕來往，而她總是婉言拒絕回答。有個週末我同她在床上，突然有位中國男人打來電話，她竟然把我扔在一邊不理，眉飛色舞地與對方聊起天來。十五分鐘後總算掛了線，我對她大發雷霆，乘機發洩她與其他男人交往的不滿情緒。她邊穿衣服邊發脾氣，說我沒有權力阻止她與任何人交往。我隨

手扔掉一個小花瓶，想嚇嚇她。但沒料到，她抓起一本字典向我的頭砸來，還好被我躲開了。接著，她大聲叫嚷著『中國女人不是好欺的』，還發瘋般地叫我滾，我一氣之下奪門而走。那是我們相識兩個多月來，第一次見到她發脾氣，兇惡之勢並不遜色於西方女人，我也總算領教了東方女人的另一面。」

「你們就這樣分手了？」女警員喬安娜邊在本子上作記錄邊急著問。

大衛搖了搖頭說：「沒有。三天後我致電道歉，她也說對不起我。據她後來說，那晚是她舅舅從香港打來的越洋電話，他們有很長時間沒通電話了。我們重歸於好後更加歡樂、瘋狂，似乎越吵越親熱，我買了很多禮物送給她，包括 **Tiffany**、**Cartier** 的鑽石珠寶首飾，以及 **Chanel**、**Jacob**、**Holt Renfrew** 等多件名牌衣服，還特地帶她到邁阿密度假一週，纏綿不已。回來後，她給了我一套住房鑰匙，這證明她對我已經開始信任。那時，她的英文口語已很流利，我與她商量決定，聖誕節後帶她到我公司參觀，如果她願意的話，我想安排她做點秘書之類的簡單工作。當然，也想乘機叫她搬到美國居住，自然而然地離開那些追逐她的男人，開始一種屬於我一個人的全新生活，我想百分之百地擁有她，獨自一人佔有她，愛情和肉慾都是排他的。至於我的家庭，暫時先瞞著再講，我想總有一天會接受她的。何況，我的經濟早已獨立，這些年我這麼多錢，都是自己辛苦掙來的，當然，父親在我剛入行做生意時給過我不少經濟上的幫助，最壞的打算就是與家庭分裂……」

他皺起眉頭，看了看在座的三個警察，繼續往下說：「但是，就在聖誕節的前兩天，晴天霹靂完全打碎了我的夢想。好像鬼使神差一樣，那天下午我突然趕回她的寓所，取一份前晚留在那兒的合

約，可鑰匙伸進去開不了門，顯然是反鎖著，我以爲發生了什麼事，立即按門鈴，一兩分鐘後她伸出頭來開門，見到我，她的臉色馬上變了。我進屋，看到客廳的沙發上坐著一個東方男人，他還站起來與我打了一個招呼，好像叫Peter，長得蠻英俊的，人也挺高大。可想而知，一男一女緊鎖著門能幹些什麼，何況她還穿著一身睡袍。人家都說我是個花花公子，但事實上我很在乎純眞的感情。在男女愛情上，我是一個容不得眼裡有半粒沙子的人，跟我好就得全心全意，我是眞心愛她的，所以絕對不允許她與其他男人有肉體關係……當天晚上，我在水牛城打電話給她，心平氣和地提出與她分手，她比我顯得更平靜、更瀟灑。她說沒有必要多做解釋，總有分手的一天。那個聖誕節是我有生以來過得最不開心的，我喝了很多酒，醉了就睡，醒來再喝……」

西蒙習慣地摸了摸小鬍子，打斷大衛的話：「一九九九年聖誕節以後，你們有沒有來往呢？」

「那次分手後，我們再也沒有見過面。去年六月份她生日的時候，托花店送過一束白色茶花給她，這是她最喜歡的一種花，另外她還喜歡玫瑰。第二天接到她禮節性的致謝電話，聽得出來她活得很開心。但這次聖誕節前，她曾打過電話給我，好像心情不太好，情緒很低落的口氣。本來想約我出來吃晚餐的，但那陣子我們公司的工人罷工，我忙著參加勞資雙方談判，一時抽不出空過來。我說等一月份再講，所以我們始終沒有見上面，眞是太遺憾了。」

女警員喬安娜指手劃腳地說：「那你知道不知道，那時她常跟誰來往？知道他們的名字嗎？」

大衛摸了摸腦袋說：「據我知道的，有著名律師多米尼克、天霸電腦公司的總裁里根、對岸的著

名外科醫生夏里斯、北方電訊的高級工程師王先生，好像是個香港人。當然，還有那個東方男人Peter。我的名片冊裡大概有一些他們的名片，我回辦公室查一下，到時傳眞給你們。我會儘量回憶，提供我所掌握的情報，但願早日將兇手緝拿歸案。」

接著，他又補充說：「還有，我看那個前市議員阿維德，不是個好東西。這個色鬼和Camille的關係非同一般，應該掌握不少眞實情況的。有一次深夜，他那個風騷的老婆曾打我的手提電話吵醒我，問我最近是不是和阿維德一起喝過酒，她懷疑阿維德和一個中國姑娘有染，我想這個中國姑娘就是Camille了，那時Camille正全裸著躺在我懷裡，我就隨便講了幾句安慰話，算是搪塞過去了。這個老色鬼，漂亮的女人是逃不過他手掌心的，何況Camille是絕對的東方尤物，哪一個男人看到都會口水直流的，她在和我交談中曾經流露出，有一陣子他倆的關係很密切，週末常在一起跳舞，也在美國一起過夜，但到底是否上過床，那我就不敢肯定了。」

西蒙警長心想，你這個大衛和那個阿維德，都不是好東西，這個時候還不忘記狗咬狗，眞是一對難分上下的活寶貝，看你們兩個誰笑到最後。說不定，沒一個好的，都是喜歡玩女人的色鬼，玩了之後拍拍屁股走人，什麼後顧之憂都沒有。

臨走時，大衛再三提醒西蒙：「Camille的葬禮別忘記通知我，再忙我也要過來參加。畢竟我們有過三個月的戀情，至少我是眞心愛她的，她是一個非常可愛的東方安琪兒，太可惜了。」

西蒙看著他熱淚盈眶的樣子，拍了拍他的肩膀，連連點頭。女警員喬安娜可能也被大衛的虔誠所

感動，默不作聲地看著他離開辦公室。

31. 章家無奈接受事實

就在大衛錄口供的相同時間，老章一家三口坐在警察局會議室裡，聆聽特別調查組的兩名成員介紹偵查情況。爲免語言上的障礙，警察局特地從多倫多請來了一個中英文傳譯員，事實上，死者弟章嗚嗚的英文足夠應付。再說，老章夫婦都能聽懂英文。

當他們得知親骨肉在加拿大從事賣笑生涯時，個個呆若木雞。這突如其來的消息，不是地震，勝似地震，不是颶風，勝似颶風。他們的大腦好像被電擊棒狠狠地敲了幾十下，連半句話都講不出來，站在那兒你看我，我看你。

章先生渾身直冒冷汗，緊握雙拳，想盡辦法控制自己的情緒。作爲一個愛女如命的父親，作爲一個中國的高級知識份子，作爲一個小有名氣的電力專家，怎麼都難以接受如此的恥辱。自己是個標準的外冷內熱的男子漢，女兒學業雖然一般，但她的天生麗質足以引起全家族的自豪，平時表面上對她管教甚嚴，怕的是她吃虧上當，內心深處可是非常寵愛她。女兒啊，我可憐的媛媛，妳怎麼選擇了這一條死胡同……

章太太得知這消息，比聽到女兒的噩耗還要痛苦，臉色變得越來越蒼白，全身哆嗦，心中似乎在流血。隨即，她嘴裡不停叫「不可能，不可能」，人突然倒在地上，像一團爛泥，當場暈了過去。好在警察局早有準備，隔壁房間的兩個醫護人員提著醫藥箱，立即衝了進來，馬上把她抱上長沙發平躺，向她嘴裡噴了一點藥，在她額頭灑了一些水。五分鐘後，總算甦醒過來，在場的人才喘了一口氣。

而章嗚嗚恍如閱讀歐美小說中的情節，一個又一個的妓女形象在他大腦裡旋轉著、交疊著，但他絕對不相信，如此悲慘的命運會發生在自己胞姐身上。自從懂事起，姐姐在他心中就是一個美麗純潔的形象，見過姐姐的同學都說她漂亮，而他每次都會再加一句，我姐姐的心靈更美。

雖然全家三口不相信章媛媛會走上這一條不歸路，但在警方大量人證物證的紀錄前，他們也只好無奈地接受事實。怪則怪上帝太無情，連這樣一個弱女子也不放過。或者是家族前世未修好，種下了禍根，讓章媛媛一人來承受災難。

警員把他們送回湖濱大廈後，全家人癡癡地坐在客廳裡。他們的精神徹底崩潰了。章太太手抓女兒的遺物，往臉上靠，用鼻子嗅，活像一個患了老年癡呆症者，慢慢又哭出聲來。老章站在窗旁猛抽香煙，面無表情地遠眺湖景。章嗚嗚出神地看著凋謝的茶花，腦海中不斷交替出現瑪格麗特和姐姐的形象。

室內煙霧騰騰，靜得教人害怕，空氣更令人窒息。他們如同三具僵屍，動也不動地坐立在不同的位置上。

「不要抽煙了，好不好。快熏死人啦。」章太太實在透不過氣來，發出輕輕的埋怨聲。

老章大力地抽了口煙說：「死了倒好。都是妳，出國出國，弄成這個樣子。我看妳，還要不要嗚嗚出國。」

「當初還不是那個陳智偉去美國，甩了媛媛，搞得她想自殺。我也是想讓她換換環境啊。再說，你也同意的呀。」

「等我知道，你們已把錢寄到日本了，先斬後奏，不同意也得點頭啊。」

章嗚嗚站起身，發瘋般地嚷著：「好啦！這個時候還爭論這些幹什麼，人都死了。我可憐的姐姐啊。」

夫妻倆被兒子的叫喊聲嚇呆了，立刻住口。在他們的記憶中，兒子還是第一次發這麼大的脾氣。

「還是考慮跟姐姐辦個體面的葬禮吧。不管她怎樣，不論她做過什麼並不光彩的事，她永遠是我的好姐姐，永遠是的！錢不是問題，反正姐姐帳戶裡有十多萬。我絕不會用她辛苦掙來的錢，我會靠自己爭取獎學金出國。或許不必走這條路，如今的上海不像以前，發展的機會很多，外國公司也不少，爲什麼非要出國不可呢？」章嗚嗚對著天花板出神地講著，好像在背一段準備多時的台詞，一字一句，鏗鏘有力。

瞬息，夫妻兩人幾乎同時覺得——兒子眞的長大了。大概是姐姐悲慘的遭遇促使他，一夜之間成爲成熟的大男人。這倒也給他們雪上加霜的心田帶來一點點的熱氣，至少感到一絲的欣慰。

就在這時有人按門鈴。原來，是黑人老貝利駝著背推著小車，送來十盆香味撲鼻的白色茶花。

「這是我送給Camille的，請你們一定收下。她最喜歡白色茶花了，平時她常買的。」他彎著腰講，一副誠實的樣子。

「謝謝。怎麼能讓你破費。」老章邊講邊掏出一百元塞給他。

老貝利搖搖手說：「不能收這個錢，別看不起我這個老漢。你女兒是個好姑娘，眞的。可惜啊。」章嗚嗚也走上來搬花，並且用非常流利的英文講了一大通道理，試圖說服他收下錢，但依然無濟於事。

他還是直搖頭說：「我有個朋友開花圃，他半賣半送給我的，用不了幾個錢，我再窮也出得起啊。哎，警方怎麼這樣無能，還沒抓到兇手啊。如果是美國FBI，早就破案啦。」

章太太回答說：「警方很盡力了，已找到不少線索。但看起來案子還蠻復雜的，需要時間。」

老貝利點了點頭，擦了擦眼角的淚花，駝著背推著小車走了。

在章嗚嗚的建議下，三人一起動手，在客廳設置靈堂。章媛媛的大幅肖像四周鑲上黑布，懸掛在桌子上方的牆中央。鋪滿黑布的桌子上，擺著一盆盆白色茶花。老章在白紙上寫了四個黑色魏碑大字「媛媛安息」，緊貼在遺像下。整個佈置雖然簡單，但已足夠肅穆莊嚴。

他們三人並列一排，同時鞠躬默哀，祈禱章媛媛早日安息，也期望早日抓到兇手。

32. 連浩天獲保釋

法醫科學鑑定中心對連浩天的測試結果表明，他是A型血，與O型血死者手指甲內發現的AB型血跡不符。DNA報告顯示，連浩天的染色體和章媛媛子宮壁的精液染色體也不符。不難判斷，連浩天的口供據有一定的可靠性，十二月二十八日晚上他的確沒有與章媛媛發生過性關係。到目前爲止，還沒有足夠證據說明他是嫌疑犯。

但連浩天也找不到任何證據證明自己，十二月二十九日凌晨十二點十分至三點他在尼加拉賭場，因爲賭場閉路電視系統內根本找不到他的人影，而死者是清晨五點鐘斷的氣，所以在這段關鍵的時間內，他到底在何處始終是個謎，有待警方進一步的調查。

十三日晚上，連浩天被拘留了三天三夜之後，在CG保險公司的副總經理以私人名義擔保下，用五千加元把他保釋出來。警方要求他兩個月內不准出境，隨時傳召，他都一一答應。

在拘留中心關了三天，連浩天如同度過了難熬的三年，臉上毫無血色，加上鬍子未刮，顯得異常蒼老，看樣子像五十歲的老頭。兩個深夜，他都難以入眠，大腦中老是出現章媛媛的豐乳俏臀，再想想自己，如果找不到十二月二十九日凌晨十二點十分至三點鐘在賭場的證據，仍是最大的嫌疑犯，眞

是跳入黃河都洗不乾淨。

臨走前，他再三和「一號女屍特別調查組」的一名警員強調：「我絕對不是兇手。我是個膽小鬼，下不了那個狠心。」

警員笑著對他說：「連先生，我們是根據加拿大法律辦事，不會冤枉一個好人的。當然，也絕對不會放過一個罪犯。」

「我相信，我相信。我非常願意配合警方，隨叫隨到，早日緝拿元兇，我也就沒事了。」連浩天低著頭胡亂地說了一通，踉踉蹌蹌地走了。

當天晚上八點，「一號女屍特別調查組」召開緊急會議。有人責怪西蒙警長，怎麼這樣快就放連浩天走了。

西蒙警長聳了聳肩說：「我也沒辦法，手頭沒有足夠的證據再拘留他，只好放人。」

女警員喬安娜接過話題說：「現在連最大的嫌疑犯都不存在了。請各位別誤會，我的意思是說，連浩天不是最大的嫌疑犯，仍然還是嫌疑犯。眞像西蒙警長早就料到的，這個案件比我們想像的要複雜。」

西蒙清了清嗓門說：「現在越來越清楚，在十二月二十九日凌晨十二點十分至五點鐘之間，有一個AB血型的人強姦了章媛媛，然後發生爭執，最後殺了她，把她扔進尼加拉河內。」

喬安娜補充道：「根據《多倫多週刊》記者賈峰提供的資料查證，章媛媛初戀情人陳智偉早已離

開麻省理工學院，先在加州工作了兩年，目下不知道在哪個州工作。我們也請加拿大海關查過，最近兩個月並沒有這樣一個人從美國出入境，除非他改了名。從她的少女初戀日記來分析，她對陳智偉恨之入骨，總在想盡辦法找他報仇，一個女人把第一夜獻給那個男人，是非常珍貴的，俗話說，有多少恨就有多少愛。爲此我建議，要求美國FBI協助調查陳智偉的下落，或許能找到另一條破案線索。」

「我看啊，暫時先不要驚擾FBI。今天下午，局長也關切地問我，是否需要增加人手，或請美國FBI協助，都被我婉拒了。一切等待章媛媛的男朋友賴文雄從台灣回加拿大再講，我堅信，他一定能提供意想不到的重要線索。」西蒙警長急促地說。

一個高個子警員說：「偵辦工作已經展開整整十三天了，還是沒有實質性的進展，今天又放了最大的嫌疑犯連浩天，更變得停滯不前了，這是大家起初都沒有料到的。」

西蒙搶過話題說：「不得不承認，這個案子涉及的人太多，夠複雜的。還有，那個大衛和阿維德的口供，眞實性都成問題，這個時候啊，他們還在狗咬狗的。」

彼此討論了兩個多小時，依然沒有眉目，還是回復到原來的癥結上：章媛媛體內和內褲上的精液到底是誰的呢？頸部上的尼龍繩印記、左胸瘀血塊、右手臂三英寸長刀疤，又是誰幹的呢？她臨死前五小時到底和誰在一起？又是誰強姦了她？……

7 賭場重逢舊情復燃

33. 噩耗驚破台北

賴文雄接到尼加拉警察局的電話，正是台北時間一月十二日中午十二點整，一分不差，一分不多。透過窗戶射進來的太陽，軟弱無力，甚至還顯得有些暗淡。

聽完西蒙警長傳來的章媛媛噩耗，他如同一個爛醉如泥的漢子，癱在客廳的沙發上，一動也不動，雙眼微張微閉，好像臨終前的回光返照。手中的咖啡杯不知什麼時候掉在地上，腳底下淡灰色的地毯灑滿了深色的咖啡，像一幅潑墨山水畫，中間濃密處就像黑色的漩渦，四周如同飛濺的水花，又

似滾滾落下的眼淚。這「水花」，這「眼淚」，像宣紙上不斷化開的墨跡一樣，還在慢慢地向周圍延伸。他的大腦中一片空白，上氣不接下氣，幾乎要窒息，眼淚止不住地往下直流。

這時，他妹妹文慧正好從樓上走下來，見到滿地咖啡的慘狀，又看到沙發上的哥哥痛哭流涕，馬上驚叫起來：「不得了啦！發生什麼事？」

見他毫無反應，妹妹走向前去搖了搖他的肩膀，再次追問：「哥哥，到底什麼事？你別嚇死人喔。」

「她——死——了。」賴文雄好不容易從嘴裡吐出三個字，好像剛動過大手術一樣吃力。

「誰啊？」文慧不解地問。

「章——媛——媛。妳滿意了吧。」他邊說邊用力張大眼睛，好像剛從死亡線上掙扎過來，呆呆地看著妹妹。

顯然是後一句話激起了文慧的不滿，她馬上回敬道：「我還以為誰呢？不就是一個脫衣舞孃嘛。」

「脫衣舞孃又怎麼了？就該死嗎？人家也是人啊。誰像妳這麼變態？」

「你才變態呢！喜歡這樣的女人。」文慧是個從不肯認輸的女人，立即反駁。

「這麼漂亮的女人，全台北都找不到第二個。」他大聲地自言自語，好像真的像瘋子一樣。

「漂亮有什麼用？和妓女沒什麼兩樣？浩天都告訴我了……」文慧還在繼續講著，越來越大聲。

「連浩天，我要殺了你！連浩天，我非殺了你！……」賴文雄歇斯底里地叫嚷起來，完全失去了理

智。

父親聽到這麼大的吵鬧聲，立即從書房裡衝出來，皺起眉頭氣沖沖地說：「又是妓女，又是殺人的，這裡不是成了黑窩。太離譜了！你媽昨天才出院，就不能讓她好好休息嗎？」

老賴看了一眼地毯上的咖啡，愣了愣，忙問道：「到底發生什麼事？」

文慧還是氣呼呼地說：「那個章美女死了。」

「文雄，是眞的嗎？」老賴走近兒子面前，好像有點不太相信的樣子。

「是的。章媛媛死了。剛才，加拿大的警察局打電話來了。」賴文雄有氣無力地講著。

「哎！眞是紅顏薄命啊。到底怎麼死的？是他殺？還是其他原因？」老賴嘆了一口氣。

恰在此時，樓上的母親也發出了微弱的叫喊聲，顯然是知道下面發生了大事。文慧立即上樓，在媽媽床邊搪塞了幾句。母親聽罷，硬要坐起身，傳喚文雄上來。一個多月前，查出她患有中期胃癌，經多方會診後決定，馬上住進台大醫院，賴文雄也就延遲了回加拿大，本來和章媛媛講定回加拿大過聖誕節的，後來決定改到春節以後。四天前，賴媽媽剛順利做完切除四分之三胃的手術，但身體依然很虛弱，臉上還是沒有血色。

老賴也跟著文雄，走進了二樓的臥室。坐在床上的賴媽媽，見兒子臉色蒼白，還掛著淚花，一陣心酸，馬上揮手叫他坐到床沿。

「文雄，章小姐怎麼死的？」母親顫顫抖抖地拉著兒子的手。

「警方說，元旦那天在尼加拉河裡發現的。偵辦到現在還沒有眉目，不知道是怎麼死的，所以要求我馬上回加拿大，協助破案。」他低著頭，慢吞吞地說著。文慧乘機走近，給媽媽披了一件外衣。

「是媽對不起你啊。不是媽說大話，本來想過幾天等精神好一點，和你好好聊聊章小姐的事。我經歷了這次手術，對人生的看法也有一些改變，過去對我們沒有意義，未來又是那麼的不可知，所以啊，把握現在才是最重要的，既然你那麼喜歡章小姐，我們還不如睜一個眼閉一個眼算了，關鍵是你自己幸福，但現在什麼都晚了。如果不是我住院，你早就在加拿大了，也許悲劇就不會發生……哎！眞是我不好。」

「媽，別說了，我沒有一點點怪妳的意思……」賴文雄的眼淚再也忍不住了，又一次奪眶而出。老賴見狀，也無奈地搖了搖頭。接著，他對兒子說：「要不要你大哥陪你回加拿大？」

「不必了，他也很忙的。請你們放心，我一個人能頂得住。」

賴媽媽朝女兒說：「文慧啊，妳就趕快去想辦法，給妳哥訂機票。越早越好啊。」

文慧點了點頭，下樓去了。看著母親淚花盈盈的，賴文雄一時不知所措起來。老賴走到床前，安撫老伴躺下。

賴文雄也儘量安慰母親道：「媽，妳靜心養病吧。我處理好她的喪事，就會回來看妳。」

「媽媽只是感到對不起你啊。誰會知道，章小姐這麼年輕就走了？蒼天眞是不公平啊。」賴媽媽吃力地說著。

老賴也帶著懺悔的口氣說：「現在想來，八月份章小姐走的那天，我們家人都對她太冷淡了……算了，不說這麼多了，人都走了。文雄，多帶點錢回加拿大，協助她家人，辦個隆重的葬禮吧。不管怎麼說，你們眞心相愛過。」

「她在世時，最怕用我的錢了，所以，現在也不必了。她在九泉之下知道，也會不開心的。」賴文雄搖頭說。

賴媽媽側過身來，輕聲地說：「文雄，就聽你爸爸的吧。我們也不知道她家的經濟情況，萬一缺錢，你就付帳，帶一萬美金去吧。」

「如果不夠，隨時來電話。」在錢的問題上，老賴從來沒有像今天這麼爽快。

賴文雄感激涕泣，邊點頭邊說：「也好。那就多謝爸爸媽媽了。」

一對老人從不同方向看著兒子悲痛欲絕的樣子，默默地、無奈地搖著頭。賴文雄擦乾淚水，下意識地看了看射入屋內的陽光，又凝視著母親蒼白的臉，也朝父親看了一眼，突然感到，父母原來是如此善解人意，在他精神處於崩潰的時刻，兩位老人義無反顧地伸出了援手，怎不叫他心懷感激？也是第一次眞正理解了「可憐天下父母心」的涵義……

34.賭場重逢美人

賴文雄昏昏沉沉，踏著鉛塊一樣的步伐，從桃園中正機場登上直飛底特律的西北航空公司班機。

接到西蒙警長電話後兩天兩夜，他心如刀絞，悲痛得幾乎麻木，和白癡沒什麼兩樣，好在有家人的安慰，否則難以支撐下來。即使深夜靠吃安眠藥，也只能維持幾個小時的睡眠。他想來想去，都是自己的不對，儘管沒有親手殺死章媛媛，但在精神上早已殘殺了她，去年八月不該放她一個人回加拿大，或者緊追她回到楓葉國。她的死，自己總要負擔一定責任，至少在良心上是如此。

如果不是媽媽住院開刀，如果不是自己收集論文資料，如果人在加拿大陪伴她身旁……悲劇應該不會發生。當然，最恨那個死人表哥連浩天，倘若不是他多管閒事，章媛媛現在正以未婚妻的身分，住在台北的賴家準備過春節。

賴文雄向空姐要了一杯威士忌，想在飛機上好好闔闔眼，準備以充沛精力回答警方無休無止的盤問。但喝了半杯，依然毫無睡意，往事如同奔騰的尼加拉瀑布，一瀉千里，在腦海裡不斷翻騰。

一九九九年暮秋，大學同窗馬永平從台北抵加拿大旅遊，賴文雄照例帶他觀賞世界奇景尼加拉大瀑布。即使天氣再寒冷，當地人也不會漏掉這一招待遠方來客的必備節目，這也是全加拿大最值得觀

看的景點。

那日傍晚，瀑布正如一幅展開的畫卷，染上一層淡紅淡綠的油彩，袒露胸懷，豪放不羈，美輪美奐。馬永平當年讀書時素有「詩人」之稱，也發表過不少詩作，有一篇還得過獎呢。看到如此壯觀的景色，他搖頭晃腦地吟誦起來：

「日照香爐生紫煙，
遙看瀑布掛前川。
飛流直下三千尺，
疑是銀河落九天。」

賴文雄已好久沒看這副老學究的樣子了，倒也感到新奇，笑著對他說：「真的發起詩興來啦？也太快了吧。」

「妙哉，妙哉！如果李太白來此一遊，一定會寫出更有氣勢的絕唱。」馬永平仍沉浸在美妙的詩境中。

馬永平早已被神奇的瀑布融化，一點兒都不覺得秋風的寒冷，在瀑布前流連忘返，還不停地詢問瀑布的奧秘所在，好在賴文雄接待的人多了，那些資料早已倒背如流，按照他自己的戲言，遲早有一

天會成爲「瀑布專家」。

賴文雄慢慢地介紹起來：「美加邊境四大湖的水流到加拿大的尼加拉處，因爲遇上斜度極大的絕壁，就形成了瀑布。你看，瀑布的水再從這條狀若深谷的尼加拉河瀉入安大略湖，復經聖羅倫斯河，流入大西洋出海。這道由史前的冰河在石灰岩衝擊下形成的瀑布，經斷崖邊緣伊利湖中的山羊島，隔開兩個分道，所以就形成了兩個同名的瀑布。」

賴文雄指著遠處的瀑布說：「你看那邊，位於美國境內的瀑布，寬度有三百多公尺，深度五十多公尺，像個龐大無比的水晶簾子。而加拿大境內的瀑布，像個馬蹄形的白色大幔幕，寬度將近八百公尺，深度接近五十公尺。」

馬永平點點頭，指手劃腳地說：「也就是說，加拿大這邊看瀑布是正面的，所以會吸引對岸的很多美國人過來觀賞，正可謂這邊風景獨好啊！」

賴文雄點點頭，繼續說：「如果遇到日斜返照則會配環出現，使景色添上弧形七色彩虹，如夢如幻，這在春秋季節時常可見。因爲伊利湖上游湖面的標高是九十九公尺，瀑布流入安大略湖的湖面標高是七十五公尺，兩湖落差之大，所以瀑布一年四季流個不停，三百六十五天都會吸引像你這樣遠道而來的觀光客。」

「說實話，我這次來加拿大，就是衝著瀑布而來的。值得，非常值得，沒白來一趟啊。」馬永平眉飛色舞起來，難改詩人氣質。

「是不是靈感來了，就寫在我背上吧。」賴文雄反手指了指自己的背，笑得馬永平腰也直不起來。

「哪兒還有詩？都被李太白一人寫完了。文雄，說來慚愧，我已有好幾年沒寫詩了。台北那擁擠不堪的地方，每天都在製造瘋子，還會有詩人生存的空間嗎？」馬永平的話中包含了牢騷。

賴文雄接過話題：「瘋子和詩人，只有半步之差喔。成不了詩人，變為瘋子也不錯嘛。」

「文雄，你比以前幽默多了，是不是加拿大的風水陶冶了你？」

賴文雄並未理睬他，還是往下說：「人生難得糊塗喔……說實在的，對於現代人，詩是一種奢侈品。」

「一種多餘的奢侈品。」馬永平倒也一針見血。

賴文雄陪伴馬永平遊覽完氣勢磅礴的瀑布後，不知不覺地踏進了近鄰的賭場。該賭場開張幾年來，賴文雄還是首次踏足。或許是從小養成的習慣，提起一個「賭」字，立即退避三舍。

造價一億六千萬加元的尼加拉賭場，面對橫跨美加的彩虹橋。用水泥、玻璃、石頭組合成的建築物，屹立在絢麗多彩的花園中。場內設計富麗堂皇，古雅中放射出現代氣息。顧客更可透過八十英尺高的玻璃大廳，觀賞瀑布的雄姿。雖然沒有美國大西洋賭城的壯觀，但藉著瀑布的雄偉氣勢，賭場氣氛別有一番浩蕩。

籌碼的下落聲和中獎的鈴聲交織在一起，使人耳根難以清靜。馬永平的手很快癢起來，走上二十一點賭桌鏖戰一番。而賴文雄並不嗜賭，在賭桌前觀看了好一陣子也不明其理。他乾脆朝吃角子老虎

機走去，想隨意玩幾手打發時光。

放眼掃過去，密密排排的老虎機前人山人海。賭客正聚精會神投注、拉桿，苦苦等待幸運的巧合，其情景足與紡紗廠流水線相媲美。走近細看，真是一機難求，賴文雄只好呆呆地站在那兒等空位。

就在這時，一個高䠷的東方女郎，朝他緩步走來，像雲中下凡的仙子，神秘而美麗。她越走越近時，他感到好眼熟，似乎在哪兒見過。一直到她開口搭訕之際，他終於喚醒了沉重的記憶，肯定此人就是兩年多前在多倫多相遇的脫衣舞孃Camille。

「如果我沒記錯的話，小姐妳叫Camille。我們在多倫多見過面，大概兩年多前吧。」他抑制不住地開口。

她瞪大眼，靜下心來分辨，然後落落大方地說：「你的記憶力真驚人啊。不好意思，我接觸的人太多，記不得你貴姓。」

「那你一定記得我的表哥——連浩天，台灣人，矮矮的，多倫多大學的博士研究生。」

「喔，我們是老相識，那時一個星期至少見一面。喔，我記起來了，你好像是滑鐵盧大學，學社會學的。那次見面，你講的酒杯像乳房的笑話我還記得。記起來了，記起來啦。那天，我們談得很投機，好開心。對了，你還給過我不少小費哩。對了，對了！你還勸我不要做這一行，好好去唸書……」

她輕佻地說著，像是打開了記憶的閘門，一發不可收拾。

「那妳的記憶力也不差。」他握著她伸過來的柔軟小手，感到異常溫暖，久久不肯放下。

35. 舊情悄悄復燃

賴文雄跟著章媛媛，手拉手地來到賭場四樓的「瑪麗蓮廳」，像一對熱戀中的情人，也像一對久未見面的兄妹。該廳是以已故影星瑪麗蓮・夢露命名的，她二十六歲時曾在電影《飛瀑怒潮》中擔綱，整個廳並不大，但也小巧玲瓏，佈置精美、環境幽雅，是一個很適合交談的地方。

兩人剛坐下，章媛媛熟練地點起香煙，叼在嘴裡。平時並不喜歡別人抽煙的賴文雄，看著她抽煙的神態也入了迷。他心裡想，美人兒就是美人兒，每一個動作都放射出不可抗拒的魅力。

她吐了一口煙，一本正經地說：「我真的完全想起來了。我離開多倫多，多少也和你的關照有關。我們那次邂逅，你可花了不少時間，叫我不要跳舞，還勸我去讀書。」

賴文雄喝了一口咖啡說：「我只是覺得妳可愛，做那種事，浪費了妳的聰明才智。」

「也許說者無意，聽者有心吧。那天回家，我想得很多，在脫衣舞酒吧，從來沒人關心過我，你可是第一個啊。後來，我決定來這裡時，也考慮過你的想法……」

「那妳是什麼時候來這裡的？」賴文雄關切地問，像個大哥哥。

「八月份。」她喝了口咖啡。

他有點疑惑地問：「這附近也有脫衣舞酒吧嗎？」

「當然有。加拿大哪一個城市沒有啊。不過，我現在不做那一行了。」她低下頭，似乎到喉嚨口的話又嚥了下去。

他凝視著她，再一次無微不至地問道：「那妳現在何處高就？」

「四處遊蕩，無固定職業。」她吸了一口煙，吐出煙圈，像是分散注意力。然後，微微點頭，略有所思，又是一副欲言又止的樣子。

他不解地仰起頭：「別開玩笑。是在賭場做嗎？沒有什麼見不得人的。」

她把香煙擱在煙灰缸上，呷了一口咖啡，輕聲地說：「說了，你可別嚇一跳。離開多倫多後，我徹徹底底下海了。你知道，『下海』是什麼意思。我幾乎每天都會來這裡釣大魚，專挑那些贏了錢的色鬼。我就住在附近。」

「喔，是這樣。女人不到萬不得已，是不會走上這一步的。一定有你自己難言的苦衷。」他帶著幾分憐憫之情。

「女人嘛，沒本事只好做這一行。」她又拿起煙。

他微微點頭：「俗話說，笑貧不笑娼。並不是看不起妳，反而欽佩妳的魄力和勇氣。這世界上，我佩服兩種人，一類是像妳這樣的女人，在眾多男人面前跳脫衣舞，那是需要多大的心理承受力啊；

另一類是靠智慧搶劫銀行巨款的男人，他們的智商一定很高。說實在的，憑妳的外貌，找一份服務業工作毫無問題，再說妳的英文口語也不錯。」

「哎，端盤子、調調酒，能賺幾個錢？一天累到晚，還沒有我一個小時掙的錢多。再說我也不需要繳一分錢稅，都是現金交易。說穿了，我的心野慣了，像斷了線的風箏，在高空中漫無目標地飛翔，收也收不回。叫我做粗活，一分錢一分錢地積累，那根本不可能。叫我做白領工，我又沒那個本事。你知道嗎？我需要錢，我需要大量的錢。沒有錢的日子太可怕了。」她的臉突然拉得很長，做出令人可怕的樣子。

賴文雄抓住她的手說：「那妳總得考慮未來啊。不見得一輩子這樣。」

「未來，我們這號人還有未來？過了青春就是我們的第一次死亡。趁年輕，還有幾分姿色，好好掙一筆。一過三十歲就沒人理啦，到時還得靠自己養活自己。」她面部毫無表情，像在背誦祭文。

「不要自暴自棄。妳眞的很漂亮，又這麼年輕。找一個好男人，一切從頭來過都不嫌遲。」他抬高頭，顯得有些激動。

她睜大眼睛說：「哪個男人會要我們這種人當老婆。我們是被社會遺棄的一族。男人，沒幾個好的。同你談幾句，就想佔便宜上床。不怕直說，你那個表哥連浩天啊，簡直就是個大色狼，第一次碰頭就提出來上床，也不用鏡子照照自己那副嘴臉。後來我見到他都怕了，躲都來不及。千萬別告訴他我在這裡，否則又要哭死哭活死纏不放了。我們這些人也挺怪的，要麼立刻獻身，要麼永遠不理睬對

方，完全憑感覺。」

「放心，我跟連浩天也是很少來往。他也夠悲慘的，原來有個女朋友，都談論婚嫁了，可一夜之間，跟一個美國佬走了。好，不談這些。」

「看樣子，我們還眞有緣份。有沒有興趣跟我的身體作一次對話，包你高興而來，滿意而歸。」她輕輕撫摸著他的手，開始了她的拿手好戲。

「當然想。上次在多倫多已領略過妳那魔鬼般的身材，光滑的皮膚，回味無窮。不怕笑話，有幾回還夢見妳呢……不過，今天不行。都忘了，我的大學同學還在下面賭檯上。我不想讓他知道這些事，萬一傳到台北，那我就慘了，我老爸非殺了我不可。」

她好像有點失望的樣子，皺起眉頭說：「你這麼大個人，還怕你爸爸呀。那沒關係，我給你大哥大號碼，隨時打個電話給我都可以。也許眞的有緣份，我不是願意跟每個男人做那種事的。有些臭男人，給再多的錢，我都不肯。像你這樣的君子，我倒想領教一番。至少，上回我們第一次見面，你的妙語如珠，給我留下了很深的印象。再說，開始時你碰都不敢碰我，更沒有出格的要求。記住，千萬不要把我的電話給連浩天那個大色狼。」

臨分手前，他也爽快地給了她住址的電話，並答應一定跟她聯絡。

36. 銷魂的肢體對話

三天後，剛把馬永平送進多倫多皮爾遜國際機場，賴文雄就迫不及待地駕車來到尼加拉瀑布市，與章媛媛幽會。

他們在賭場正門相見後，逕直去了附近的希爾頓酒店。進入房間，似乎就是她的天下。她的每一個動作爐火純青，每一個步驟都非常職業化。他像一個小學生，完全聽從她的使喚。

「開這麼長時間車，已累了吧。先去洗個溫水浴，我跟你擦背。」說著，她已幫他脫了外衣。

他赤裸裸地躺在浴缸內。她穿著睡袍，十個手指有節奏地在他背上慢慢按摩。用肥皂均勻地擦遍他的全身後，輕輕地帶上門，由他自己沖洗。

洗完浴後走出來，她給他遞上一杯白蘭地，嗲聲嗲氣地說：「你先喝杯酒，躺會兒，我也去沖一下。」

他喝了口酒，斜躺在床上。聽著嘩嘩的水聲挾雜著她的歌聲，內心不安地騷動起來，急切地盼她馬上出來。

她像春風般地飄到他的床旁。那透明的睡袍，難以裹住胸前兩個跳動的野兔。

「等急了吧，好戲在後頭。」她邊說邊慢慢除下睡袍，好像是有意的表演。

這時，她只剩下一條透明的真絲內褲，這比一絲不掛更具挑逗性。賴文雄的大腦裡突然閃現昆德拉的名言：「調情是並不兌現的性交許諾。」如果說，在多倫多的脫衣舞酒吧裡，她裸體當眾調情是傳播文化，是一種鬥智，那麼，此時此刻的單獨調情，則是一種誘惑，也是一種試探。隨著音樂，她翩翩起舞，兩個乳房就像一對翱翔的小白鴿，堅挺有力。青春，這就是青春的本錢啊。看著看著，他再也經不起她的調情，體內慾火熊熊燃燒，如同窗外洶湧急瀉的尼加拉瀑布。

「快過來吧，我的小美人。」他發出真誠的邀請。

她似乎沒有聽到他的叫喊，繼續扭動曲線分明的身體。他怎麼都經不起她的引誘，衝過來，把她抱到床上，狠狠地將她壓在下面。男人是通過女人來征服世界的，而女人則是用肢體來征服男人。

久久的狂風暴雨之後，他周身的每根脈絡全部舒通。她的臉蛋更是紅暈四起。她依然躺在他的懷裡，一隻手反勾著他的肩膀。他的雙手仍然握著那對小白鴿，好像一鬆手就會飛掉一樣。

「真她媽的爽快。三十多歲了，從來沒有這樣享受過。妳真是一個東方的安琪兒，一個魔鬼。」他心滿意足的樣子。

她撒嬌地說：「早就跟你講了，包你滿意。說實在的，你也是旗鼓相當啊。誰說中國男人不行？我是最有發言權了，像你這樣的中國男人絕不比洋人差，至少，持久力就勝過他們一籌。那些老是吹噓洋人厲害的女人，根本沒碰過真正的中國男人。或者，她們長得太醜，根本激不起中國男人的性

趣，最後不得不去找洋人。」

他越聽越高興，自信心更是膨脹起來，又一次緊緊抱住她。然後，慢慢地親吻起她的全身。

她很有把握地問：「你好像很久沒碰過女人了。」

他點了點頭說：「不瞞妳說，有一年多沒做過這種事了。原來有個女朋友，也是台灣來的留學生，去年這個時候突然跟我提出來分手，說是沒感覺了，實際上是被一個香港教授勾引走了……」

「好了，不談這些不開心的事。」

幾個小時的纏綿悱惻後，已是星如棋布的夜晚。今晚的月亮似乎更亮，星星也更耀眼。這月亮，是爲他們高懸的；這星星，也是爲他們閃爍的。

他駕著富豪車，來到市中心的「如意樓」中國餐廳。他們邊吃邊交談，活像一對新婚夫婦。

「妳怎麼想起一個人跑到這裡來，多倫多不是挺好的嗎？人家都朝大城市走啊。」

她擱起筷子，咬著他的耳朵說：「一言難盡啊。我的辛酸故事，足足可以寫一部《新茶花女》，但我自己沒這個才華。你是博士，又是搞社會學研究的，如果有興趣，我可以慢慢講給你聽，說不定你還會成爲一個暢銷書作家。當然，現在還不是時候。」

他一本正經地說：「好題材，憑這書名就有賣點，說不定出版社還爭著出呢。到我博士論文完成後，就開始收集資料，或許眞可以寫一部引起轟動的小說。我在台北讀大學時，還獲得過全校散文獎哩。」

「到時可別忘了分點稿費給我。」她鼓著嘴說。

「一定。我們對分。」他突然放下筷子，敬了個禮。

她咧嘴傻笑，差點兒把飯噴出口。沒想到，台灣男人也會這一套。

接著，她自言自語，好像在說夢囈：「真的。上海，東京，多倫多，尼加拉瀑布，每一個世界之都都留下了我淒涼的足跡。夠你寫的。」

「到時，我們可以好好合作，署兩個人的名也可以。妳寫第一稿，我來修改、潤飾。先寫中文版，然後再改成英文版。說不定，到時的版稅眞夠我們花的。」他也越來越興奮。

「一不留意啊，就拿個諾貝爾文學獎回來了，是不是？」她像講瘋話一樣。

「我可沒那麼大野心喔。能成爲暢銷書就夠了。說來也慚愧，還沒有中國人拿這個獎呢，有待所有的華文作家努力喔……」

「乾杯。以茶代酒吧。」她說著，舉起手中的茶杯。

他倆舉杯，其樂融融。好像剛剛簽完一宗大生意的合約，也好像馬上就會拿到諾貝爾文學獎一樣。

「還沒問妳，怎麼喜歡Camille這個名字？是不是受小仲馬小說的影響？」

她慢慢道來：「我從小愛茶花，尤其是白色的，後來讀了小仲馬的《茶花女》，就更喜歡茶花了。在多倫多當脫衣舞孃時，爲了取個大家容易記得的名字，我就乾脆用了Camille。我還到圖書館專門查

過中英文資料哩，這個名字在英國、法國及義大利深受歡迎。據說在古羅馬神話中，Camille是女神Dianna的侍女，她身輕如燕，能步行水面，彷如中國俠女，可惜後來不幸戰亡。」

「原來是這樣，還有這麼多故事，看來妳眞不簡單啊。」賴文雄滿意地點了點頭。

賴文雄把章媛媛送回賭場停車場取車，已是晚上十點多鐘，有點冷颼颼的。離開他的車前，他摟著她，依依不捨的樣子。她回敬了一個熱吻。他順手塞給她四張一百元鈔票。

「不必這麼多的，兩、三百塊就夠了。」她推著手。

「不是嫌少吧。算是第一次見面禮吧。早點回家休息，妳也累了。」

「你眞好，那就謝謝啦。給我電話，再見。」她已跳下車。

看著她窈窕的身影，賴文雄的憐惜之情油然而生。他打起精神，啓動車子。突然，他在照後鏡裡看到她，又朝賭場大門走去，也許又去尋覓下一個獵物。他無奈地搖搖頭，深深地嘆了一口氣，用力踩了踩油門。

8 情人節跪地求愛獲芳心

37. 體貼入微見真情

飛機在雲海中繼續穿行，一朵朵白絮般的雲團在舷窗外飄過。賴文雄的思緒彷彿藍天中的白雲，一團緊接一團，也好像是上演中的電視連續劇，一環緊扣一環。

自從一九九九年遍地紅楓的那一天，賴文雄與章媛媛有了第一次親密接觸之後，他時時會惦記起她那驚爲天人的面容，還有令人銷魂的豐乳俏臀。不論在課堂上聽課，還是在圖書館裡查閱資料；不論在電腦房裡處理數據，還是在寓所用餐，都會莫名其妙地浮現出章媛媛的影子。到了夜深人靜的時

候，幾乎整個的夢境都被她佔領了。

照常理說，這種少年情竇初開的感覺，只會在初戀時發生，或者是第一次有了性接觸後產生了新奇感。他仔細分析，和自己上過床的女人不算多，但章媛媛已是第三個，不應該有如此巨大的衝動。也許就因爲有比較才有鑑別，更突出了她的鶴立雞群，她不僅天生麗質，而且氣質也屬於一級棒，待人溫和，見多識廣，還彈得一手好鋼琴，跳得一身好舞，也會品畫談詩，眞可謂「蕙質蘭心」，不愧爲大都市出來的女人。但和其他艷麗的上海女人相比，她又多了一層高雅和清高。追根究底問下來，她的外貌遺傳自母親，而母親正是蘇州人氏，賴文雄總算揭了美女謎底。世人皆知，蘇州山明水秀，美人如玉，她們說起話來珠圓玉潤，風韻楚楚動人，只要看看家喻戶曉的幾個例子就可明白：傾城傾國的西施出自蘇州，美玉無瑕的林黛玉也是蘇州人，桃花島秀外慧中的黃蓉也出自蘇州。

不知不覺中，賴文雄的生活中多了一份不可缺少的牽掛。而這種朝思暮想，只可能在戀人中發生。每到萬籟俱寂的時候，他都會忍不住與她通電話，一打開話匣子，相互問長問短，沒有半小時不會收線。有時她不在家，那怕等到凌晨三點，他也會致電問候。滑鐵盧市與尼加拉瀑布市兩地相距不算遠，但也有一百多公里，一個多小時的車程，關鍵是他的學業緊張，擠不出太多時間去看望她。

大腦清醒時，他一次又一次警告自己：偶爾跟她尋歡作樂，無傷大雅，出錢發洩情慾，天經地義，從生理上講總比長期壓抑的好，再說兩廂情願，互不相欠。但對她這種人千萬不能動眞情，俗話說戲子無情，更何況是一個煙花女，否則悲劇總有一天會發生，古今中外實例不勝枚舉。

但世事難以預測，並不以人們的意志爲轉移。特別是男女感情之事，很難用理智來衡量。往往是不知不覺陷進去，陷得越深越難以自拔。就在那年聖誕節的前兩天中午，賴文雄在辦公室突然接到章媛媛的求救電話。她說頭痛得要命，好像大腦要爆炸一樣，有一種想輕生的感覺。他二話沒說，問了她的住址，一路飛車趕到尼加拉湖濱大廈一〇〇號。

見他一個小時後火速趕到，她感動得熱淚盈眶，一開門，就難以控制地撲倒在他的肩上：「你眞好啊！這麼快趕過來，一定是超速，也不怕警察捉。那些臭男人呀，口口聲聲說愛我，但打電話去求他們，都說有事。有幾個啊，編的謊言都是一模一樣的，只有我身體健康時，他們才會理我……」

「進去再講吧。」他扶她進入屋內。

她順手關上門，習慣地反鎖上。自從上幾個月隔壁一家被黑人入屋打劫後，她就養成了隨手反鎖門的習慣，免得引狼入室。

「頭還疼嗎？好像有點發燒，要不要去醫院。」他撫摸著她的額頭，關切地問著，像父親，也像一個大哥哥。

她的臉紅彤彤的，有氣無力地說：「半個小時前打過電話給家庭醫生，他叫我吃兩粒 Tylenol，現在稍微好了一點點。他說，如果兩個小時後還是這樣，非到醫院不可了。」

「那妳好好躺下，多喝點水吧。」把她扶到臥室，他坐在床沿上。

「眞不好意思，影響你讀書了。」她的聲音輕得幾乎聽不出來，好像是說給自己聽的，眼神呆滯。

他安慰道：「沒關係，今天下午沒課。妳就好好休息吧，如果發高燒，我送妳去醫院，妳放心吧，我晚一點再走。」

剛閒聊幾句，她就閉上了眼睛，顯然是疲勞過度，也可能是Tylenol退燒藥發揮效用。他躡手躡腳帶上房門，走到客廳裡。這才發現，地上放了好幾盆白色茶花，淡淡的幽香撲鼻而來。看來，眞如她上次自己表白的，愛茶花如命。

他坐在沙發上，翹起二郎腿，翻閱起茶几上的當地英文小報。這是他有意進一步了解尼加拉城市的開始，就像剛剛開始了解神秘的章嫒嫒一樣。

不一會兒，突然聽到有鑰匙開門的聲音，他嚇了一大跳。隨即聽到有人按門鈴，她也被驚醒了。她馬上走出來開門，是一個高個子洋男人。

「沒發生什麼事吧。昨晚我漏了一份合約在這裡。」洋男人進門，逕直走進臥室，四處找文件夾。

「我病了，發高燒。打了你幾個小時手提電話，根本沒開機。」她用非常流利的英文講著。

洋男人對她很冷淡，好像沒聽到她的話。他手提文件夾，從臥室來到客廳，突然見到一個東方男子坐在沙發上，他愣了愣，臉馬上拉長了。

「這是我男朋友大衛。這是Peter，特地從滑鐵盧來看我的。」章嫒嫒向他們相互介紹，像是爲雙方解圍。

兩個男人「Hi, Hi」兩聲，算是打過招呼了。在這種充滿脂粉味的場合，在一個穿睡袍的年輕美女

面前，兩個男人相逢難免尷尬，彼此還是心照不宣為好。這種尷尬，瞬間就上升為一種敵對的心理戰。而兩個男人之間的心理戰爭，往往是不露聲勢的，說來就來，說戰就戰，見大衛不屑一顧的神態，賴文雄也沒必要站起來，還是自顧自地看報紙，當他是眞空。

大衛取了文件夾立即就準備走。臨出門前，應付了章媛媛幾句，聲稱趕著去簽合約，一副不悅的樣子。賴文雄手上抓著報紙，雙眼都在他們兩人身上，把這些都收在心裡，沒有吭一聲。他心裡嘀嘀咕咕起來，大衛有她的鑰匙，說明他倆的關係非比尋常，不是戀人，至少也是老相好，沒準啊，還是長期「包」她的富翁，如同那些台商去上海「包二奶」。

「眞他媽的見鬼。口口聲聲說愛我，關鍵時刻都不知跑到哪兒去了。這樣的男人靠得住嗎？還不是把我當玩物。你看，今晚他就會打電話來說分手，我才不怕哩。」還是她自己按捺不住，嘮嘮叨叨起來。

他像哄小孩子一樣，把她按倒在床上，跟她蓋上被子：「好啦。別想那麼多，還是好好休息，妳的燒好像還沒完全退下去。今天妳還沒吃過東西吧，我去煮一點粥。」

「大博士還會煮粥？」她驚奇地看著他，兩個眼睛瞪得像電燈泡一樣大，但依然沒有什麼神采。

「米在哪裡？」

「前幾天剛吃完。還沒空去買哩。」她不好意思地說。

他又問：「有皮蛋嗎？」

她搖搖頭，一問三不知的樣子。在那幼稚的神態中，倒也顯出孩子般的純眞和可愛。在賴文雄眼裡，女人最怕的就是失去幼稚，一旦變得老成，女人味就大打折扣，越是成熟的男人越是喜歡單純的女人。像她這類的風塵女子，依然存有幾分天眞，倒也難能可貴，也可證明她還是有藥可救。

他皺起眉頭說：「什麼都沒有啊。眞不知道妳怎麼過日子的。妳好好睡一覺吧，我去超級市場逛逛，附近有沒有中國店？」

「有。在上次我們吃晚飯的『如意樓』旁邊有一家，好像是越南華僑開的。走來走去挺麻煩的，就吃點麵包算了。過幾天，我自己去買吧。」

「反正我也沒什麼事，去逛一下馬上回來，好不好？」他依然像哄孩子的口氣。

「那你把桌上的鑰匙帶上，等一會兒自己開門，我還是很睏的樣子。」

他定神看了她一眼：「妳不怕我把東西偷走嗎？」

她嘴角露出一絲微笑：「沒什麼値錢的。再說，你不是那號人。我的眼力很厲害的，一看就知道，誰是什麼貨色。」

「那我是什麼貨色？」他抬起頭來，一副書呆子樣。

「對人善良，有情有義，膽小怕死。」她不假思索地說。

大概是說到點子上，他的臉蛋突然漲得通紅，連頸子都感到火辣辣的，一句話都講不出來。他內心深處，不得不佩服這個小女人的厲害。

38.敢於對富商說不

夜色如同一個巨大的怪獸，慢慢地張開嘴唇，低頭親吻廣闊的土地。萬家燈火齊放，作出拒絕黑暗的架勢，似乎要和黑夜作一場生死搏鬥。窗外的尼加拉瀑布奔騰不息，依然發出震天的巨響，掩蓋了所有的聲音，包括路上飛馳的汽車聲。不論黑夜和燈火怎樣廝殺，瀑布自有獨特的內在節奏，有她自己的調，也有她自己的譜。

賴文雄和章媛媛面對面坐在飯桌上，共進晚餐，彷彿新婚燕爾的小倆口子。兩大碗香噴噴的皮蛋瘦肉粥已放在桌上，正冒著熱氣，桌上還有麵包、腐乳、榨菜等。在她眼裡，這種溫馨的家庭小酌，不知勝過富麗堂皇的餐館多少倍，漂洋過海多年來，她缺少的就是這種家庭氛圍，渴望的就是這種「家」的感覺。但細細想來，她這號人是不該有如此奢侈的想法，「家」對她來講只是一個大問號，確切地說，是一個可望而不可及的夢。

她邊吃邊興奮地說：「眞沒想到，大博士煮的粥這麼香，這麼滑，都可以和多倫多最好的中餐館媲美啦。這裡的中餐館啊，騙騙洋人還可以，中不中，西不西的。」

經她不斷的吹捧，他突然也輕飄飄起來，眞以爲自己像個一級大廚師，不停地搖頭晃腦，說起粥

來：「我看啊，粥算得上國粹了，光從種類分，多得就嚇死人。古往今來，不少文人與粥結下了不解之緣，宋代詩人陸游曾寫過一首《食粥詩》：『世上個個學長年，不晤長年在目前，我得宛丘平易法，又將食粥致神仙』。我看啊，陸游能活到八十六歲高齡，可能和愛喝粥有關。蘇東坡、范仲淹、鄭板橋等人都寫過不少詩篇，讚美粥。而曹雪芹更是一個食粥大家，《紅樓夢》裡有不少章節，細緻入微地描寫了各種各樣的粥。」

章媛媛插嘴說：「對了，我曾經看過一篇短文說，現代作品為什麼趕不上《紅樓夢》，就是因為那些作家在寫作時，喝的粥和曹家不一樣，有的根本沒喝過粥。」

「這當然比不上，曹雪芹的祖父曹寅對粥素有研究，曾編撰過《粥品》一書，曹雪芹自然品嚐過各類粥，或烹煮過粥食，所以才能寫得那麼細膩。」他一副老學究的樣子。

她也翹起嘴來說：「你一說，我倒也記起來了，當代大陸文人中也有不少嗜粥如命的，像著名作家王蒙，他也是以前的文化部長，老作家孫犁喝棒子麵粥長年不斷，還有寫《人到中年》的女作家諶容，也喜歡喝棒子麵粥……」

他遞給她一片麵包，關切地說：「別光說粥不吃粥啊。這椰絲麵包也不錯，新鮮的，多吃點才有精神啊。」

「這腐乳也好吃。我怎麼從來沒發現，這個鬼地方，還有這些國貨賣，以前我都是跑到多倫多買的。吃起這腐乳啊，我就想起泡飯。」她意味深長地說。

他發出一句疑問：「就是你們上海人喜歡吃的水煮隔夜飯？那可一點點營養都沒有呀。」

「營養的確沒有什麼，但煮起來很方便，幾分鐘就夠了。我在海外幾年來，遇到身體不適就會煮一大碗泡飯，加上一小碟醬菜，或者一小包榨菜，就像美味大餐一樣，熱騰騰的泡飯下肚後，渾身會出汗，全身感到舒服，其功效啊，和白粥差不多，都是清腸洗胃……」她滔滔不絕起來。

他笑呵呵地說道：「我看啊，與其說開開心心吃泡飯，倒不如說是回家鄉，吃的是一種鄉愁。」

「倒也是。每次吃泡飯，我就會自然地想起上海，眞是剪不斷的上海情啊。」

「我早就看到過報導，很多上海人都是吃泡飯長大的，對泡飯有一種特殊的情結。」

「那是以前，比我大的人是這樣。現在的孩子啊，都吃牛奶、豆漿長大啦，獨生子女是家裡的太陽，都是重點保護對象，一個個都是嬌滴滴的，時代不同了……」

就在這時，大衛從美國打來了電話。賴文雄聽了兩句就明白，這是個絕情「噩耗」，果然不出她的所料。

賴文雄沒想到，章媛媛顯得如此平靜，好像已做了好幾年的準備。也許她早已知道，做她這一行只要不能滿足男人的虛榮心，或者不經意地冒犯男人，或者不能引起男人更多的樂趣，隨時都會遭到拋棄的命運。所以她在電話裡不想多作任何的解釋，分手是必然的，只是遲早問題。最後，她還嚴厲地關照他，一定要把鑰匙以快件寄過來，這輩子再也不想見到他。

她收線後，賴文雄不好意思地說：「要不要我跟大衛先生說明一下，我是妳的普通朋友。看上去

他是個有錢的大商人，別為小事，失去一座靠山。」

「沒這個必要。有錢怎麼啦，他想叫我朝東就朝東啊，我偏要朝西。早就跟他聲明過，做我的男朋友必須具備三個條件：一是信任我，二是不准管我的私事，三是順從，要聽我的話。這個世界，有錢人多的是，我手頭就有一大堆，別說一個汽車公司的總經理了。」她緊繃著臉說，好像也是有意講給賴文雄聽的。

看著她一臉殺氣騰騰的樣子，賴文雄也相信英文名字Camille的涵義，她是女神的侍女，身懷絕技，就像中國的俠女。在一個洋人巨商面前，一個中國小女子敢於大膽說不，真也夠骨氣的。

過了一陣，她若無其事地岔開話題：「吃了粥，眞是舒服好多。你還眞有兩下子，本來以為你是個書呆子。」

「這算什麼。有機會炒幾個菜給妳嚐嚐，絕對不比餐館差多少。」他得意洋洋地說著。

她疑惑不解地問道：「你在餐館打過工？」

「沒有。從小在家裡，看佣人王媽煮菜，看也看會了。她還會做你們上海菜哩……」他講起了陳年舊事。

她出神地聽他講少年時代的台北，和他家裡人的故事，也不時地插問兩句。之後，她又添了半碗粥。

看著她食慾大增的樣子，他笑著說：「看妳的臉色，精神好多了。以後不舒服啊，就煮粥調理一

下，它是健胃良藥啊，有人稱它爲『世間第一補人之物』。我看，妳是麥當勞吃多了，還有酒也喝得太多，煙也抽得太猛。」

「我們這號人啊，空有一副皮囊，精神極度空虛，不麻木自己怎麼行。」她放下筷子，坐到沙發上。

「早跟妳講過，不要自暴自棄。」他撫摸著她的秀髮。

她埋在他的胸前說：「除了我父母，還沒有人對我這麼關心，更沒有人會煮飯給我吃。你要我怎麼報答你？」

「世上很多事，並非都要報答。既然我們有緣相識，就是朋友一場，做點小事無所謂。我比妳長四歲，做妳哥哥正好，以後有什麼困難，就打電話給我。」

他的話語，還眞像個大哥哥的樣子。

「眞的這麼好啊。」她半信半疑。

他笑著說：「套一句大陸的慣用語——走著瞧吧。」

賴文雄摟著她，馬上補上一句：「眞要報答的話，妳就趕快戒煙。」

她躺在他懷裡，乾脆發起嗲來：「給我一點時間吧。自從你上幾次在電話裡勸我，大麻我都不碰了，最後那一點點，都送給賭場那個癮君子了。不過啊，我原來吸大麻也是覺得好玩，偶爾尋求刺激。」

「妳是學護理出身的，理論上知道得比我還多，抽煙沒有什麼好處，特別是女人，只會增加皺紋。」

她摟著他的脖子說：「給我一段時間，我一定想辦法戒煙。」

他接著又說：「還有啊，要和多倫多的那個俄羅斯妓女斷絕任何來往，這種朋友不能交，我在電話裡也跟妳談了好幾次了。」

「我下不了這個決心。以前在多倫多最困難的時候，她給過我不少眞誠的幫助，做朋友的，我不能見死不救啊。」她無奈地講著。

「妳不是答應過我嗎？——重新做人。跟妳講過好幾次了，這種人碰不得，今天妳借給她一百元，明天她要二百元，下個月就是一千元了，妳哪兒有這麼多錢啊？又不是印鈔票的機器，說不定還會惹得一身禍。妳要勇敢地和那些人說再見！」

她點了點頭，感動得熱淚盈眶。眞的第一次碰到賴文雄這樣的男人，電話裡一次又一次地勸告她，要完全告別黑社會，一切從頭開始。要是換上別人，這樣的管頭管腳，她早已大發雷霆了。好像他的每一句話，她都願聽入耳朵，並且想方設法地改變，也許，這就叫做千載難逢的緣份。

臨走前，她拉著他的手，有點依依不捨的樣子：「眞是麻煩你。過幾天有精神，好好讓你舒服舒服。」

「照樣付錢喔。」他向她吻別時，悄悄地說。

她幽默地回答：「至少打對折。說不定，完全免費。」

兩人情不自禁地笑起來。這淫蕩的嘻笑聲，像一把利箭，劃破了夜晚的寧靜，連尼加拉瀑布的響聲，都難以媲美。

39. 跪地求愛獲芳心

章媛媛得到賴文雄無微不至的關懷後，他變本加厲地關心起她來，這是他自己始料未及的。是出於同情，還是憐憫？是出於好色，還是愛戀？他難以自圓其說，什麼成份都帶有一點，但好像什麼都不是，有點朦朦朧朧的感覺。

好幾個深夜，他在床上輾轉反側，呆呆地看著月光，久久難以入眠。閉上眼睛，就會浮現出章媛媛美麗的面容，旋轉的倩影。他再也無法控制自己，不得不起床，駕一個多小時車去見她。惟有沉浸在她的肉香裡，才能安安穩穩地酣暢大睡。

他怎麼都想不通，她哪來那麼多柔情，吸引了他整個的身軀、全部的心靈。剛剛跟她分離，又渴望下一次的見面，就像一個初戀的青春少年，一直處於亢奮的衝動之中。他聯想到，江南眞是出名妓的好地方，金陵歌妓董小宛楚楚動人，上海青樓的賽金花令人銷魂，揚州雛妓張玉良繪出了典雅的

「裸女」，如今，也許還要加上當代「茶花女」章媛媛的動人故事，而這愛情故事的男主角不是別人，正是自己——一個社會學博士生。

眨眼間，迎來了他倆相識後的第一個情人節。這是一個玫瑰花和巧克力堆積起來的日子，每一個家庭，每一對戀人，都在芬芳中慶祝上帝賜予的大愛。那是個晴朗的下午，賴文雄特意穿了件嶄新的灰色皮夾克，內配絳紅高領衫，顯得神采奕奕，像個運動健將。一路踏著陽光，哼著快活小調，駕車來到章媛媛的寓所。

不用說，章媛媛今天也刻意打扮過。一大早起床後，翻箱倒櫃，幾乎拿出所有漂亮的衣服，一件一件試穿，一套一套比較，直到中午才確定，穿一套最簡單的裙子。在她審美標準中，簡單和自然佔了很大的比重，因爲她自信相貌驚人，衣服只是陪襯而已，即使穿一套普通的牛仔服，也是有人講她美的。今天穿的V字領絳紅色羊毛套裙，恰如其分地襯托出她勻稱豐腴的身材，也突出了她白皙的皮膚；烏黑發亮的披肩長髮剛焗過油，顯得更加嫵媚；臉上化了淡妝，黛眉杏眼，炯炯有神。全身多了幾分高雅，添了幾分柔情。

開門相見，兩人先來一個熱烈的擁抱。接著，賴文雄拿起藏在門外的一打粉紅色玫瑰，畢恭畢敬地獻給章媛媛，她拖著他的手連聲道謝。

進門後，他發現桌子上已放著四、五束玫瑰，心中湧起一股醋意。但依然克制自己，裝著一付坦然大度的樣子。

她似乎感應到他的一絲不悅，馬上放出迷人的微笑說：「這麼多花，我最喜歡這束粉紅色玫瑰。」

「是嗎？」他笑著，把她摟在懷裡。

「妳猜，給妳帶來什麼？」他順手打開手提包。

「內衣。」她看也沒看，不假思索地答道。

「說對了一半。」

他先取出一套黑色真絲內衣，然後又拿出精緻的小紅盒。他悄悄打開盒蓋，手指捏出藍寶石雞心項鍊，接著雙手拿起，慢慢掛在她白嫩的脖頸上。

「你發瘋了，買這麼貴重的禮物。」她撒嬌般地說。

「妳怎麼知道？」

「少說我也收到過二十條，就算這條最好，還帶雞心呢。沒有三、四千買不回來，真是讓你破費了……」

「噗通」一聲，他跪在地板上，打斷了她的話。

「媛媛，請接受我的愛！今天，我是特意來求愛的，真的。拋棄過去的一切，從頭開始。讓我來分擔妳的痛苦吧。」他像背台詞一樣，一字一句，鏗鏘有力。

「起來，快起來。別一時衝動。」她用力地拉他，但他穩如泰山。

「妳不答應，我就永遠不起來。」他的態度很堅硬，堅硬得像冰塊。

「別傻了。非常感謝你對我的關心，但你別忘了，我是個妓女。跟我好，沒有結果的。讓我們保持現在的關係，不是蠻好嗎？」她試圖耐心地說服他。

「不！我眞的愛妳，一刻都不能離開。考慮再三，我是眞心愛妳的，並非一時衝動，而是我的肺腑之言。」他依然跪在地板上，一動都不動，像個木頭人釘在地板上。

她又嘗試拉他起身，但還是無濟於事。她怎麼會有這麼大的力氣呢？三個章媛媛加起來，也不一定能扶起他。何況這時，他是玩眞的。

「你先起來，有話慢慢講。」她撫摸著他的頭，像哄三歲的小孩一樣。

「妳不答應，等到明天天亮，我都跪在這裡。」他的態度非常堅決，硬得就像冰刀。

兩人僵持了二十多分鐘，氣氛依然緊張，互不相讓。看他動眞格的神態，她的淚水終於抑制不住，滾滾直流，滴在他的頭上、臉上、身上。

「我何嘗不想愛情，但我是被幾十個男人插過的香爐啊。讓我告別過去，並非輕而易舉……」她泣不成聲。

「我考慮過，我掙扎過。我不在乎妳的過去，而是關心妳的未來。」他的淚花盈盈。

她邊流淚邊把他扶起來。順著她的手勢，他欣喜地爬起身。

兩人抱頭痛哭。她哭得撕心裂肺，似乎要把所有的苦水哭出來，倒進尼加拉河；他哭得搖山震岳，好像要用淚水織成愛的花環。兩人的哭聲交合在一起，慢慢傳出窗外，和嘩嘩的瀑布聲融成一

體，奏出美妙神奇的音樂。這彷彿不是哭聲，而是他們的歡笑聲，是二十世紀末愛的宣言。

透過百葉簾的陽光，射在兩個淚人兒身上，晶瑩閃亮。

40. 為新生乾杯

賴文雄和章媛媛都沒想到，淚水會佔據他們的第一個情人節。兩人哭乾了淚水，已是傍晚時分，玫瑰色的雲彩正慢慢爬上西邊天際。

「到哪兒去吃飯，想去多倫多跳舞嗎？」賴文雄提議。

她搖搖頭說：「哭成這個樣子，什麼地方都不想去。就待在家裡，過一個屬於我倆的情人節吧。」

「總得吃頓像樣的飯啊。」他不解地問。

「那還不容易，叫外賣就是了。附近有一家法國餐廳不錯，打個電話，一個小時內就可以送過來了。我這裡，什麼都沒有，但酒有的是。你想喝什麼雞尾酒，我都可以為你調。」

他點點頭說：「客隨主人吧。酒倒是我喜歡的。」

章媛媛很會營造氣氛。客廳的桌子上點了六枝長蠟燭，把粉紅色玫瑰插進花瓶，放在桌子的一角。而其他五束花全扔到廚房的地上，這似乎是有意做給賴文雄看的，算是和那些人劃清界限。

她打開酒櫃，取出威士忌、蘭姆等幾種酒，又打開冰箱拿出冰塊，叮叮噹噹，嫻熟地忙碌起來。

「我給你調一個曼哈頓吧，保證你滿意，絕不比外面酒吧的差。」

說著，配有紅櫻桃裝飾的曼哈頓酒已遞給賴文雄。而她自己，則用蘭姆酒和藍色柑香酒，加上檸檬汁，配了一杯「藍色夏威夷」，這是一種典型的熱帶雞尾酒，淡淡的藍色宛若南太平洋大海，冰塊就像白色的浪花，富有詩意。

兩人相對而坐。菜餚雖不豐盛，但也有五、六個，足夠兩人吃的。音響裡傳出莎妮婭·吐溫（**Shania Twain**）甜美的鄉村歌喉。

兩人舉杯齊眉。似乎都想開口，但都欲言又止。

她遲疑了一下，還是俏皮地問：「爲什麼？」

「爲新生。」他已找到恰當的字眼，抬頭凝視她。

「好。爲新生乾杯。」她笑得合不攏嘴。

兩人各喝了一口，面面相覷。這一口，非同小可，這是他們愛的開端。到底日後是甘是苦，誰都不知。

「妳的手藝眞不錯，曼哈頓就要有這種辛辣口味。調製雖然簡單，但外面不少酒吧都做不到，不知到底爲什麼？」賴文雄自言自語。

「別小看這種酒，喝多了也會醉喔。」

「這當然，曼哈頓在美國古語中就叫『醉鬼』嘛。還沒問妳，妳哪兒學的手藝？」

「以前在脫衣舞酒吧，整天對著酒保，看也看會了。多不敢說，三十種雞尾酒會調，只要你點得出，我就調得出。」

賴文雄欣然地點點頭，又要了一杯曼哈頓。兩杯下肚，他吟起詩詞來：

「小山重迭金明滅，鬢雲欲度香腮雪。懶起畫蛾眉，弄妝梳洗遲。照花前後鏡，花面交相映。新帖繡羅襦，雙雙金鷓鴣。」

她笑容可掬地問：「誰寫的詩啊？這麼美。」

他醉醺醺地說：「唐代詩人溫庭筠寫的詞。這是十四首《菩薩蠻》中廣為流傳的一首，艷麗典雅，耐人尋味啊，著名的十四首也是中國詞史上的一段豐碑，影響後來，至為深遠。要知道，歷代中國文人，寫了很多歌頌妓女的詩篇，更有人說宋詞是妓家文學，實不為過……」

章媛媛也不甘落後，俏皮地說：「我只知林語堂先生講過，沒有妓女，音樂在中國恐怕早已消聲匿跡了。我也知道，歌妓和中國文化也有關。」

他眉飛色舞起來：「不是有關這麼簡單，而是密不可分。翻開中國文化史，哪一個朝代，沒有妓家的貢獻？……」

她嗲聲嗲氣地說：「想不到妳還眞有兩把刷子，肚子裡裝滿了中國文化。」

「這算什麼，以後啊，大段大段的背給妳聽。我是非常喜歡唐詩宋詞的，以前背過不少。妳來背誦一首詩吧，妳不也是一個文學青年嗎？」

她瘋兮兮地說：「以前背過的古典詩詞啊，都還給老師了，你就放過我吧。」

「那就算了，以後再補。小姐，再來一杯吧，威士忌加冰塊就可以了……」他越來越開心，顯然是有三分醉了。

不一會兒，電話聲四起。都是向章媛媛問情人節好的男人，她都一一搪塞，總算應付過去。接著，她把家裡所有電話機開關全部拔掉，也把手提電話關了，以免影響他倆的情緒。

若隱若現的燭光瀰漫著整個房間，兩人一次又一次地乾杯，講著各自遙遠的故事。這一個並不尋常的情人節夜晚，有花也有酒，有淚也有愛，有詩也有情，他們不醉才怪呢。

9 兩人感情一波三折

41.真正墜入愛河

賴文雄在飛機上心不在焉地吃著日本快餐，味同嚼蠟。也許是烹飪技術較差，也許是自己的胃口不好，而後者佔的比例更高。甜蜜、悲痛的往事緊緊地交織在一起，在眼前飛速地旋轉，不停地晃動。

二〇〇〇年情人節夜晚，賴文雄和章媛媛雙雙爛醉如泥、不省人事。次日，章媛媛睜開眼睛，已是下午兩點，看看自己一絲不掛，再看一個手臂勾著自己的賴文雄，也是赤裸裸的，還在酣睡，她馬

上搖醒他。賴文雄睜開惺忪的雙眼，展開雙臂，緊緊地把她摟抱在懷裡，毫無起床的意思。房間裡的每個角落，都瀰漫著兩人的肉香，房間裡的每一個分子，都充滿了情愛的元素。

在章媛媛的再三催促下，賴文雄懶洋洋地坐起身。他定神一看，床頭床尾都是粉紅色的女人內褲、黑色的胸罩、白色的男內褲，還有那些亂七八糟的紙巾撒了一地，狼狽不堪。他若有所思地說：「這是愛的洗禮啊！」

章媛媛撒嬌般地說：「是不是還要寫讚美詩？」

他挺直腰，傻乎乎地坐在床上，眼看天花板，雙手作揖，虔誠地說：「主啊，我們要感謝你的恩賜，饋贈兩顆自由的心，在這浪漫的情人節相結合……」

「慘了！沒帶套子。說不定，就有了。」章媛媛突然驚叫起來，兩眼瞪得老大，好像要哭出來的樣子。

賴文雄摟著她的腰，安慰著說：「別嚇人。一次就會有？」

「沒聽講，情人節懷孕的人特別多嗎？」

他哄著她說：「別騙人了。我只知道，情人節失身的人最多。」

「眞的沒騙你。前幾天啊，我還看到過這樣的新聞，好像是美國電視台裡播放的。」

他坐起身，撫摸著她圓潤的肩說：「那有什麼不好，生個小媛媛，我跟她再戀一次。」

「色鬼，眞是個大色鬼。狗嘴裡吐不出象牙。我可不想當未婚媽媽，還要享受青春的尾巴呢。」

他懷著希冀的目光說：「妳的女兒，一定也是個大美人。」

她大概不會知道，男人一旦得到女人的身體，並且在心理上開始眞正愛上女人後，他的潛意識裡就會產生了解她過去身世的念頭，包括她的童年、家庭、少女時代，甚至初吻、第一夜，有的男人在了解中更愛對方，有的男人在了解中疏遠對方，也有的男人在了解後立刻提出分手。如果要想看她童年的生長過程，最好就是讓她生一個女孩，親眼目睹她一天一天的長大，這恐怕也是父親喜歡女兒的一個重要原因，與其說喜歡女兒，倒不如說想親身領略太太的過去。當然，這也是一種愛，確切地說，是一種愛的轉移。

講起孩子，兩人興高采烈地憧憬起來，你一言，我一句，好像明天就當爸爸媽媽一樣。清澈的笑聲在陽光裡蕩漾，未來對每一對戀人來講，就像這陽光絢麗多彩，美好而神聖。談笑風生之際，他們絕不讓四肢失業，也不會讓火燒的下身偷懶。可愛的戀人啊，只有盡情地交媾，只有賣力地舞蹈，才對得起造你們的亞當和夏娃。

也就從二月十四日情人節開始，賴文雄和章媛媛雙雙墜入愛河，這是兩人始料未及的。一個現代茶花女，一個社會學博士生，怎會如膠似漆地黏合走在一起，似乎是件不可思議的事。看來，生活中的有些事，確實很難用常理來判斷的。

賴文雄細細想來，如果回溯到中國古代，倒也不足爲奇，多少文人雅士和妓女結緣，留下了一段段風流韻事，傳誦至今，杜牧的「十年揚州一夢」，贏得嫖客大家的美譽；大詞家柳永一生潦倒，過著

嫖酒自娛的生活，死時無錢殮葬，衆多妓女湊錢營墓，出殯之日全城歌妓送葬，一片縞素，催人淚下；而江南才子祝枝山、唐伯虎皆是大嫖家，留下不少風流辭賦。昔日的文人與風塵女子若沒有一點眞情，難道能寫出流芳百世的作品嗎？賴文雄終於明白，男女之愛是不需要理由的，也沒有定律可尋，更沒有公式可套，靠的是緣，講的是份。

章媛媛毅然斷絕了與其他任何男人來往，決心從良歸正，專心一致地愛一個男人。她飽嚐了被賴文雄尊重、關懷的滋味，對他感激不已、百依百順。在他的建議下，她重新進英語補習班，準備進修一年半載英文，報考社區學院護理專業，重操舊業。便於她學習，他特意送給她一台IBM電腦。經他悉心指導，她很快學會了中文電腦打字。她的電腦上了網際網路後，再也不覺得時光難以打發了。一上網，不知不覺半天就過去了。在網上，她每天能看到故鄉的《新民晚報》、《文匯報》、《解放日報》，對上海發生的新聞瞭如指掌，凡新聞中見到「上海、滬、黃浦江、淮海路、南京路」等一類的字眼，絕不放過，比上海人還上海人，從中減了一份鄉愁，也多了一份思念。

作爲一個曾經愛書如命的文學青年，她在網上很快發現了「龍源國際書網」，尤其是旗下的名刊網，她更是愛不釋手，幾乎每天都要上去瀏覽一下，一口氣訂閱了好幾份電子文學月刊，包括雲南的《大家》、北京的《人民文學》、《中國作家》等。她還愛上了武漢女作家池莉的小說、香港女作家張小嫻的散文、台灣女作家廖輝英的小說。對於同齡人衛慧、棉棉的作品，更是四處搜集來閱讀，倍感親切，在她看來，《上海寶貝》的可貴之處，並不在於大膽的性描寫，也不在於崇拜德國佬馬克的六寸

陰莖，而是寫出新一代年輕人的生存狀況，寫出了他們與父輩截然不同的物質和精神追求。

上網後最有趣的，莫過於在網上跟賴文雄談情說愛。既省了長途電話費，又增添了一份新奇。有時寫起情書來，一口氣就是洋洋灑灑的兩、三千字，他不得不欽佩她飛揚的文采。有次還跟她一本正經地說，好好練筆，說不定還眞能成爲作家。沒過兩個星期，她就收到了台灣的《聯合文學》、《皇冠》雜誌。

她感到有些納悶，馬上打電話問他：「這些雜誌在網上都能看到，爲什麼還要訂閱紙版的呢？」

他慢慢道來：「上網太多對眼睛不好，再說閱讀整本書，也不舒服。過幾天，還有一份《小說族》雜誌會寄來，我是在網上訂購的，非常方便的。」

她在電話那頭感動得哭起來，顫抖抖地說：「文雄，你眞是太好太周到了。眞不知道，這輩子怎樣報答你？」

「傻瓜。世界上，不是每件事都求回報的。反過來說，也是我的自私喔，我可不想見到妳帶一副眼鏡，我最討厭女人戴眼鏡了。」他巧妙地勸她。

「你也眞會說話。我一定好好閱讀這些雜誌，說不定還會投稿。」

「那太好了！這三份雜誌，從不同層面反映了台灣文壇的狀況。《聯合文學》質素很高，是老牌子了，代表了台灣文學的水準，屬於陽春白雪類的，以前啊，我是每期必讀。而《皇冠》、《小說族》都注重通俗性，瞄準年輕讀者群，每期的時尚專題策劃得很好。如果想投稿，先試後兩種，《聯合文學》

喜歡名家的稿子……」他如數家珍地介紹起台灣的文壇。

在他的殷切鼓勵下，她瘋狂地閱讀海內外名家作品，包括賈平凹的、莫言的、余華的，還有卡夫卡的、福克納的。少女時代的「明星夢」破碎了，但另一個「作家夢」也許會在日後實現。她從來沒有如此自信過，看來，不得不拜賜愛情的神奇力量。

那邊廂，賴文雄與她相愛後，讀書效率成倍增長，課題研究比預期的還順利。用他自己的話講，陰陽大調和，從而促進大腦思維的發展。平時每晚不是跟她通電話，就是網上談心調情。每到週五下午上好兩堂研討課，歸心似箭地飛車見情人。小別一週，彷如隔世，兩人見面後照例是連續幾個小時的纏纏綿綿、卿卿我我。

在她酥胸俏臀裡，他眞正體驗了美的感受；在她甘露的肉香裡，他獲得神奇的啓示；在她燃燒的體內，他無數次莊嚴地發佈男子漢宣言。如此的天生尤物，無疑是上帝賜給自己的最好禮物。誰說她不是東方的維納斯？誰說今妓不如古妓？他心甘情願地跪倒在她石榴裙下，他願意爲她獻出一切。愛的烈焰，早已把她並不光彩的身世化成灰燼。難怪小仲馬會說：「只要付出眞實的感情，無論對方是什麼女人，都足以使男人昇華。」

好幾個週日夜晚，他都會絞盡腦汁編造理由，不想離開溫暖的小巢。爲了他的美夢，每次她都不願意識破鬼計，留他多宿一夜，讓他在自己的身體內膨脹、燃燒、昇華。

42.分清青紅皂白

蛺蝶穿花的春天固然可愛，如果再加上閒散的週末，那就錦上添花了。花爲戀人開，酒爲戀人醉。

一個有花也有酒的星期六夜晚，兩人盡情地銷魂之後，賴文雄突然發覺章媛媛臉上掠過一絲淡淡的愁雲。這種憂鬱，是用第六感才能發覺的。不是深愛的戀人看不出，粗心的戀人也發覺不了，完全靠一種靜心的體驗得來的。大概賴文雄是搞社會科學研究的，更注重感覺，所以這一絲的變化，都未能逃過他銳利的眼睛。

賴文雄輕輕給她披上睡袍，把她摟在懷裡。悄悄問她近日身體是否不舒服，她搖搖頭。問她方才自己是否太粗野，她說在床上就是喜歡他像流氓，越粗暴越刺激。問她上海家人是否安然無恙，她也點點頭……問到最後，賴文雄似乎嗅出一點點異味來。

他再一次耐心地詢問：「是不是那個俄羅斯女人，又來找妳麻煩了？」

見章媛媛低著頭，一句不答，他皺起眉頭追問：「媛媛，妳可答應過我的，什麼事都不要瞞我。妳不講出來，我怎麼幫助妳？」

她依然不吭聲，整個臉緊繃著，像一座大理石雕像。他再也按捺不住，發起急來，大聲地說：「跟妳說過多少次，我不是僅僅享受妳的身體，我是眞心的愛妳。快說說那個俄羅斯女人吧，是不是叫卡秋莎？」

躺在他懷裡的章媛媛，終於點了點頭，慢慢打開話匣子：「說來也是緣份。有一次晚上，在多倫多一間高級酒店門前，我和卡秋莎都在兜客，有個瘦骨嶙峋的傢伙走到我面前，邊攀談邊把手伸到我的胸部，我剛想退避，旁邊的卡秋莎已給了那個男人一個響亮的巴掌，那男人剛反應過來想揮拳打她，卡秋莎右後方突然衝出一個高個子男人，一拳將那傢伙打倒在地，見警車飛駛而來，我跟著卡秋莎他們逃走了……從此，我和她結下了交情，她對我關懷備至，有時還將一些客人介紹給我。我們也同居過一陣子，當然，不是同性戀那種，就是分租同一個公寓單位，一人一個房間。」

她繼續回憶說：「後來聽她說，那個高個子男人就是她的男朋友，綽號叫老鷹，也是俄羅斯人。不過，老鷹很少住在多倫多，大部分時間都在溫哥華，被一個販毒集團操控。不曉得你知不知道，去年年初，皇家騎警反毒組連同美國毒品管制局，破獲了一宗海洛因走私案，數量有二十公斤之多，市值約有八百萬加元，據說，這是加拿大歷史上最大的一宗海洛因販賣案。」

「我在電視上好像看過，那個主犯不是被黑社會的人打死了嗎？」賴文雄的腦子裡有一些模模糊糊的印象。

章媛媛點點頭說：「對，那個死者就是老鷹。有一天凌晨三點多，我和卡秋莎剛準備睡覺，突然

有人連敲了四下門，卡秋莎興高采烈地說是老鷹回來了，這是他們的聯絡暗號。開門後，果然是老鷹，他提著一個旅行袋，神色有點慌張。他說昨晚就從溫哥華飛抵多倫多，住在離唐人街不遠的一家酒店裡。剛剛到唐人街運海鮮的長途貨車上取了這袋海洛因，他準備步行到酒店取車時，突然發現馬路對面的咖啡館內有兩個人盯著他，估計是便衣探員，他立即招了一輛的士逃走，逕直來到這裡。他估計警方正在酒店等他，自己必須回到酒店，和警方糾纏，央求卡秋莎馬上把這批貨送到溫莎市的一個酒吧內，對面底特律的美國人正在那裡接應。他見卡秋莎有些猶豫，說這筆貨好不容易從溫哥華運過來的，並掏出一大疊美金，說是一萬元酬勞，卡秋莎也沒動心。最終，他苦苦哀求說，做完這一次就洗手不幹了，和她遠走高飛，去結婚生子，這才感動了卡秋莎，她淚如雨下，馬上答應幫他最後一次。卡秋莎抓了一大把美金，塞到包裡，又拿了一把給我。然後，她把旅行袋內的貨放到另一個皮包內，旅行袋內則塞了一堆衣服，遞給老鷹，他吻了一下她的額頭，調轉身就走了。」

「那後來怎麼樣？是妳陪卡秋莎一起去溫莎的？」賴文雄迫不及待地問。

「是的。我見她哭哭啼啼的樣子，怕她一個人開車有危險，就主動提出陪她去那裡。去的時候，是我駕的車，回來是她開的。一切都很順利，也非常簡單，根據老鷹關照的聯絡暗號，卡秋莎和那個美國男人對了三句話，那人就跟我們到車內，取走了皮包，事先已講好，對方會付錢給紐約的俄羅斯人……但沒想到，幾個小時以後，這個美國人就落網了。原來，他早已被皇家騎警盯上，在駕車過境去美國時，被美國警方當場逮捕，贓物俱全，只得認罪，根據他的口供，警方馬上全國通緝老鷹等人。

更慘的是，第三天，多倫多警方發現安大略湖上有一具浮屍，那人正是老鷹，據警方推測，很有可能是殺人滅口……從此以後，卡秋莎一蹶不振，整天躺在家裡睡覺，像白癡一樣。後來，她乾脆搬到北面去住了，好像是找到一份脫衣舞工作。那時起，我們幾乎沒有什麼來往，電話也很少打。」

章媛媛乾脆坐起身，和賴文雄並肩背靠床架，繼續往下說：「一直到我準備離開多倫多的前三天，偶爾在伊頓購物中心化妝品部碰到她，她說正要找我，剛搬回多倫多居住，在一家著名的脫衣舞酒吧當舞孃，那時我決心已定，也不相信任何人，不想把我的眞正行蹤告訴別人，所以就騙她說，我將會去咸美頓市讀書。臨分手時，她硬要了我的手提電話號碼。我到尼加拉市後，改了手提電話號碼，但區域號九〇五和咸美頓市是一樣的，她還以為我眞的住在咸美頓。」

「那就是說，到現在為止，她一直以為妳住在咸美頓市，肯定不知道妳住在這裡？」賴文雄一字一句地問道。

章媛媛非常肯定地點點頭，賴文雄嘴角邊終於露出詭譎的笑容。她當然不會知道，這笑容背後的眞正涵義。

她繼續說：「前幾個月，卡秋莎病了很長一段時間，也沒辦法去跳舞，我還特意去多倫多探望過她。見她可憐兮兮的樣子，我給了她兩百元，她硬不要，到最後收下了，她說就當作是向我借的。」

賴文雄拉著她的一隻手說：「那這幾天她打電話找妳，到底為了什麼事？」

章媛媛抓住他的另一隻手，瞪起眼睛說：「文雄啊，我先聲明一點，我絕對不會和她一起去做壞

事，一切聽你的。她打電話來說，因爲她不太熟悉亞洲，叫我和她一起去香港、泰國，把一批海洛因運到溫哥華，再想辦法販賣到南美洲去，所有路途開銷她全包，另外給我五萬美金的酬金……」

「這可是在唆使妳販毒啊！我的天啊！不得了，這個卡秋莎眞是膽大包天，她不知道危險性嗎？加拿大可是有法律的，要坐牢的……那妳準備怎麼辦？」

「我正在想個適當的理由拒絕她。但我如果直截了當回絕她，又怕她不開心，這種人狗急跳牆起來，什麼事都幹得出來的。我最怕的是，她把去年我陪她去溫莎市交海洛因的事向警方交代，這個案子自從老鷹死了之後，就成了無頭案了，加拿大很多案子都是這樣的……」

賴文雄咬緊牙關說道：「不是我講妳，這麼重要的事，妳應該早一點告訴我。好在被我發覺了，還來得及。媛媛，我希望下不爲例！」

看著他板著臉，好像老虎要吃人的樣子，她拿出看家本領，撒起嬌來，先親吻了一下他的脖子，然後躺在他懷裡，細聲細語地說：「我只是想，不要讓這些小事來煩你，怕影響你的學業呀。」

他也順勢低下頭，親吻了她的臉，然後說：「我的大小姐，這可不是小事，而是大事啊。我現在鄭重地問妳一句，妳還有什麼瞞我？和黑幫還有任何其他的交往嗎？一定要實話實說喔。」

她搖搖頭，肯定地說沒有。他再問一次，她還是說沒有。凝視她透明的目光，他總算相信了她的話。在這一方面，他非常自信自己的判斷，大概是和他相信那句俗語有關：眼睛是心靈的窗戶。

不知什麼時候，她的睡袍不翼而飛了，全身的肉香再一次侵襲了他的鼻子。賴文雄習慣地撫摸著

她圓潤的肩膀，好像是爲她按摩，安慰著說：「那妳不要擔心，我會替妳想個周密的辦法，盡早和卡秋莎說聲再見。這種人啊，離她越遠越好，以免惹事生非。但有一點，每一步都要小心謹慎，不能留下一點點後遺症。」

章媛媛馴服般地點點頭，像一頭小羔羊。她突然一個轉身，彈性十足的雙乳在他胸肌上不停地上下摩擦起來，嗲聲嗲氣地說：「什麼時候沒聽你的？尤其在床上……」

「妳這個上海寶貝，眞該揍！」

賴文雄的話音剛落，章媛媛蜷曲的胴體，已經像蛇一樣纏繞著他的周身。他也毫不客氣地伸展發達的四肢，竭盡全力與蛇共舞。窗外驚天動地的瀑布聲，被這漸入佳境的交響曲覆蓋了。

43. 巧妙和黑幫決裂

第二個星期六的傍晚，賴文雄駕著深藍色的富豪車，和章媛媛一起抵達多倫多。這是他們經過數次商量，精心策劃的一次「勾當」，旨在安安穩穩地和俄羅斯籍妓女卡秋莎「道別」。

八點整，他們來到教堂街的 **le Papillon** 法式餐廳。該餐廳的門面雖然不大，但踏進去卻別有洞天，有點口小肚子大的感覺。在數棵大樹環抱之下，全廳綠意盎然，白色的桌面上鋪著藍白相間的格子台

布，簡潔而雅致，每個桌子上有一盞點燃的蠟燭，一團一團的小小火光，使餐廳披上了浪漫的氣氛。賴文雄還是在網上發現這個魁北克式法國餐廳的，據說，它已連續六年被《多倫多太陽報》評爲最受歡迎的法式餐廳。

到這樣的餐廳用餐，自然是西裝筆挺。賴文雄的穿著倒也隨便，一身深藍色的西裝，內配湖藍色的襯衫，繫一條紅藍相間的花領帶，簡單打扮中體現了「朝氣蓬勃」四個大字。章媛媛穿了一套鵝黃色的低胸套裙，雖然老成了一點兒，但頸中那串藍寶石雞心項鍊耀眼奪目，恰到好處地垂掛在深深的乳溝之間，這是情人節那天賴文雄送給她的禮物。

他倆剛面對坐下，喝了一口冰水，章媛媛就朝剛入門的女人揮手，賴文雄定神望過去，的確如介紹的，卡秋莎修長而豐滿，是個性感的美人兒。她好像是夏天的打扮，穿一件薄如蟬翼的黑色吊帶裙，挾著一個黑色小皮包，手上抓著一件黑色皮夾克。她悄然飄來，無疑爲餐廳增添了一份春意。章媛媛站起身和她親熱地擁抱，令旁邊的賴文雄感到有點肉麻。

「這是Peter，我的未婚夫。我早在電話裡跟妳介紹過的。」章媛媛的手撫摸著賴文雄的肩，做出十分親熱的神態。

卡秋莎邊自報家門，邊有禮貌地伸出手來，和賴文雄握手。她的英文帶有很濃重的俄語口音。賴文雄見狀，立即用流利的俄語說：「眞是名不虛傳啊，妳是多倫多最漂亮的女人。」

「你還會說俄文？太好了。」卡秋莎也用純熟的俄語對答起來。

章媛媛從來不知道賴文雄還會說俄文，感到很驚訝。他們帶著很濃的捲舌音嘰嘰喳喳一陣後，見章媛媛有點不悅的樣子，馬上改用英文交談，賴文雄立即解釋說，這幾句俄文是跟一個俄羅斯太太學的，剛來加拿大時曾住在她家裡。

卡秋莎俏皮地說：「那你早就和俄羅斯女人同居了。」

賴文雄忙解釋：「不是這個意思。老太太七十多歲，老伴早死了，再說家裡房子太大，小孩又很少來看望她，一個人覺得孤獨，就專門分了兩間出來，廉價租給留學生，她很喜歡和我們交談，週末還會煮俄羅斯餐給我們吃……」

章媛媛也接過話題說：「看來，這個老太太真會生活，在和年輕人不斷的交談中歡度晚年，真開心。」

「可惜，一年多前，老太太在一宗車禍中死了。我還是事發後三個多月才知道的，沒能參加她的追悼會，真是遺憾。」賴文雄帶著傷心的口氣說。

「這個世界，總是好人死得早。」卡秋莎似乎有感而發。

等待上餐之際，卡秋莎快速用行話咬著章媛媛的耳根說：「哪兒找到這麼英俊的『雪茄』，懂俄語的找我才對，今晚是不是借我用一下？好讓我溫習俄文，也嚐嚐『中國雪茄』的味道。」

「真對不起啊，我的美人兒，這個東方尺碼滿足不了妳。」章媛媛也不甘落後，捏了一把她的大腿說。

卡秋莎越說越有勁：「我就圖個新鮮嘛！以前妳可講過的喔，對於好男人，我們可要分享啊。」

「抱歉，這次我可私吞了。」章媛媛又抓了一下她的大腿。

卡秋莎的大嘴，再一次靠近她的耳朵問道：「能透露一下嗎？他的床上功夫怎麼樣？」

章媛媛豎起兩個大拇指，笑得卡秋莎前仰後合，差一點兒從椅子上摔下來。兩個女人發出一陣又一陣淫蕩的笑聲，終於引來了周圍幾桌人的白眼，好幾個人朝她倆不以爲然地瞟了一眼。有一個男人還搖了搖頭，卡秋莎馬上伸出了小拇指，氣得他渾身發抖，而那個頭好像失去控制一樣，不停地左右搖擺。

坐在對面的賴文雄隱約能聽到她們講些什麼，但他故作鎮靜，也好乘機仔細端詳卡秋莎。她的臉龐輪廓分明，鼻子高高的，那對炯炯有神的眼睛，放射出撩人心魂的魅力，那個大嘴如果安裝在別的女人臉上，一定會感到太大，但對她來說變成了臉上第二個特色，大得異常性感。那吊帶裙根本包不住碩大堅挺的豪乳，確切地說，三分之一的小白鴿露在外面，是專門用來引誘男人目光的。

毫無疑問，眼前的兩個女人都是美人兒，但如果硬要賴文雄作客觀的分析，那麼卡秋沙的美帶著挑逗和淫蕩，凡生理正常的男人，大部分都會產生伸手摸一下她的衝動，最好是和她共度良宵，親身體驗她的柔情和放蕩。與之相比，章媛媛的美屬於艷麗，還帶著幾分高雅，不是所有男人可以得到的，她的褲帶也絕不會向所有男人解。說得白一點，前者是妓女，是任何男人出錢就可以享受的，後者則屬於高級交際花，她也要挑食才吃的。

他們邊津津有味地吃著牛排，邊暢所欲言。交談了一會兒，賴文雄相信卡秋莎確實受過良好的教育，有些惡習只是後來習得的。據章媛媛介紹，她以前曾在蘇聯上過高等師範專科學校，立志要當一名「人民教師」，但後來結交了一個黑社會的男朋友，無意中被拐騙到加拿大，被迫走上了賣笑生涯……賴文雄再次看了她倆一眼，情不自禁地想起一句話：幸福的女人總是相似的，不幸的女人各有各的不幸。

中途，章媛媛不好意思地摸摸肚子，對旁邊的卡秋莎說：「我們下個禮拜就去台北結婚，度完蜜月後就直接去加州……」

「我在洛杉磯找到一份教職。」賴文雄插嘴說。

「原來，今天請我來是爲了道別啊，爲什麼不早點跟我講？我可什麼禮物都沒有準備呀。」卡秋莎抱怨著說。

「我就怕妳破費，所以在電話裡沒跟妳講。」章媛媛拉著她的手說。

卡秋莎摸了一下章媛媛的肚子，神秘兮兮地說：「是不是有了？」

章媛媛點點頭，並說要把孩子生下來，竭盡全力地撫養。卡秋莎聽後，好像想起了自己的往事，眼睛有點濕潤，接著說：「眞該恭喜你們。不容易啊，總算有家了。」

這時，賴文雄從西裝上袋裡掏出一個信封，遞給卡秋莎說：「這是一點點錢，感謝妳以前對Camille的關心，如果沒有妳，也許就沒有今天的她。」

「沒有啦，我們是相互照顧，同病相憐嘛。你剛找到工作，生活壓力也很大的，就留著給你們的孩子用吧。」沒想到，卡秋莎會講出這一番動情的話。

章媛媛順手把信封塞到她的手上說：「妳就收下吧，只能意思意思，前一陣子妳生病，錢也不好掙啊。」

卡秋莎客氣地說：「還好啦。雖然腿上舞不准跳，但我們都在各顯神通，在包廂位裡讓那些男人摸個夠，非叫他們滿的進來，空的出去。最近啊，來了一幫俄羅斯人，他們常來捧場，其中有兩個很有錢的，給起小費來，都是上百元的……」

賴文雄再次巧用三寸不爛之舌：「卡秋莎，妳就收下吧。否則，Camille不會給我好日子過的……」

卡秋莎見他們如此誠心，也只好順勢收下了。再三關照他們，回到美國後就打電話給她。他們都一一答應，並勸她好好注意身體，再也不要吸毒了。

章媛媛有點感傷地對卡秋莎說：「這一別啊，不知何時才能相見？」

「到洛杉磯很方便的。你們的寶貝出生後，我一定坐飛機去賀喜。」她的話一出，馬上就活躍了氣氛。

過了一會兒，卡秋莎看了看手錶，馬上跳起來說：「時間不早了，我還要去警察局呢？」

「妳去那兒做什麼？」章媛媛驚訝地問。

卡秋莎笑嘻嘻地說：「放心，我沒犯法。是去跳脫衣舞，一幫休班警員還在那兒等著我呢。」

賴文雄納悶地問：「警察局裡也可以這樣？」

卡秋莎又吸了一口煙，慢慢地說：「這是加拿大，有什麼不可以，他們都下班了。據說有一個警察過四十歲生日，她太太特意到我們酒吧來點我的，去一個小時，給三百元，小費另計，還是合算的。」

「難怪穿得這麼性感，是去餵大魚。」章媛媛俏皮地說。

卡秋莎望了一眼章媛媛說：「按照你們中國人的說法，人在江湖，身不由己。再說，也可以乘機和那些警察拉拉關係，說不定啊，哪一天還會用上他們。有幾個警察，經常到我們那兒去巡視的……」

臨分別時，卡秋莎展開雙臂擁抱章媛媛，咬著她的耳根說：「到了美國，一定打電話給我。有什麼事要我出力，也告訴我。」

章媛媛緊握著她的手，眼睛都有點濕潤了。卡秋莎握著賴文雄的手，用俄文說：「你可不能欺負Camille，否則，我不會放過你。」

賴文雄駕著富豪車，迅速上了QEW高速公路，向西面的尼加拉方向飛駛。

他見旁邊的章媛媛有點失落的樣子，故意沒話找話說：「卡秋莎真是個美人兒，她比我想像得還要文雅。」

「她人不壞，也夠朋友。但交的朋友不好，和黑社會糾纏不清。我估計，就是最近那幫俄羅斯客人

叫她去亞洲販毒的，我眞爲她擔心。我知道，她很需要錢的。你發現嗎？給她信封時，她嘴裡說不要，手早已伸過來接了。」

「就怕她不收。和這種人徹底分手，不要說花五百元，就是給五千元也是値得的，這叫破財消災。出了小錢，還了人情，萬事大吉也。這種人啊，眞的惹不起。和她在一起，哪一天妳的人頭落地都不知道。」

章媛媛還是帶著傷感的口氣說：「不管怎麼樣，她對我眞的不錯。」

賴文雄點了點頭，又看了看車上的時鐘，正好是十點，他高興地說：「從現在開始，你的手提電話號碼改了，這也意味著妳和黑幫徹底決裂。請不要把這個新號碼講給任何人聽，我在貝爾公司沒留下新號碼。卡秋莎再也不會來煩妳了，妳也不必挾住尾巴做人……」

章媛媛的左手撫摸著他的右大腿，動情地說：「文雄，眞要好好感激你。你爲我想得太周到了，這次如果沒有你，我眞不知道怎樣回絕卡秋莎。也許，眞的會重蹈覆轍，再次加入販毒，不知不覺地走回老路，錢的誘惑力是巨大的，再說我背上了友情的包袱……」

「不必多講了，一切都成爲過去事。妳看，今晚的月光特別明亮。」賴文雄意味深長地說。

章媛媛熱淚盈眶，好不容易從喉嚨裡擠出幾個字：「是的，明天一定是晴朗的一天。」

44.感情一波三折

誰都沒有料到，熱戀中的章媛媛和賴文雄，突然間會發生一場驚心動魄的「大地震」。事件發生在情人節後兩個多月，事先毫無徵兆。

按常規，每個週末他都會到她那兒度過。但這回她婉言拒絕，說有一個親戚從舊金山來多倫多公幹，週末遊覽大瀑布，順便來看她並要寄宿兩天。

憑他的直覺，這個理由是編造出來的。原因有兩個：從來沒聽她提起有親戚在美國；即使眞的有，也不會匆忙決定來多倫多公幹，至少在一、兩個禮拜前就會知道。

出於對她的尊重，他不想揭穿她。但週六晚上，他坐在房間裡六神無主。拿起書本，根本難以入腦。打開電視，他都不知道自己在看些什麼。躺在沙發上，他開始胡思亂想起來：也許她背著他，與其他男人有來往，已發展到週末非幽會不可的地步；也許那個汽車公司總經理大衛來找她，兩人舊情復燃，歡度良宵；也許還有更多不可告人的事，要在週末處理……他越想越緊張，越想越氣忿。

剛過八點，他禁不住打電話給她，但家中無人接。再打她的大哥大，關著機。直到九點多，都未跟她聯絡上，他再也忍耐不住了。一是怕她出事，二是怕她另有所愛。他決定去她的住處，搞個水落

石出。

汽車到湖濱大廈一〇〇號時，已是夜晚十一點。他按門鈴，沒人出來。再打電話，依然沒人接。到樓下停車場一看，她的BMW停在那裡。這就證明，有人來接她出去，此時此刻，他胸中的怒火油然而生。

他幹脆把車停在大廈入口旁的小道上，坐等車內，看看妳章媛媛葫蘆裡賣的什麼藥。有幾輛車進進出出，但未見到她的人影。他在車內不停打她的大哥大，依然關著機。

深夜十二點過後，根本未見車子進出。直到凌晨一點，見到一輛白色林肯車駛過來。賴文雄定神一看，下車的女郎不是別人，正是章媛媛，她正在和身旁一個洋人吻別。他看在眼裡，肺都氣炸了。

林肯車剛啓動離開，賴文雄就衝出車子，大聲喊起來：「章媛媛。」

她猛然聽到熟悉的聲音，先是一驚，但馬上扭過頭。確定是賴文雄後，立即向他走來。

「原來是你啊，等好久了嗎？」兩人相遇，還是她先開口。

「還知道回來？」他的聲音很大。

「不要這樣。先把車停進來，上去慢慢跟你講。」她拉著他的手朝車走去。

賴文雄到了喉嚨的怒火，還是硬嚥了下去。

進入寓所，兩人面對面坐在轉角沙發上，毫無表情。誰都不願吭聲，足足對峙了十分鐘。

最後，還是賴文雄打破沉默：「妳親戚呢，走了？」

「沒有這樣的親戚。我騙你的。」她低下頭，爽快地說。

「為什麼要騙人？對我都不信任啊。」他抬起頭，聲嘶力竭道。

「那我問你，深更半夜為什麼守候在大門前，是查房嗎？」她也仰高頭。

「我有什麼資格查妳的房。打了妳大哥大都不通，我還以為出了什麼事。」

「放心，沒跳進大瀑布。」她帶著諷刺的口氣說。

「早知是坐林肯車去了，我也沒必要那麼緊張。活到現在，我還沒福分享受這種豪華車呢。」他陰陽怪氣，顯然是話中有話。

「有話就講出來，別吞吞吐吐的。沒做虧心事，我一點都不怕。出門忘了帶大哥大，十點多我在外面打過電話給你，但沒人接。」

「妳還記得打給我。怎麼，又是一條大魚啊。林肯車可不是人人都玩得起的。」他搖頭晃腦的，一副居高臨下的神態。

「你什麼意思？他媽的。」她尖叫起來，用英文大罵了一句。

他故意慢慢地說：「別激動，是不是點到穴位了。妳跟我說說，為什麼騙我有親戚來，偷偷跟富翁去幽會。妳如果不願見我，攤牌就是了，我賴文雄絕對不會死纏著妳不放。我再喜歡妳，也不能一廂情願啊。」

「你把話講清楚點，什麼偷偷跟富翁幽會。早已告訴過你，要做我的男朋友，必須具備三個條件，

你口口聲聲答應的。我不想多說，一切都光明正大，都是巧合造成的。」她顯得很不耐煩。

他再也抑制不住自己：「巧合？巧合？江山易改，本性難移……」

「滾！給我滾出去！」她站起聲，發瘋般地叫嚷。

她震耳欲聾的叫喊聲、哭聲，馬上使他醒悟過來。但爲時已晚，出口的話永遠收不回來。如此敏感的語句太重，無形中揭了她的傷疤。她硬推著趕他走，他死不肯起身。

「再不走，我報警了。」她拿起電話筒。

「嫒嫒，我錯了。我說錯了。」他起身想阻止她的行動。

「別碰我。我們完了。早料到你，總有一天會講這樣的話。」她還是要拔電話的樣子。

他只好無奈地奪門而去。

她「啪」的一聲關上門，嚎啕大哭起來。她早已知道，男人們一旦得到他們想要的東西，時間一久，他們就會不滿意起來，而且一定會追究情人的過去，全盤控制現在乃至未來。兩人之間越熟悉，男人就越想支配女人。男人總是希望自己的女人是處女，而自己又玩過很多女人。何況自己是個煙花女，他心底會舒服嗎？也許，他永遠擺脫不了巨大的心理障礙。

章嫒嫒仔細想來，一切都是自己親手造的孽。原來的「妓女」和「嫖客」關係不是很好嗎？漢語中的「嫖」字很形象，嫖客必須付錢，而女人得到錢後就提供性服務，兩廂情願，互不相欠。自己如此的身世，根本沒有資格談戀愛……

45. 重歸於好情更濃

賴文雄知道自己禍從口出，心如刀割。畢竟，他深深愛著她。發生天大的事，也應聽完她的解釋，或許真的冤枉了她。他連續三天三夜致電章媛媛，她都故意不接電話。

等到第四天早上，他再也控制不住自己，逕直找上門來請求原諒。他想了三天三夜，就因爲太愛她，才會如此關心她，嫉妒她與其他任何男人來往。他要一一跟她說明，尋求重歸於好。

十點鐘剛到，聽到門鈴聲，她悄悄透過門上的圓孔探測鏡往外看，果然是他捧著一束黃玫瑰。她的怒氣依然未消，絕對不會理他。回到臥室，關起門來睡大覺。經過三天三夜的閉門靜思，她想得很通——與他相愛不會有好結果。他只不過同情自己而已，由憐憫產生的愛情絕對不會持久。目下青春依存，充當他的洩慾工具罷了。即使過得了這次爭吵關口，也過不了下一次。妓女和人談眞愛，根本就是天大的笑話，最終還不是悲劇收場的多。又不是宋朝，妓女還能助文人創造出燦爛的宋詞文化。乾脆乘這次機會，快刀斬亂麻，了卻與姓賴的感情糾葛，長痛不如短痛。

他到車庫一看，她的車子停在那裡。再到她門外靜聽，依稀能聽到抽水馬桶的沖水聲。這證明她肯定在家，依然生著氣。他決定施苦肉計感動她，不開門絕對不走。

一覺醒來，已是下午三點。潛意識逼迫她，馬上躡手躡腳走到門前張望，他依然呆呆地站在門口。他似乎聽到屋內有動靜，馬上按門鈴，她依然置之不理。每隔十分鐘，他就按一次門鈴。她在一次次響聲中思考、掙扎。他口渴嗎？肚子餓嗎？到哪兒上廁所？他果眞這樣愛我嗎？……直到晚上八點，她再次聽到門鈴聲，心有些軟了。透過探測鏡，見到他臉色消瘦蒼白、垂頭喪氣，有點於心不忍。脾氣再硬，也敵不過他的癡情。還是讓他進屋，把眞相告訴他，也許兩人會破鏡重圓。她在房內來回踱步，最後決定再等兩個小時，也就是他苦候十二小時後，放他進門。

他依然每隔十分鐘按一次門鈴。當她數到第十二聲時，她終於打開門。

兩人相見，如同生死重逢的戰友，緊緊擁抱，泣不成聲。

「媛媛，原諒我。」他突然跪下。

剛跪下，他全身如鬆散的架子，癱在地板上。

「水，水……」他硬擠出幾個字。

她飛快從冰箱內取出橙汁。喝了一大杯後，似乎有了點精神。

「再差一點，就要暈倒了。」他想支撐起身子，但還是乏力。

她用盡全力將他扶到沙發上，哽哽咽咽地低泣起來：「愛上我這樣的人，本來就是你自己的過錯。為一個妓女這樣，值得嗎？」

「別提這個字眼，我最討厭了。我什麼都不問，什麼都不管，只知道愛妳——眞心愛妳。」說著，

他的淚水奪眶而出，止不住地往下直流。

「不要哭，我最討厭男人哭了。」她用紙巾給他擦著淚水，把他的頭摟在懷裡。

「男兒有淚不輕彈啊。媛媛，不要離開我。不要！」

「你眞的不後悔？」

他有力地點了點頭說：「愛需要包容和諒解。按照我們以前講的三點，信任妳，順從妳，不管妳的私事。」

「你可要說到做到啊！好了。我先去煮點麵給你吃。我自己也沒吃呢。」

不一會兒，她端出香噴噴的兩大碗排骨麵。兩人像幾輩子沒吃過東西一樣。眨眼之間，兩個碗底朝天。

「眞好吃。第一次感到麵是這麼好吃。」他又活靈活現起來。

「當然囉，一整天沒進食，狗屎都好吃啊。」說著，她自己也抑制不住地笑起來了。

46. 暗中打胎感動上蒼

不知何時，章媛媛已調製好了一大杯白色的雞尾酒，放在臥室內。看著賴文雄有點疑惑，她說：

「這是奇奇酒，用伏特加和椰奶做的，可惜沒有鳳梨果汁。這種酒表示和好如初的意思，但願我們的誤會就像杯中的冰塊，逐漸溶解。」兩人嘴對著兩支吸管，一飲而盡。

憑窗佇立，賴文雄抬頭仰望天際，有感而發：「媛媛，今晚的月光多美啊！妳看，那彎彎的月亮，好像特地爲我們懸掛的。」

她點點頭，自言自語地說了「月亮彎彎」四個字。緊接著，她情不自禁地放聲大唱：

「跑馬溜溜的山上，一朵溜溜的雲喲！端端溜溜的照在，
康定溜溜的城喲！月亮！彎彎！康定溜溜的城喲！……
一來溜溜的看上，人才溜溜的好喲，二來溜溜的看上，
會當溜溜的家喲，月亮！彎彎！會當溜溜的家喲！」

在賴文雄看來，章媛媛的歌喉雖然難與那些金嗓子媲美，但遠遠勝過很多卡拉OK歌手，也比那些只會唱走調、唱錯詞的同齡「明星」好上幾倍。至少，聽章媛媛唱歌是一種美的享受。賴文雄見她如此投入，如此動情，乾脆跟著她合唱起來：

「世間溜溜的女子，任我溜溜的愛喲，世間溜溜的男子，

任你蹓蹓的求呦，月亮！彎彎！任你蹓蹓的求呦！」

黑夜，寧謐而空靈。房內，幽暗而醉人。百聽不厭的《康定情歌》，久久在房間內迴盪，鑽出窗外，和黑夜中的瀑布聲匯合。

兩人坐躺在床上，竊竊私語。她依偎在他懷裡，感到異常安全。他渾身溫暖，慾火在燃燒。失而復得的感覺，在他倆的每一個細胞裡膨脹。他想解開她的睡袍，沉浸在她的體香內。但，被她的雙手擋住了。

「文雄，有件重要的事要跟你講，但不許發火。你剛才答應過我的，碰到什麼事都得冷靜三思。」

「尊命。」他坐直，敬了個禮。引得兩人大笑。

她也坐起身，慢慢道來：「我瞞著你去打胎了。上週一的事。」

「眞的？妳別嚇我。」

「這還能騙你。你自己看，這是醫生證明。」她順手從枕頭底下抽出兩張紙。

「還記得情人節那晚，我們都醉了。就是那次播下的種。」

「眞被妳說中了。」

「是啊。你的精子活躍呀。一個多月後月經沒來，再加上嘔吐，我就知道是懷孕了。我是學醫的，當然能肯定。後來驗小便，得到了證實。」

「什麼時候決定拿掉的？」他把她摟得緊緊的。

「作了幾個星期的反覆思考、掙扎，最後決定還是打胎爲上策。我還年輕，不想這麼早要孩子。再說有讀書的打算，有了孩子怎麼讀啊。我知道你對我是眞心的，但你還在攻讀學位，絕對不能分心。」

「不是我責怪妳。這麼重要的事，妳都不跟我商量，至少也要聽聽我的意見。早就跟妳講過，我不但要分享妳的快樂，更要分擔妳的痛苦。」

「如果跟你講啊，非叫我生下來不可。那眞的會毀了我們兩個人。有了孩子可不是鬧著玩的，要用全副精力撫養。」她一本正經的樣子。

他輕輕摸著她的小手說：「沒想到妳這麼成熟。眞是難爲妳了，那要好好補補身子。我也不懂這些婆婆媽媽的事，反正妳是護士出身，多買點補品吃。明天我去銀行取點錢給妳。」

「別跟我談錢字。跟你這樣，是我心甘情願的。只是盼望你眞正對我好。再說啊，我的錢不比你少。」她翹起小嘴說。

他摟著她的肩膀，似乎剛從夢中醒來一樣：「這麼說，上週六深夜，我眞的是冤枉了妳。」

「當然囉。騙你有親戚來，是不想讓你過來度週末。你一來啊，馬上就揭穿我打胎的事。誰知那晚我悶得發慌，很想見你，大概是每個週末和你在一起習慣了。正好，阿維德約我去參加派對。以前跟你提起過他，是個市議員，最近爲性醜聞的事下台了。他的地位一變，很多人都離他而去，顯得很頹喪。我可不願這樣，他對我很好的。他曾經動過我的腦筋，但被我婉言拒絕了。我跟他一直保持純潔

的關係，從來沒有佔過我的便宜，最多是禮節性的接吻、擁抱……那晚匆匆出門，忘了帶大哥大……」

「嫒嫒，不要講了。我他媽的眞不是男人，以小人之心度君子之腹，隨妳懲罰吧。」

她狡黠一笑：「那還不容易，至少一個月沒得做。」

「這當然，忍受這麼點時間算什麼。妳是護士，聽妳的。但妳絕對不能騙我，故意拖長時間。來看妳，並不僅僅是爲了發洩呀。」說著，他的手悄悄伸進她的上身。

「你看你，說得比唱得還好聽。手在幹什麼？」她撤起嬌來。

「這鐵手啊，眞不聽話，妳看，妳看，自己會動，朝著磁石的方向貼進……」他嬉皮笑臉。

「眞是天下第一色鬼。」她嗲聲嗲氣道。

10 赴台拜見準公婆打算訂婚

47. 暢遊瀑布露童心

陽光燦爛，雲海翻滾。

賴文雄欠身靠近飛機舷窗，向下望去。每一朵雲都被陽光鑲上了銀邊，慢慢地飄過。他癡癡地看著，思緒如綿綿雲團，悠長而深遠。

他和章媛媛那晚喝了名叫「奇奇」的白色雞尾酒後，兩人正式重歸於好了。他們的感情也在那一夜之間，再次獲得了昇華。在賴文雄看來，戀人在不斷的爭吵中，才能加速了解對方，有的人在爭吵

後愛得更深，也有人在爭吵後說聲再見，他和章媛媛之間絕對是屬於前一種。

他們陶醉在春天的懷抱裡，蕩漾在歡聲笑語中，靈與肉的交合比以往更和諧。賴文雄總算體會了美國心理學家馬斯洛的「高峰體驗」理論，這令人銷魂的時刻是壓倒一切的敬畏情緒，在這不可阻擋的歡樂中，人格得到了一次又一次的昇華。賴文雄不只一次地對鏡自問：愛情啊，您原來是這樣的神秘，不但能醫治陳年舊傷，抹去一切悲痛的回憶，還能刺激戀人的所作所爲，朝著美好的願望邁進。

如此一次又一次的「高峰體驗」，不但使章媛媛的身材日趨成熟，女人味更濃，更使她的靈魂進行了一次脫胎換骨，似乎換成了另一個章媛媛。她把眞誠的關心、愛撫，化作無窮的動力，拚命地讀書。這樣激動人心的「高峰體驗」，也給章媛媛帶來了無數創作靈感，她第一次用英文寫了一首小詩《春姑娘的傾訴》，還瞞著賴文雄投給地區週報。沒想到，投稿後兩個多禮拜，她的作品就見報了，還收到五十元稿費的支票。領稿費對她來說，絕非第一次，初中時代曾在《青年報》上發表過一首詩歌，得到了十元稿費，後來讀衛校時在《新民晚報》上發表過一篇雜文，拿到過二十元，這是第三次領稿費，拿的還是加幣呢，但這次非比尋常，一是在異國用英文寫的詩，二是表達了一個沉淪女性重生後的心聲。

收到報紙和稿費那天，章媛媛立即致電賴文雄。電話那頭的他聽到這個好消息後，說了一連串的「太棒了，太棒了」，好像自己的畢業論文出版了一樣。他倆商量，要好好慶祝一番，說了四、五個計畫，都被章媛媛否決了。後來，她說來這裡九個多月了，還沒有坐船遊過瀑布，最終一言爲定，了卻

她再也簡單不過的願望。

一個星期六的上午，萬里無雲，天氣格外晴朗。他們早早地起床後，各人喝了一杯咖啡，外加一小片草莓果醬麵包，算是裹腹了。章媛媛穿了一套白色黑字的NIKE運動服，賴文雄則穿了一套黑色白字的相同牌子運動服，兩人腳穿白色NIKE運動鞋，從上到下都是情侶裝，整齊中更顯得精神抖擻。

臨出門前，章媛媛帶著自豪的口氣說：「今天不准你付錢，我用稿費請客。」

「好！值得永恆的紀念。如果不夠，我來貼。」賴文雄摟著她說。

她撒嬌般地說：「坐船加午餐，正好五十元。我早就打電話問過了，中午去美能達塔吃飯很便宜的。」

他欣慰地點點頭，挽著她的手就走。平時坐車，或在室內的多，賴文雄還未能充分領略她小鳥般快樂的性格，眼下可謂一覽無遺。他也只好跟隨著她，一路蹦蹦跳跳地來到克利夫頓山下的碼頭。

在排隊等待「霧中少女」（Maid of the Mist）號遊船時，她嘴裡還不停地哼唱小調，賴文雄永遠是個忠實的聽衆。直到上船穿上黃色雨衣時，她才住口，大力地挽著他的手臂，好像怕掉進水裡一樣。

遊船經過美國水晶簾幕瀑布前，還算平穩，但到達加拿大一邊的馬蹄形瀑布就不一樣了。全船的人頓時被四濺的水花驚呆了，有幾個人來不及收起相機，鏡頭也被打濕了。唯有章媛媛一人，故意不帶雨帽，任憑水花打濕她的頭。

「傻瓜，全船就妳一人這樣。」賴文雄迫不及待地爲她帶上雨帽。

她執意不肯，咬著他的耳根說：「我要盡情地享受大自然。」

他無奈地捏了一下她的鼻子，只好讓她去。但緊緊地握著她的雙手，真擔心她激動得控制不住往下跳。

遊船越來越靠近水潭，被落下的水沖得大幅度地擺動起來，時而上下，時而左右，船上一片驚慌呼叫，彷彿《鐵達尼號》遇難前夕。賴文雄乾脆死死抱住章媛媛的腰，好像真的遇險一樣。

「太刺激了。神奇的大瀑布啊，我甘做你的女兒……」突然間，章媛媛聲嘶力竭地叫嚷起來，像喝醉酒的李白吟詩。

賴文雄看在眼裡，樂在心頭。她的如此表現，只能證明兩點，一是童心未泯，二是具有文學天份。遊船在瀑布前停留一會兒後，掉頭走了。

「太遺憾了，我還沒盡情淋水呢！」她抱怨起來。

他摸著她濕淋淋的長髮說：「妳這麼喜歡啊，下個禮拜再來。」

她從皮包裡掏出早就準備好的毛巾，先替賴文雄擦了一下臉，然後抹乾自己的頭髮。

上岸時，她感慨萬千道：「與其說遊瀑布，倒不如說親身體驗瀑布。」

「對！貴在體驗。妳真有幾分詩人氣質啊。」他再一次藉機誇獎她。

他們踏入美能達塔（Minolta Tower），正是中午十二點，裡裡外外，都是人山人海。該建築物是日本照相機公司出資興修的瞭望台，距離瀑布很近。第一層是禮品商店，第二十七層是餐廳，第二十八

和二十九兩層分別是室內室外瞭望台，第三十層是美能達相機的展覽廳，從那兒上樓梯可以直達屋頂。

大概是肚子餓了，也許是方才船上劇烈的搖晃太累了，他們迅速衝進電梯，直上二十七層的餐廳。入座後，喝了一大杯可口可樂，才喘過氣來。他們邊吃蔬菜沙拉，邊眺望瀑布，倒也別有一番滋味。

章媛媛有感而發：「瀑布眞是百看不厭，不同的角度有不同的美，難怪是世界奇景。」

「剛剛在船上，我眞怕妳跳下去，一副控制不住自己的樣子。」他帶著嘲諷的口氣說。

她瘋瘋癲癲地說：「講句實話，能夠躺在大瀑布的懷抱裡閉上雙眼，也是一種難得的享受……」

「妳這個人啊，口無遮攔。這種話，千萬不能說！」賴文雄迅速打斷她的話。

「對不起，我是信口開河。」

「愛大自然不是這樣愛法的，靠的也是一種體驗。不過，剛剛妳在船上的表情，充分暴露了妳的童心，這是難得的。失去童心的女人，是無可救藥的。」

章媛媛瞪大眼，凝視著他說：「愛情使我恢復了童心。」

他滿意地點了點頭：「憑這點，就該好好慶賀。今晚，非一醉方休不可。」

「捨命陪君子。我做上海餐給你吃。」

他剛剛才發現，她放聲笑起來的酒渦，也是那麼迷人。還沒喝酒，望著美人已醉了。

用完午餐，他們登上屋頂的平台。由於四周沒有柵欄和玻璃，可以享受三百六十度的大全景，更顯瀑布的氣勢磅礡。強烈的太陽照射在瀑布上，泛出耀眼奪目的水光。

望著雄偉壯觀的景象，章媛媛不由自主地吟起詩來：

「岱宗夫如何？
齊魯青未了。
造化鍾神秀，
陰陽割昏曉。
蕩胸生層雲，
決眥入歸鳥。
會當凌絕頂，
一覽眾山小。」

賴文雄有意刁難她：「大美人，我倒要考考妳，杜甫是登什麼山時寫的？」

「泰山也。岱是它的別稱，五岳之首啊。孟子有曰：登泰山而小天下……」章媛媛突然之乎者也起來，像古代的仕女。

「妳哪兒學來的？一副文質彬彬。」他有點驚訝。

「網路上都有啊。我其他本事沒有，卻有一點過目不忘的看家本領，大概是從小歌詞背得多的原因。再說這首《望岳》詩啊，小時候就會背誦。」她平淡地說。

賴文雄和她拍了幾幅照片後，收起了相機。面對瀑布，他搭著她的肩膀說：「再也不要等待了，快敲起妳的鍵盤，撰寫自傳體小說《新茶花女》吧。目下，妳的情緒很適合創作。」

她樂滋滋地說：「你就放心讀你的博士吧。小說的構思已有了，提綱也寫了一半，很快會進入角色的……」

他欣喜地不斷點頭，突然想偷偷地吻她的臉。她剛想迴避，一個熱烘烘的郵戳已蓋在她的左頰上。

她抬腕望望手錶，已接近三點鐘，匆忙說：「不早了，還要去買菜，煮上海餐給你吃呢。」

「不用了，吃上海寶貝就夠了。」他嬉皮笑臉地說。

她剛想伸拳揍他，手臂已被他的大手抓住了，動彈不得。

48. 意外的生日禮物

所有的戀人都嫌時光走得太快。轉瞬間，迎來了章媛媛二十九歲生日。這也是他們相識後的第一個大喜日子。賴文雄決定別出心裁，給她一個意外的驚喜。

六月二日下午，上完兩節「社會學研究最新趨勢」課程後，賴文雄駕著深藍色富豪車，飛駛到章媛媛的湖濱大廈寓所。

慶賀戀人生日，送上一束紅玫瑰是最最起碼的。但她沒想到，卻收到一打純白色玫瑰。

見她略有遲疑，他馬上開口：「白玫瑰代表我對妳的純潔之愛，比水純，比雲白。」

她感激不盡，輕輕地吻著他的臉頰。看到客廳桌子上已放著一束紅玫瑰，他內心一愣。但馬上鎮靜下來，放鬆情緒，免得再犯「錯誤」。

「是大衛托花店送來的。」她似乎窺見了他的秘密，有意表白。

他瀟灑地說：「別忘了致電謝謝。眞是個有心人，外國人能做到這點，已很不容易了。」

兩人親熱一陣，時鐘已指向六點。

賴文雄說：「好，快打扮一下。我已在附近的一家英國餐廳訂了位。我都要打領帶，那家餐館很

講究的。」

「不早點講。我都準備了好多菜，都是你喜歡吃的，昨晚就開始忙了。」她邊講邊從衣櫥裡挑出精美的連衣裙。

他接過遞來的領帶說：「沒關係。深夜再回來吃，當宵夜。今晚是不醉不休啊，難得碰上妳的大喜日子。」

夕陽的半個臉孔沒入地平線，越變越小。

賴文雄駕著富豪車，沿著波光粼粼的湖濱小道奔駛。一旁的章媛媛哼著《鐵達尼號》主題歌，蕩漾在紫色的霞光裡。

章媛媛今晚的打扮再也簡單不過──一身黑色低胸連衣裙。最醒目的還是要算白皙脖頸上的藍寶石項鍊，自從情人節賴文雄贈送她這個特殊的禮物後，這寶石一分鐘都沒離開過她的身體。

賴文雄繫著淺灰色領帶，配在黑色襯衫上，別有一番洋氣。下身穿一條黑色西褲，整身與章媛媛的黑裙顏色很和諧。

夜幕徐徐拉開，隔鄰的聖凱瑟琳市（St. Catharines）華燈初上。著名的「小倫敦餐廳」坐落在市中心，門面佈置得典雅而高貴。即使炎夏，兩個門衛也穿著嚴嚴實實的晚禮服，笑臉迎賓。

他倆在女侍應的帶領下，來到最裡面的包廂。餐桌兩旁各自點著一盞蠟燭，正中央放著一枝紅玫瑰。整個房內幽暗浪漫，香氣溢人。

剛坐下，就有人送來兩杯冰水。

她環顧四周，抿著嘴說：「環境眞不錯，我還不知道附近有這樣的餐館。哎，你是怎麼曉得的？」

「在電腦網路上偶然發現的。」他有點得意。

男侍應打開一瓶英格蘭紅酒。給他們各自倒滿一杯，有禮貌地退下。

他倆邊品嚐甘藍沙拉、喝著番茄鮮奶濃湯，邊開始高談闊論，連空氣中每一個分子都飄著笑容。

主菜上來前，侍應輕輕走過來問：「你們喜歡怎麼樣的牛排？」

章媛媛見賴文雄沒反應，馬上開口：「一個三分熟，另一個五分熟。」

侍應走後，賴文雄笑著說：「妳反應挺快的。我都吃不準自己到底喜歡哪一種牛排。」

「我知道，當然是三分熟的。不記得上次在多倫多吃西餐，點了五分熟的，你說太老了。」

「妳的記憶力好驚人，應該去學會計。說句實話，我都難以分清幾分熟的牛排。」

她呷了一口酒說：「是用手指按牛排的感覺來判斷的。曾聽一個外國朋友形容過，如像摸臉頰般的柔軟就是三分熟；如像握耳朵一樣的硬度即爲五分熟；如果像捏鼻尖的硬度就是全熟的牛排。」

「這個比喻很形象。吃眞是一門藝術啊。」他有感而發。

他們舉杯對飲，品嚐著熱氣騰騰的牛排和烤馬鈴薯。接著，燉羊肉上桌。章媛媛立即皺眉，呆呆地看著端上來的羊肉。

賴文雄一眼看穿她的心思，急著說：「別怕，試一口就會喜歡。」

章媛媛用叉取了一塊羊肉，往嘴裡送去。

「味道還真不錯，沒那種騷味。」她臉上恢復了笑容。

「這是愛爾蘭式燉羊肉，洋蔥多，羊羶味都被蓋住了。來，趁熱多吃點。」

用餐完畢，兩個男侍應手腳麻利地整理餐桌。端上兩杯熱咖啡。

這時，音樂聲突然停止。男侍應端著蛋糕進來，上面插著點燃的小蠟燭。一排穿著燕尾服的人跟隨而入，手握小提琴彈奏起生日歌。

「生日快樂。閉眼許個願吧。」賴文雄輕聲地祝福她。

她閉目許願。然後睜開雙眼，吹熄蠟燭。他突然遞上一個小盒。

「是什麼呀。」她邊說邊笑嘻嘻地打開盒蓋。見是一枚閃閃發亮的鑽石戒指，她兩眼直愣愣，雙手僵在半空中。

「媛媛，嫁給我吧。」他站起身，取出戒指，替她帶在無名指上。

她激動的淚水強忍在眼裡，支支唔唔地說：「這不是在做夢吧。像在電影裡一樣。」

「這是現實，媛媛。答應我吧。」

她的眼淚終於抑制不住，如斷線的珍珠滾滾而下。

「太突然了。我一點心理準備都沒有。」她呷了口咖啡。

「我們相愛半年了，不算短。在妳以往放縱的生活中，我看到了妳的純潔。妳的身體使我如癡如

醉，妳的靈魂同樣高貴。肉體沒有摧殘妳的靈魂，放蕩也沒有麻木妳的感情，妳依然保持難得的童心。」他抑揚頓挫，像是演話劇。

「你眞的不後悔？」

他搖了搖手中的咖啡杯：「三十多歲的大男人，絕不會一時衝動。媛媛，我是經過深思熟慮的。被妳這樣的人眞正愛上，那是上帝賜予我的福份。」

「沒想到，我這樣的女人會有人求婚。」她低下頭。

他呷了口咖啡：「媛媛，千萬不要講這些。早就跟妳說過，不要自卑，要從往日的陰影中走出來。我關心的是我們的未來。我想，下月底放暑假，妳和我一起回台北，見一下我爸爸媽媽，我們正式訂婚。到明年底拿到博士，我們就結婚。」

「你想得這麼周到啊。還沒答應嫁給你哩，請給我時間考慮。」

「媛媛，還多想什麼，就答應我吧。我會使妳幸福的。」

她翹起嘴說：「或許你看了我寫的自傳體小說，就會改變主意。」

「絕對不會。妳隱隱約約都跟我提起不少，就是一個被很多男人插過的香爐嘛，沒什麼大不了的，我心理上早已作了充分的準備。否則，我也不會跟妳求婚……喔，寫到什麼地方了？」

她放下杯子說：「東京的經歷基本寫完，正準備寫多倫多的一段。搬到尼加拉後是重點部分，尤其是遇到你以後的浪漫故事。我想最後再寫上海的少女時代，那比較簡單。」

「這個構思很好，依時間順序劃分幾段。上海的一段雖簡單，但也同樣重要，因為那裡有少女的明星夢、作家夢，還有妳的親人。按照心理學研究顯示，一個人的成長過程，很多都可以從少年時代找到蛛絲馬跡。童年、家鄉、家庭，更是作家寫不盡的永恆題材……妳先寫，儘量詳細一點。等我明年五、六月份寫完博士論文後，我們逐章逐句地推敲。那我們先吃點蛋糕，然後回去看妳的大作。」

「肚子都塞滿了。不如把蛋糕原封不動地帶回家，慢慢吃。」她的提議得到他的讚許。

兩人攜手步出餐廳，向停車場走去。月光婆娑，滿天星斗。露水瀰漫，備感涼意。

「眞美啊，這迷人的夏夜。」汽車剛啓動，她自言自語。

「妳更美。願妳年年有今日。」賴文雄很善於表達自己的感受。

她嬌滴滴地說：「你最會說好話了。」

「女人就是喜歡哄啊。」

兩人朗朗的笑聲，連同車輪轉動聲，交織成一支愛的小夜曲，在湖濱小道上空迴旋。

49. 赴台北打算訂婚

章媛媛答應嫁給賴文雄後，兩人形同夫妻、形影不離。

他們難熬朝暮相思之苦，乾脆同居起來。上半週，她隨他住在滑鐵盧大學的學生公寓。白天他去上學，她在家料理家務、煮飯；晚上帶著文學雜誌，陪他去電腦房做功課。週五下午，他們雙雙回尼加拉住處，痛痛快快地度週末。週一清晨再趕回滑鐵盧市。

消息不脛而走。滑鐵盧大學的兩百多個中國留學生很快都知道，社會學系的台灣學生有個漂亮絕頂的女朋友。就連賴文雄的指導教授羅比娜女士都有幾分嫉妒，好幾次帶著怪怪的語調，大肆誇獎他找到一個超級大美人。

七月底學校放暑假，他們馬上動身回台北。飛機到中途，她緊握他的手，內心感到忐忑不安。

「還沒到台北，就那麼緊張。我們家又不會吃了妳。」他安慰她。

她小心翼翼地說：「聽你介紹，你們家的門檻很高，我怕配不上你啊。」

「別講傻話了，妳父母都是知識份子，我爸現在也只不過是個退休教授而已，前年就不做副校長啦。我看啊，還眞門當戶對。怕什麼，他們又不會知道妳的過去。」

「如果知道呢？」她抬起頭，帶著十二分迷惑。

他斬釘截鐵地回答：「根本沒這個可能。」

「倒不是我迷信，你看我的右眼跳得好厲害。」她瞪著大眼說。

他慢慢勸她：「這是因爲妳心裡太緊張。別怕，問起妳幹什麼的，就說在讀護理專業，其他什麼都不要講。記住，要少講話，言多必失嘛。我媽很寵愛我，挺和藹的。妳這麼漂亮，我爸一定會喜歡

……不談這些，還是談談我們的將來吧。坦白說，這次回去見準公婆，只是個形式而已，放出去的風箏，怎麼拉得回來？」

她若有所思地說：「我還沒把我倆的事告訴家裡。如果這次順利的話，回加拿大後就打電話告訴我媽媽。在我們結婚前，我想帶你回一趟上海，見見我的家人。」

「那容易，等我明年底畢業，我們先去上海辦喜酒，然後途經香港採購結婚用品，回台北舉行正式的婚禮。我們要辦一個非常非常體面的婚禮，我媽最講究排場了。」

她悄悄說：「我倒想簡單一點，好好去歐洲度蜜月。看看巴黎鐵塔、英國的白金漢宮。另外，我說了你別生氣，我也想去巴黎的蒙馬爾特公墓，茶花女主角的墓地在那裡，也就是小仲馬的情人，她死的時候只有二十三歲……」

「那沒問題，到時都聽妳的。不過，有一點我要聲明，畢業後很可能一時找不到工作。作好最壞的打算是做兩年博士後研究，很可能會離開加拿大，去美國中部。」他仰起頭說。

「嫁雞隨雞，嫁狗隨狗。這些你根本不必擔心，你到哪兒我都跟著你，加拿大的金護照就是這點好。再說我也有一筆錢，夠我們開銷幾年的。」

「放心，錢不是問題。我們家會支助我的，一直到找到工作爲止。怎麼好意思用妳的錢，都是辛辛苦苦掙回來的，存在銀行裡養老吧。」

「結了婚就不一樣了。這麼大個男人，娶了老婆，還問家裡要錢？如果不嫌我的錢髒，就別問你家

裡要錢。」她一本正經起來。

他握緊她的手說：「我沒這個意思。到時什麼都聽妳的，好不好。上海女人厲害，眞是名不虛傳啊。」

她邊捏著他的臉頰邊笑著說：「你知道就好啦。跟我規規矩矩聽話，有得你享艷福，保證侍候你好好的。否則變心啊，非殺了你不可。」

飛機在兩人說說笑笑，打打鬧鬧中穿梭而行。她依偎在他懷裡，不知不覺地閉上了眼睛。看著她睡得酣暢踏實，他緊緊摟著她，恍恍惚惚地進入了夢鄉。

機艙內突然鬧哄哄起來。賴文雄突然被驚醒，知道已飛到台北上空。

「快看，下面就是台北。」他搖醒章媛媛。

她睜開惺忪的雙眼，朝窗外望下去，一片燈的海洋。

「燈光是大城市最好的註解。上海如此，東京也一樣。」她脫口而出，好像在讀一篇抒情散文。

「妳簡直成了一個詩人。」他又一次欣喜地讚賞她的才華。

「等我們在台北訂婚後，好好帶妳玩玩，台灣八景舉世聞名，至少要到日月潭、阿里山去看一下。」

「說實在的，玩是其次，首先要過你家的關，我心裡眞有些緊張。」

50.準公婆喜形於色

出了桃園中正機場，賴文雄和章媛媛招了一輛的士。汽車沿著高速公路奔馳，兩側燈火輝煌，汽車、霓虹燈招牌閃爍。越接近台北，燈火越明亮。一個多小時後，汽車抵達賴文雄的家。賴府是一幢獨立的兩層樓小洋房，坐落在台北的西北面。

賴家老老少少早已在客廳等候。就連出嫁的大女兒，也特地從台南趕回來，一睹準弟媳的芳容。老賴頭髮花白，是個生物化學專家，曾做過四年大學副校長，去年剛退休，目下在跨國公司當顧問。他那透過鏡片的眼神，看上去很嚴厲。賴媽媽溫文爾雅、知書達理，一看就知出自名門閨秀。她從師大英文系畢業後，曾做過兩年國中老師，後來就一直在家相夫教子。賴家家教甚嚴，四個孩子全是博士，賴文雄排老三。大兒子是留美電腦博士，現在台北美資企業任要職；大女兒是留德的工程博士，目下在台南一家公司當主管；就連讀書最不用功的小女兒文慧，也在台大拿了個經濟學博士，現在大學任教。

在賴文雄的引見下，章媛媛有禮貌地一一同家人握手。看著她出衆的相貌，得體的舉止，老賴的笑容一直蕩漾在臉上。賴媽媽更是眉開眼笑，內心不得不佩服兒子的眼光好。哥哥、姐姐也收不住笑

容。唯有妹妹文慧板著臉，不知是嫉妒章媛媛的漂亮，還是另有原因。

很少講話的老賴笑瞇瞇地開口：「文雄，你們一路上累了吧。先隨便吃點，早點休息，把時差調整過來。明晚，我們全家去來來大飯店，爲你們接風。」

賴媽媽把他們請到餐廳，張羅著說：「快吃點粥吧，飛機上坐久了胃口不好。還有這椰絲麵包，文雄最喜歡吃的，今晚剛出爐的。」

老賴主動坐下來，陪他們吃粥。衆人看他高興得有點反常，都偷偷發笑，但又不敢笑出聲來。

吃完便餐，全家人在客廳寒暄起來。

還是老賴的話最多：「章小姐，上海變化很大吧。我一九四九年來台灣，還沒回過大陸。讓我想想，上海還是一九四五年隨我父親去的，那時我還很年輕，我老家在閩南。妳父母還在上海吧，他們在哪兒高就。」

章媛媛知道他拐彎抹角問家底，乾脆細聲細語地和盤托出：「我爸在鋼鐵廠當高級工程師，交通大學畢業的。公派去過日本一年，德國半年。」

「那可是個名牌大學。我在台北有好幾個朋友，都是上海老交大畢業的。喔，江澤民也是交大的吧。」老賴插嘴。

「爸爸什麼時候關心起政治來了。」賴文雄的話，引來一片笑聲。

「大陸的一號人物，能不知道嗎？」

章媛媛接著說：「我媽是內科醫生，上海第二醫科大學畢業，就是以前的震日大學。下面還有個弟弟，在上海讀大學。」

「那妳是什麼大學畢業的？」妹妹文慧突然插進來。

賴文雄見章媛媛臉色突然變了，六神無主的樣子，馬上出來應付：「媛媛在上海讀的是醫學院的附屬衛生學校，目下在加拿大也在讀護理專業。」

「頂多是大專了。」文慧的口氣很生硬。

賴媽媽反應也很敏捷：「護理專業很好的。文雄有個貼身護士，一輩子身體有人照顧了。」

「對，女孩子不一定讀那麼多書就好。關鍵是漂亮、賢慧。」大哥也出來解圍。

「標準可要劃一啊。」文慧還是氣呼呼的樣子。

老賴對著小女兒開口：「具體問題具體對待，妳對我有意見，不妨直講。人家章小姐第一天來，妳就這樣歡迎妳未來的嫂嫂嗎？」

文慧突然站起身，面無表情地朝樓上走去。

「她是怎麼了？好像受了很大的刺激。」賴文雄忙問。

賴媽媽皺著眉頭，低聲地講：「章小姐不要見笑，反正也不是外人。文慧談了一個對象，是從日本回來的商人。你爸爸見了一眼，堅決不同意。」

「那人啊，有博士我也不會同意，何況沒讀過幾天書，一副奸商的樣子，看著就不順眼。」老賴的

臉頓時拉長了。

大姐忙替小妹說好話：「爸爸，你見了一面就講人家不好，未免也太固執了吧。不妨再問問文慧具體情況。」

「第一印象可重要啊。妳爸的眼光不會錯，一輩子的人生經驗了。我問過，那小子祖宗三代沒一個唸過大學。文慧跟著他，怎麼會有共同語言，到頭來吃虧的還不是妳妹妹，妳媽也不同意啊。」老賴激動地揮著手說。

賴媽媽打圓場說道：「過一個階段就會好的。文慧的自身條件不差啊，就是太任性了。應該讓她到國外去闖蕩一下……好，今天不談這麼多，大家都早點休息吧。妳大哥還要趕回家哩。」

大姐識趣地對爸爸講：「那我好好去勸一下文慧。」

賴文雄馬上拉著章媛媛的手，來到二樓臥室。關起門來，兩人瘋狂地擁抱。好像要跟全世界發表聲明——賴家接受章媛媛了！

「我說我們家會喜歡妳的，沒騙妳吧。」賴文雄自傲地說。

章媛媛縮頭縮腳地說：「剛剛嚇死我了。你妹妹那副樣子，好像非要把我吞了不可。」

「她從小任性慣了，正好碰上出氣筒，請不要見怪。」

「你爸爸挺和藹的，不像你講的那麼嚴肅。」

賴文雄笑著說：「他平時不是這樣的，看了妳順眼才這麼高興。我們家對學位要求很高的，但妳

的美貌和智慧，彌補了不足。不用多說了，他們已經接受妳了。我們就好好準備訂婚吧。」

她依偎在他的胸前，興奮的淚水奪眶而出。這是膽戰心驚幾天幾夜後的興奮之淚，能被賴家接受，這是她幾個月來夢寐以求的願望。

51. 賴府喜氣洋洋

章媛媛像一隻快活的小鳥，成天跟著賴文雄在台北飛來飛去。不是跟中學死黨聚會，就是和大學同窗去KTV，還不停拜訪親朋好友。章媛媛的美貌，大方瀟灑的舉止，都給衆人留下了極好的印象。不少人當面恭維賴文雄，找到了一個絕世佳人。

台北給章媛媛的感覺，並不如想像的好，也許是加拿大地大人稀的原因，也許出身於大上海，見的世面太多了。台北最大的是交通問題，高速公路上的堵車現象，令人難以忍受。從台北去台南三百多公里，竟用上五、六個小時，半路上讓人等得哭笑不得，這在加拿大是絕對不會發生的。關鍵是高速公路的車道太少，不少地方只有兩車道，一有小狀況就會車滿爲患。這很容易使她想起上海的高速公路，也是同樣的問題。設計者大概萬萬沒料到，車流量會這麼大。

還有一個是台北的機車多，相當於上海的自行車，多得氾濫。十字路口的綠燈剛亮，一輛輛機車

如同脫了韁的野馬，在汽車的間縫中鑽來穿去，速度之快令人害怕。台北人的駕車速度，同樣令人咋舌，簡直可用橫衝直撞來形容。諸種原因，台北的車禍也特別多，電視上幾乎天天有車禍喪生的新聞，但樂於開快車的瘋子永遠制止不了。

給章媛媛留下最好印象的，莫過於莊嚴漂亮的國父紀念館和書店，尤其是後者。書店裝潢之漂亮，使人流連忘返；書種之多，令人目不暇給；包裝之美，與美加、日本的原版書沒多大區別。八月八日那天，她和賴文雄在「誠品書店」待了整整一天，最後買了四十多本中文書刊，包括余光中的詩集《天狼星》、散文集《記憶像鐵軌一樣長》、李昂的小說集《殺夫》、陳若曦的長篇小說《突圍》和《紙婚》，還有大陸作家莫言的小說集《紅耳朵》，並意外地覓到了英漢對照本的《茶花女》。

從書店出來，賴文雄拎著沉甸甸的書，有點不解地問：「你那兒不是有一本《茶花女》的中譯本嗎？為什麼還要買這本。」

「不同的，我有的是大陸版本，沒英文，我想看看台灣的翻譯本。並且可以一箭雙鵰，既讀小說，又學英文。」

「原來如此。不愧為學習語言的好方法。」他欣喜地點了點頭。

晚上，到圓山大飯店參加完一個朋友的宴請回家。老賴見他們帶著這麼多書回來，驚訝萬分。他面帶笑容說：「眞是破了我的紀錄，最多一次我買過三十三本，眞是青出於藍勝於藍啊。好，年輕人多讀點書好。」

「爸爸，媛媛最近在加拿大，還發表過英文詩呢。她的文筆很好的，從小就想當作家，初中就發表作品了。」賴文雄見縫插針地說好話。

老賴摸了摸下巴：「那好，多練練筆，到時可以跟台灣的《中國時報》、《聯合報》副刊投稿，時機成熟啊，在台北可以出書的。這裡的出版業，越來越發達啊。」

「那太好了，我一定努力。」她笑得像蜜桃。

賴媽媽笑滋滋地走過來：「文雄，我已跟你爸商量過了，你們就十五日訂婚吧。到凱悅大飯店擺兩桌，除了家裡人，把你大學時代的幾個死黨也叫過來，熱鬧一下。等你明年畢業，就回台北舉行婚禮，你們也不小啦。章小姐，文雄還靠妳多多照顧，最後一年做論文，是很關鍵的。」

「伯母，請放心，我會盡力照顧他的。」章媛媛乘機表態，再次博得好感。

賴文雄當面感謝雙親，章媛媛也跟著道謝。一切如此順利，是他意料中事，卻是她未曾料到的。也從這時起，賴府沉浸在一片喜氣洋洋之中。全家每一句話、每一個表情、每一個人的臉上，都寫著「歡樂」兩個大字，章媛媛和賴文雄更像掉進蜜罐裡的璧人。章媛媛手腳不停地幫賴媽媽料理家務，老人家更是問寒問暖。老賴逢人就誇章媛媛好，還主動駕著老掉牙的賓士車，帶他們逛台北的大街小巷，吃遍西門町美食。

在商業區逛街，凡遇到「上海」兩個字的店鋪，老賴非領他們進去看看不可，好讓章媛媛對營業員說幾句家鄉話，覺得台北更親切。最有意思的是，有一次進入一家叫「上海灘」的時裝店，店堂裡

五、六個營業員，沒一個會講上海話的，最後驚動了老板娘，她操著純正的台語，大搖大擺地從裡面走出來，原來她也不會講滬語。

老賴也講起台語：「我說老板娘啊，這是一個標標準準的台灣人開的店，爲什麼叫上海灘？」

「我們的生意不錯，全靠這個店名喔。這個小姐是上海人！」老板娘笑著說。

「是的！是我媳婦。」老賴笑得眼睛眯成一條縫。

老板娘順水推舟地說：「難怪這麼漂亮。能不能跟我們做個廣告？這麼漂亮的女人做廣告，我們的生意一定會更好。」

見老賴突然不吭聲，老板娘趕快加了一句：「放心啦，酬勞不會低的。按照廣告公司的價錢雙倍付，但必須和我獨家做。」

賴文雄硬捏著章媛媛的手，跟她眨眨眼，意思叫她千萬不能吭聲。因爲他太了解她，如果在加拿大有公司請她拍廣告，她是求之不得，目下有送上門的錢，沒有理由拒絕，再說又不會露三點。他也太了解自己的父親，腦袋雖然開放，但絕不希望自己的兒媳婦跟廣告有關，在他眼裡，拍廣告和賣身也許只有一步之遙。

果然不出賴文雄所料，老賴氣沖沖地拉起兒子的手說：「我們家不缺錢。走！拍什麼廣告？」

老板娘等衆人聳聳肩，又搖搖頭。還有一個女營業員做著鬼臉，自言自語的。章媛媛的心怦怦直跳，足已證明，老賴是一個非常保守的知識份子，提起拍廣告，好像要她脫光衣裳給人家看一樣，自己

能夠被他們家庭輕易接受，也眞算運氣好。賴文雄屏著氣，絲毫不露聲色，免得被父親大人看出破綻。

走出店鋪，老賴忍不住說：「眞不像話，掛羊頭賣狗肉。」

三個人笑得闔不攏嘴。這般各懷鬼胎的笑聲，傳上天空，引得整個台北也跟著一起傻笑了。

11 半路殺出程咬金禍從天降

52. 陽明山上賞花追蝶

西北航空公司的波音七四七飛機，平穩地在美國底特律機場上空盤旋。離地面越來越近，降落的速度也越來越快。突然間，賴文雄甜美而苦澀的回憶，被飛機急劇的滑落聲打斷。

通關出機場，正好是當地時間一月十四日下午三點。冬天的陽光雖然威力不大，但射在臉上還是有點刺目。賴文雄沐浴在溫暖的陽光下，情不自禁地張開嘴，讓北美大地新鮮的空氣吸入口腔內，進入周身。他本來想乘「灰狗」巴士去尼加拉瀑布市，但一看時刻表，要等到晚上七點才有班車。他二

話沒說，就朝的士招手。司機一聽是去四百公里外的大瀑布，一個個都搖頭。有一個印度裔司機竟開價八百元，嚇得賴文雄咋舌，真是獅子大開口，到台北的來回機票也只有一千多元，簡直在搶錢。

這時，有個中國男子駕著小型客貨車過來，聽他的口音是大陸人。問清去處，他開價三百元，最後討價還價到二百三十元，賴文雄鑽進了車。

大街小巷的積雪如山，路邊黑乎乎的雪水慢慢流淌，路上全是黑壓壓的泥漿，一片狼藉。可想而知，暴風雪剛肆虐過這片土地不久。飛機上一路未眠，賴文雄已是精疲力盡，他想趁這三、四個小時的路程，好好閉目養神，至少能支撐到今晚，應付警方無休無止的盤問。

汽車穿過美加邊境的「大使橋」，在高速公路上飛駛。賴文雄坐躺在後排寬大的位子上，左右反側，但怎麼都闔不上眼睛。他洶湧澎湃的思緒，隨著車輪旋轉的速度而轉動，大腦中老是縈繞著一連串問題：如果表哥連浩天那晚沒有來賴家，全家永遠不會知道章嫒嫒的身世；如果那天兩人沒有去遊陽明山，早把連浩天轟出家門了，章嫒嫒的慘劇也許就不會發生……

二〇〇〇年八月十日一大早，賴文雄、章嫒嫒身穿T恤和薄長褲，下著運動鞋，典型的夏天休閒服裝，手挽手地去台北車站搭捷運至劍潭，再轉搭「紅五」公車至終點站，然後一路步行到遊客中心，到達陽明山國家公園。

章嫒嫒早在網路上瀏覽過有關資料，也聽賴文雄零星地提過，但一些認識只局限於抽象的概念，只知道位於台北盆地北緣的陽明山國家公園，有一萬多公頃之大，除了有高山清水、奇花異草外，也

有各類動物數百種，還有瀑布和溫泉。她也知道，該著名景點是爲紀念明代大哲學家王陽明而命名的。

章媛媛眺望四周，在入口處久久佇立，感慨萬千地說：「親眼目睹的感覺就是不一樣。在網上看圖片，根本看不出這種氣勢。」

「當然啦。我早就跟妳講了，三面被青山翠嶺環抱，西南形成一個大缺口，正對台北市的淡水河，綠草如茵，氣勢確實不凡。」賴文雄自豪地說著，好像陽明山是他家的祖業一樣。

章媛媛清了清嗓子：「這是上天賜予台北人的最大禮物。大自然啊，你眞是太神奇了，江山風月，氣韻空靈……」

賴文雄拖著她的手說：「我的大小姐，又發詩興啦！好看的還在後頭。快抓緊時間，否則看不了多少景點。」

兩人並肩進入園內，首先映入眼簾的是小隱潭，清水涼涼，冷徹肺腑。對面則是泓龍潭，水聲潺潺，悅耳動聽。沿步行道拾級而上，穿越樹林，到達賞花勝地「櫻園」。章媛媛四處尋找張望，花兒開得艷麗刺眼，但覺得品種比想像得要少。

賴文雄一眼看出她的神情，馬上解釋道：「現在不是賞花的最好時節，二、三月份才是傳統的花季，滿山開遍了杜鵑花、櫻花等各類花朵，叫得出名字和叫不出名字的花，像是約好了一起報春。那時候，遊人不是走路，而是人推人，每年都要交通管制，否則人車難以動彈……」

「不是這個意思。我找不到茶花，難道沒有嗎？」章媛媛納悶地說。

賴文雄眼觀八方，確實未見她的最愛，扭轉頭說：「山茶科應該放在一起的，要不要問一下工作人員？」

「不必了，我們還要趕時間。女人嘛，就是喜歡觸景生情，加拿大的那些茶花，不知怎麼樣了？沒人噴水，會不會枯死？花和人一樣，是需要愛撫的。」她若有所思地說。

賴文雄勸她：「沒關係的，妳房間裡不是很乾燥。早知道妳這麼擔心，臨走前該搬到老門衛貝利那兒去，反正，他對妳不錯。」

「我曾經動過這個念頭。但想想，麻煩人家不好。」她搖搖頭。

「算啦。大不了，到時再花錢買。」他拖著她走了。

她有點不悅地說：「世界上有的東西，不是用錢可以衡量的。我對那幾盆白茶花，早已產生了感情，她是我生命的見證……」

他摟緊她的柳腰說：「我的大美人，妳怎麼像哲學家了？女人，可不能做哲學家啊。」

談笑之間，他們來到了「魚樂園」。憑欄靜賞游魚，別有一番情趣。恰在這時，天公不作美，突然下起了雷陣雨。賴文雄說，這是夏天常見的現象，不足為怪，喝杯咖啡的功夫就好了。他們乾脆走進福利社雅座，喝點飲料，吃點小食，權當小憩。

半個小時光景，天又放晴了。雨後山色更加明亮，樹林更加翠綠，空氣也格外清新，到處可見「虹

橋跨立山谷」的美景。章媛媛奪過賴文雄手上的相機，不停地按動快門，攝下一張張難得的風景照。

不知不覺中，他們已來到大屯瀑布區。對面山上迎曦亭流下的陽明瀑布，雖然不能與尼加拉大瀑布媲美，但也有二百七十八公尺之高，足夠宏偉壯觀。看到飛流直下的瀑布，章媛媛好像回到了娘家，樂得張牙舞爪，放聲唱起歌來。

賴文雄見狀，不忘戲謔幾句：「我早就知道妳啦，一聽到瀑布聲就發瘋了，好像條件反射一樣。」

「誰叫我是瀑布之女？」她搔首弄姿，活像個猴子。

賴文雄捏了一下她的耳朵說：「瀑布是這裡的特產，隨處可見，叫得出名字的就有紗帽瀑布、楓林瀑布、崩石瀑布、小觀音瀑布，還有行義瀑布、興華瀑布等等，每一個瀑布都有一段故事……」

「太值得來了！」她幾乎驚叫起來。

在大屯山觀賞瀑布流連忘返之際，突然見到一大群色彩斑爛的蝴蝶飛過來，好像趕著去參加嘉年華會。章媛媛情不自禁地飛奔起來，張開雙手，追逐蝶群。賴文雄見狀，怕她出事，也只好緊追不放。她向左，他也向左；她向右，他也向右；蝴蝶忽左忽右，他倆也左右緊撲；蝴蝶忽前忽後，他倆也前後緊追……

來來回回追蝶二十多公尺後，賴文雄總算捉住了章媛媛的手，硬逼迫她停下來。她還算聽話，眞的停下腳步，兩人都是氣喘吁吁的。

「好久沒這樣跑步了，眞的好累。」她邊喘粗氣邊說。

「妳還知道累？我眞怕妳會出事。發起童心來，再瘋的事都做得出來的。」他拉著她的手，慢慢向前走。

章媛媛抑制不住興奮：「從來沒見過這麼多蝴蝶，眞是太美了！」

「今天還不算多呢。據記載，這裡有一百六十多種蝴蝶，包括鳳蝶、大紅紋鳳蝶、烏鴉鳳蝶等等，青斑蝶類更是日日群舞。」賴文雄如數家珍。

她若有所思地說：「剛剛停下，我突然想起了莊周夢蝶的成語。」

他點點頭，搖頭晃腦起來：「昔者莊周夢為胡蝶，栩栩然胡蝶也，自喻適志與！不知周也。俄然覺，則蘧蘧然周也。不知周之夢爲胡蝶與，胡蝶之夢爲周與？周與胡蝶，則必有分矣。此之謂物化。」

她帶著羨慕的目光說：「不得了！你能整段整段背出來。」

他有點得意地說：「這是莊子名篇《齊物論》裡的最後一段，以前在國中就熟讀過。」

「台灣的國文教育，眞的比大陸強。」她隨口而出。

賴文雄做出一副老學究的樣子：「也很難講啦，因爲我媽媽特別喜歡古文，以前常逼我們兄弟姐妹背誦。我倒要問問妳，爲什麼莊子夢爲蝶，而沒有夢爲其他呢？」

她瞪起電燈泡一樣大的眼睛，似乎一時難以回答如此高深莫測的問題。

賴文雄拍了拍她的肩膀說：「蝴蝶本身是美麗的，但生命也很短促。即使短促，也很快樂。所以不妨假定，莊子做夢，也必爲蝴蝶也。」

章媛媛好像豁然開朗：「你的意思是說，莊子提醒世人，生命短促，但很美麗，我們不妨以快樂來編織短促的生命之夢……」

53. 半路殺出程咬金

從陽明山搭公車回到台北，已是傍晚時分。章媛媛白裡透紅的臉色，如同晚霞一樣迷人。一路上，她不停地哼著歌，賴文雄問她為何如此高興，她說今天是到台北最開心的一天，因為和蝴蝶共舞，體驗了莊周的人生哲學。也許久居加拿大，她已經不知不覺地變成了一個大自然的女兒。

他倆手拉手地踏入家門。剛走進客廳，突然發現連浩天和兩位老人談笑風生。章媛媛紅彤彤的臉蛋，立即變得像紙一樣蒼白，渾身冒起冷汗，賴文雄咬緊牙關，對視著連浩天。

「你看，說曹操曹操就到了。這就是文雄的女朋友章小姐。」老賴禁不住興奮介紹起來。

連浩天的臉，頓時也拉長了。但還是有禮貌地站起身，迎上前去，大力地握著章媛媛伸過來的手。他情不自禁地說：「是妳啊，章小姐。好久沒領略妳的舞姿了。」

「原來你們認識呀。」賴媽媽笑著說。

「何止認識，還是老相識呢。」連浩天難以自控。

「浩天，什麼時候回來的？」賴文雄見勢不妙，立即岔開話題。

連浩天喝了口茶說：「前天晚上。一個老鄉托帶加拿大的藥，剛送過去，就在附近，順便來看看舅舅、舅媽。我還不知道你也回來了，什麼都要保密啊，你以前不是這樣鬼鬼祟祟的，跟誰學壞了？」後一句話，有意挑戰章媛媛的。她坐在沙發上六神無主，臉色由蒼白變成灰黃色。握著茶杯的手，還有一點點顫抖。

見慣大世面的賴媽媽，覺得連浩天話中有話，馬上朝媛媛說：「章小姐，妳的臉色好難看，是不是爬陽明山累了，上樓休息一會兒吧。」

章媛媛見有意支開她的意思，馬上識相地起身告辭。

進入臥室，她全身癱在床上，一點兒都動彈不得。

「怎麼了，媛媛。」後腳跟進來的賴文雄，衝上來摸她的頭。

「慘了。這傢伙狗嘴裡吐不出象牙。」她不停地搖頭，像患了搖頭症。

他使勁拉著她的手說：「不要怕！要保持鎮靜。」

「兇多吉少啊。你還是趕快下去的好。」她用力扳開他的手。

賴文雄下樓，見到連浩天還在和兩個老人交頭接耳的。看到他走近，立即鬼頭鬼腦地住口。

老賴氣呼呼地說：「浩天，別怕，繼續往下講。」

連浩天無奈地對著賴文雄說：「我是如實匯報，沒有一點點假的。」

「你就照講吧。」賴媽媽催促。

連浩天一個手指朝著天花板，輕輕地說：「她眞的是一個脫衣舞孃喔。據我所知，她跟不少男人上過床，特別是洋人。文雄和她相識，還是我介紹的。」

老賴猛地從沙發上站起身，抑制滿腔的怒火說：「文雄，是眞？是假？不許撒謊。」

「她曾經做過這一行。」賴文雄低下頭，如實地回答。

「曾經，曾經，還有臉把這種女人帶回家，趕快給我滾，滾得越遠越好！」老賴再也忍受不住，大聲嚷起來。

賴文雄不服地說：「她早已改邪歸正了。有人啊，吃不到葡萄說酸的。」

連浩天反應敏捷地插上來：「你什麼意思。我也是爲了整個家族的名譽，才講給舅舅、舅媽聽。這種女人和妓女有什麼兩樣，玩玩可以，誰知道你會動眞情……」

「他媽的，你亂講什麼。」賴文雄怒火頓起，站起身伸出拳頭，朝連浩天揮去。個子矮小的連浩天雙手蒙頭趴在沙發後面，總算躲過一劫。

「住手！」老賴的喊聲發聾振聵，整幢房子好像都在搖動。

賴文雄的手被老賴抓住。兩人站在客廳中央，一動都不動。

「太離譜了。竟敢動手打人。」老賴依然大聲叫著。

這時，章媛媛從樓上衝下來。見到僵持的場面，她馬上說：「文雄，別這樣。都是我不好，我走

就是了。」

「走到哪裡去？有我在，就有妳在……」賴文雄理直氣壯，推她上樓。

「都給我滾，眞是敗家子！」老賴氣呼呼地扔下一句話，逕直走向書房。

「舅媽，舅媽。」就在這瞬間，連浩天急忙驚叫起來。

衆人回過頭來，只見賴媽媽已暈倒在地毯上。

「媽，媽……」賴文雄衝過來，想把媽媽扶起。連浩天也衝過來幫忙。

章媛媛彎下腰，給她搭脈搏，接著說：「你媽有心臟病吧，快送醫院。」

「大概眞的是心臟病發了。文雄，你來開車。快。」老賴邊說邊開門。

二十分鐘後到了醫院急診室。醫生還沒開始診斷，賴媽媽已睜開雙眼。見他們四個人都在身邊，搖了搖頭，又閉上眼睛。

「媽，媽。」賴文雄輕聲叫，她微微點了點頭。

護士把家屬趕出病房。他們四個人呆呆地站在休息廳內，誰都沒有吭聲。

過了一陣，醫生出來對老賴講：「心臟病復發，這樣的身體經不起刺激。今晚留在這裡觀察，如沒問題，明天一早回家。」

他們商量決定，賴文雄和章媛媛留下陪伴賴媽媽。連浩天臨走時，章媛媛朝他狠狠地瞪了一眼，好像要把他活活吞下去一樣，而連浩天面無表情地走了。

病房內燈光灰暗，賴媽媽躺在床上，閉目養神。賴文雄和章媛媛手握著手守護在床邊。好像一鬆手，就有一方會插翅而飛。

十點多鐘，賴媽媽睜開雙眼，看到他倆正親熱地竊竊私語，心中有股難以言狀的感覺。

「不早啦，你們回去休息吧。明天一早來接我出院，不會有什麼事的。」

「媽，我們不放心的。」賴文雄按著媽媽的手。

「這兒有護士，怕什麼。你媽還沒這麼早見上帝。」

賴文雄拍了拍被子說：「媽，別亂講。那我們先走了，明天一早來接你。」

54.母親勒令快刀斬亂麻

賴媽媽出院後的第二天，把兒子叫到自己的臥室單獨密談。

她開門見山道：「我跟你爸談過，他絕對不同意這門親事。爲了你的幸福，還是快刀斬亂麻的好。長痛不如短痛啊，文雄。」

「媽，我們是眞心相愛的。我不計較她的過去，只要她現在，乃至將來對我好就可以了。脫衣舞在加拿大也是一種職業，照樣有人娶她們。」他不服地講。

母親語重心長地說：「我們是中國人，我難以接受這樣的職業。文雄，你知道媽最寵愛你，從小什麼都依你的。但這回，你就聽媽一次。我不想眼睜睜看到你，成爲二十世紀末的阿爾芒。」

他竭力爲章媛媛辯護：「媽，她早已洗手不幹了。當初走上這條路，也是逼不得已呀。我是研究社會學的，現代人的價値觀、倫理觀、甚至貞節觀，都起著翻天覆地的變化。昨天對我們每一個人來說，都是過去式。」

「但你別忘了，今天是昨天的延續。觀念再變化，你也不能娶一個煙花女回來啊。這種女人，接觸的男人太多，難免有瓜葛在身。哪一天你的人頭落地，都不知道是怎麼一回事。」

「媽，等我們這次回加拿大，她就搬到滑鐵盧住。等我明年畢業，她就跟著我走，說不定去美國，或者溫哥華，遠遠地離開多倫多，不會有人糾纏她，更沒人知道她的過去……」

賴媽媽打斷兒子的話：「你別那麼天眞了，文雄。媽知道你從小心地善良，但絕對不能拿自己的前途押寶，人生只活一次。不是我咒她，這樣的女人，你保證她沒有愛滋病嗎？潛伏期可是好長的……總之，你趕快和她分手，叫她先回加拿大。你在台北多待幾個月，不是正好要收集論文資料嗎？分開一段時間冷卻一下，感情就淡了……如果你不好意思開口，我出面跟她講。如果她要錢的話，我們可以給她，多沒有，幾萬美金不成問題。」

兒子央求道：「媽，萬萬不要給她錢，她的自尊已受到極大的打擊，夠慘的，她不是這樣的人。如果爲了錢，她早跟百萬富翁走了，同我一個窮書生相好，完全是因爲愛情。」

賴媽媽生氣地說：「愛情，愛情，眞是個書呆子。你怕找不到女人啊。如果找這樣的人做老婆，我倒寧願你一輩子當光棍。就這樣吧，好話我都跟你講了。別惹你爸發脾氣，到時連你都趕出門。你是知道你爸爸性格的，發起火來誰都抵擋不住。到時，我也沒有辦法救你。」

賴文雄見媽媽如此堅決，爲免惹她再發脾氣，他只好無奈地低下頭，準備退出房間。

這時，媽媽突然叫住他，把床頭櫃上的一份報紙遞給他：「文雄，看看這篇報導吧，也許有點啓發。在娶老婆方面，我不想你標新立異，還是隨波逐流爲妙，好好向台灣男人看齊。」

他接過報紙，頭條大字標題映入眼簾：「男人沉淪處女情結，台年產五萬假處女。」

爲免章媛媛發現，賴文雄拿著報紙，躡手躡腳地迅速鑽進廁所內，讀起這篇報導來：

「在性觀念日益開放的台灣，仍有百分之八十五台灣男人視『處女膜』為重要的擇偶條件。然而，在每年有數十萬未婚少女墮胎的台灣社會，這批有嚴重『處女膜情結』的男人該到哪去找『處女老婆』呢？答案是婦科醫院。有統計顯示，每年走進醫院或診所進行處女膜修補手術的台灣女性超過五萬人次，當中甚至有生過小孩的女性……

另外，對全台灣男性發出七百八十二份問卷調查，結果更加出人意表。即有百分之八十九的人感嘆『時下處女難求』，百分之七十六更一度『理性』地表示，如果堅持配偶是處女，肯定找不到老婆，但諷刺的是，百分之八十五的男人堅持，自己一旦有權有勢：『一定要求要處女』……」

賴文雄看到這裡，肺都氣炸了，他把這頁報紙撕成碎片，塞入抽水馬桶內，馬上沖掉。他怎麼都不會想到，表面上性行爲開放的台灣男人，骨子裡卻抱如此守舊的觀念。台灣男人啊，你們毫無現代觀念，甚至連一點點的常識都沒有，處女膜破裂並不代表有過性經驗，劇烈運動或塞入棉條等都有可能造成破裂，部分女性甚至因爲處女膜有彈性，性交時仍未受損……

但不管怎樣的不悅，怎樣的關起門來發牢騷，一切都無濟於事，媽媽的態度非常明確，希望自己找一個「正派的處女」做老婆，何況章媛媛是個風塵女子出身。在她剛出醫院的當口，作爲一個孝子，是絕對不可能違背母親「旨意」的，即使有保留意見，也只能悶聲不響。而對心愛的章媛媛，又怎樣解釋呢？他做出咬牙切齒、張開大眼的神態，對鏡自照說：你這個男子漢啊，看你怎樣過關，萬能的上帝啊，快救救我吧！

他和無數未信教的子民一樣，只有大難臨頭才會想到主耶穌。但上帝眞的會發慈悲，賜給他良藥嗎？

55.中正機場成訣別

次日晚飯後，章媛媛提議出外散步。

天空黑漆漆的，星星幾乎都被烏雲吞沒了。今晚的台北特別悶熱，悶熱得連氣都喘不過來。

章媛媛挽著賴文雄的手臂，一步一步地追尋著黑夜。似乎只有黑夜知道她的心跡，也只有黑夜才是她的藏身之處。兩人誰都不願開口，只是漫無目標地徜徉在小徑上。

最後，還是章媛媛打破死水般的沉默。

「文雄，你有話就說出來，別悶在心裡。你的眼神告訴我，你左右爲難，在夾縫中生存不容易啊。」

他仰視天空，依然不肯出聲。似乎等待上帝顯靈，給他良方。

「自從連浩天那小子出現後，搞得你們家翻天覆地。你父母，還有你那個清高的妹妹，都在有意迴避我，好像我得了可怕的瘟疫一樣。我想通了，像我這樣的女人，走進棺材都洗不掉污點。也許是命中注定，不該有幸福。」

他終於開口：「媛媛，別這麼悲觀。路，是人走出來的。請給我時間，總有一天會說服我的家人。最後如果不行，大不了和家庭決裂。天高皇帝遠，我們在加拿大，誰也管不到。」

「別那麼傻了，爲我這樣的人不値得，你媽的身體經不起打擊。母親只有一個，女人可以有無數個。我倆還像從前那樣不是挺好嗎？——做個無牽無掛的情人。放心，我會和現在一樣生活，再也不會回過頭去做沉淪女，也不會和卡秋莎爲伍，爭取早日報讀護士專業，做一個自食其力的人……」

「媛媛，妳到底什麼意思？再大的困難，我都頂得住，時間會證明一切。」他摟著她的肩膀，斬釘

截鐵地說。

「我已答應你媽媽，再也不會糾纏你。可憐天下父母心啊，如果把我換成你媽，也會這麼做。明天一早，你送我去機場，我已跟航空公司聯絡過了，乘十點鐘的班機。」

「妳瘋了？這麼大的事不跟我商量。」他停下腳步，把她摟得更緊。

她搖搖頭說：「文雄，不要怪我。我別無選擇。」

「回家千萬不能發脾氣，你媽的身子很虛弱，別搞出人命來。還有，等我走後，把你媽給我的金項鍊和金戒指還給她。」她補充一句。

他摟著她的柳腰，往回家的方向走。

「連浩天這小子，我非殺了他不可。要不是他，我們明天就訂婚了。」他氣呼呼地說。

「人算不如天算。不要惹這種小人，他在我身上花過不少錢，但目的又沒達到，能不乘機報復嗎？是我自己種下的禍根呀。」

賴文雄最後說：「妳先回加拿大也好，讓我慢慢說服父母。我抓緊時間搞研究，年底回加拿大，和妳一起過聖誕節。我會常打電話給妳的。但妳要答應我，一定要抓緊時間讀英文和寫作……」

黑暗中，她嗯了一聲。似乎想哭，但又沒哭出來。

這一夜，陪伴他倆的是淚水。除了淚水，就是朦朧的月光。除了月光，就是滾滾的淚水。誰說眼淚是女人的看家本領，同樣也是男人的原始武器。兩人抱成一團，相互流淚是他們今晚唯一的功課。

一直哭到沒有水份出來了，兩人才闔上眼。一覺醒過來，又止不住下起雨來……

八月十五日清晨，雙眼紅腫的章媛媛強打起精神，和賴府各人道別。妹妹文慧還沒起床，也不必打擾她，她倆本來就無緣，這也是命中注定的。章媛媛躡手躡腳走到客廳的沙發旁，老賴正在一本正經地看《中國時報》，做出旁若無人的神態。和幾天前相比，眞是判若兩人。

「賴伯伯，我走了。對不起，給你們添麻煩了。」她好不容易擠出幾句，好像是個犯人。

「祝妳好運。」他依然低頭看報，極不情願地搪塞著。

賴媽媽強作歡顏，送到門口。講了幾句「一路平安」的客套話，立刻關門，好像怕瘟神再來。

賴文雄駕著老掉牙的賓士車，目不轉睛地朝桃園中正機場行駛。章媛媛坐在旁邊，像個木頭人，一句不吭。這嚴肅的氣氛，和赴刑場前沒有兩樣。

「媛媛，眞的委屈妳了。我爸就是這個死脾氣，以後我要加倍的補償妳。下次來台灣，一定帶妳遊八大奇景，玩遍全台灣。」

她細聲細語地說：「別講這些，台北對我來說，只是一場夢而已。你千萬不要跟家人發脾氣，時間一長，賴家又會恢復平靜的。你要好好照顧自己，酒不能喝得太多，你的胃受不了那麼大的刺激。還有，別管你妹妹的事，每人頭上都有一片天。」

「妳也要振作精神生活。我不是講話不算數的男人，我一定要娶妳，我會讓妳幸福的。」賴文雄依然如此堅決。

「人生變幻無常，有很多東西不是自己能控制的。俗話說，人無遠慮，必有近憂……」

他皺起眉頭，咬著牙說：「媛媛，我不喜歡妳當哲學家。」

她翹著小嘴：「曾經滄海難爲水，自然就會成爲哲學家了。」

還沒到中正機場，兩人在車內已是淚盈盈。下車時，章媛媛手上已抓著一把濕漉漉的紙巾。候機室內，兩人緊緊擁抱吻別。章媛媛撲在賴文雄的肩上，再也忍不住抽泣起來。頓時，哭得像個淚人兒。

「媛媛，別哭，別……」還沒講完，賴文雄自己的淚珠也滾滾而下。

「先生，到了。尼加拉警察局到啦！」小型客貨車司機大聲叫著，嚇了賴文雄一跳。

他迷迷糊糊地睜開眼睛，覺得淚水在眼窩內打轉，似乎仍沉浸在中正機場悲痛的離別中。但他萬萬沒有想到，這一離別竟成了永訣。

付錢下車，他好好伸了一個懶腰。接著，大步踏進燈火通明的警察局大門。

12 中正機場分手成訣別

56. 自傳體小說吸引記者

自從章媛媛的屍體一月一日被發現後，《多倫多週刊》已作了兩次獨家報導，引起的轟動一次超過一次，發行量急遽上升三成。王社長整天笑眯眯，看到賈峰，老是打招呼，他還特地請編輯部同仁到「怡景山莊」，吃了一頓鮑魚魚翅宴，算是獎賞。美味佳餚下肚後，郭總編逼得更緊，要賈峰和吳小嫻全天候追蹤新聞，拿出更精采的獨家報導。

一月六日出版的那一期封面異常聳動，用直升機吊女屍的照片作背景，標題是特粗黑體大字：

「上海靚女魂斷瀑布」，主題照片用的是章媛媛的巨幅美人肖像。十三日面世的週刊以「上海神女死因撲朔迷離」作主題，封面登了死者生前的兩幅艷照，美貌引人注目，讀者無不嘆息紅顏薄命。

據西蒙警長透露，章媛媛的男友賴文雄，十四日晚七點左右從台北抵達尼加拉市。郭總編收到風聲後提議，二十日出版的週刊重點放在「神女男友披露戀情」上。如果賴文雄拒絕採訪，賈峰建議用「雙親淚訴少女心」代替，郭總勉強地點了點頭，然後瞪起大眼說，一定要想方設法多挖點材料回來。

爲了不令郭總編失望，也爲讓讀者看到最精采的報導，十四日下午六點鐘，賈峰就坐在尼加拉瀑布市警察局的會客室內。

過了半個小時，西蒙警長和女警喬安娜帶著一個男人進來。不必介紹，此人就是曾在照片上見過的賴文雄。他比照片上看上去蒼老消瘦得多，但依然不失英俊，確實有點像台灣紅極一時的明星秦漢。

賈峰邊遞上名片邊說：「賴先生，等會兒我想採訪你，可以嗎？」

見賴文雄有些遲疑，西蒙立即拍拍賈峰的肩說：「在章小姐的案子中，這位記者立下了汗馬功勞，有些重要文件都是他幫忙翻譯的。他也是上海人，和章小姐還是同齡人。」

「喔，原來是這樣。那沒問題，不過……」賴文雄邊說邊抬腕看手錶。

「沒關係，我在這裡等你。時間再長也沒問題。」賈峰回答著。

喬安娜插嘴道：「大概要等兩個小時，你先去吃晚餐吧。」

西蒙又拍了一下賈峰的肩，微笑著說：「你知道嗎？市中心有中國餐館。吃飽了，才能幹活。」

賈峰點點頭，識相地儘快離開會議室。他心想，作爲一個記者，等人算得了什麼？本人等待代表團抵多倫多的最高紀錄是三個小時，那是一次飛機延誤，一群記者在機場苦候了一個晚上。何況，自己還在構思寫小說，需要賴文雄幫忙的日子還在後頭。

賈峰到市中心吃好晚餐回到警察局，已是八點鐘了，會議室內依然燈火通明。一直到九點，才見到三個人出來。

賴文雄趕快走過來，向賈峰致歉道：「不好意思，讓你久等了。」

「沒關係。做記者的，等人是家常便飯。」賈峰的普通話裡，總是挾帶著濃重的上海口音。

賴文雄乘機對賈峰說：「眞該好好感謝你，爲警方翻譯了兩封信件。」

「你是說，章小姐十一月十五日、十二月二十四日寫給你的信？警方急著要，再說我和另一個女記者對案情熟悉，舉手之勞啦。」賈峰輕描淡寫的樣子。

賴文雄一本正經地說：「這可是很關鍵的兩封信，裡面有很多重要訊息。」

賈峰探詢：「警方已把信給你了？」

「對，給了我一份中文複印件。我只是粗粗地看了一下，她太慘了。」賴文雄無奈地搖搖頭，到喉嚨口的悲慟又嚥了下去。

賈峰再一次試探：「警方和你談了很多東西吧。」

兩個年輕人經過簡單的交談，賴文雄似乎已很信任賈峰了。在他的提示下，賴文雄像開了瓶的啤

酒，不停地傾訴起來：「西蒙警長向我介紹了破案進展，我仔細回顧了與章媛媛相識的前前後後……所以拖了這麼長時間。我想請你幫個忙，能不能把我送到滑鐵盧市，你在路上可以採訪，如果時間不夠的話，可以到我那兒繼續採訪。警方在媛媛遺留的磁片中，沒有找到她寫的自傳體小說《新茶花女》，可能在我那裡，警方希望能從中找到破案的重要線索。」

說穿了，賈峰今晚專程跑到百里之外，十有八九也是衝著《新茶花女》手稿來的。自從三天前翻譯了章媛媛致賴文雄的情書後，他就夢寐以求這部手稿，而書名和自己構思中的小說名相彷，眞有幾分英雄所見略同之感。他準備的另一可能的書名是《雙塔記》，突出東方明珠塔下的章媛媛來到CN塔下發生的故事，但似乎《新茶花女》更有吸引力。想到這裡，賈峰立即答應把賴文雄送到滑鐵盧市。如果能先睹爲快，豈不是馬上就可找出她走上歧途的癥結，還能爲破案提供最新線索。看來啊，又是一篇絕妙的獨家報導，總算可以不辜負郭總編的期望。

朝停車場走去時，賈峰故意挑起話題說：「章媛媛在平安夜寫給你的信中，提到過自傳體小說，眞的有這回事啊？」

賴文雄接過話題：「是我鼓勵她寫的，她文采不錯，也發表過一些小作品，從小就有當作家的夢。小說暫定名爲《新茶花女》，借用了小仲馬名著的標題，不過，加了一個『新』字。據我所知，只寫了東京和多倫多部分，我忙於功課，也只看了一點點。本來答應她，年底論文答辯後和她一起逐章逐句修改的，現在一切都成了泡影。哎，眞是人生如夢啊。」

鄉。再說，這件案子從一月一日發生以來，我每天都在追蹤，不比警察局知道的少。」

「賴兄，不要太悲觀，案子還沒破呢。如果需要幫助的話，儘管跟我講，好歹我和章小姐是同齡同

賴文雄默默地點點頭，從心底裡感激這個「上海人」。自從他愛上章媛媛後，他越來越視上海人爲聰明能幹一族。他也相信章媛媛常講的：只要有華人的地方，就有上海人；在這些上海人之中，一定又有出色的人才。

賈峰將早已準備好的兩期《多倫多週刊》遞給賴文雄。他看了看封面，淚如雨下，控制不住地說：「死得好慘啊！我的媛媛。到底是誰下的毒手呢？我非殺了他不可！」

「總有一天會水落石出的，我們儘量幫助警方尋找線索。」賈峰安慰他。

鑽進賈峰的黑色豐田車，賴文雄突然問：「聽西蒙警長講，媛媛的家人住在她那裡。」

賈峰點點頭說：「是的。前天他們一家從多倫多過來，我已經採訪過他們，好可憐的。」

他沉思了一會兒，以徵詢的口吻說：「賈兄，能不能到那兒彎一彎，我想去拜訪他們。」

賈峰爽快地點了點頭。然後用大哥大和老章一家聯絡，他們也樂意接受賴文雄的採訪。

伸手不見五指的黑夜裡，賈峰用力踩了一下油門，直往湖濱大廈一〇〇號駛去。

57. 拜見章家相逢恨晚

章家三口收到賈峰的電話後，就坐在客廳裡靜候。原本死氣沉沉的氛圍，忽然有了一點點活力，章太太還特意到廁所化了淡妝，即使女兒去了，也不能失她的體面，因爲女兒從懂事起就異常注重打扮。這是她的天性，也是她悲劇的肇因所在。在他們三人的潛意識裡都有一種慾望，那就是見識一下媛媛瘋狂愛過的男人，到底是何方神聖？

「伯父，伯母，我是媛媛的男朋友賴文雄。」開門進屋，賴文雄有禮貌地介紹自己。

老章緊緊地握著他的手，好像找到了救命草。章太太在一旁看呆了，大概沒想到，女兒的男友比照片上還帥，好像與台灣老牌演員秦漢一個模子裡鑄造出來的。她不得不感慨，女兒的眼光的確不錯，只可惜她無緣擁有。

見客廳已設置了靈堂，賴文雄一個箭步走向前，對著章媛媛的遺像三鞠躬，然後跪在地上，默默地說：「媛媛，我來遲了，我來得太遲了！都是我不好，讓妳一個人在這裡，如果我在妳身邊，絕對不會發生這樣的事……我是最大的兇手，我是頭號兇手，妳就懲罰我吧。」

他依然跪在那裡，癡癡地自言自語，好像在跟心上人對話，眼裡閃著瑩瑩淚光。章太太見狀，哽

哽咽咽地哭泣起來。媛媛的弟弟章嗚嗚低著頭，默默地站在旁邊。聽到哭聲，賴文雄再也抑制不住，眼淚像清泉似的汨汨流淌。

「賴先生，人去不能復生。不要自責了，還是想辦法協助警方破案，早一點緝拿兇手。」老章上來勸說，才好不容易止住了他的淚水。

章嗚嗚也跟著爸爸一起，花了九牛二虎之力，才把賴文雄扶起來，按到沙發上坐下。章嗚嗚隨即沏了一杯茶，遞給賴文雄。

「聽西蒙警長說，下星期一火化。」他呷了口茶說。

老章答道：「是的，二十二日下午四點。我們搭二十四日的班機回上海，應該是農曆初一。」

「沒有考慮土葬嗎？火化很殘忍的。」賴文雄皺著眉頭說。

「我們想把骨灰帶回去，葬在郊外的公墓，探望方便。這兒又沒有親人，誰會理她。」章太太插嘴道。

「有我在，伯母。我們是眞心相愛，我是準備娶她爲妻的。老天不助我啊！」

「你的心，我們領了，但你還在讀書，都不知以後的去向……警察局告訴了我們，你和媛媛的一些事情，我們眞該好好感謝你啊。」

賴文雄點點頭。他的眼神停留在她身上，發現媛媛的外貌很像她，尤其是講話的神態一模一樣，難怪媛媛生前一直誇耀她媽媽漂亮。如果她們兩人走在馬路上，一定有人會以爲是姐妹倆。

「那葬禮安排得怎樣了？需要我幫忙嗎。」賴文雄關切地問。

老章推了推鼻樑上的眼鏡說：「很簡單的，談不上葬禮。火化前先瞻仰遺容，然後第二天去領骨灰。都是警方安排的，包括請些什麼人來。到了上海，再辦個體面的葬禮，那兒親戚朋友多。」

賴文雄埋怨道：「警方的辦事效率真低，調查半個月了，還是沒有實質性進展。我已建議他們請美國專家來協助，要等到下週才能決定。實在不行，我想請私家偵探插手，多倫多有個華人石探長，很有名氣的，有當代福爾摩斯之稱。現在的癥結在於，媛媛臨死前五個小時和誰在一起，這個人就是最大的兇嫌。」

「警方已經很盡力了，再給他們一些時間。我們是等不及破案了，到時麻煩你把詳情轉告我們。」老章講得合情合理，顯出中國傳統知識份子的本性來。

對於賴文雄來說，和章家三口交談如同和媛媛對話，興致盎然，只可惜相見恨晚。本來講好，如果去年八月訂婚順利的話，今年眞是去上海拜見章家的好日子。命運，再一次和他們開了一個巨大的玩笑。時間，就在悲傷的回憶中飛逝而過。

58. 找到手稿如獲至寶

離開湖濱大廈一〇〇號，已是十一點。夜色茫茫，月光清清，整個城市都進入沉睡中。賈峰駕著豐田車開上高速公路，朝滑鐵盧市駛去。

賈峰把手提錄音機遞給賴文雄，在車內開始了採訪。

「就從你們相識的那一天開始講吧，越詳細越好。放心，《多倫多週刊》上不會全登，也不會用你的眞名。」

他清了清嗓子，按一下錄音機鍵扭，慢慢道來……

車到了滑鐵盧大學學生公寓，他仍沉浸在回憶中。一句一句地講著，磁帶也在不停地轉動。

「到裡面坐，繼續採訪，大概再有半小時就夠了。」他關掉錄音機，搬著簡單的行李。

屋內有股久未住人的怪味，他馬上打開廚房窗戶通風。

「怎麼，來一點。」他舉起威士忌酒瓶。

「馬上還要開車，不敢啊。警察抓到，可要停牌的。」賈峰聳聳肩。

「眞是個守法的好公民。這些天來，我沒有酒不行啊。」賴文雄低聲說著。

賈峰勸說：「特殊時期，特殊方法對待嘛。過了這困難期，就會好的。」

「但願如此。」他點了點頭，自斟自飲起來。

「剛才講到哪兒？喔，去年暑假，媛媛跟我回台北見家人……」他按了一下錄音機鍵鈕，回復到先前冗長的回憶中。

當他講到中正機場悲痛的分別時，賈峰迫不及待地問：「八月十五日分別後，你跟她還有聯絡嗎？」

他呷了口酒，舔了舔嘴唇說：「當然有。每週至少跟她通一次電話，都是我打給她。那時也聽她講過，發過高燒。平安夜前一晚，我還跟她打過一個電話，情緒很正常的樣子。插一句，她走後我病了一個多月，幾乎飯茶不進、臥床不起，最後還是我媽逼我去看老中醫，說我患了相思病，吃了半個多月的煎藥才調理過來，但心情依然不好。那個死人連浩天幾次打電話想來看我，都被拒絕了，到現在我都不想見到他。你看，如果沒有這傢伙的出現，八月十五日正是我同章媛媛訂婚的大喜日子，她也會住在台北，直到我抽樣調查做完後一起回加拿大。」

「那你原定什麼時候回加拿大的？」

「跟她講好，回來和她一起過聖誕節。所以她在電話裡老是盼望新年快到。但天有不測風雲，十一月底，就在我的抽樣調查接近尾聲，準備訂回加機票的時候，我媽被查出患有中期胃癌，全家頓時布上一層陰影。各路醫生研究後決定，馬上住院治療，上個禮拜才動完切除四分之三胃的手術。這個時

候，我當然不能離開台北，連我大哥都取消了赴美國開會的行程。我立即致電媛媛告知詳情，她很體諒我，叫我好好照顧我媽，再三強調母親只有一個。」

賴文雄繼續說：「十二月中旬，我媽住進台大醫院，因爲家人都要上班，所以日夜由我陪伴，我也沒空致電媛媛。我媽媽的手術很成功，前幾天剛出院。她叫我過了農曆年就回加拿大。這次大病期間，我母親似乎比以往想通了，在醫院裡，她還主動提起過章媛媛的名字。我眞的有一個預感，媽媽很快就會同意我和媛媛的事。記得我媽媽出院那天，對，是一月十一日上午，我曾致電媛媛，但一直無人接，我以爲她出去遠遊了……誰知，第二天中午，就接到西蒙警長的電話，竟是媛媛的噩耗，我家人都驚呆了……」

「眞是一個淒慘的愛情故事，足足可以寫一大本《新茶花女》。」賈峰不由自主地說著。

賴文雄喝完最後一口酒說：「是的，本來我和媛媛講定，一定要合寫一本自傳體小說《新茶花女》的，但是以喜劇收場。但萬萬沒想到，會以悲劇告終。伊人已逝，我也不知何日能恢復平靜，博士論文又等著做，我是沒有興致寫這樣的小說。如果你有意，我儘量提供第一手資料，但所有的人物必須用假名，免得不必要的麻煩。」

「正中下懷。不怕直講，我想在採訪之餘，好好寫一部小說，藉此探索章媛媛這一類女性的命運。世上諸事，都有因果，她不可能莫名其妙走上歧途。你是搞社會學研究的，比我更清楚。好，時間不早了，你都好幾天沒睡。我還要回多倫多趕稿。」

賴文雄打開電腦，將一片磁片插入。他敲了幾下鍵盤，螢幕上出現的都是英文醫學用語。再試第二片，是媛媛摘錄的名詩名句。

「應該就在這盒裡面。我記得檔案名稱叫Camille1至Camille5，共有五大篇。前兩章講東京發生的事，後三章是多倫多的故事。」

盒內磁片共有十片，一直試到第八片，終於找到她寫的手稿。

「這樣吧，我複製一片給你。這兩大夠我忙的，要將這些文稿全部翻譯成英文，提供給警方，但願能找到線索。說不定還要麻煩你，有些術語翻譯我還要打電話問你。」賴文雄說。

賈峰樂意地說：「不客氣，我一定盡力幫你。」

月光清冷，寒氣逼人。

凌晨二點和賴文雄交換電話號碼後告辭，賈峰急速行駛在四〇一高速公路上，向多倫多駛去。對他這種「夜貓子」來講，根本不感到累，倒是賴文雄當初追求章媛媛的勇氣使人欽佩。眞心誠意地要娶一個妓女當老婆，那是需要多麼大的勇氣啊。比起那些非要自己老婆是處女的人，眞是天壤之別。這也可反射出，賴文雄寬廣的心靈是眞心愛她的，不帶絲毫的偏見。這種眞情實意，對二十一世紀的現代人來說，是多麼的珍貴啊。

賈峰回家喝了杯牛奶，一頭倒在床上就呼呼大睡。當他睜開惺忪的雙眼，已是傍晚五點多，天啊，他整整睡了十二個小時，又一次打破了自己的紀錄。平時算下來，他每天只睡六個小時，這回加

倍，可見疲倦的程度。

他洗了一個痛痛快快的熱水澡，再狼吞虎嚥地吃了兩包「牛肉麵霸」，算是裹腹了。他迫不及待地打開電腦，閱讀起章媛媛的自傳體小說，或許是想盡快尋找悲劇原因，又或許是盡快滿足自己的偷窺慾。

（尊敬的讀者，以下的第十三章至十七章內容，均取材於章媛媛的手稿《新茶花女》，小標題為筆者所加。文中第一人稱的我，就是女主角章媛媛本人。）

13 「銀座子夜，醉女被老板強暴」

59. 東京沒有黃金

記憶是一條悠長的傷疤。即使無意去碰它，也會感到隱隱作痛；如果有意去碰它，那一定會疼痛得死去活來。

打開記憶的閘門，我就會被這疼痛的激流沖得撕心裂肺。提起那段兩年的東京之旅，我全身上下的每一個細胞，都充滿了「怨恨」的字眼。東京對爲數不少的上海女人來說，不是夢魘那麼簡單，而是一種恥辱，一種徹頭徹尾的悲哀。

但不管怎樣辛酸，不管怎樣見不得陽光，那是我人生的重要轉捩點，即使再痛心疾首的回憶，我也要忍著揭瘡疤的劇痛，一筆一筆地把它記錄下來，用我顫抖的手，用我坦蕩的心。

一九九二年三月八日，正好是國際婦女節。我懷著錯綜複雜的心情，告別養育了我二十一年的黃浦江畔。在這男權越來越式微、「半邊天」意識越來越膨脹的年代，選擇在這樣一個日子離開故鄉，既是一種巧合，恐怕也是潛意識作祟的顯現。

這是我平生第一次出遠門，以往只和同學遊過蘇州、杭州，最遠是跟家人去過南京。那天到虹橋機場送行的人特別多，除了親朋好友外，還有衛生學校的同窗宋蕾等人。候機廳內，我媽媽的淚水老在眼眶裡打轉。年邁的奶奶已哭得像個淚人，我從小是由她老人家領大的，感情勝過雙親。爸爸滿臉的無奈，沉默不語，他是唯一反對我東渡扶桑的人，但後來既成事實，他也沒辦法。

臨別前的瞬間，我的淚水終於忍不住，嘩嘩地往下流。媽媽緊緊握著我的手，泣涕漣漣。衛校幾個最要好的同窗，懷著羨慕的眼光同我道別。唯有宋蕾，她並不主張我出洋，按照她的理論，留在上海，可以玩外國男人，而到了國外，是被外國男人玩。爲了好好玩外國男人，她絕不離開上海。在她眼裡，我無疑是一個超級傻瓜。

「媛媛，頂不住就回來。我們家不缺錢。」爸爸最後一個握著我的手，輕輕地囑咐。

此時此刻，我感到他的大手特別溫暖、異常有力。我自幼對爸爸，不存在太濃重的戀父情結，但他在我心中，永遠是一棵偉岸的樹，頂天立地，經得起任何風吹浪打。

螺旋槳急速旋轉，發出轟鳴般的響聲。飛機迅速地滑向跑道，衝向藍天。這也是我第一次乘飛機，好奇而心顫。隨著一陣失重的感覺，我彷彿一隻斷了線的風箏，在空中遨遊，做起了絢麗多彩的淘金夢。

我自己也搞不清楚，明明知道東瀛千辛萬苦，再加上爸爸的堅決反對，但還是毅然決定赴日本。如果不是男友陳智偉赴美留學甩掉我，如果不是他瞞騙已有妻室玩弄我，也許我不會走上這條路。媽媽同意我來日本，也是想讓我換一個生活環境，免得我在失戀的痛苦中拔不出來，再尋短見。

還有一個重要原因不得不提。那時，稍微有點本事的上海人都紛紛出國了，我的好朋友留在中國的越來越少。一流的去了美國，二流的跑到加拿大、澳大利亞，三流的去日本，連最差的都跑到深圳。除了沒考上大學，其他條件不比別人遜色，何況我有一副引人注目的外貌，高中時代起別人看了我十有八九會行注目禮，這是父母賜予我的最好禮物。我家沒有任何海外關係，也只能靠自己從頭建立。爲了顯示自己也有本事，我雄心勃勃地匯入巨大的出國潮內。上海人的眼光總是瞄準海外的，好像在海的那一邊，總有黃金在等待上海兒女。如果你家有人去北京當官兒，恐怕也不足爲奇，只有留洋才算稀奇。在中國所有省市中，也許要算上海最崇洋媚外了，因爲它有這個土壤，也有這個陽光。

東京成田機場寬敞明亮，氣勢非凡，迎面而來的空姐笑容可掬。來機場接我的是我的上海鄰居陳昌庭。他畢業於科技大學，比我大六歲，來日本已有三年，目下邊讀電腦碩士學位邊打工。我赴日本的事就是委託他辦的，包括找擔保人和聯繫語言學校。

他駕著二手白色本田車，把我送到新宿繁華區的一幢二層樓民房前。在我的印象中，他是一個書呆子，但出來幾年，似乎鍛鍊得很機靈。他問長問短的，好像離開上海幾百年了，一副老華僑的樣子。

「這種房子叫『阿巴多』。剛來，先將就一點，千萬不要擺大小姐架子，廁所和廚房都是共用的，另外三個人都是大陸人，慢慢有了錢再搬。好在離打工的地方近，步行二十分鐘就到了。」他邊幫我搬行李邊關照我，講話好像是背口訣一樣，顯然是接待的人太多了，接待詞都成了口訣。

位於二樓的榻榻米房，就像鴿子籠那麼大。這樣的房間，每個月也要收五萬日圓的租金，簡直是在搶錢。儘管早有心理準備，但親身體會到東京寸土如金，還是令人咋舌。

放下行李，陳昌庭對我說：「媛媛，我還趕著上班，先去那家日本料理店見一下老板。」

見我有疑惑，他補充一句說：「東京和上海不一樣，要抓緊每分每秒打工，每一秒鐘都是錢啊。這份洗碗工還是托人情的，現在出來的人太多，工作不好找。快點學日文，能聽會講，找工作就方便了。」

我補了妝，連衣服都沒有時間換，跟他來到一家「禪日本料理」。老板叫青川角榮，是個四十多歲的胖男人，皮膚黑黑的，個子矮矮的。他握著我的手不肯放下，雙眼老是盯著我的胸脯，一副大色狼的樣子。自從我發育健全後，這種眼光似乎見慣了，所以並不爲奇。

陳昌庭和胖老板嘰哩哇啦起來，我只能隱約聽懂幾個單字。打算留日後，我在上海曾拚命學過幾

個月的日文，但長進始終不大，也許是沒有語言環境的原因。陳昌庭用上海話跟我講，老板叫我明天下午就上班，由於不懂日文，只好先洗碗。但是說我長得很漂亮，有點電影明星的架勢，如果懂一點日文馬上可以做侍應。我大腦好像被鐵錘敲了一下，猛地感到語言是多麼重要。當初爸爸曾跟我講，到國外語言最重要，但我並不領會。

「自己小心，別讓人家吃豆腐，日本男人很下流的。有事打電話給我，抓緊時間學日文……」陳昌庭臨走前再三叮囑了一大串，比我奶奶還囉嗦。

回到住處，面對著零亂的一切，突然問自己：這就是我夢寐以求的東京嗎？這兒，到底有沒有黃金？

60. 洗碗工難以忍受

第二天一早，我在隔鄰的李玫帶領下去語言學校報到。她是半年前從杭州來的，已經能講一口較好的日文，現在邊讀語言邊在一家咖啡館打工。她告訴我，這裡找工作很難，除非有膽量「下海」。對於「下海」，我還從來沒有考慮過。來日本以前已看過有關報導，抵日的上海女人「下海」的還不少，但不見棺材是不會掉淚的，非親身體驗才會相信。

報到後，我就坐在教室裡上課。老師是位上了年紀的日本男人，能講一口道地的國語。聽說他以前去北京大學進修過中文。一個上午下來，我大腦裡塞滿了各種單字，有不少似曾相識，也許是我以前學過的。

下午四點，我趕到「禪日本料理店」。廚房內有個上海姑娘在洗碗，見我進來後，她主動向我交代洗碗步驟。這是她最後一天在這裡做，明天將到一家製衣廠工作。臨走時，她悄悄用上海話對我說，小心這裡的男人，沒有一個是好東西。我嘴裡謝謝她的關照，但也沒放在心上，大庭廣衆之下，能流到什麼程度呢？關鍵是自己要站得穩。

洗碗看起來很簡單，不必動什麼腦。先將碗碟中的殘羹剩飯倒進垃圾箱裡，順手用水龍頭沖一下；然後把碗碟有秩序地放到洗碗機裡，按一下電鈕，機器飛轉起來；最後把它們分門別類地放到碗架上。這工作並不吃力，倒是那股怪味令人難以忍受，既不像貓食，也不像人食的味道。

深夜十二點收工，孤單單走在大街上，有點毛骨悚然。這種淒涼是來自心靈深處，自然而然產生的，絕不是矯揉造作。還好這裡屬於新宿繁華區，霓虹燈閃爍，汽車川流不息，來來往往的人群也不少。回到家，一頭倒在榻榻米上，就進入了夢鄉。畢竟在餐館站立了整整八個小時，洗了八個小時的碗。這對吃慣大鍋飯的大陸人來講，已是夠刺激的。

沒想到，星期六晚上餐館的生意這麼繁忙。我拚命地洗碗，還是跟不上蜂擁而入的客人。幾個侍應反反覆覆抱怨我的手腳慢，老板青川角榮拉長了他那黝黑的臉，瞪大眼訓斥了我一頓，揚長而去。

我也不清楚他到底罵了些什麼，反正做著手勢，叫我手腳快點。

最後，他實在是忍無可忍了，叫一個會講中文的侍應跟我說：「小姐，老板叫妳手腳快一點，否則啊，明天妳就不用來啦。」

我強顏歡笑地回答：「是，請你翻譯給他聽，我一定快，給我一個機會。」

此時，我卯足全力，百分之一百投入洗碗之中，好像是和洗碗機作一場生死搏鬥。我只感到全身汗流浹背，內衣內褲全濕透了。

就在我忙得不亦樂乎的時候，有一個日本二廚跑過來，幫我整理碗碟。他邊幫我邊有意碰我的屁股，嘴裡還用幾句半生不熟的中文說：「哎，妳這麼漂亮，爲什麼來做這些粗活？還不如去做舞女，那掙的錢才多呢！」

我眞的沒有時間答他，他更得寸進尺地說：「今晚下班，跟我出去玩一下，我給妳介紹一份好工作。不過，是做人家情婦。」

我瞪了他一眼：「你說什麼？操你媽！再說，我要告訴老板了。」

「你以爲他會幫你嗎？他遲早一天會吃了妳，這個大色鬼。」他嬉皮笑臉地說著。

「謝謝，我非常謝謝你的幫忙！現在，你可以走了。」我大聲責令他離開，他才不好意思地回到原位。這個時候，我才領會到昨天那個上海同鄉的忠告。

凌晨一點，拖著鉛塊般的步子回到家。但躺到床上，輾轉反側，大概是勞累過度，反而難以入

眼。看看被水浸得白白胖胖的嫩手，苦澀的淚水不住地往嘴裡流，這可是彈鋼琴的十個手指啊。今晚洗的碗，肯定超過我十多年的總和。眼前，老是晃動著青川角榮吃人的大眼，和那堆積如山的碗碟。

過了一會兒，我的下身感到一陣劇烈的疼痛，我知道可惡的「老朋友」來了。我天生患有痛經症，每次都會臥床不起兩、三天，作爲醫生的媽媽也束手無策，只說婚後也許會好。每個月我都會發誓一次，下輩子投胎再也不做女人。亞當和夏娃造人時太不公平了，讓女人每個月要承受一次撕心裂肺的災難。

我痛得死去活來，牙齒緊咬被角，在床上翻來覆去。這就是我嚮往已久的東京嗎？房子破舊不堪，翻一下身整個房間都會搖動。走進餐館的廚房，我就噁心，即使洗澡也沖不掉殘羹冷飯的怪味。還有老板的冷眼，那個日本下流廚師的調戲……

此刻，我更思念黃浦江畔的親人，爲什麼好端端的市級醫院護士不要做，跑到這裡來受洋罪。打起包裹回老家吧，我想起了爸爸臨別前的關照……回去怎麼有臉見江東父老，成千上萬的上海老鄉頂得住，爲什麼就是妳章媛媛當逃兵？弱者從來不屬於我。要回去，也要帶一筆錢，一大筆天文數字的錢。小姐，請妳拿出上海人適應環境的能力吧。

靜悄悄的黑夜裡，我的思緒亂如麻，各種念頭湧上心頭，又稍縱即逝。思前顧後，痛定思痛，只有留下來一條路——我別無選擇。要生存就得打工，哪怕是再低賤的工作。人在屋簷下，不得不低頭。想離開油煙燻人的廚房，只有花全副精力學好日文。

61. 功夫不負有心人

三個月後，我的日文水平迅速提升，不但能聽懂別人講話，自己也能說七、八成，與日本人溝通已不成問題。語言學校的師生感到驚訝，餐館同事不得不佩服我這個「上海女人」。碰到那些下流廚師的調戲，我也會用日文破口大罵，嚇得他們魂飛魄散。

正當我另尋工作無下文時，老板青川角榮找我到辦公室談話。他要調我到銀座新店當侍應，月薪二十五萬日圓。並且，公司爲我租公寓，日本人稱之爲「忙兄」，光月租就是十萬日圓。我洗碗時的月薪是十五萬日圓，但繳了五萬房租和四萬學費後，還有六萬，再扣掉伙食費兩萬，只剩下四萬日圓。現在能拿二十五萬日圓月薪，扣掉學費和伙食，淨剩十九萬日圓，翻了近五倍，何樂而不爲？我心裡喜滋滋的，像倒了一罐蜜，立即答應了青川角榮。

他笑瞇瞇地說：「妳很漂亮，有點像日本以前的大明星栗原小卷，妳就用小卷日本名字吧。當侍應，大家叫起來方便。」

我毫無意見地點了點頭。因爲在上海就有人說我像栗原小卷，到了東京後，又有幾個日本人也這麼說過。我曾看過她主演的《生死戀》和《望鄉》，給我留下了很好的印象。可惜，她現在老了——女

人最怕這個字眼。

臨走時，青川角榮關照我：「好好做。憑妳這麼勤力和聰明，一定能掙很多錢的。明天一早我就派人跟妳去搬家，晚上妳到這兒來，教一下新來的洗碗工，也是一個妳們中國來的，不過是個小伙子。後天，妳就到新店上班吧，好好跟那個叫宮澤喜一的經理討教。」

當晚收工回家，我手舞足蹈地走在路上。感到今晚的月亮特別圓，星星也特別亮。彷彿每一盞路燈都比昨天耀眼，好像每一個行人都在跟我微笑。內心深處眞有幾分感激青川角榮。誰說日本男人好色，起碼青川角榮對我還沒有一絲的淫威，那怕連手都沒碰過，最多是眼神凝視過我的胸脯。眼睛看人是每一個人的權利，人家沒有騷擾妳就是了。再說，女人生下來就是給人看的，尤其像我這樣漂亮的女人。

到家還沒脫外衣，我就迫不及待地把好消息告訴遠在上海的媽媽。她在電話那頭高興地笑了一陣，接著就哭起來：「媛媛，那可是彈鋼琴的手啊，洗了整整三個月的碗，媽媽的心眞是好疼。想起這些，我還眞有點後悔，當初放妳出去……」

我勸解道：「媽，出來受點苦，這是正常的。現在，我不是轉好了嗎？至少，不用洗碗了。明天會更好啊。」

「是的，明天會更好！但妳一定要注意身體，每個月來例假，就休息兩天，不要拚得太厲害。」母親關切地說。

我再一次安慰她：「媽媽，這不是國內，想不去上班就請假，這兒，分分秒秒都是錢啊。放心啦，我會保重自己的。」

最後，她還是叮囑我，一人在外要小心，仍要抓緊學好日文。還再三關照，我爸爸最擔心我的語言跟不上。我自豪地叫她轉告爸爸，我的日文已達到了一定水準，否則是做不到侍應的。

搬家時，李玫用帶有杭州口音的上海話跟我說：「儂有本事，三個月就住忙兒了。上海人眞聰明。」

我伸出雙手給她看，笑著說：「這個就是代價。不知脫了幾層皮？」

她握著我的手說：「眞不簡單，這麼漂亮的女人還洗碗。妳別見怪，比起那些只會脫褲子的上海女人，眞是天壤之別……好啦，有機會幫我留意一下，我做的咖啡館生意不大好，總有一天炒魷魚。」

我緊握她的手，感謝她給我的幫助，尤其是日文方面的指點。並答應她，只要有機會一定通知她。我比她漂亮，但我的本事不如她。人家是浙江大學的高材生，等日文眞正過了關，掙點學費讀化工碩士，前途無量啊。

替我來搬家的日本男人，不知我們手拉手講些什麼，只是一味地傻笑，好像白癡一樣。在日本社會，機智聰明的男人很多，但像這種傻呼呼的男人也不少，四肢發達，呆若木雞的模樣，整天除了傻笑還是傻笑。

62.終於當上餐館侍應

新開的「禪日本料理」位於繁華區銀座，是青川角榮的第五家連鎖店，屬於比較高級的一類，裝潢比前一家華麗數倍。餐館離我新住處步行只需十多分鐘。我住的「忙兄」是一幢十二層樓的大廈，我在八樓的一個單位裡。臥室不算大，但有一個小客廳，關鍵是廚房、廁所俱全。早晨再也不要為排隊上廁所而煩惱，也不會為爭用冰箱的空間而翻臉。這「忙兄」眞好，關起門來儼然一個小世界，自己和自己忙吧。沒人來干擾你，你也不會影響別人。

餐館經理是個三十開外的日本男人，叫宮澤喜一，又高又瘦，聽說是青川角榮的好朋友。第一天晚上六點上班，餐館裡外亂七八糟的，都在為次日的正式開張忙碌。連我共有八個侍應，六個是日本姑娘，還有一個是南京人，大家都叫她左田惠子，聽說嫁給了日本人。看得出來，她們都做過蠻長時間的侍應，對餐館的運作很內行。宮澤喜一大概知道我初入行，很耐心地教我每一個步驟，再三叮囑我要熟悉餐牌。

左田惠子抽空走到我跟前，用國語對我說：「妳的日語講得不錯，但還需要進一步提高。有空的話，多看一些日本電視，多學一點習慣用語。」

「謝謝！我一定努力。」我也變得有禮貌起來，向她鞠躬致謝。

日本社會的行鞠躬禮習慣，不得不使你變得有禮貌。不管他心中是否看得起你，外表一副虔誠的樣子，總讓你覺得他們是一個禮儀之邦。剛抵達日本時，有些不太習慣，但時間一久也習以爲常了。

左田惠子又耐心地說：「以後妳會發現，有些日本客人是很挑剔的，所以日文好就很划算。不少日本人在內心深處是看不起中國人的，語言不好，更被他們看不起。有時，他們根本不願和中國人交談。」

如此肺腑之言，我想這大概是她的親身經歷，我一律照單全收。我再一次感謝她，並希望日後得到她的幫助，我畢竟是剛入行的。也就這麼幾句對話，使我們成了好朋友。神奇的祖國效應，是什麼都難以媲美的。

次日中午，餐館隆重開張。青川角榮西裝革履，紅光滿面，好像過生日一樣，緊跟著他的是太太喜美子。沒想到，他這麼醜的人會娶到如此漂亮的女人，或許是他腰纏萬貫的原因。在這個金錢掛帥的社會，男人有錢就會有一切，何況是區區一個漂亮的女人？

曾經聽以前工作餐館的同事講過，青川角榮家族的生意做得很大，包括房地產和銀行業。他本人除了有五家連鎖店外，還有一個廣告社，以及一本發行量不小的健康飲食月刊。喜美子那張臉有點像影星山口百惠，身材勻稱而苗條，根本看不出是兩個孩子的母親，也許是在家當闊太太，養尊處優的原因。青川角榮一一與前來剪綵的名人巨賈打招呼，我們八個侍應穿著統一的和服，站在門口兩側迎

賓。

剪綵完畢，客人如潮水般地湧入用餐。也許是新開張打八折酬賓的原因，也許是事先的廣告宣傳得好。所有的侍應穿梭不停，廚房裡忙成一團，連經理宮澤喜一都幫著傳菜。一直到下午三點，才忙過餐期。晚上六點不到，客人又一波接一波地進來，廚房內外一片歡騰。過了十點，客人總算慢慢少了。

臨收工前，青川角榮從外面風塵僕僕地趕過來。同宮澤喜一聊了幾句後，不由自主地手舞足蹈起來，大概是一開張生意就興旺的關係。

我正在角落佈置餐桌，準備第二天用。青川角榮一步三搖地走過來。

「第一天辛苦了吧。宮澤說妳做得不錯。我說妳聰明能幹，沒錯吧！」他自信地說。

我向他低了一下頭，表示禮貌。接著抑制不住說：「昨天一晚沒睡好，死背餐牌。」

「好，就是要有這樣的日本精神。」他咬著牙說。

見我有些疑惑，他馬上補充：「日本精神就是腳踏實地，拚命加拚命。否則，戰後的日本發展就沒這麼快啦。」

我似懂非懂地點了點頭。

他突然走近我，咬住我的耳根說：「等會兒，我帶妳去銀座卡拉OK，好好獎賞妳。」

我給了他一個燦爛的微笑。

63. 子夜醉在銀座

鑽進青川角榮的黑色凌志車，他踩了一下油門，向前飛駛。

沒想到，他的駕車速度這麼快。坐在旁邊都有點害怕，不停地叫他慢一點。他好像沒聽到一樣。

「嚇死人啦！慢點。」我不由自主地驚叫起來。

「別怕，我駕了幾十年車了，保妳安全。東京，就要以這樣的速度，才能掙到錢。」他笑嘻嘻地說。

談笑之間，我們來到銀座的「雅卡拉ＯＫ」。裡面擠滿了男男女女的年輕人，都在用日文聲嘶力竭地喊叫，根本不算唱歌，只是一種情緒的宣洩。

青川角榮搖搖頭，一副不以爲然的樣子。他緊緊拉著我的手，逕直朝裡面的包廂走去。好像一鬆手，我就會被人搶了一樣。

包廂內隔音設備奇好，根本聽不到外面的噪音。侍應送來一瓶紅葡萄酒，就帶上門走了。做夢也沒想到，這兒會有一大疊國語和廣東話歌的光碟，我興奮不已。

青川角榮也跟我倒了滿滿一杯酒。事實上我並不勝酒，但爲免他掃興，也沒多吭聲。他跟我碰杯

時，我只是呷了一小口。

「好，先聽你唱中國歌。」

唱歌跳舞是我自幼的拿手好戲，上過電視，也客串拍過電影，當演員更是我的少女之夢。不過，都是演一些跑龍套的角色。抵東京三個月來，還沒唱過一首歌，更別說跳舞了，進卡拉OK還是第一次。以前在上海，少說也要兩個禮拜去KTV「瘋」一次，去酒吧更是家常便飯。

我挑了幾張光碟，清了清嗓子。先唱葉倩文的「女人的弱點」、「完全是你」。接著唱王靖雯的「忘掉你像忘掉我」、「執迷不悔」、「誘惑我」。又唱了鄭秀文的「叮噹」。

一鼓作氣唱了六首，眞是好過癮。青川角榮聽得入迷，不停地搖頭晃腦，不斷地拍手叫「安可」。也不知道他能聽懂多少，大概也只能聽那個調子而已。他也不示弱，一口氣唱了四首日本歌，以前我都沒聽過，倒也感到新鮮。他的嗓子一般，比外面那些人好不了多少，但他唱得很投入。唱得興奮的時候，他還摟著我的肩直喊。如此乘機碰我，倒也不感到介意。

他跟我碰杯，一飲而盡。喝了幾口，我竟也把一大杯酒喝完了。他又跟我斟了半杯，我並未反對。我感到全身火熱口渴，大概是酒分子在我體內急劇地運動。他馬上叫來一杯冰凍橙汁，我幾乎一口氣把它灌入肚裡。他還是繼續喝酒，一副樂陶陶的樣子，似乎突然間年輕了十幾歲。

半途，他略帶醉意地摟著我的腰說：「會不會唱鄧麗君的歌，很多日本人都喜歡她的歌喉。」

一聽這名字，我就興奮不已：「當然會，很多歌詞倒背如流。」

找出鄧麗君的光碟，我馬上抓起麥克風。先唱一首「相愛如往昔」，再唱「如果沒有你」。當我唱「但願人長久」時，青川角榮竟用中文和我一起合唱起來：

「明月幾時有，
把酒問青天，
不知天上宮闕，
今夕是何年……」

他的咬字很準，百分之一百投入。我邊唱邊覺得，他的一隻大手在我後背上下不斷地撫摸，我沒有迴避，也許是他的潛意識在作怪，等他唱完歌再講。

果然不錯。「但願人長久，千里共嬋娟」一停，他的手也離開了我的背。好在剛才沒故意讓開他，眞是自作多情。

「想不到你的中文歌唱得這麼好。」我帶著幾分不解。

「這是你們宋朝大詩人蘇軾的傑作啊，我學了幾個月才會的。」他像小學生聽到老師表揚般興奮。

在他的要求下，我又一口氣唱了「多情的玫瑰」、「愛人」、「月夜訴情」等五、六首歌。我的整個身心，完全陶醉在鄧麗君的世界裡，彷彿又回到了初中時代，那時她的歌在大陸風靡一時。也眞要

感謝發明卡拉OK的日本人大佐井上，他使不會唱歌的人也握起了麥克風，不要說我這個歌迷了。

青川角榮跟我乾完最後一杯酒，我感到暈呼呼的，眼前出現了疊影。我想是醉了。接著感到天旋地轉起來，只依稀覺得一個大力的男人架著我出了門，然後上車，又上了電梯……

64. 慘遭日本老板迷姦

次日中午，暖暖的陽光透過玻璃窗，射到我臉上。睜開惺忪的眼睛，發覺自己一絲不掛地橫躺在床上，下身只披著一條薄毯子。

這時，我才恍然大悟。天啊，我的天！子夜時分，大禍臨頭。那個人面獸心的青川角榮，趁我酒醉強暴，豈不是犯法？我要去告他，搞得他身敗名裂……也怪自己放鬆警惕，公開場合不該喝酒的，悔恨的淚水浸透了枕巾。

我起身淋浴，裡裡外外擦了幾次肥皂，水龍頭開到最大，讓嘩嘩的大水沖去他留在我體內的骯髒。恨不得剖開整個身軀，讓漂白劑浸透每一寸肉體。但水再猛，時間再長，漂白劑再多，都滌蕩不了內心的悲涼和悔恨。

我怎麼老是遇人不淑，碰到不善的男人？在上海，我的處女膜竟被一個「鄉下人」騙走了；來到

東京才三個月，又遭日本老板迷姦。這一切都是命中注定的嗎？外表傲慢的公主，命運竟是如此淒慘，我不得不又一次懷疑起自己的命運。

我迷迷糊糊地走到客廳，發現桌子上有一張字條，顯然是他留下的：

「章小卷桑，妳的歌聲美，但妳的身體更美，這是妳最大的財富。如果報警，後果不堪設想，彼此都沒有好處。我是真心喜歡妳的，我們可以談條件。

青川角榮　六月十日」

憑窗俯視，車輛川流不息，人群熙熙攘攘，更增添了我的煩惱。仰望穹蒼，陽光奪目，白雲飄飄，如此自然風貌與自己的心境極不吻合。就在這陽光藍天白雲下的東京，有多少罪惡的黑手在跳動，又有多少女人美夢破碎。

他媽的，都是卡拉ＯＫ惹的禍！我還是第一次如此討厭卡拉ＯＫ，仔細想想，又何嘗不是如此。數年前，卡拉ＯＫ功能只有日本電器中有，於是中國人便開始了瘋狂購買日本電器的時代，可愛的百姓心服口服地承受經濟侵略，辛辛苦苦排隊買回卡拉ＯＫ機器，整天在家裡叫囂，往往是全家嚎叫。只是好多年過去了，中國人唱歌唱得好聽的，也還是那麼幾個。相反，更多更好的文化娛樂方式，在卡拉ＯＫ的衝擊下日漸式微。討厭的卡拉ＯＫ，完全是日本人自大、自狂、好表現自己的一種文化垃圾，而有些

中國人卻心甘情願地沉迷在這種垃圾之中。毫不誇張地說，卡拉OK阻礙了中國的文化建設。又有多少善良的少女和我一樣，喪失在卡拉OK之下。這輩子，我再也不會唱卡拉OK了……

我懶洋洋地蜷縮在沙發上，手捧大色狼青川角榮的字條反覆咀嚼，直到每一個字都能背誦出來。片刻後，硬支撐起身子煮了一壺濃咖啡，兩杯下肚，腦子開始清醒起來。

青川角榮的字條不是在給我指點迷津嗎？二十五萬日圓的月薪，再加免費的高級公寓，在銀座並非輕而易舉可得。既然他願意談條件，不妨好好敲他一筆竹槓。

俗話說得好：人爲財死，鳥爲食亡。說到底，我在上海就爲人懷過孕、打過胎，早已看淡所謂的貞節。

對於一個現代女人來說，貞節又値多少錢？中學好友黃虹在深圳，不是早當港商的「二奶」了嗎？衛校同窗宋蕾早就警告過我，女人要充分了解自己的價値，並且一定要善於利用這個價値，尤其像我這般漂亮的女人，身體就是本錢，青春就是資本。也就在這瞬間，我似乎想通了，眞正地想明白了。

晚上六點，我鼓起勇氣照例到「禪日本料理」上班，好像什麼事情都沒發生一樣。經理宮澤喜一依然那樣的照顧我。餐館的生意火旺，裡裡外外一派樂陶陶。收工時，還是沒見到青川角榮的人影。我也不好意思問經理，他今天是否會來。

但我一點兒都不怕，他總有一天會現身，何況手握他的字條。我倒要看看這個老狐狸怎樣狡猾，又怎樣和我談條件。

14 「東京很大，但容不下一個弱女子」

65. 百萬日圓的代價

太陽依然東起西沉，月亮依然陰晴圓缺。好幾個日日夜夜我神魂顛倒，老是思考著怎樣對付青川角榮這個老狐狸，彷彿度日如年。一直到週末深夜，青川角榮終於出現在餐館。他主動跑過來同我打招呼，並約我收工後到街角的「畢卡索咖啡店」見面。

店如其名，咖啡店的佈置都以畢卡索的抽象畫爲基調。他是我最喜歡的西班牙畫家，當年在上海讀衛校時附庸風雅，曾買過不少歐美大師畫冊。開門就見到畢卡索著名的《三個舞蹈者》。三個舞女的

眼睛、胸部、四肢等的位置顛三倒四，眼睛跑到胸脯上，正面臉和側面臉合在一起，中間舉起雙手的舞女，乳房高聳得令人吃驚。

見我進來尋視，青川角榮在座位上向我招手。我依然大方有禮地同他打招呼，他臉上的肌肉緊繃繃的。見牆上是一幅畢卡索的《和平》巨作，我無話找話說，也是想掩飾內心的緊張。

我裝出一副內行的樣子：「畢卡索以寓意的手法，表現了一個家庭的愛。你看，那孩子驅趕著飛馬，幾個裸體雜耍的人顯得和睦自然，這些都象徵著和平。」

「沒想到，妳對名畫也這麼在行。我只是喜歡這裡的環境，多一點歐洲情調。」他藉機恭維著。

我繼續說：「你看畫的上方，舉著杠杆的那個人，一端放著內裝燕子的金魚缸，另一端是裝了魚的籠子，這是事物顛倒的寓意，以此來表明幸福並不容易維持，也像雜技表演者一樣，隨時都有蒙災遭難的危險。」

他聳了聳肩膀說：「妳是有所指的吧。我是一個商人，講話不喜歡拐彎抹角，妳打算怎麼辦？坦率的說，我見過的女人不少，但妳是我第一個喜歡的中國女人，妳不但美，而且很聰明。我喜歡和IQ、EQ都高的人打交道。」

我氣呼呼地說：「那你可以跟我明講，爲什麼趁我醉了偷雞摸狗。這是迷姦，這是強暴，你不知道嗎？」

「說實話，那晚我也喝多了，妳的歌聲早已讓我醉了。後來送妳上樓，摟著妳香氣四溢的火熱身

子，我怎麼都控制不住自己……當我清醒過來，已既成事實，那時已過了凌晨三點。我眞的深表歉意，小卷桑。妳說要多少錢吧，作一點心靈補償。」

我伸出一個手指說：「一百萬，便宜你。」

「沒問題，明天透過東京銀行轉到妳帳上。」沒料到他如此爽快。早知這樣，蠻好開口二百萬，內心眞有幾分後悔。

幾年後反省，就是這個一百萬日圓使我踏上了不歸路，以後越陷越深，難以自拔。如果硬要找藉口的話，是青川角榮在一夜之間改變了我的人生價值觀——女人，尤其是漂亮的女人，可以用身體輕而易舉地換取巨額金錢。

我不得不承認，人是環境的產物，女人適應環境的能力非常強，尤其是上海女人。這時，我才眞正認同中學同窗黃虹的價值觀，她早已用身體換取港幣；也終於理解衛校密友宋蕾的放蕩不羈，陪男人睡覺換取金錢早已成了她的職業。都是同齡人，爲什麼她們比我醒悟得早？也許我的家庭管教太嚴，也許我不缺錢用，也許我天生富有浪漫的文人情懷，講情不講錢……

如此想來，當初眞是便宜了陳智偉那小子，我倒貼金錢愛他，就是因爲我太單純，單純得非常幼稚，如同打油詩形容的：「少女不知錢重要，硬要嫁給窮光蛋。」到最後，空歡喜一場，吃苦果的還是自己。如果早一點醒悟，我絕不會上他的當。至少像青川角榮一樣，想佔便宜、享豔福，就得掏腰包。女人的容貌和青春，何嘗不是原始本錢？

66. 日本老板包二奶

三個月後，宮澤喜一搬去大阪開創自己的生意。我榮升為「禪日本料理」的經理，月薪加到五十萬日圓，餐館包兩餐。同時，搬到同一幢「忙兄」的六層樓居住，客廳比原來的大一倍，房租增至十四萬，還是由公司付錢。擺設的都是高級歐洲家具，連窗帘都是鑲著金絲的義大利貨，反正付錢的是青川角榮，我才不會為他省錢買便宜貨。另外，我還兼職擔任「龍廣告社」的模特兒，老板也是青川角榮，但由他老婆喜美子打理。當模特兒論件計數，每個月都有二十多萬的進帳，算是外快。

唯一可喜的是，這時我的日文聽講已達到流利水平，這是整天和日本人打交道的結果。我已不用再上語言學校，但為保持合法身分，每月仍繳四萬學費。這樣一來，每個月差不多有七十萬日圓的淨收入存入銀行，是我在上海四年多的工資。這對一個來日本僅半年的人來說，已經是非常可觀的。除非你做抬死人的工作，或者是累死累活地做幾份工，否則是難以掙到這麼多錢的。

天下沒有白吃的筵席。也就是從這時起，我成了青川角榮的情婦，或者說是「二奶」，赤裸裸地「下海」了。俗話說，吃人家的嘴軟，拿人家的手軟。我難以抵擋他的金錢誘惑，也無法擺脫他的糾纏。有了第一次，也不在乎第二次。幾次被他得逞後，我也就默認了。豆蔻年華，跟他混兩年，賺到

兩千萬日圓遠走高飛，重新開始新生活，也不嫌遲。我什麼都沒有，手抓青春和美貌的原始本錢。不是早有「笑貧不笑娼」之說嗎？何況我是被他一個人「包」起來，住在高級公寓接待他，就像小仲馬筆下的茶花女，又不是去黃色沙龍賣笑，也不必去紅燈區兜生意。人不能沒有錢，有了錢好辦事。

因爲餐館侍應有空缺，我把杭州姑娘李玫叫過來頂我原來的位子，算是做了一件好事。徵得青川角榮的同意，付給李玫月薪二十萬，她激動得直流淚，還不停誇獎我能幹。但她並不知道，我爲之付出的沉重代價。一種說不出口，見不得陽光的恥辱。

青川角榮一個禮拜來我住的「忙兄」一次。多數是星期四深夜十二點下班和我一起回家，折騰兩三個小時後離開。我估計他另外還有情婦，這種有錢的男人不會如此太平。日本女人對男人的風流睜一隻眼閉一隻眼，內心酸楚，表面上還是強作歡顏。難怪有人說，日本女人都在骨子裡恨男人，但到死都不敢放一個屁。

他的樣子看上去有點粗野，胖胖黑黑的。事實上並不那麼霸道，對我還挺溫和的。跟他接觸多了，才知他們家族不但有錢，還是書香門第，他本人就畢業於大阪市立大學商管系，難怪脾氣這麼好。相處時間久了，也不覺得他外貌難看，有時甚至覺得他有一種中年男人的成熟美。每次讓他高興而來、滿意而歸，兩人配合還算默契。並且慢慢知道，他的太太喜美子是美國普林斯頓大學的碩士，現在主要幫他打理廣告社和雜誌社的事。也許受母親影響，他們的兩個兒子都在美國知名大學就讀。

青川角榮確實很會做生意，餐館的顧客越來越多。在他手上我也學到了不少經營本事。他和日本

絕大多數男人一樣，幹起活來像玩命一樣，五家連鎖店每晚輪流坐鎮一家，在出菜質量、服務態度上很下功夫。有一回，客人投訴一個日本侍應態度不好，他就當著員工的面大聲訓斥。他即使不到餐館來，也會每天來一個電話詢問營業狀況。如果遇到小問題，他會在電話裡授技解決；如有大事，他必定會火速趕到現場。

與青川角榮相好幾個月後，銀行的存款直線上升。倒不是他另外塞錢給我，除了餐館的五十萬日圓月薪外，主要是「龍廣告社」的外快比想像的還要多，每月都超過三十萬日圓。到廣告社去兼差，完全是他的意思。這倒比在餐館有意思，主因是我天生的表演慾得到了發洩。這還得慶幸自幼積累的舞台經驗。我都是週末休息天去廣告社客串，平均每個月拍一個電視廣告、一個雜誌廣告，都是與素食、減肥和服裝有關的，三點都不露。最暴露一次，是在海灘拍泳衣廣告。去的次數多了，與廣告社的十多個人都見過面，尤其是同攝影師丁旭混得很熟。他是從北京來的留學生，目下就讀攝影專科學校，在龍廣告社打半職工。

大概是中日文化畢竟還是有差異，一九九二年底，我和青川角榮彼此生理上的神秘感消失後，兩人的關係趨於平淡。使我最不滿意的是，他只能每星期四深夜來陪我幾個小時，好像飛機時刻表那樣固定。在我週末休息，晚上最感寂寞的時刻，他永遠有藉口沒空陪我。要麼他和老婆歡度良宵，要麼和其他女人去偷情，想到這些，一股莫名的醋意就會從胸中湧起。大概，上海女人是天底下最喜歡吃「醋」的。

我也眞是一個怪女人。明明知道與青川角榮相好，就是爲了資金積累。但隨著和他交歡次數增加，就想索求更多——感情、關懷、金錢。至少，潛意識如此，哲人講得一點不錯：女人的肉體和精神是交融的，她的肉慾受情感支配，她的精神又帶著濃烈的肉體氣息。

67. 邂逅北京留學生

也許我心中的迷惘，早已被善於捕捉眼神的攝影師丁旭破解。無法迴避，不願躲避。難怪，眼睛是心靈的窗戶嘛。

一個星期天的中午，丁旭帶我乘「山手線」到原宿觀光。據說，原宿本來是駐日美軍的住宅區，美軍撤離後一系列販賣新奇物品的商店相繼開張，每到週日少男少女佔領公園載歌載舞，如今原宿早已成爲東京最具特色的地方之一，是年輕人發洩熱情、追逐新潮的聖地。

遊客如潮水一波接一波地湧向原宿。我幾乎是在丁旭手拉手下才擠出窄小的車站。孰不知，車站左側的「竹下通」裡更是擠滿了密密麻麻的人群，日文的「通」就是巷的意思。

丁旭見我皺起眉頭，馬上說：「這也許是全世界最擁擠的巷子，敢不敢進去擠一下。不過，來原宿不入竹下通，枉來此行。」

「有什麼不敢的，上海的南京路也是擠得水泄不通，人推人啊。」

丁旭微笑著點了點頭。我緊拉著他的手，進入竹下通接受「擁擠的洗禮」。在這摩肩接踵、寸步難移中，根本無心也不太可能靜心觀賞巷子兩旁五花八門的小商店。我們花了九牛二虎之力才擠出竹下通，他的鼻尖直冒汗，我感到內衣已濕透。

「過癮。」出了巷口，我們兩人幾乎異口同聲。

「好玩的還在後頭哩。」丁旭像個大哥哥，拉著我的手就走。

車站南面的「代代木公園」簡直是個五彩繽紛的世界。屹立在公園的天橋放眼望去，那些長髮披肩、臉塗油彩的少男少女成群結隊，畫地為圈，每個地盤緊緊銜接，他們在電吉他等音響設備前猛歌狂舞，尖銳的重金屬音樂劃破長空，圍觀的人群不停地起哄鼓掌。這與平常在東京街頭見到的西裝革履、髮式整齊的日本青年，眞是南轅北轍。

其實，他們是典型的龐克，也是日本新一代文化青年的代表，在他們身上有一股原始的、盲目的能量要噴發出來，不講形式，不管方向，不針對任何人，只是想把壓抑了一週的情緒痛痛快快地宣洩出來。

「他們是為自己而活。」丁旭邊不停地給我拍照片，邊自言自語。

聽丁旭說，這裡曾經是日本最早的飛機場，一九六四年東京舉辦奧運會時選手村也設於此，誰不知現在已成了聞名於世的街頭表演場所。他說他喜歡這種奔放燃燒的青春氛圍，熱衷到這兒來尋覓靈感。

好不容易擠進一個人牆，只見穿著奇裝異服的七、八個小帥哥，手拉著手拚命地放聲歌唱。一會兒，他們擺出很酷的姿勢，引來一陣陣尖叫。他們有的穿著緊身夾克，有的披著長衫，有的裹著發亮的布條，頭髮五顏六色，臉上七彩繽紛，隨著音樂不停地扭動全身，彷彿不扭動就會失去平衡。

遊玩半天，丁旭為我拍了三卷照片。這是我抵日本九個多月來，玩得最開心的一天。晚上回到銀座，吃完火辣辣的日本火鍋後，兩人手拉著手，走在十二月冰冷的大街上，談興有增無減，心裡暖暖的。路邊燈光閃爍，我們情不自禁地跨進了「情人旅館」。

灰暗的燈光下，原宿的瘋狂音樂繼續在我們耳際燃燒。青春的火焰誰也阻擋不了，身體與身體作起了冗長的對話。坦誠相見，毫不拘束。愛神維納斯之光，普照著兩顆孤寂的心。此刻，一切語言都顯得蒼白無力，一切盡在昵語中。

兩人翻雲覆雨之後，丁旭好像詩興大發，背誦了兩首普希金的愛情詩。我感到奇怪，他怎麼突然喜歡詩來了。

他笑著說：「在北京，我還發表過詩呢，算半個詩人吧。」

他邊說邊從背包裡取出一本大筆記簿：「妳看，這裡面有幾張剪報，都是前幾年寫的朦朧詩。」

我接過簿子一頁一頁地翻閱著，果然有幾首詩上印著「丁旭」的名字。我以前在初中時，也發表過詩歌，所以，我們馬上就有了共同語言。

談笑間，從筆記簿上掉下一頁剪報，我一看是舒婷的名詩《致橡樹》，雀躍不已，馬上從床上跳起

來：「太妙了。前幾天，我還四處在找這首詩呢。」

丁旭說：「她是我最喜歡的中國當代女詩人。我把這首詩帶在身邊，一直想用鏡頭來表達這首詩的意境，已經構思了好多幅畫面，但沒有一幅滿意的……總有一天，我會拍一組照片寄給舒婷。」

「我也非常愛讀她的詩，還有北島的。」

「妳喜歡，這張剪報就送給妳吧。」丁旭笑著說。

「我可不能奪人所好啊。很簡單，到時複印一張再給你。」

他摟著我的腰，興致勃勃地說：「我的上海美女，既然妳這麼有表演天份，不如好好朗誦一遍給我聽聽，很久沒聽到好嗓音了。」

「沒問題。不過，好久沒表演了，如走聲，別見笑。」我事先聲明。

說起朗誦，眞是我的拿手好戲，馬上起身，披起睡袍，粗粗默讀了一遍，清了清嗓子，一本正經地進入角色：

「我如果愛你——
絕不像攀援的凌霄花
借你的高枝炫耀自己；
我如果愛你——

絕不學癡情的鳥兒
為綠蔭重複單調的歌曲；
也不只像泉源
長年送來清涼的慰藉；
也不只像險峰
增加你的高，襯托你的威儀。
甚至日光。
甚至春雨。
不，這些都還不夠！
我必須是你近旁的一株木棉，
作為樹的形象和你站在一起。
根，緊握在地下
葉，相融在雲裡。
……」

不知什麼時候，丁旭也起身，走到我旁邊，一起大聲地朗讀起來，讓這愛的宣言，久久迴盪在銀

座的夜空：

「……

你有你的銅枝鐵幹

像刀、像劍，

也像戟；

我有我紅碩的花朵

像沉重的嘆息，

又像英勇的火炬。

我們分擔寒潮、風雷、霹靂；

我們共享霧靄、流嵐、虹霓。

彷彿永遠分離，

卻又終身相依。

這才是偉大的愛情；

堅貞就在這裡：

愛——

不僅愛你偉岸的身軀，

也愛你堅持的位置，足下的土地。」

68. 心甘情願倒貼

丁旭比我大十歲，人高馬大，長得非常酷，是江南姑娘嚮往的白馬王子。他的每一個言行，都難以掩蓋藝術家的瀟灑。他的攝影作品得過國內外大獎，擅長捕捉大自然的美景。他坦誠告訴我，太太在北京「留守」。夫妻倆三年未謀面，前景難卜。儘管我不想拿他和那個負心漢陳智偉作任何比較，但潛意識是難以控制的，從外貌和氣質上來講，他都比陳略勝一籌。可惜的是，我早已失去了天眞，不在乎未來，只考慮眼下的享受。

與丁旭有了難忘消魂的第一夜後，我們一發而不可收拾。躺在他寬闊、毛茸茸的懷裡，我感到異常充實而安全，他如一棵偉岸的大樹。套他一句口頭禪：「我用妳的乳房思考人生，我用妳的臀部招喚靈感。」儘管不雅，但我就喜歡他的這份眞誠。每個週末，我再也不愁沒去處。過了週三，就巴望週六快到。剛剛分手，又盼下一次早點見面。他常常背著尼康相機，帶我遊日光、伊豆、箱根……每到一處，他都會不停地按快門，也會不斷地講述當地的風土人情，儼然一個「日本通」。

記憶最深的，是他帶我遊鴨川東河岸的「祇園」。據聞，遠在十七世紀這裡就是全日本最著名的「花街」，全盛時竟開過七百間茶室，合格藝伎高達三千人。目下該地仍是著名的風化旅遊區域，來京都的人都少不了前來光顧。

那日傍晚，夕陽的餘暉灑遍祇園，我挽著丁旭的手臂徜徉在「花見小路」，不少手持相機、肩背行囊的遊客佇足街頭，左顧右盼地等待觀望藝伎的出現。二十分鐘後，我倆隨著急跑的人群來到一家茶室前，只見三個穿著和服的藝伎輕挪小步款款而出，在衆目睽睽、鎂光燈不斷閃爍下，她們依然落落大方，微笑著走進停在門外的計程車。我突然憶起徐志摩贈日本女郎的那首名詩：「最是那一低頭的溫柔，像一朵水蓮花不勝涼風的嬌羞……」

「這是出張的藝伎。就是到客人指定的地方去表演技藝。聽說出張一次，客人得花十幾萬日圓。」丁旭輕輕解說著。

「她們也不簡單啊，至少是能歌善舞。」

「說是不賣身，天知道？我看啊，藝伎的『伎』和妓女的『妓』沒多大分別。哎，女人掙錢眞容易。」他脫口而出，一副不以爲然的樣子。

聽著他的話，我的胸口做賊心虛般地怦怦直跳。如果他知道我和青川角榮鬼混的事，也許馬上就會跟我分道揚鑣。在他的眼裡，像我這樣的女人是一分錢都不値的。爲掩蓋內心的顫慄，我沒有繼續回應他的話題，只是拖著他走進了河濱傳統料理店。

夜幕沉沉，在鴨川之水潺潺不絕的流動聲裡，我們飲清酒，吃生魚片，吃串燒，盡情享受百分之一百日本情調的夜晚。若干年後，我老是會想起這個美麗的鴨川之夜。想起我和丁旭那真誠無間的對話。他並不像普通的留學生，而是胸懷大志，準備以廣島原子彈爆炸中心爲題材，構思「戰爭與和平」系列作品，還要實現環遊世界的夢想，立志要在世界攝影史上刻下自己的名字。

由於丁旭還是個學生，又只打一份兼職工，經濟收入有限，所以我主動承擔了所有的開銷。說得好聽點，叫講心不講錢；說得難聽一點，叫「倒貼」。但我不在乎，只要開心就好，人生難得遇知己，何況在他鄉。他曾不只一次地對我說，等他有了錢，一定加倍補償。並且說我不像那些上海女人——只進不出。

這段期間，丁旭靈感迸發，佳作如潮，龍廣告社上上下下無不爲之驚訝。正好他從攝影學校畢業，公司準備正式聘用他。其中以我半裸身體構思的一幅《靜思》，獲得柏林攝影大賽青年組冠軍。能用自己的身體激發男人的創造慾，我得到了前所未有的快感。男人用畫筆創造藝術，女人用美體傳播藝術。

相比之下，每週四深夜與青川角榮的幾個小時幽會，我感到「度時如年」。照例先聽他講一個多小時的生意經，有幾次漫不經心地聽著，我竟睡著了。然後趁他到浴室洗澡，我躺在床上閉目養神，讓心平靜下來。他出來迫不及待爬到我身上，又啃又咬，像頭野牛似地折騰我。我已沒有什麼感覺，任他發洩，有時大腦裡竟會出現丁旭胴體形象。他是一個精明的商人，大概自己也越來越感覺乏味。

有一回他趴在我的身上，不悅地跟我說：「妳現在怎麼像木頭一樣，以前生龍活虎的。」我畢竟拿他的錢，連忙搪塞著說：「餐館一天忙到晚，人都累死了。」「我叫妳不要那麼早上班，八點鐘到就可以了……」見我抽動得像一條鰻魚，他發瘋般地蹂躪起來。

摟著我躺一會兒，他匆匆穿衣告辭。一副酒足飯飽的滿足樣子。看著他離去的肥胖身影，我眞想趕快結束與他不三不四的肉體關係，一分鐘都不想多耽擱。他只是把我當成一碟中國小食，每週七天吃慣了日本生魚片感到無味，到我這兒體驗一下新鮮感。他用他的錢，找到一個與他死心踏地打理餐館的女人。他不會關心我，更談不上感情。女人不但生理上需要男人，心理上也同樣不可缺少。

但想想積累兩千萬資金的「偉大計畫」，我不得不向現實低頭，非維持這種關係不可。還好有丁旭，可以塡補我感情的空白。我同丁旭之間什麼都講，似乎已成了知己。但我與青川角榮的關係，始終守口如瓶，或許是夢想有一天嫁給丁旭的原因。盼則盼時光快點消逝，早點達到我的目標，然後遠走高飛，迎接新生。有了錢，還怕找不到好男人嗎？連童男都會上門排隊。

69. 下流野蠻的日本男人

事情並未如我想像的那麼完美如意，紙是包不住火的。

我與丁旭的私情，很快在「龍廣告社」裡傳得沸沸揚揚。別人問他，他既不肯定又不否定，有默認的成分。而有人問到我，只是一味的直搖頭。我是怕讓青川角榮知道，惹事生非。

在我抵東京整整一年的那天，也就是一九九三年三月八日上午十點。我躺在床上剛與上海的家人打完電話，就聽到有人按門鈴，打開一看是青川角榮，我嚇了一大跳。他從來沒有這麼早來過，事先也未打過電話。我以為，大概是餐館被人打劫了。

進門後，還沒坐下，他就氣呼呼地對我說：「妳還記得去年今日嗎？陳桑帶妳來見我，一副可憐兮兮的樣子，日文都聽不懂，是我收留了妳。現在妳可了不起啦，大餐館經理，著名模特兒，一副女強人的樣子。沒有我收留妳，早就去做舞女了……」

我的第六感告訴我，他已知道我與丁旭的事。為穩住他，我只好用軟功，立即拉住他的手，叫他坐下來慢慢講。

他坐在沙發上，還是激動不已：「怎麼，妳現在想做茶花女，我可不是那個傻兮兮的伯爵。妳拿

我的錢，就是我的專利，不准跟其他男人鬼混，一個都不准，趕快和那個姓丁的分手。否則，我對你不客氣，斬掉妳一切經濟來源。我給妳的錢不算少啊，我沒虧待妳，妳還這樣？」

這個當口，他在火頭上千萬不能澆油，要儘量想方設法安撫他的心。男人是靠女人哄大的，何況在這個大發雷霆的時刻。

「原來是這件事，別發那麼大火氣。我以後不去拍廣告就是了。別聽那些謠言，我和丁桑只是大陸同胞而已，一般的朋友。那小子自己想吃天鵝肉吧。」我的手不斷撫摸他的後背。

「我看沒那麼簡單。那小子高大威猛，把妳餵飽了是不是。跟我在一起，像個死雞，我早就看出來了。我玩過的女人，比妳看到的男人還要多，別跟我耍小聰明……我不管，只要妳拿我一天的錢，就是我一個人享用。如果妳不想跟我在一起，妳就明說，我絕不會糾纏妳，今晚妳就不必上班。找個中國女人玩玩還不容易，老子哪一個國家的女人沒玩過……」

「好啦，我保證不跟他來往。我是你一個人的。」我一頭埋在他懷裡，嗲聲嗲氣地說。

冷不防，他摟著我猛親我的嘴，順手拉下我的睡袍，「呼呼」地啃我的乳房。並一把抱起我朝睡房走。

「不行，我月經在身，明天吧。」我在他懷裡掙扎著，央求著。

他好像沒聽到一樣，大力地把我扔到床上，迅速脫下自己的衣服。一隻大手把我從床角拉到中間，順手撕掉我的內褲，像野狼似地撲上來。

下身突然感到一陣撕心裂肺的疼痛。我咬著牙，閉著雙眼，任他野蠻地糟蹋。耳邊回響著他歇斯底里的叫喊：「妳是我的，妳是我的……」

獸性發完，他衝進浴室。我的心隨著嘩嘩的水聲，劇烈地顫抖。

床上血跡斑斑。我順手蓋上被子，下半身像被鋸子截掉一樣。淚水止不住地往下流。今天，我總算看清青川角榮的真面目，他是這樣的霸道，那樣的殘忍。我敢說，日本男人是世界上最下流、最野蠻的。這輩子打死我都不願嫁給他們，那怕是金山銀屋等著我。

他從浴室出來，邊穿衣邊說：「好好的聽話，有妳好日子過，這餐館送給妳都可以。好啦，妳好好休息吧，我還要去開董事會。」

70. 憶初潮思親人

青川角榮啪地一聲關上門。我躺在床上，號天跺地地哭起來。汩汩的淚水，怎麼都洗刷不了我心中的痛苦。

萬萬沒想到，抵東京一週年紀念日，會落到如此下場。我的經濟命脈完全被青川角榮控制。我已習慣於每晚去餐館六個小時，指揮指揮人，管管帳目，週末去拍拍廣告的生活。我住的是高級大廈，

用的是豪華家具，穿的是名牌衣服。如果離開他從頭開始，我已沒有勇氣和信心。我毫無選擇，還是果斷的和丁旭分手爲上策。這樣才能保住目前擁有的一切。我準備跟丁旭好好聊一次，算是好來好散。

我的下身依然感到麻木不仁。下流野蠻的青川角榮啊，你爲什麼連我來例假都不放過？此刻，我不由自主地想起十三歲時的初潮，那天下午放學回家，我疲倦得眼皮似有千斤重，扔下書包就躺倒在棕繃床上。想睡覺，又閉不上眼睛，渾身上下懶洋洋的，每一個細胞都充滿了煩躁，好像世界末日就要來臨。不一會兒，膀胱慢慢發漲，兩個乳房癢癢的，掏心掏肺的癢，覺得有一股暖流非要淌向全身，但一時又找不到出口，只好悶在體內拚命地燃燒，令人窒息的感覺充斥了我的大腦。後來，膨脹的膀胱突然劇烈地跳動起來，牽動了五臟六腑，四肢也跟著一起顫抖，全身血液在沸騰，好像馬上就要火山爆發一樣。隨著我的一聲尖叫，帶著腥味的熱血湧出下身，濕透了內褲。

隔壁房間的奶奶聞訊闖到我身旁，拉開我緊抓不放的被子，看了看床單，她老人家抿嘴一笑，帶著依依不捨的語氣說：「媛媛，別怕，妳，長大了。」她隨手從衣櫥裡拿出一個紙袋，邊遞給我邊說：「妳媽媽準備一年了，跟奶奶到廁所裡來吧。」

回到房間，我依然有點兒頭暈目眩，看著床單上的血跡發呆。它好像一小朵剛剛盛開的紅玫瑰，綻放在天藍色的床單上。這種不可抗拒的小小的火紅，標誌著我已進入青春期，象徵著我已有生育能力。這時，手腳麻利的祖母已端著一小碗水煮雞蛋，硬逼著我吃下去，說是補身子……

此刻，我也比任何時候都想念家人，想念我年邁的奶奶。爸爸，我當初爲什麼不聽你的忠告呢？你如果知道青川角榮的所作所爲，一定會更憎恨日本人的。媽媽，我親愛的媽媽，妳的女兒活在地獄，快伸出妳的手，救救我吧。奶奶，妳的掌上明珠快要窒息了……

一週以後，丁旭自己打來告別電話，這是我萬萬沒有料到的。

接通電話，他並未吭聲，我預感到，應該就是他了，急忙問：「快說話啊！怎樣變啞巴啦！」

半分鐘後，他終於開口：「我被炒魷魚了，明天一早走。」

「到哪裡？」

「去大阪一家廣告製作公司。」他輕聲地說。

原來，就在青川角榮找我的那天下午，他被「龍廣告社」解僱。也許他至今還蒙在鼓裡，當初是什麼原因被炒魷魚的。還好，他很快在大阪找到一份廣告製作工作。我當然知道，這準是青川角榮幹的好事。但我不能講給丁旭聽，否則他會埋怨我一輩子。

「今晚，我請你吃飯。」我發出邀請。

「不好意思，還有很多事要辦。有些要好的朋友還沒來得及通知哩。」他婉言拒絕了。

我再次邀請他：「那首《致橡樹》的原件還在我這裡，等一會兒，我送回給你吧。」

他爽快地說：「不必啦，妳就留著。」

我奇怪地問道：「你不是還要構思拍系列照片嗎？」

「我已銘記在心中了。」他笑出聲來。

收線前，他又補充了一句：「請妳多多保重。將來，我有錢的話，一定回東京找妳。」

我知道，他是故意迴避我，以免我哭哭啼啼的。他是一個外表冷酷，內心火熱的男子，也是一個內心承受力極大的人，他不喜歡我哭，他總是盼望我笑。

丁旭走了。也把我三個月的戀情和寄託帶到大阪去了。我有一種難以形容的罪惡感，如果沒有我，他不會被迫離開東京，離開剛剛起步的工作。齊聲朗誦《致橡樹》的良辰，只能化作一種美好的願望，永久地注入我們的記憶系統。

自從這件事後，青川角榮對我的態度有些生硬，並對我格外留神，大概認爲我眞是個名副其實的「賤女人」。好像一不看管，就會出去偷漢子。略有不同的是，有時週末他也會駕車帶我到日光、伊豆等地觀光。

每次做那事，我儘量裝出開心的樣子，並主動配合他，發出裝模作樣的喊叫。事實上，我早已沒有感覺，心已一點點地死去。有時大腦內乾脆想丁旭健壯的身體，倒也應付自如。

71. 慶生日別有用心

做夢都沒想到，我二十二歲生日那天，青川角榮會請我到他家裡作客。

他家坐落在東京的秋葉原，是一座櫻花環抱的花園洋房。遠遠望去，盛開的櫻花漫天漫地，如飄雪、似飛瀑。

走近一看，白石綠樹爲基調的庭園，洋洋大觀。荷花池波光粼粼，小橋彎彎曲曲，各種顏色的石頭、碎石撒滿一地，似沙灘、像河流、如溪水，巧奪天工，寧靜無比。

在青川角榮的引路下，走進了青瓦白牆的洋房。在門庭處脫鞋，往右轉是一間大客廳。推門而入，一台巨型彩電蹲在地上。環視四周，白沙發、白窗、白衣架，顯得異常潔淨。我東張西望，感到納悶，怎麼空無一人？他拉著我的手坐在沙發上。

「今晚只有我們兩個，妳是主人，怎麼瘋狂都可以。我老婆前幾天去美國看兒子啦，下個星期回來。佣人也被我趕回去放兩天假。」他笑眯眯地說。

「難怪你這麼放肆。」我用手指點了點他的鼻子。

他乘機一手將我抱住，不停地親吻我。

「好。今天是妳過生日，先給妳一個禮物。不知妳喜歡不喜歡，是我爲妳挑的。」他說著，從公文箱裡拿出小盒子，取出一條項鍊，親自給我帶上。

這麼沉的項鍊，價值一定不菲，我馬上鞠躬道謝：「多謝，青川角榮桑。讓你破費了。」

「小意思，別客氣。只要妳聽話，什麼都可以給妳。妳知道嗎？爲什麼特地帶妳來這裡，就是想讓妳看看這房子。妳好好做，過幾年送給妳都可以。我手頭這樣的房子就有十幢。這幾年房地產市道不好，我在等待機會，這也是我下一盤要做的生意。餐館經營久了，換樣生意玩玩。」他又講起了生意經。

「就像玩女人，時間一久也要換？」我故意嘲諷他。

他又拉著我的手，嬉皮笑臉地說：「當然啦。」

「什麼？再大聲一點，我沒聽清楚。」我咬牙切齒的樣子。

他一把抱起我，放在他腿上，一隻手伸進我的上身，淫蕩地說：「就是捨不得這玩意兒，法國女人都沒有這麼大啊。」

「不准碰！你把話講清楚，換不換女人？什麼時候換？」我故作生氣的樣子。

他立即舉起雙手，作出日本鬼子投降的樣子：「不敢！不敢！」

引得我捧腹大笑。他也跟著一起傻笑起來。

我若有所思地自言自語：「這房子好大，我一個人住，眞嚇死人了。」

「怕什麼，還有我呢。」他緊緊地摟著我的腰。

看來他的美夢不小，有長期「包」我的打算。我可不願意一輩子當你日本人的情婦，掙夠了錢就跟你沙喲娜拉。

他得意地補充道：「這房子不算大。妳沒去過我父母家，就像一個莊園。我爸爸是個銀行家，我叔叔是地產大王，祖上留下來不少財產。不多講了，以後慢慢再跟妳談，晚上想到哪裡吃飯，現在就要訂位了。」

「吃中國餐吧。銀座有一家『新上海』不錯。」我說。

「聽妳的，今天是妳拿主意。吃好飯再去『八千代卡拉OK』，聽妳唱鄧麗君的歌，好不好。還有忘了告訴妳，下個月開始，妳的工資增加到六十萬，餐館的生意不錯，全靠妳的管理有方。」

加薪對我來講是最實在的，比什麼獎勵都好。這樣意味著，離兩千萬日圓存款目標越來越近。一個人只要有恆心，夢想總會成真。不少上海女人和我一樣，就是具備這樣的恆心，熬了幾年見光明，最終帶巨款回故鄉光宗耀祖，有的還自稱自己是「富婆」，有的做起了生意。

外出吃飯、卡拉OK之後，回到青川角榮的寓所，已是凌晨兩點。我們在榻榻米上瘋狂到天亮，才呼呼大睡起來。不管怎麼說，總算有個人跟我慶祝生日，何況他也是一個有錢有面的人。女人最悲哀的，莫過於一個人過生日。對於漂亮年輕的女人來說，一個人獨度生日，簡直是一種恥辱。

青川角榮為我安排了別開生面的生日慶祝後，我倆的關係似乎又恢復到當初相好那陣子。週末他

常帶我四處逛，平時三、四天就到我住處一次，享魚水之歡。他也比以前關心我，照料我。還不斷向我灌輸房地產知識，好像有意進軍上海的房地產業，想讓我日後助他一臂之力，我似懂非懂地聽著。

遺憾的是，我有我自己的方向，我絕不會任人來擺佈我的未來。你青川角榮的白日夢，還是少做爲妙。

72.私情曝光逼離東京

大概是樂極生悲。十一月底的一個卜午，青川角榮的太太喜美子突然闖到我住的「忙兄」來，嚇得我魂飛魄散。

還沒等我張口，她就開門見山道：「小卷桑，不好意思來打擾妳。妳同我先生青川角榮的事，我都知道了。按照你們中國的老話，紙是包不住火的。還有膽在我家裡過夜？我希望妳早點離開他，我不准他在外面養女人。我是留美的日本女人，不是那麼好欺負的。」

面對她盛氣凌人的架勢，我一聲未吭，讓她一個人發洩。說多了沒用，還不如不說。再說我是第三者，理虧的是我。

臨走時，她扔出一句話：「青川角榮知道的，我弟弟是黑社會暴力團的，到時別搞出人命來。請

妳多多保重。」

一聽「暴力團」三個字，我就嚇得渾身冒冷汗。報章上常有他們的報導，殺人搶銀行，放火偷名車，什麼都幹得出來。上個禮拜，他們還殺了四個舞女，電視上昨天還有專題節目。

我立即致電青川角榮。他說昨晚喜美子跟他吵了一夜，但沒想到她會親自找上門來。他最後答應，馬上來見我。

青川角榮匆匆來到我的寓所，臉色很沉重，雙眼布滿血絲。看來他沒說謊，昨晚確實沒睡好。

我急忙問：「她怎麼會知道的？」

「我也搞不清楚，可能是那個佣人告的密。」他吞吞吐吐地說。

「你不是放了那個佣人兩天假嗎？」我突然想起來了。

他抓抓頭說：「我那個老婆啊，很厲害的，只要家裡的家具位置有一點點移動，她馬上就會發覺。」

「那你還請我到你家裡去？不是惹火燒身嗎？」我發起脾氣。

他也大聲起來：「如今這個時候，再責怪也沒什麼用，還是想個辦法對付一下吧。我那個老婆，惹不起啊！」

我驚怕地問：「喜美子的弟弟眞是暴力團的嗎？」

他咬緊牙關，點了點頭，然後握著我的手說：「不要怕，不會殺妳的。不過，我老婆眞的惹不

起，也許是美國文化薰陶的結果，她不怕家醜外揚的。千萬不能讓她弟弟知道。妳先不要上班，餐館的事叫佐田惠子管理，她先生是我大學時代的好朋友，交給她管理我很放心。爲保證你的安全，也要搬到其他地方住，暫時避一避，千萬不能讓喜美子知道妳的新住處。放心，每個月我都照樣付給妳六十萬日圓，但廣告社那頭就不要去做了，那是喜美子管理的。」

「你的意思是讓我離開東京？我又沒犯法。」

他點點頭：「暫時的。一切是爲了妳的安全。」

在青川角榮精心縝密的安排下，我搬到東京北面一百五十公里處的日光居住，像是被人追殺避難一樣。本來想乘機到日本各地觀光，但實在沒有這種心情。再說一個人孤單單的去旅遊，沒有多大的意思。這時候，我自然地想起了在大阪的丁旭，如果能聯絡上，我義無反顧地會投入他的懷抱。遺憾的是，打聽了好幾個朋友，都沒有他的音訊。

日光是個旅遊城市，擁有山巒、湖泊、溫泉和瀑布多個景點，一代梟雄德川家康的陵寢就設在著名的日光山東照宮內。以前丁旭和青川角榮都帶我來日光遊玩過好幾次，所以觀光的興趣一點兒都沒有。每天除了看電視外，就是睡覺。長時期打工習慣了，一時閒下來反而覺得累。數著日曆一天一天的過，「避難」終於到了一個月，他嚇得都不敢來看望我。

我再也忍受不了孤獨，致電問青川角榮，何時結束「避難」，他也說不出具體時間。看看銀行存款，接近兩千萬，我眞想回上海算了。到時嫁給眞心愛我的人，這些錢夠我用的……

73.弱女子走為上策

聖誕節晚上，與我中學同窗黃虹的一通電話，改變了我日後的命運。她是我中學時代的好朋友，我們無話不談。高中畢業時，她就跟著哥哥到深圳闖天下，一九九一年底，我們還在上海見過面，那次她是陪港商到上海開訂貨會的，她也直言無諱地告訴我，她就是那老板的「二奶」，每個月接待他一次。後來，她掙了一點錢，移居加拿大，目下她在多倫多一家中餐館當侍應。多年來，我們一直保持聯絡。她知道我迫切想離開日本的心情後，建議我移民加拿大，並答應幫我辦理。

一週後，黃虹從多倫多打來電話。她已諮詢過律師，像我這樣的情況，辦理結婚最快、最保險。關鍵是一時找不到合適的對象，但有一個途徑可考慮，那就是假結婚，只要付對方五千美金就可以。並且，她已爲我物色到這樣的人選，一個叫林天賜的香港移民，是她餐館的二廚，三十五歲，三年前老婆帶著兒子跟洋人私奔。一氣之下，他再也不想成家。

五千美金相當於六十萬日圓，我一個月的薪水，這對我來說根本不是問題。我當場答應黃虹，馬上匯錢給她，叫她火速辦理。早一分鐘離開這個鬼地方，就早一分鐘得到自由。獨自住在日光的公寓裡，沒有一個朋友，青川角榮又不來看我，這和坐牢有何兩樣？

在黃虹精心策劃和青川角榮的幫助下，我於一九九四年一月底順利拿到了赴加拿大的旅遊簽證。辦事效率之高是我始料未及的。

臨走的前一天下午，青川角榮到日光來送我，顯得有些頹喪，好像也蒼老了許多，顯然是被他老婆「折磨」出來的。

「妳還會回東京嗎？」他有點明知故問。

我有意嘲諷他：「當然想回來，有你這麼好的老板。但青川喜美子，不歡迎我呀。」

他低著頭說：「對不起妳。她這個人的脾氣越來越壞，好像更年期提前來了。事發後，我的日子也不好過。我到現在都不知道，到底是誰告的密？」

「你可不太像日本男人，怎麼怕起老婆來了？在日本，女人永遠是這個。」我豎起尾指。

他有點爲難地說：「時代在變，各家都有一本難唸的經。我正處在事業高峰，不想後院起火，惹事生非。何況，我老婆受的是美國教育，動不動就講女權，再說她弟弟……」

「既然這樣，你怎麼還有膽出來偷食。」我板起臉，打斷他的話。

他嬉皮笑臉地摟著我的腰：「是妳長得太迷人，我控制不住自己啊。」

他順手想脫我的上衣，但被我大力地拒絕了。這個時候，他還不改色性。

我站起身，大聲嚷道：「快滾回去，剝你老婆褲子吧。」

「上海女人眞厲害。章小卷，妳不該對我這樣，兩年來我對妳不薄啊。」

我像發了瘋的野牛，狂喊起來：「我叫章媛媛，我討厭日本名字，就像討厭見到你一樣。」

他還是死皮賴臉地上來抱我。我一個反手，狠狠地摑了他一個耳光。

「妳大膽，打我？」他也像一頭倔強的牛，向我撲過來。

我一個箭步衝向桌子旁，迅速拿起電話筒。

「你再不走，我可眞要報警了。」喊聲似乎震動了整幢大廈。

見他沒什麼反應，我又大聲說：「是不是要我打喜美子的電話？」

「我走，我走。」他灰溜溜地走了。

看著他胖胖的身影，乖乖地消失在我的眼前，我覺得好過癮。好像積在心中兩年的怒火，終於傾倒而出，似乎也洗刷了兩年的恥辱。

一九九四年二月二日，我獨自乘的士離開日光，再次踏進東京的成田機場。

不同的是，這回我懷揣十七萬美金，與東京告別。這是兩年青春原始本錢換來的血汗錢，個中辛酸難以言表。只能作爲女人的秘密，永遠鎖在心靈深處。但願有朝一日，恥辱的歷史會在記憶的菲林上消失。

直飛多倫多的加拿大楓葉航空公司班機衝向跑道。隨著一聲巨響，擊破了我的東京淘金夢。東京很大很美，但容不下我一個弱女子。現實是殘酷的，有時殘酷得令人難以置信。

飛機穿過雲端，在藍天翺翔。我又情不自禁地做起了北美之夢。也許人生就是由不同的夢組合而成，一個剛醒，另一個夢又開始了。

15 「多倫多很冷，我的心更冷」

74. CN塔下之夢

雖然我對北美洲一無所知，但還是在短時間內決定踏上這塊冰冷的土地。原因只有一個——儘快跳出東京的火坑，呼吸自由的空氣。不得不承認，人是環境的產物。人在環境中生存，環境又塑造了人。

一九九四年二月二日晚上，多倫多迎接我的是一片茫茫白雪。也許自幼生長在上海，對雪有一種神奇嚮往的緣故，對漫天飛舞的大雪並不感到可怕，反而覺得新鮮。也許就憑這點，我在加拿大能闖

出一番事業，活得瀟灑一點。至少，活得像個人樣子。活得有尊嚴。

來皮爾遜國際機場接我的是中學同窗黃虹。兩年多不見，她似乎有點過早發福的樣子，不像二十多歲，倒似三十歲熟透了的女人。臉蛋圓圓的，全身上下結結實實。

「阿拉的校花，越來越性感啦。」黃虹見面第一句話，使我感到有點彆扭。

「還是和以前一樣，一句都不饒人。」我輕輕地捏了捏她的手，肉鼓鼓的。

她一手接過我推的行李車說：「我都是實話啊。妳看妳，渾身上下都散發著美人的魅力，妳沒看到四周都在向妳行注目禮嗎？這麼多東西啊，我跟妳早說了，這裡什麼都有，只要有錢就可以了。」

「女人嘛，還有什麼？都是一些衣服鞋子，還有化妝品，有四分之一是妳的。」

「妳看我，一身肥肉，還是留著妳自己用吧。這裡的東西，說不定比東京還便宜哩。」

兩人嘰嘰喳喳，來到停車場。黃虹幾乎一個人就把沉重的行李搬進後車箱內。眞不知道，她會有這麼大的勁，中學時代她也是嬌生慣養的一族。

見我有些納悶，她邊發動車子邊說：「嚇死妳了吧。這股牛勁啊，是端盤子端出來的，洋插隊還眞鍛鍊人。」

道路兩旁堆滿了小山般的雪。天上依然飄著細細的雪花，它們在路燈照耀下像一個個小精靈在飛舞，在歡唱，顯得溫馨可愛。我忽然憶起余光中的那首名詩《白霏霏》：

「溫柔的雪啊你什麼也不肯說
嚶嚶婉婉謎樣的叮嚀
向右耳，向左耳
那樣輕的手掌溫柔的雪啊
那樣小的嘴唇……」

黃虹看著我發呆的樣子說：「妳在賞雪啊，到時夠妳受的。我剛來的第一年也是這樣的，現在見到雪啊都怕死了。」

「大概是心理上早有準備，飛機上看到白茫茫的一片不覺得害怕，反而感到新鮮。倒是馬上要學開車，天寒地凍的，沒有車寸步難行啊。」我爽快地回答。

「學開車還不簡單，打個電話到駕駛學校就可以了。妳這麼聰明，很快就學會的。有了車開銷也很大的，俗話說養車就像養老婆。不過，妳有錢就不成問題。」

我岔開話題回她：「眞的沒有男朋友？」

「還能騙老同學？電話裡早已跟妳講啦，整天忙於打工，哪有時間談戀愛？哎，那個日本老板後來還盯著妳嗎？」

我搖搖頭。當初爲表示急切想離開東京，我曾編了老板青川角榮死纏著我的理由。當然，我是不

可能把我同他見不得人的關係告訴給任何人，哪怕是最要好的小姐妹。那段日子對我來說簡直就是奇恥大辱，不想提起，但願忘卻。

途中我有些納悶地問：「怎麼沒見到CN塔？我在旅遊書上看到很多介紹。」

黃虹笑著說：「我們現在是從西朝東走，而CN塔在市中心，在南邊。我早就安排好啦，明天我請假一天，陪妳逛逛多倫多市中心。當然，要去登一下CN塔……」

黃虹居住在多倫多東北面的士嘉堡區，該區有五十多萬人，華裔人口就超過兩成。在這個區內生活，不認識一個英文字母照樣過日子，各行各業都有中國店，光是華人購物中心就有十幾個。黃虹住在康翠大廈七樓，她租了一房一廳。離打工的「八八海鮮酒家」只有十五分鐘車程。按照她的安排，我暫時下榻在黃虹的住處，待熟悉環境後自己再租房子。

翌日中午起床，一切感到正常，好像沒什麼時差。黃虹說我簡直像魔鬼，她當初抵達多倫多，足足用了一週才把時差調整過來。她駕車迅速上了四〇一高速公路，然後又轉DVP高速公路，半個多小時，就來到多倫多市中心。

據記載，CN塔不但是多倫多的地標，而且是加拿大的象徵，它的高度爲五百五十三公尺，是全球獨立而無支柱的最高建築物，曾被美國土木工程師協會評爲世界七大奇觀之一。它建成於一九七五年，次年正式使用，塔頂尖端可承受強風吹襲，最大偏離度可達兩公尺，塔頂的最後一截當初由直升機裝嵌。它的首要目的是作爲電視台、廣播電台、微波設施的信號輸送塔。從地面向上約三分之二高

度處是瞭望台。

CN塔的門票倒也不便宜，要登上最高處，得花二十多元。按黃虹的說法，花這點錢登上全球最高塔還是值得的，她說已好幾次帶朋友來過，早已成了「業餘導遊」。我跟著她排隊，走進玻璃電梯，直達三百四十六公尺的空中花盆只用了一分鐘，眞可謂「現代速度」。

走到露天的瞭望台，黃虹突然興奮起來，指手劃腳：「妳看，這邊就是安大略湖，那邊是城市全景。」

確實，多倫多的市中心大廈林立，夠壯觀的，可惜是冬天，除了白色的雪和建築物外，看不到什麼特別的景緻。站在室內的玻璃地板上，朝腳下深處觀望，倒也夠刺激。黃虹說她不敢朝下多看，有時會感到頭暈目眩的。

在空中花盆處再乘電梯，來到空中甲板。這是世上名副其實的最高瞭望台，高達四百四十七公尺，上面有一架望遠鏡，可以環視周圍一百六十公里的風景。黃虹介紹說，如果天氣晴朗，在這裡可以看到一百多多公里以外的尼加拉大瀑布。

我在空中甲板處久久不肯離開，黃虹問我是不是發詩興了？我說已有很長時間沒有寫詩了，尤其是到日本兩年，一首詩都沒寫過。

她笑嘻嘻地說：「幾乎每一個來多倫多的新移民，都會到這裡來做夢。」

我拉著她的手，若有所思地說：「我剛剛也在考慮這個問題，不妨也讓我們來做一下夢。這個

夢，就從今天開始。」

「做夢是不必花錢的。想不到我們的校花，還是這麼浪漫……」她捏了一下我的鼻子，大聲地笑起來。

75. 善良的巴巴拉太太

黃虹每天下午四點鐘去上班，淩晨兩點多回來，整個上午都在睡覺，直到下午一兩點鐘起床，所以我倆見面的機會並不多。一個星期後，我對附近的環境已經熟悉，最喜歡大廈裡的室內游泳池和健身房，已去享受過幾次。再說地鐵就在旁邊，這對沒車的人至關重要，附近就有華人超級市場，也有幾家中國餐館。

我有意在康翠大廈租一個單位，但告訴黃虹時她硬說這裡不好，立即報出一大堆理由：印度人多，怪味難以忍受；大廈陳舊，常常停電斷水；不夠安全，發生過好幾宗槍擊案……聽得出來，她不希望我住在同一幢大廈。我想，她大概有難以啓齒的隱私不想讓我知道，或被我日後碰到，雖然我倆中學情如手足，但畢竟分開已有數年，彼此都長大了，各人頭上都有一片天。既然她不樂意我住這裡，也就不必勉爲其難，千萬別爲小事一樁鬧得不和睦。

沒過幾天的一個下午，在康翠大廈對面的咖啡館裡，黃虹介紹我和林天賜相識。他是「八八海鮮酒家」的二廚師，也是我未來的「丈夫」。儘管他長得其貌不揚，但沒有黃虹電話裡形容的那麼醜。他個子矮矮的瘦瘦的，典型的廣東人模樣，那對瞇成一條縫的眼睛，倒也能散發出精明的目光。

「章小姐的確漂亮。」林天賜邊說邊握著我的手，好像不肯放下。黃虹朝他一瞪眼，他才無奈地收回手。

爲免林天賜的尷尬，我馬上說：「眞要感謝林先生，幫我這麼大的忙。」

「不客氣。我也是有利可圖，黃虹已把五千美金給了我。」他的國語帶著很濃的廣東話口音。

寒暄一陣後，我把談話納入正題：「因爲我的旅遊簽證只有三個月，所以我想抓緊時間辦理『結婚手續』，眼一眨，來多倫多十天了。」

「這沒問題。等妳租了房子，安穩下來後，就可以到市政府註冊。阿林，是不是？」黃虹先對著我說，接著又對林天賜說。

「隨叫隨到，我絕不會變卦。談起租房子，最好能租兩房一廳的，因爲到時我要住在妳那裡一段時間，移民局會來檢查的。」林天賜提醒說。

黃虹皮笑肉不笑地對我說：「到時妳的房門得多裝幾把鎖，要好好小心這種色狼。」

林天賜馬上搶著說：「請放心。君子好色不好淫。」

我一本正經說：「我相信林先生不是這種人。再說有我好朋友在這裡，我看你也沒那個膽量。」

他乖乖地點著頭，臉色好像也變了。黃虹看著他那副狼狽樣，忍不住笑出聲來。看來，這小子還挺膽小怕死的，這倒也使我放心不少。

在黃虹的竭力推薦下，一週後我住進了豪苑公寓，離康翠大廈三條大馬路。我租了位於十二樓的兩房一廳，月租一千四百加元，並不便宜，但對手頭有二十五萬加元的我來說，足夠應付。這是個高級新大廈，落成後才兩年，住客白人居多，講廣東話的中國人也不少，從來沒見到過黑人，健身房、室內游泳池、室外網球場、桑拿浴室俱全。門口有一個公共巴士車站，直通地鐵站。附近有一個華人超級市場，但沒有中餐館。

自從去年十一月底在東京被迫「休息」以來，已有兩個半月沒做過事，百無聊賴。現在既然已安頓下來，也不必爲生活費而擔心，除了好好運用公寓的設施健身外，應該認眞學英文。其實，我中學時代的英文底子不算差，讀衛生學校時也學過不少醫學英文，只不過兩年未碰生疏，花一年半載應該能重拾英文。過了英文關，再找一份工作做也不嫌遲。

也許是渴望全新生活的原因，住進公寓後有「兩耳不問窗外事，一心只讀聖賢書」的感覺。雖然足不出戶，但也不覺空虛，我把時間安排得有條不紊。每天一早九點起床，學習三個小時的英文，午餐後再閱讀兩個小時的英文簡易讀物，四點鐘去樓下健身房運動半小時，然後再去游泳半小時，晚上大部分時間看電視，包括英文台和中文台。儘管中文的「新時代電視」以廣東話爲主，我什麼都聽不懂，好像比學英文還要難，但我還是耐著興致看，好在有字幕，因爲黃虹再三關照我，這裡的粵語比

英語更重要。我在東京時買過不少廉價的英文書籍和錄音帶，好在全部帶來了。由於黃虹一個星期工作七天，根本沒有多餘時間跟我見面，偶爾下午打電話來聊聊天。

這裡不得不花一點筆墨，談談我在豪苑公寓健身房裡認識的巴巴拉老太太。因爲在我以後的生活裡，她給過我不少無微不至的關懷。她是義大利裔加拿大人，六十多歲，老伴前年病逝，一個兒子在美國做生意，另一個女兒遠嫁英倫。目下獨身住在十樓的一個單位裡，她原來是一家電腦公司的秘書，去年剛退休。看得出來，她年輕時肯定是個美人兒，即使現在看起來也只有五十歲，除了臉上的皺紋多了一點外，身體還挺矯健的。我是第三次到健身房時碰上她的，我們彷彿一見如故，儘管我的英文不好，但加上身體語言，總算能溝通。見面幾次後，她答應每天晚餐後免費教我一小時的英語，而我的任務是每週陪她去超級市場購物一次。還有，她如果去美國兒子那裡度假，我得替她照料她的心肝寶貝——哈利狗。

每天晚上七點，我就會準時到樓下的巴巴拉家裡學英文會話。她把兩房一廳的居室佈置得整潔而高雅，有一個房間專做書房，房中央的大玻璃書桌上擺了台電腦和打字機，四周圍的書架上擺滿了書，她說有許多書都是她先生留下來的，她先生是電機工程師，業餘寫詩，生前出版過兩本詩集，目下她想重拾少女時代當作家的夢，正在寫一部自傳體愛情小說。也許是我一個人在海外兩年多了，心靈深處缺乏「家的溫暖」，每次踏進巴巴拉的家門，感到異常溫馨，她看到我也是非常高興，常常噓寒問暖。

積在道路兩旁的白雪終於融化，陽光照在身上暖烘烘的。受盡嚴冬折磨的人們臉上，終於綻放出歡樂的笑容。在我自己努力和巴巴拉的輔導下，我的英文口語有了不少長進。使我百思不得其解的倒是，自從我住進豪苑公寓後，黃虹閉口不談我與林天賜的「結婚登記」事宜。有幾次通電話我有意提起，她都說不急。我已致電詢問過好幾個移民律師，他們異口同聲說，我必須在簽證有效期內登記「結婚」，也就是五月二日之前，否則旅遊簽證很難延期，到時我非得離境不可。

76. 借錢還賭債

彈指間，抵加拿大快兩個月了，我急得像熱鍋上的螞蟻，再也按捺不住。致電黃虹明問，林天賜何時跟我去「註冊結婚」。她支支吾吾一陣後，再也迴避不了我的窮追不捨，和盤托出眞相。原來，林天賜是個賭徒，欠了「大耳窿」（高利貸款者）一萬加元，人家正兇狠狠地逼他還債，如果一週內不還將會增至一萬兩千元，他急得團團轉，正在四處籌錢還債，根本無心理其他事情。

我一聽，心裡打了一個大問號，會不會是林天賜想變卦，有意編個理由拒絕同我「結婚」？但不管怎樣，黃虹不可能騙我，少年時代的友情是永遠値得信賴的，這回要不是她伸援手，說不定我依然在日光，依然在青川角榮的魔爪之下。我強迫自己鎮定下來，要求三人見面，了解眞相，或許能助他

一臂之力。

次日中午，我們相約在康翠大廈碰頭。當我跨進黃虹的門時，見到她面紅耳赤，正跟坐在沙發上的林天賜發脾氣，而他低著頭，一語未發。

「媛媛，妳看這種人，剛剛講了他幾句，叫他不要賭博了，他還不服氣。真是不到黃河心不死。」黃虹火燄沖天的樣子。

我立即打圓場說：「林先生，到底怎麼一回事？慢慢說。」

他用廣東腔的國語說：「章小姐，真不好意思，讓妳見笑了。都怪我自己不爭氣，我喜歡賭博。上個月我到溫莎賭場玩百家樂，一個晚上就把妳給我的五千美金全輸光了，第二個禮拜我向『大耳窿』借了五千加元想去博一博，可是又輸了，上個週末我不死心，又在多倫多借了五千加元去再戰，開始時贏了三千元，但最後還是全部輸光了。前天晚上我收工時『大耳窿』的人來向我討債，說一個星期內不還的話，就要加兩千……」

「你不敢講下去啦，人家還要你的狗命。」黃虹搶著說。

「這也是嚇嚇人的。」他輕聲說。

「嚇人？你沒看報紙啊，上個月就有一個人被大耳窿斬死了。這些黑社會，你惹得起嗎？你到底有幾條命？你不怕死，我還怕哩。你怎麼對得起人家章小姐，人家從東京跑來，靠你辦身分的，五千美金早已給了你，到時你出了事，我怎麼對得起老同學？」黃虹眼噙淚水。

林天賜沮喪地對我說：「對不起妳，章小姐，等我把這筆債務還了，馬上跟妳去辦『結婚註冊』，放心，我收了妳的錢一定會做到。」

「還債，你拿什麼還？拿你的狗命啊。」黃虹氣急敗壞地說。

看著這些火爆的場面，我相信這件事確實是眞的，而不是林天賜有意來騙我。黃虹發這麼大脾氣也都是爲了我。我勸了黃虹幾句，就對林天賜說：「林先生，那你現在的一萬元籌得怎樣了？」

「兩個好朋友借了我四千，黃虹剛剛答應借兩千，過幾天有一千元薪水，還差三千，我正在想辦法。」

「要不是爲了老同學，我一分錢都不會借給你。」黃虹依然氣勢淩人。

我對著林天賜一本正經地說：「這樣吧。黃虹的錢你也不必借了，我借你六千，馬上開支票給你，趕快把債還了，以免惹來殺身之禍。不過，你得答應我，這幾天就跟我去『註冊』，不是不信任你，而是我經不起等。」

「媛媛，怎麼好意思向妳借錢？還不趕快多謝章小姐，阿林。」黃虹的臉色有點好轉。

「多謝，多謝。」他起身雙手作揖。

黃虹馬上說：「阿林啊，明天下午就去市政廳註冊吧，章小姐還有很多移民手續要辦的，眞的是等不起啊。」

林天賜點點頭，一口答應沒問題。然後我們談了一些「結婚註冊」的細節。

臨走前，我開了一張六千加元的支票給林天賜，他馬上寫了一張英文借條給我，註明每個月還給我五百元，一年還清。沒想到他的英文不錯，大概以前在香港讀過不少英文。

77. 隆重的「婚禮」

次日下午，我們三人一起來到市政廳婚姻登記處。手續倒也非常簡單，林天賜出示了離婚證書，我拿出未婚證明，填了兩份表格，付了一百元，前後十分鐘，算是登記好了。並約好三天後，在市政廳內有個簡單的「婚禮儀式」。

遵循移民律師的再三關照，「婚禮」要辦得隆重，通常中國人都比較講究排場，西方人也早已知道，要多拍點照片，到時移民局就不會懷疑是假結婚，只要排除這點，很快就會取得移民身分。我和黃虹商量後決定，「婚禮」那天我和林天賜要穿得漂漂亮亮，晚上擺幾桌婚宴，參加者除了我的鄰居巴巴拉老太太外，其餘的人都由黃虹請，一律不收禮金。目的是多一些人見證我們的「婚禮」。巴巴拉對我突然提出要結婚感到有點意外，但當我騙她我在東京與林天賜已有聯絡時，她才半信半疑地點點頭。

「婚禮」是四月三日下午四點在市政廳一間小房間內舉行的，主禮牧師是香港人，黃虹作為「新郎」

代表、巴巴拉作為「新娘」代表見證，黃虹還請了幾個朋友來，據說大部分都是「八八海鮮酒家」的員工。我穿著白色婚紗，濃妝艷抹，自我感覺良好，像個「新娘」的樣子，為了配合「新郎」的高度，還特地穿了一雙平底鞋。林天賜穿著嶄新的黑色禮服，還特地去髮廊焗了油，精神抖擻，下著高跟皮鞋，倒也和我高度差不多，這些都是我和黃虹花了幾個下午去精心挑選的。

牧師手握《聖經》站在台前，分別用英文和廣東話講了一陣後，問我倆願不願意娶嫁對方，在雙方的「我願意」聲下，兩人互贈婚戒，全場鼓掌，鎂光燈不停地閃亮。這對婚戒也是我事先準備好的，將女戒一早塞到他的西服口袋裡。接著，衆人和「新娘新郎」在市政廳外拍照留念。

婚宴在「龍騰金閣」高級粵菜廳舉行。宴開三桌，設於包廂內，牆壁上貼著紅底金色的「林章聯姻」四個大字，出席者除了巴巴拉外，全是林天賜和黃虹的朋友，大多成雙結對，個個西裝革履，一派喜氣洋洋。儘管事先講好不收禮金，但幾乎每對人都掏出紅包遞上來，使我有點不好意思。

開席不久，林天賜的兩個哥兒們就捧著酒杯走過來，對著他說：「阿林，眞是艷福不淺，娶了這麼靚的老婆，也不早點透露風聲，金屋藏嬌啊。」

「就因爲靚，才要藏起來，提防你們這些大色狼啊。」林天賜馬上答道。

另一個男人舉起酒杯說：「眞是驚爲天人，應該多喝幾杯。阿林，快乾杯。」

林天賜乾乾脆脆舉起紅葡萄酒杯，一飲而盡。看來他的酒量不小。

此時又過來兩三個女人，爭先恐後說：「新娘也要喝呀。」

儘管我不勝酒量，面對這麼多人的盛情難以拒絕，還是硬著頭皮喝了一大口，全身上下頓覺得暖暖的。過了一會兒，又上來三四個人，非要我乾杯，我左右為難。

林天賜一手奪過我的酒杯說：「新娘酒量不好，我代勞吧。」

「不行。這不行。」幾個人嘰嘰喳喳地說著。

「不行也得行。」說罷，林天賜起身先喝了酒，他們也只好跟著乾杯。

林天賜馬上叫我改喝橙汁，以免有人再來鬧酒。並且再三關照各位，「新娘」不勝酒量，在座的人都笑他「愛妻如命」。憑這點，就可看出他像個「丈夫」的樣子。整個晚上下來，林天賜少說也喝了十杯紅葡萄酒，虧得他有這麼好的酒量，否則早已忍受不了。巴巴拉看著如此勸酒的吵吵鬧鬧場面，嚇得直搖頭，大概這是她第一次參加中國人的婚宴。

78.「洞房」裡的故事

晚上十點回到豪苑公寓，照例是少不了的「鬧新房」。節目還是中國傳統的老一套，搞得滿堂大笑。當有人提議「新娘新郎」接吻時，林天賜顯得有些拘謹，我倒是落落大方地湊上臉去，為的是留下這一「珍貴鏡頭」。在黃虹的帶頭下，十二點鐘客人才散。

一天奔波下來疲憊不堪，但看看桌上的五六筒膠卷，我也就心滿意足了。花了幾千元搞氣氛，不就是爲了這照片。再看看坐在沙發上的林天賜，他正眯著雙眼呆呆地看我，有點嚇人。

爲了轉移他的視線，我馬上說：「林先生，眞要感謝你，今晚爲我喝了這麼多酒。」

「傻女，這是我應該做的，這樣像個眞老公，才能拍出逼眞的照片。朋友也不會懷疑我們是假的。放心，我收了妳的錢，一定跟妳辦得漂漂亮亮，移民紙很快會拿到的。再說妳借錢幫我還債，我都不知道怎樣感謝妳才好？」

「只要你不賭就好啦。借我的錢不急，我也不等著用，先把借你朋友的四千元還了再講。好啦，不早啦，你也早點休息吧。床單、毯子、枕頭都在你房間壁櫥裡。」

洗了個痛痛快快的澡，鑽進喜氣洋洋的房間，緊緊地閂上門，四腳朝天躺在雙人床上，愜意萬分。照理說，累了一天馬上就能進入夢鄉，但輾轉反側還是未能入眠。各種複雜的心緒湧上心頭，一波接一波，一波勝一波。俗話說洞房花燭夜，而如今我是一人獨守洞房，更確切地說這是一個假「洞房」，想來也有幾分悲涼。二十三歲不算小，如果碰上合適的白馬王子，我都願意嫁給他，享受眞正的洞房之夜，但現在爲了急於逃脫青川角榮的魔爪，爲了逃離東京苦海，花錢買一場假結婚，到底是好是壞難以預測，但願拿到公民身分前不會節外生枝。當初離開東京前，曾在電話裡與媽媽商量過，她並不反對我來加拿大，一是因爲我手頭有一筆豐厚的錢，不必打苦力工，她也就放心了，二是直接辦移民，將來弟弟也有指望出國留學。當然，我沒有講給她聽辦假結婚的事，以免家人擔心。再想想，

等三年後拿到加拿大護照，已是二十六、七歲，到時再嫁人也不嫌遲。大不了回上海，找個英俊愛我的人嫁了。

看來這個林天賜還算講義氣，尤其是今晚的表現，很像一個眞丈夫。他已把自己租的房子退了，一部分家具搬到我這裡，一部分寄存在黃虹處，每個月他答應給我五百元的房租，一直到我拿到公民，兩人「離婚」爲止，但願他住在這裡的幾年不要惹事生非……想著，想著，模模糊糊地看著房內充滿羅曼蒂克的氛圍，看著和林天賜的「結婚照」，我想入非非，全身上下騷動起來。

如花似玉的年齡，心靈上多麼需要男人的愛撫，肉體上多麼需要男人的滋潤，而我現在什麼都沒有，有的只是一顆寂寞的心，有的只是一具等待噴發的身軀。此刻，我再一次想起了在大阪的丁旭，想起了他高大的身材，輪廓分明的臉龐，想起了他的溫柔和激情。他是我生命中的第三個男人，也許是上帝的旨意，我倆只有流星般的緣份。如果說打開我處女膜的陳智偉是個卑鄙的小人，那麼第二個男人青川角榮就是個可惡的淫棍，相比之下，丁旭是眞正的男子漢，一個値得我愛的男人，我愛他的飄逸和超脫，我愛他拚命的工作熱誠，我愛他視攝影爲生命的精神……

一直到凌晨兩點，我還是未能入眠，腦中思緒仍在不停地運行。這時，突然聽到廚房有動靜，我立即起身裹緊睡衣，打開門縫看究竟，原來是林天賜在煮熱水。

「章小姐，不好意思，吵醒妳。渴得不得了，煲點水沖茶喝。」他輕聲說明，像個做錯事的孩子。

「沒關係。是不是酒喝多了，還沒醒過來?」

「多是多了點，但也不至於這樣。看來眞是老了，身體不如以往。」

「怎麼，要不要過來喝一杯？醒醒腦。」說著，他泡了一壺鐵觀音茶，坐到客廳裡。

「半夜三更，喝了茶更不想睡，我喝橙汁吧。」我剛開口，他就衝到廚房拿了罐冰凍橙汁給我。

我邊謝邊問他：「怎麼，睡不著啊？」

林天賜呷了一口茶，慢慢道來：「怎麼會睡得著呢？八年前的一天，也像今天這樣的熱鬧場面，我被灌得醉醺醺，我老婆嫁給了我，那時在香港，我是服裝公司的營業經理，她是一家律師樓的秘書，生活過得不錯，也有自己的房子，第二年我們就有了一個可愛的女兒，像我老婆，長得不錯。女兒一歲時，我老婆硬要移民，最後賣了房子來到多倫多。來到這個鬼地方，天寒地凍的，什麼工作都找不到，還好我老婆找到一份洋人公司的秘書工作。半年後有個朋友開餐館，就是現在這家「八八海鮮酒家」，叫我去廚房幫手。哎，也眞怪，以前在香港，我從來不下廚房，在我朋友那家餐館，我一學就上手，也許是環境逼人的原因。後來我慢慢做到二廚，妳知道，幹我們這一行，日夜顛倒，越是公衆假日越要上班，所以也沒時間享受家庭歡樂。妳知道，做餐館廚房的人十有九賭，我開始也是跟著他們打打麻將，後來到賭場越玩越大，直到三年多前發了工錢拿不回家，終於被我老婆發現我染上惡習，她二話沒說，第二天就提出離婚，並且瀟灑地表示，不要我負擔女兒一分錢，我跪地求饒都不行，最後也只好簽字……事後有人告訴我，她和公司的法裔經理早已有一手，只不過我賭博被她找到了藉口，這個死女人也眞毒。女人，他媽的都是水性楊花物，見錢眼開……章小姐，不好意思，我不

是講妳。」

「那她們母女倆現在在哪裡？」我迫不及待問。

「沒過半年，她就嫁給那個法國人。去年，全家搬到滿地可（蒙特利爾），好像他們自己做生意。也沒什麼聯絡。」

「沒想到你也有這樣悲慘的故事，眞是各人都有一筆難唸的經啊。」

「說實話，那個死女人沒什麼値得我留戀。女人是善變的，以前在香港我的收入不錯，她願意嫁給我，來了加拿大看到我落難，看不起我做餐館，但我也是沒辦法，自己又沒什麼專業技術，她高興走就走吧，這樣的夫妻不做也罷。倒是我那個女兒又靚又好玩，我一直在夢中見到她。妳沒做人父母，也許沒有這種體驗，這種對孩子的想念是刻骨銘心的，她已七歲了，也許快不記得我了……」他越講越悲傷，雙眼淚盈盈的。

聽完林天賜的故事，客廳的掛鐘正好指向三點。我竭盡全力，勸說了他幾句，昏昏欲睡地回到自己的房間。躺在床上，仍在回味他的悲劇。也許正像他所說，他太太嫌他窮，嫌他一輩子做廚房抬不起頭來。當然，他自己也得檢討，女人不但要錢，而且還要愛，他根本沒時間陪太太，怎麼談得上愛？不難看出，現代女性是現實的，她們明確了是爲自己而生活，一旦有機會重新選擇，當然會做出明智的選擇。二十世紀末的移民潮，使人的價值觀念發生了翻天覆地的變化，有的甚至黑白顚倒，是非混淆，使善良的人變得越來越自私，越來越沒有人性。對鏡自照，自己又何嘗不是如此——爲達目

的，不擇手段。爲了金錢，甘做日本人的情婦；爲了移民身分，不惜花錢辦假結婚。但我已走到這一步，更確切地說，是社會大環境把我推到這一步，是人的自私求生的天性把我逼到這一步。我別無選擇——回頭不是岸，只有往前走。

79. 同窗合伙開餐館

「婚禮」的第二天，律師就把我的移民申請表寄到移民局，附了四、五張親熱肉麻的照片，我總算鬆了一口氣。按照律師的辦案經驗，快則半年，慢則十個月就可拿到移民紙，我也只好耐心地等待了。趁等待身分階段，我想一邊學英語，一邊摸摸市場，看看有什麼小生意可以做，總不見得坐吃山空，我要想辦法使銀行裡的錢生錢。叫我去跟別人打工似乎不太可能，再說就業市場蕭條，自己缺乏專業技術，也找不到理想工作。或許潛意識想過一下做老板的癮。

我還是和往常一樣，作息很有規律。上午起床在自己房間裡埋頭學英文，直到下午四點去樓下的健身房，然後游泳，晚飯後還是到樓下的巴巴拉那裡練口語。林天賜每天下午三點上班，深夜一點多回來，一直睡到次日下午一兩點起床，所以我倆見面的時間並不多，他也從來不在家裡煮飯吃，最多是喝杯牛奶，三餐都在餐館吃。「夫妻」同在一個屋簷下，互不干擾，倒也算和諧。每個星期一他休

息，通常起身後就出去玩，直到凌晨回來。偶爾教我煮廣東湯，說是去火開胃，一煮就是一大鍋，夠我一週喝的。在他那裡，我也學會了七、八種廣東湯的煮法，受益匪淺。論及湯水，廣東人尤爲講究，他們世代相傳，家庭主婦都懂得煮一鍋湯爲家人佐膳。而湯料也是五花八門，飛禽走獸皆可入之，若加點藥材同煮，另有一番滋味，營養連城。以至到後來，我一日不喝廣東湯就會病的程度。

在電話裡曾和黃虹談起，等獲得移民身分後自己想做點生意，她積極鼓勵我開中餐館，說他們的鄧老板賺得連路都走不動，整天笑瞇瞇的。而我本人在東京打理過日本料理店，如果管理得當、地段好的話，確實能賺到錢，但是工作時間特別長，並且很髒，再說我對中餐不熟，俗話說「做熟不做生」，所以我很快否定了開中餐館。倒是對開美容院感興趣，因爲減肥愛美是女人的天性，這行的生意不會差，再說我曾做過護士，學起這一行來並不難。還有我漂亮、身材好，本身就是一塊活生生的「招牌」。

和巴巴拉閒聊中，我也談及想做生意的事，她並不贊成急於求成，倒是鼓勵我去大學或社區學院讀書，她說我接受能力好，記憶力強，又不愁生活費，趁年輕作幾年智力投智，再說目下經濟大環境不好，做生意十有九虧。再看公司削支裁員新聞頻傳，華人公司倒閉的也不少，暫時死了做生意這條心。我非常感謝巴巴拉的指點，並且朝她指引的方向努力，準備報考「托福」，立志重操舊業，爭取報考大學的護理專業。巴巴拉還特地陪我到圖書館借回很多「托福」資料，並答應找朋友爲我精心輔導。

沒想到，剛踏進七月份，平靜如水的生活突然激起層層漣漪。事發於「八八海鮮酒家」的老板鄧氏兄弟將回流香港，準備出售餐館。二十多個員工頓時愁眉苦臉，面臨丟飯碗的困境。這種行業通常都是「一窩蜂」，新老板有自己的人馬，不會留用原有員工。眼下經濟蕭條，出去找工並非容易。林天賜、黃虹更是急得團團轉，他們一個是二廚，另一個是侍應部長，薪水不低，到外面更難找到相同職位，尤其是林天賜悶悶不樂，因爲自己不是科班出身，出外找工作更難。由於餐館較大，可以同時開四十席，每月光是租金就八千多元，再加上薪資、水電等雜費，一個月淨固定支出就是兩、三萬元，不是任何小老板吃得消的。地產經紀帶了五、六批人來看過，最後都無下文。到了八月初還是找不到合適的買家，鄧氏兄弟返港開業心切，準備大減價放盤，由原先的三十五萬降至二十七萬。

黃虹收到減價放盤風聲後，在一個炎熱的下午立即來到豪苑公寓找我商量。她和林天賜有意買下餐館做，但林氏沒有錢只好出力，她手頭只能拿出五萬現金，如果跟銀行貸款，憑她的財政信譽能借到十萬，還差十二萬現金，問我能不能入夥一起做。見我有些猶豫，黃虹再三強調餐館一定會賺錢，何況我們是老同學，彼此精誠合作，絕不會要小手腳，大家攜手打天下。

林天賜在一旁說：「章小姐，我是開店元老，做了差不多六年，鄧老板月月賺錢。妳放心，廚房由我來把關，包賺錢。用不了多久，本錢就會收回來。」

我沒有及時表態，只是搪塞說：「這麼大的投資，讓我考慮考慮吧。說實話，我還沒拿到移民身分，心裡總是不踏實。」

「章小姐，妳放心，我林天賜一定幫妳辦好為止。說不定，過一兩個月就批下來了。我有個朋友，也是辦的結婚，三個多月就拿到移民紙了。」林天賜急著說。

黃虹補充了一句：「媛媛，這個妳儘管放心，肯定會辦成功的，就是時間長短的問題。如果妳不想做餐館，能不能借我十萬八萬？」最後我爽快地對他們說：「讓我考慮三天，行不行？」

林天賜和黃虹上班後，我怎麼都看不進難啃的「托福」，老是想做生意賺錢的事。讀書的最終目的也是為了掙錢，現在如果不必讀書，節省四、五年的時間，馬上就可以掙到錢，何樂而不為呢？也許過不了多久，我就搖身一變成為「百萬富婆」。想到這裡，我為錢狂起來，越來越傾向於和黃虹合夥做生意。再說，是她把我從東京的火坑裡救出來，此恩不報待何時？現在她有求於我，正是感恩圖報的時候。即使不跟她合夥，也要借錢給她。真的借了這麼多錢給她，心裡又不放心。思前顧後，還是和她合夥為上策。

晚上，我向巴巴拉和盤托出想合夥開餐館的想法。看我急於經商的樣子，她一改以往口徑，表示可以嘗試一下。不過，她慎重地提醒兩點：一是「八八海鮮酒家」是否真的賺錢？每月到底可以賺多少？既然是買生意，就要請專業會計師查帳核數。二是與黃虹的股份如何分配、分紅等一系列問題，必須在公司註冊時寫明，絕不能含糊。巴巴拉慷慨地說，如果有任何法律文件看不懂可以問她，並且說她有個朋友是會計師，隨時可以詢問。

經過三天三夜的深思熟慮後，我致電黃虹。告訴她願意合夥，不過我要做大股東，也就是公司由

我操控，並且近日想與鄧老板見面，儘量還價。她在電話裡一口答應，說我眞的夠朋友。

次日晚上十點，我與鄧老板在「八八海鮮酒家」貴賓廳碰頭。一眼看上去他就是個精明的商人，看來殺價並不容易，得好好對付這個「老狐狸」。

他禮節性地用國語說：「名不虛傳，阿林的老婆確實漂亮。」

「鄧先生，你好像有江南人的口音。」我馬上說。

「章小姐眞厲害。我在香港長大，我媽也是你們上海人，阿拉也算半個上海人吧。從小在家也講一點上海話，後來出來做事都講廣東話。」他立刻改用上海話交談。

「今天是小上海碰到老上海，還請多多包涵。」客套話後，我馬上進入正題。

鄧老板有問必答，還不停拿出具體帳目詳加說明。經過兩小時的舌戰後，鄧老板最終不得不作出讓步，按照我的開價，降至二十五萬元。後來入廳坐在我旁邊的黃虹，顯然是被我的敏銳和機智嚇呆了，不停地點頭稱好，似乎突然患了「點頭症」。

最後鄧老板開玩笑地說：「時代變了，老上海鬥不過小上海。有章小姐這樣的人掛帥，餐館不發才怪哩。」

「謝謝你的誇獎。一切等看了最近兩年的帳目再作最後決定，應該沒有什麼大問題。」和他握了握手，我告辭了。

次日，巴巴拉請了一個洋人會計師幫我查閱「八八海鮮酒家」的兩年帳目。從帳面上看，確實如

鄧老板所說，扣除支出和工資外，每個月平均淨賺五千元，照這樣說，只需四年多投資本錢就會收回來，我的信心倍增。

80. 移民成功雙喜臨門

一週後我和黃虹講妥，我出資二十萬現金，她出五萬現金，買下餐館自己做。也就是說我佔八成股份，黃虹佔兩成，日後盈利也按同樣比例分配。我們立即註冊成立「麒麟食軒」有限公司，仍以經營粵菜爲主，附帶日本料理。沿用「八八海鮮酒家」原班人馬，由我任總裁，黃虹做總經理，由於原來的大廚是鄧老板的胞弟，他也隨哥哥回流香港，所以林天賜升任大廚。還專門聘用了一個日本料理師傅，以前曾在橫濱打過工。

八月二十日中午，裝修一新的「麒麟食軒」隆重開張。我們花了一萬元在本地三份中文日報登了頭版廣告，還請來了中西政客商賈剪綵，好不熱鬧。我穿一身紫羅蘭色帶小白花旗袍，黃虹一見我就忍不住大叫高雅，在場的嘉賓立即向我行注目禮，搞得我都有些不好意思。說實在的，能穿旗袍這樣的「國粹」是需要本錢的，它是人體缺點的放大鏡，胖些像直筒炮樓，瘦些單調得毫無韻味，就連脖子也要比常人更長，只有頸長才能顯出高貴味。我指手劃腳，儼然一副老板樣子。由於開張第一週打

八折，所以當天來捧場的人很多，尤其是日本料理檯前擠滿了人。

晚餐高峰期，眼看十多個侍應忙不過來，我也幫忙帶位。黃虹忙得鼻尖直冒汗，但臉上的笑容一分鐘也沒停過。廚房八個人在林天賜帶領下忙得熱火朝天，有條不紊。我叫人提了一箱啤酒給廚房，算是慰勞他們，他們邊喝酒邊乾活勁頭更足了。

深夜十二點多回到家，我已累得死去活來，畢竟也有八九個月沒這樣忙過。但心裡樂滋滋的，因爲這是自己的事業，做老板的心理感覺確實不一樣，忙怕什麼，只要賺錢就可以。

林天賜回家，開口第一句就說：「章小姐，眞看不出來，妳年輕漂亮，又這麼能幹，這本事到底在什麼地方學的？」

「不瞞你說，我在銀座管理的日本料理店比我們這個餐館還要大，裝潢也漂亮多了，每日營業額就一萬加元左右。不過，日本餐沒有中餐複雜。」

「原來是這樣，怪不得有膽子做餐館。我們廚房的人都誇獎妳會拉攏人心，我在鄧老板手下做了六年，可沒喝過他一瓶啤酒。」

「這算什麼？今天新開張鼓舞士氣，餐館還靠你們掙錢。說實話，我最擔心的是廚房，因爲我對廣東餐了解甚少，全靠你了，阿林。」

「一早跟妳講過，請放心。雖然我是半路出家，但跟了鄧老板六年，什麼都學到手了。倒是妳不必每天那麼早到餐館，十幾個小時下來夠妳累的。」

「剛開張，我想還是上兩頭班的好，中午去幾個小時後回家休息，晚上再去，等以後走上正軌，中午就可以不去了。」

「這也好。我就做妳的司機吧，隨叫隨到。」林天賜笑著，走進了自己房間。

眞是好事成雙。八月底我意外地獲得了移民紙，律師也沒想到會這麼快批下來，一切歸功於移民部的辦事效率。當晚收工後，我約了林天賜和黃虹，到一家二十四小時營業的「銀星小廚」去宵夜。剛坐下點好菜，我就忍不住把好消息告訴他倆，他們都感到驚訝。

林天賜手拍胸脯說：「我一早跟妳講了，肯定會成功。妳看，這麼快就批下來了。喜事，喜事，我要喝酒慶祝。」

我立即招呼侍應，送來幾瓶啤酒，自己也斟了一大杯。

「這樣妳也可以專心一意做老板了。按照目前的勢頭，很快就會拿回本錢。媛媛，當初叫妳做這盤生意沒錯吧。」黃虹說。

我點點頭說：「眞的多謝你們兩位。阿林啊，上次借我的六千元就算了，只是希望你眞的不要賭博，十賭九輸啊。」

「還不趕快謝謝章小姐？」黃虹立即插嘴。

林天賜急忙雙手作揖，連聲道謝。

步出餐廳，已是凌晨兩點。呼吸著夜晚的空氣，感到特別的清新。今晚的月亮似乎特別圓，每一

顆閃爍的星星都在向我微笑。這是我抵加拿大半年來心境最好的一晚。

早已料到，這是個難眠之夜。想不到日盼夜盼的移民紙這麼快就到手，多少人爲了這張紙費盡心機，有的弄得妻離子散，甚至不惜做非法移民。而黃虹跟我安排一場「假結婚」，確實是一條行之有效的捷徑。再等三年拿到加拿大公民，就同林天賜「離婚」，還了自由身後再找男朋友成家。反正睡不著，我乾脆把喜訊告訴上海的媽媽，她當然爲我高興，並且再三關照我一人在外要小心。在母親眼裡，孩子永遠是長不大的，所以每次都是一樣的叮嚀。和以往一樣，我只是把結果告訴家人，沒有必要把辦理移民的過程講給家人聽，以免家人在大洋彼岸爲我操心。

「麒麟食軒」的經營和我們的期望差不多，生意平穩，顧客固定。一直到年底的四個月中，總共盈利兩萬一千元，也就是每個月賺五千多元。按照當初和黃虹講好的，一年內的盈餘全部作爲公司的流動資金，我們兩人第一年的月薪是兩千元。我總算可以鬆一口氣，每天中午的茶市就不去餐館，由黃虹主理，我每天下午四點去上班，直到十二點下班。還是想白天抽空到語言學校進修英文，這裡畢竟是加拿大，英文關總要過。這時，我已考到車牌，買了一輛全新的黑色豐田車，花掉兩萬多元。這樣一來，我帶來的二十五萬元所剩寥寥無幾，賭注全下在餐館上。

81.遭人入屋打劫

但誰都沒有料到，剛跨進一九九五年，「麒麟食軒」的生意額劇降，到月底結帳淨賺只有五百元，是上幾個月的十分之一。我立即與黃虹、林天賜尋找原因，商討下來有兩點：一是隔壁開了一家新餐館，菜價比我們便宜兩成，尤其是中午茶市，點心不論大小一律一元半一碟，以茶市帶動晚市，而我們的「小點」是兩元，「中點」兩元半，「大點」三元，毫無競爭力。二是我們的日本料理部生意不如以往，有時一個晚上只有一兩個客人光顧，這樣勢必造成惡性循環，庫存沒人買，新貨入得少或乾脆不進，而日本料理講的就是新鮮，即使客人吃了一次，感到味道有些微不同，下次絕不會再上當。

我們最終決定，中午的茶市價格不變，做「旺丁不旺財」的生意沒什麼意思，說茶市帶動晚市也是講講而已，客人似乎是兩路人馬。晚市立即推出優惠套餐，並且與華人超級市場合作，凡吃滿一百送價值十元的香米一包。

就在我爲餐館的事心急如焚時，一月三日上海家人突然打來電話，七十多歲的祖母心臟病復發病危。我從小由奶奶帶大，與她老人家的感情勝過父母，如不回去或許會釀成終身遺憾。再說出國三年

也該回去看看，我決定馬上回滬，餐館的事全權交給黃虹和林天賜。

神奇的是，我回上海三天後，奶奶完全康復過來，全家人心中的石塊終於落地。她老人家看著我眼淚汪汪，說在夢中常見到我。塞給她五百美元作零用，她硬是不要，說我一人在外闖天下，一定吃了很多苦，受了很多委屈……聽著她的話，我的眼淚差一點流出來。也許我是她一手一腳帶大的，兩人之間存有特殊的心靈感應，她老人家一眼就看穿了我的滄桑。奶奶，您永遠是我的好奶奶；但您的媛媛，早已不是您眼中的媛媛，她早已陷進了無奈和迷茫。

雖然離開故鄉只有三年，但上海的變化是巨大的，尤其是浦東發展迅猛。這種變化是有底氣的騰飛，而不像深圳帶著濃厚的暴發味道，昔日東方巴黎的美譽再次回到申城。以前衛生學校的同學不少跑到私人機構工作，中學同學出國的也佔了一半。明顯感到，與昔日同窗交談沒有以往默契、投機，大概是彼此關心的話題不一樣。我們都長大了，各人朝著自己的軌跡運行。

也許我已獲得了移民身分，這次回上海有一種觀光者的心態，心中老是惦記著多倫多的「麒麟食軒」。原來打算多待幾個星期，但最後三週沒到就回加拿大了，實在放心不下餐館的生意。

離滬前，奶奶緊緊拉著我的手說：「媛媛，錢要掙，但不要太辛苦，夠用就可以了。答應我，過幾年回來跟我做八十大壽，最好是成雙成對的回來。不小啦，也該成家啦。」

我默默點頭，一切盡在不言中。最後答應她老人家，一九九九年六月一定回滬爲她舉行八十壽辰派對。

正如我所擔心的，「麒麟食軒」的生意一天不如一天。二月份收支正好平衡，三月份出現赤字一千元，四月份赤字兩千元。我和黃虹商量後決定，馬上取消日本料理部，那個師傅也就丟了飯碗。爲節省人工開支，廚房由八人減至六人，樓面招待員由十人減到八人，週末再請一個兼職工補充。

就在餐館生意處於急劇下滑的關頭，又發生了一件恐怖的事，差些嚇破了我的膽。星期日凌晨下班後，我和林天賜在客廳討論餐館的入貨問題，因爲平時由他負責入貨，交給我或黃虹簽單。正在這時，有人按門鈴，林天賜剛開門，四個帶面具的彪形大漢橫闖進來，看來他們是入屋打劫的匪徒，我嚇得尖叫，有一個人迅速上來捂住我的嘴，林天賜剛想抓起電話筒報警，被兩個箭步衝上來的人反壓著雙手，動彈不得。

「給我規規矩矩的，否則砍手斷腿。把所有的錢交出來，包括金銀珠寶。」最高的男人晃了晃手中的牛角刀，用廣東腔的國語講著。

「幾位大佬，我們剛結婚，沒什麼錢，就放了我們吧。」林天賜央求著。

「少說屁話，快點。老子沒時間跟你等。」抓住我雙手的男人嚷著。

見我倆沒反應，高個子走到我面前摸摸我的臉，色迷迷地說：「沒錢？你老婆倒是不錯。細皮嫩肉的，讓我們四個人一起玩玩，一分錢也不要，哈哈……」

「別，別，千萬別亂來，我們給錢。」林天賜聲嘶力竭地叫喊著。

「你緊張了，是不是？這小子還挺愛老婆的。還不快點！」高個子粗聲粗氣。

那兩個人跟著林天賜，到房內拿出五百多元現金。

高個子手拿現金，在半空中晃了晃說：「太不像話了。我們從那麼遠來，只有這麼一點點，他媽的太不像話了，連車馬費都不夠。哥兒們，把他綁起來，讓他親眼看著我們玩這個婊子……」

胖子從口袋裡掏出一卷繩子，兩個人正準備五花大綁林天賜。剎那間，林天賜突然跪倒在地，苦苦哀求著：「各位大佬，請不要亂來，我還有兩張信用卡，你們跟著我到銀行去取錢吧。可以拿到三四千元的。」

「媽的，你叫我們去送死啊？」高個子說罷，狠狠踢了林天賜一腳，他哇哇大叫。胖子還想打他的頭。

看著這樣的慘景，我再也不能猶豫不決了，弄下去非搞出人命不可。

我急中生智說：「不要打他了。跟我來，我有錢。」

兩個人跟著我走進房間，我打開了壁櫥裡的保險櫃，取出所有的現金，大概近萬元，這是昨日和今日兩天餐館的營業費，通常我都是星期一上午去存放銀行。他們看得都一愣，連連叫好，馬上塞進黑袋裡。

「大佬，走吧，差不多有一萬塊。還是這個小婊子聰明。」那人笑嘻嘻地與高個子講。

「告訴你們，不准報警。如果硬要和我作對，那到時就不客氣了。」高個子又晃了晃手上的牛角刀。

「還是把他們綁起來的好，免得惹事生非。」胖子邊說邊遞給我旁邊的男人一根繩子。

他們麻利地把我倆四隻手捆綁在一起，輕輕地關門揚長而去。他們一走，我眼淚止不住地往下流。

「別哭，先想辦法把繩子鬆了再講。」還是林天賜沉著。

他低下頭，用嘴咬繩子，花了九牛二虎之力才鬆了綁，那時匪徒走了已有一個多小時。我一頭埋在他的胸前，嚎啕大哭起來。

「阿林，今天好在你在家，否則我就死了。」

「章小姐，別哭。還是先報警吧。」林天賜安撫我的頭。

「我怕，我怕，他們會殺人的，還是不要報的好。」我央求著。

「那平白不見了一萬元，現在正是餐館的緊要關頭。都怪我不好，剛剛開門前沒好好看清楚。我還以爲是黃虹來的。」他內疚地說。

「沒被他們強暴就算萬幸了，眞不知道怎樣感謝你才好，阿林。」

「傻話，我能視而不見嗎？那還算什麼男人？再說也關係到我的生命安全。」

「也怪我自己不好，上次你叫我加入住宅防盜系統，我一直拖著沒打電話，如果參加了，今天揿一下暗鈕就可以了。」

林天賜深思熟慮的樣子說：「那明天記得打電話，每個月繳幾十塊錢，買個安樂。這件事不要跟

任何人講，我看很有可能是熟悉我們的人做的，至少是熟識的人通風報信。因爲通常家裡不會放這麼多現金，匪徒好像非常了解我們的情況，有備而來，吃準我們這裡有現金。應該好好觀察餐館裡的每一個人，相信會找到蛛絲馬跡。好，三點了，快休息吧。」

進入房間前我說：「那我只好先把私人帳戶裡的一萬元塡到公司裡再講，這也是我的最後積蓄。」

「這也好，多虧妳了。到時事件水落石出，再與黃虹講清楚。」

躺在床上依然膽戰心驚，思緒混亂。林天賜分析得也有道理，很有可能有「內鬼」，那到底會是誰呢？會不會是剛剛被炒魷魚的四個人？當初跟他們講明，公司生意不好才逼不得已這樣做的。餐館生意不好，突然禍從天降，眞可謂雪上加霜，這一萬元不知要到什麼時候才能賺回來，自己突然變成一無所有的窮光蛋，只有一個死氣沉沉的餐館，是吉是凶尙難卜，沒想到從東京帶來的二十五萬加元，一年多內就耗光，沒有錢立刻就失去了安全感……這個林天賜啊，看上去其貌不揚，內心還挺善良的，又能見義勇爲，說實在的，今晚他要我做什麼都願意，包括要我的身體，但他不是趁虛而入的人。至少一年多共同生活下來，還沒任何不軌行爲，他有時還把我當親妹妹看待哩。

82.施美人計揭露真相

自從五月初的入屋打劫後，「麒麟食軒」像倒了霉一樣，生意一蹶不振，月月虧本，到了八月底一週年時，已赤字五萬元，包括欠了三個月的房租和一堆帳單，手頭周轉資金只剩三百元。我和黃虹商量後決定，只有繼續裁員才能保住這個餐館，最後決定再裁員四個人，廚房變成六個人，樓面招待員減至六人，週末再請兩個兼職工。手頭無錢，只好向銀行貸款十萬元，先把五萬欠債還清，其他作爲流動資金，重整旗鼓。

林天賜也心急如焚，特地請了一個香港老廚師前來指點，我們再三研究菜譜，決定減價推出一系列新花樣，包括中午九折商業套餐，以吸引附近辦公室人員；晚上九點後宵夜一律八折，宵夜時間延至凌晨三點，招徠年輕食客。並且拿一筆錢出來做廣告，讓更多人知道我們的「一週年酬賓大優惠」。

廣告在《星島日報》、《世界日報》頭版刊登後，效果的確不錯。和一年前剛開張的情況有點相似，尤其是宵夜生意特別好，年輕人成幫結隊地進來，我和黃虹端盤子端得腰痠背痛，但不管怎樣再累，心裡總是開心的，唯一希望餐館生意有轉機。

「一週年酬賓大優惠」實行了四個月，生意額穩步增長，也擁有一批固定顧客，每月淨盈利兩千

元，我總算喘了一口氣，但願繼續保持這個勢頭，相信很快就會反虧為盈。

上帝好像喜歡作弄人，剛踏進一九九六年新年，「麒麟食軒」的生意又和去年初一樣，急劇下滑。主要原因是附近的餐館越開越多，菜價越來越便宜，我們的菜式老一套，價錢又不便宜。一月份至五月份，平均每月赤字七千元，手頭流動資金還剩一萬多元，我心力交瘁，已對餐館完全失去信心，與黃虹商量後決定放盤，能賣多少就多少，至少可以把銀行的十萬元貸款還了。

與地產經紀人商討後，開價二十五萬出售「麒麟食軒」。放盤廣告刊出後兩個月，來了十幾批人馬談價都未成交，最後我們降價到二十萬還是沒人要。六、七月份依然虧本，付了工資和房租，手上的流動資金只有兩百元，我急得像熱鍋上的螞蟻，每一分鐘都提心吊膽，深夜完全靠安眠藥維持，精神幾乎崩潰。

一天晚上，我在餐館翻閱帳目，偶然發現進貨有漏洞，最近半年生意清淡，也沒那麼多人點鮑魚鮑翅餐，怎麼會進了兩萬多元的海味乾貨？詳細查帳單，一共是十張，其中九張是黃虹和林天賜簽的字，一張是我和林天賜簽的。我故作鎮靜，悄悄溜進貨倉查看，剩餘的海味乾貨最多只值兩千元，確認其中有詐後，我決定搞個水落石出。林天賜是大廚，進貨由他管理，他不可能不知道內情，應該由他著手，順藤摸瓜，找出眞相。

考慮再三，我決定施一次「美人計」。那晚下班後，我特地穿了半透明的睡袍，和林天賜坐在客廳的沙發上看電視。不一會兒，他就坐立不安起來，我乘機倒了一杯白蘭地給他。他喝了半杯，雙眼不

停地盯視我的胸脯，我有意解開衣襟露出乳房，若隱若現。

他再也控制不住，撲了上來。他嘴裡講著囈語：「章小姐，妳眞是太美了，對不起，對不起……」

「阿林，別急。到我房間去，我得好好慰勞你。」說罷，他百般馴服地跟我入房。

想不到他像一頭撒野的公牛，一把將我按倒在床上，大力地壓在我身上。我毫無反抗之力，只好任他蹂躪。趁他發洩完到客廳拿酒杯，我順手打開床下的錄音機，輕聲地哭起來。

他進來安慰我：「對不起，章小姐。妳眞的太美了，實在控制不住。放心，下不爲例。別哭，別哭。我可以搬出去住。」

我越哭越大聲，他把我緊緊摟在懷裡。

「倒不是爲這個。你幫了我很多忙，上次還救了我，要不然，早已被那四個匪徒輪姦了。我每晚給你都可以。」我哭哭啼啼地說。

「哪到底爲什麼？」

「餐館快要倒閉了，我急得都想自殺，一了百了。」

「千萬別亂來，天大的事，我林天賜爲你頂著。」他拍了拍胸膛。

「我也是走投無路了。」

「不急，好好整頓，餐館會有起色的。千萬不要做傻事，年紀輕輕的自殺幹什麼？大不了，一切從頭來過。」

「阿林，有一件事，我順便問一下，半年來我們怎麼進了兩萬多元海味乾貨？貨倉內還剩一點點。」

他猶豫一下，撫摸著我的頭說：「我知道，遲早妳會發現，都是黃虹那個女人幹的好事。」見我皺眉頭，他繼續說：「這個女人吃心太大了，我有好幾次想和妳坦白，但都沒膽量，因爲我自己也是合謀。什麼事情都是她一手造成的，我們入了很多海味乾貨，然後由我悄悄偷出餐館，她再以八折價錢賣給其他餐館，從中獲利，她拿七成現金，我拿三成。」

我呆若木雞，聽他往下講：「章小姐，妳身體都給了我，再不攤牌，我就不是人了。去年四個匪徒入屋打劫，都是她和我串謀的，那四個人是我們的好朋友，事成後給了那些人四千元，我和黃虹對分六千元，那個胖子就是她的情人。還有，和妳開結婚證書前，我編了欠大耳窿錢的故事，都是她策劃的，我倆對分了妳借給我的六千元。妳在東京寄來的五千美金，她只給了我一半……最近，她又想動妳車子的腦筋，看妳人這麼好，餐館壓力又這麼大，我於心不忍，不肯再聯手騙妳，她就懷疑我和妳有了感情……這個死女人，不知偷了餐館多少現金。」

林天賜還沒講完，我的精神完全崩潰，癱在床上動彈不得。

「現在唯一的辦法是立即與黃虹決裂，也不要追究以前發生的事，這個女人報復起來不得了。我這兒有兩萬元現金，全部還給妳，就當作贖罪，和妳一起好好經營餐館，用不了半年就會扭虧爲盈……」

我有氣無力地吐出一句話：「阿林，謝謝你給我講眞話。我想一個人靜一會兒。」

這個深夜，淚水浸濕了我的枕頭。從來沒有想到，我中學時代的好友會這樣不擇手段地陷害我。一直哭到天亮，我的淚水都哭乾了。

83.同窗陷害變賣餐館

次日下午三點，我帶了一盤複製的卡帶到黃虹的康翠大廈寓所。有一個胖胖的男人坐在沙發上，看到我有些尷尬地低下頭。

「大美人，有什麼急事？沒打電話就來了。是不是有人想買餐館？」黃虹嗲聲嗲氣地說。

我有意問：「這位先生，好像哪兒見過？」

「喔，他常到我們餐館吃飯。」黃虹有意為他解圍。

「是的，我常去。」胖子也跟著說。

「哦，我對你的聲音印象很深，那天深夜我們交談過。你們是四個人！」吃準胖子就是入屋打劫的四個匪徒之一，我故意大聲地說。

「肥佬，你先走吧，我們有事談。」黃虹看出苗頭不對，馬上急中生智插嘴，胖子識相地走了。

「火氣這麼大，是老朋友來啦。都忘了問妳，現在還有痛經症嗎？」她有意轉移話題。

「黃虹，我們是少年時代的好朋友，妳爲什麼要這樣對我？不要再僞裝了，自己心知肚明。」說罷，我從包裡取出卡帶，扔在茶几上。

「怎麼，阿林爬到妳床上，吃到甜頭嘴軟了。這小子，也不是好東西，每樣好處都有他一份。」她突然改了另一副嘴臉，這是一副我從來沒有見過的兇惡之臉。

「我們是好朋友，我把妳當成親人還要親。」

她低下頭說：「人爲財死，鳥爲食亡。我沒妳長得漂亮，沒本事賺錢。在深圳掙的那些血汗錢，早已用完了……」

我聲嘶力竭地說：「妳以前對我，不是這樣的。」

「小姐，人會變的。妳沒聽講過，人是環境的產物嗎？虧妳還讀了那麼多書。」她仍強詞奪理。

「妳要錢，可以和我開口，我一定會給妳的，何必這樣？妳知道不知道，憑這盤卡帶我就可以告妳，這是加拿大，法制健全。」我怒氣沖沖地說。

「我的小姐，可別忘了，妳還沒入籍，我隨時可以告妳假結婚！我都可以拿出證據，移民部馬上遞解妳出境。」她翹起二郎腿，抖了抖，趾高氣揚起來。

「妳，妳……我眞是瞎了眼。看來妳早有預謀，吃準了這一點。妳知道，我在東京賺這點錢多麼不容易？」我的肺都氣炸了。

她幸災樂禍地說：「有什麼不容易？就是脫褲子嘛。妳以爲我不知道？上海女人在東京能做什

麼？不是當舞女，就是做人家情婦，報上都這麼說了。短短兩年，妳規規矩矩打工，能掙這麼多錢嗎？」

我的眼淚奪眶而出：「既然妳知道，還這樣陷害我？」

她再一次低下頭說：「小姐，我的大小姐，我早已不是以前的黃虹了。」

「妳這樣，不是逼我死嗎？」我自言自語。

「章媛媛，我跟妳講清楚，妳可別拿死來嚇我，我可見多了。妳怕什麼？妳有的是本錢，身材性感、相貌出衆，從上到下，從裡到外，都是錢……」

「黃虹，變了，妳眞的變了。」

「套句流行語，不是我的錯，是社會的錯！」她依然理直氣壯，好像手握眞理。

「那妳爲什麼不脫？」我咬牙切齒地問道。

「我這身肥肉，脫了也沒人看。」她碰碰自己的胸脯，又摸摸腰。

她發出淫蕩的笑聲：「剛剛我還沒說完，在多倫多妳可以繼續脫褲子嘛。」

「眞不要臉！」我脫口而出。

「妳也好不了多少！我的校花。趕快去按摩院上班吧，別浪費時間！」她已站起來，儼然一副下逐客令的樣子。

「我眞是瞎了眼！」我轉過身，拔腿就跑。

她再次警告我：「別忘了，妳是假結婚，犯法的。」

好幾個深夜，從「麒麟食軒」回到家，我都無法入睡。我怎麼都想不通，為什麼情同手足的同窗都要這樣殘害我？誰說童年時代的朋友是最可靠的？都他媽的見鬼去吧。這個世界，除了生我育我的父母，再也沒有一個人可以信任。如果說青川角榮摧殘了我的肉體，那麼黃虹則徹底摧毀了我的精神世界，殺傷力更大、更兇猛。

有一天凌晨三點多鐘，我輾轉反側，實在毫無睡意，便躡手躡腳起床，到外面開車兜風。一上車，漫不經心地開向多倫多市區。半個多小時後，不自覺地來到著名的布爾街高架橋。這座擁有八十多年歷史的大橋，曾被譽為工程建築的傑作，也曾經是多倫多的地標之一，它連接著東西最主要的兩條幹道——布爾街和丹復街。

據記載，該橋於一九一五年開工，引用當時最先進的技術，每天大約有二百五十人同時工作。從兩岸做引橋，中間相接，有四座橋墩。河床上層是沙，橋墩基礎建在岩石上，故需挖到水下很深處，方可立橋墩，最後用數以萬計的鋼鐵和混凝土，花了三年多時間，築成一座雙層橋。該橋的設計人很有長遠眼光，準備將來城市發展，在雙層橋下鋪上鐵路軌。因此，這座橋雖然是在第一次世界大戰經濟困難時期建成，卻對數十年後的交通發展幫助不少。差不多五十年後，開築布爾街、丹復街地鐵線時，過橋這一段就不必花錢傷腦筋了。

我把車停在引橋的停車場上，獨自徜徉在橋上，但願這秋風能吹醒我紛亂的思緒。走過電話亭，

我久久佇立在橋中央，俯瞰橋下的DVP高速公路，依然車水馬龍，燈光閃閃，一片壯觀的夜景。如果在白天，加上山坡上的綠葉成蔭，高空的藍天白雲，更是一片美麗的景象。難怪，這裡會成爲自盡者嚮往的天堂，在最近十年內就有近百人從此一躍而下喪生，光去年就發生了二十宗悲劇，因而人們又習慣地稱之爲「自殺橋」。近年來，由於在該橋自殺的人越來越多，當局已在大橋上設有四部電話機，爲自殺者提供心理輔導等服務。社區民衆強烈要求安裝防自殺裝置，以便遏止悲劇再度上演，但仍遙遙無期。

如果，我在此縱身一躍，馬上就會結束我二十五年的生命，一了百了。瞬間，毒蛇黃虹、討厭的麒麟食軒、纏身的債務，都會化爲烏有……我似乎又回到了五年前的黃浦江畔，那晚在一點五公里的濱江大道上來來回回，爲了那個負心郎差點兒投江殉身……

就在這時，突然有一個男人從後面抱住我的腰，我嚇得馬上驚叫起來。

「章小姐，不要怕！是我，阿林。」那人邊拉著我邊說，好像手一鬆懈，我就會跳下去一樣。

側過頭來，定神一看，眞是林天賜。

「嚇死我了！還以爲是大色狼。」我示意他鬆手。

見他還是緊緊地摟著我的腰，我有點不解：「怎麼還不放手？」

「章小姐，千萬別這樣！妳還年輕。」他大聲地說。

聽了他的話，我總算明白過來，情不自禁地伏在他的肩上，眼淚止不住地流在他身上。

他拍了拍我的肩膀說：「剛剛遠遠地看過來，妳的姿勢好像眞的要往下跳。」

我故作鎭靜地說：「我可沒這麼傻呢！」

「這就好，這就好！天大的事，都不要往死路上想。」他自言自語。

原來，我起床後的一切行動，都在他的眼裡。他一直駕著車跟蹤我，但到高架橋前，他突然發現車子沒油了，故以最快速度去加油站。出來後，馬上開車來到高架橋附近，四處尋找，最終在停車場發現了我的車，他立即開車到橋上。

見他終於放下了雙手，我下意識地說：「阿林啊，你的本性並不壞。」

「章小姐，別提這些了！我欠妳的太多了。先上我的車吧，到停車場去取車回家，不早了。」他扶著我鑽進車內。

抬頭一看，東方已現出一片柔和的淺紫色，越來越明亮，我習慣地抬腕看錶，已是淸晨五點多鐘了。

「章小姐，妳看，曙光馬上就會出來了！」他發動車子，吐出一句雙關語。

我沒有答他，只是出神地看著噴薄而出的朝霞。今天一整天，又會是晴朗的一天嗎？

拖到九月中旬，「麒麟食軒」終於以十五萬元的低價賣給了一個台灣人。還掉銀行的十萬元貸款和幾個月的欠租，還剩三千元。按照當初講好的二八分帳，開給黃虹六百元的支票，我與她就此分道揚鑣。這種女人，離她越遠越好，因爲她連最起碼的良心都被狗吃了。

由於我手上只有二千多元，不得不租廉價的房子。和林天賜最後講妥，我不要他還我一分錢，他答應等我一年後入籍，就和我辦理「離婚」手續，還我自由身。他曾勸過我好幾次，定下心來和我一起經營「麒麟食軒」，保證能賺錢，但都被我拒絕了。提到「餐館」兩個字，我的頭都大了，實在不想在這種環境下耗盡青春。

離開豪苑公寓前一晚，我到樓下的巴巴拉老太太處告辭。我和她已有三、四個月沒見面。她說我瘦了，憔悴多了。我倒在她懷裡好好地哭了一場。聽完我的敘述，她說我是一個傻得可愛的姑娘。臨別前，她緊緊拉著我的手說：「孩子，從哪兒倒下去，就從哪兒爬起來，這才是加拿大精神。青春就是妳的本錢，一切從頭來過不嫌遲。我隨時敞開大門，歡迎妳來作客。有事打電話來，我一定盡力幫助妳。」

九月底的多倫多夜晚，涼風習習。林天賜已提前一天搬走，我獨自一人住在公寓內，感到異常孤獨寂寞。子夜，外面突然雷電交加，大雨滂沱，我感到分外的恐怖。秋雨下一場冷一場，可怕的冬天即將來臨，我的心感到好冷、好冷。

16「一個脫衣舞孃的掙扎」

84. 四處求職艱難

「卑鄙是卑鄙者的通行證，高尚是高尚者的墓誌銘。」

這是朦朧派詩人北島的名句，曾在二十世紀八〇年代的神州大地上紅極一時，至今記憶猶新。

儘管我的靈魂稱不上高尚，但相對那些卑鄙者來說要高尚百倍。至少，我對朋友赤膽忠心；至少，我毫無害人之心。兩年半之前剛抵多倫多時，我是一個擁有二十五萬加元的「小富婆」，如今被昔日同窗黃虹害得幾乎一無所有。眞要衷心感謝這位小姐，給我上了「生動一課」——防人之心不可無。

一九九六年十月初，我已從豪苑公寓搬到多倫多市居住。市中心的確寸土寸金，就連這樣一個破地下室也要六百元的租金。我手頭二千多元現金，除了吃飯外，只夠繳兩三個月的房租。駕了兩年多的黑色豐田車，成了我唯一的資產。數數手指已過二十五歲，眞有點毛骨悚然，只剩下青春的尾巴了，此時不抓緊時間掙錢，待到何時？只有忘卻一切憂愁和痛苦，才能面對未來。

我四處奔波找工作。因爲不願意回憶痛苦的往事，所以絕不找餐館工作；由於英文尚未過關，不可能找到辦公室工作；還因爲不會講廣東話，所以很多香港人公司也不會聘用我。這樣一來，選擇的工作面變得非常狹窄，不是到超級市場做幫工，就是到按摩院工作。後一項我看過有關報導，不少純屬掛羊頭賣狗肉，說是按摩實爲從事色情業，這是我不願意做的。

一晃兩個月到了，找工作卻毫無進展。獨自待在暗無天日的地下室裡，度日如年，心灰意冷，好像生活在人間地獄一樣。如果繳了第三個月的房租，身上還剩五十元，生存危機在即，不得不做好賣車子的打算。還好年初汽車保險費付了一年，如果每月付二百元，早已身無分文。

就在這當口，偶然在英文的《多倫多太陽報》上看到一則誘人廣告：「脫衣舞培訓中心，助你日賺三百元」。對於脫衣舞並不陌生，剛來多倫多時還跟黃虹一起去看過，它是一種「只准看不準摸」的表演藝術，脫衣舞酒吧早已成爲加拿大男人的娛樂場所之一。有人曾詭稱，來多倫多不看CN塔和脫衣舞枉來此行，前者像男性的陽具，高高聳立在市中心，給城市增添了無窮的活力；後者是艷乳肥臀組成的，充滿了女性的柔美。一個城市的陰陽如此調和，倒也少見，難怪多倫多是全世界最適宜居住的

城市之一，也是中港台移民的風水寶地。

懷著幾分好奇，我致電脫衣舞培訓中心，對方約我馬上見面。接待我的是該中心的總經理瑪麗女士，她金髮碧眼，身材高䠷，看上去四十多歲，如果臉上沒有那麼多皺紋，稱得上美人兒。據她自己說做了二十多年脫衣舞孃，非常喜歡這一職業，近年年紀大了才開班授徒。她見了我就說是天生的舞蹈身段，一定能吸引西方男人。與我交談了一陣後，她說我的英文口語雖不夠流利，但做一個脫衣舞孃綽綽有餘。然後跟著她來到練舞廳，走了幾步給她看，她微笑著說只需進入高級班培訓兩週，馬上可以獲得執照，包我找到工作。由於我自幼喜歡跳舞唱歌，對做這行信心十足，再說每天能賺兩三百元，誘惑太大了。我決定馬上報名，但一問學費三千元，嚇了一大跳，見我臉色都變了，她笑著說給我八折優惠，收我二千四百元，給現金不必加稅，我答應三天內給她。

本來想致電我法律上的「丈夫」林天賜借錢付學費，因為臨分手那一晚他向我保證，隨時可以給我幫助。但最後決定，還是不要和這類沒有良心的人來往，以免再惹火燒身。為了學脫衣舞向巴巴拉借錢，怎麼都開不了口，何況她是洋人，沒有借錢的習慣。在多倫多我沒有其他任何朋友，考慮再三只有賣掉心愛的豐田車。

立即到幾家舊車行合價，最高只能賣到一萬兩千元，兩年前我是兩萬兩千元買入的，只行走了三萬多公里，一進一出相差萬元，但我別無選擇，當場成交。由於駕慣了車，再說每天要去二十公里之外的脫衣舞培訓中心上課，沒有車就如「無腿先生」，所以我第二天又去同一車行，買了一輛六千元的

二手尼桑車。繳了學費，還剩三千多元，這是我所有的家當，不吃不喝，每個月的房租加汽車保險費、汽油費就是八百多元，也就是說這筆錢只能維持三個月的開銷。

我只能背水一戰，寄望於跳脫衣舞掙生活費。只許成功，不能失敗。

脫衣舞培訓中心的瑪麗似乎對我有一種偏愛，經常單獨給我授課。她說我的接受能力特別強，樂感也好，只用了一個星期就學會了舞技、禮儀、化妝、衣飾等所有課程。第二週除了鞏固上週的項目外，她主要給我補搖滾樂等方面的課程。她問我有沒有英文名字時，我隨口說了Camille，她表示很好。之所以喜歡這個名字，一是我愛茶花如命，二是喜愛法國文豪小仲馬寫的同名小說。

培訓的最後一天，瑪麗帶我來到央街的MW脫衣舞酒吧。老板是個光頭胖子，留著八字鬍，與電影中黑社會頭目沒有兩樣，大家都叫他喬治。顯而易見，瑪麗與喬治是老相識，又是親吻又是擁抱的，簡直有點肉麻。

喬治握著我的手說：「確實是東方安琪兒。瑪麗介紹來的人就是好。」

「當然好。否則啊，你非殺了我不可。」瑪麗在一旁風騷地拉著喬治的手說。

「這樣吧，Camille，妳換一下衣服，到三號包廂等試鏡。」喬治說了聲就離開了。

瑪麗把我帶到三號包廂，叫我換衣服，然後再一次關照我：「別緊張。不管有多少人進來看，妳都要面帶笑容，脫衣服時要講究挑逗藝術，妳會成功的。」

過了會兒，喬治帶了個披頭散髮的男人進來，說是首席DJ湯馬士。瑪麗向他倆笑了笑出去了。

湯馬士向我點了點頭，打開音響。我穿著胸罩和內褲，面帶三分笑，緊跟節奏歡跳起來。四五分鐘後第二個音樂奏起，我邊跳邊慢慢脫下胸罩，不停扭動上身，一對乳房好像在飛翔。第三個音樂響起時，我更是帶羞地緩慢脫下三角褲，放射出挑逗的目光，用力扭腰帶動臀部扭動。

「OK！不錯。」音樂剛結束，湯馬士脫口而出。

我馬上披上毛巾毯，期待他們的評論，內心怦怦直跳。這焦急的心情，有點像當年考大學一樣，分分秒秒巴望著考試結果。因為我早已有預感，這又是一次人生重大轉折。

喬治轉動一雙大眼對我說：「Camille，什麼時候可以上班？」

「任何時候都可以。」我雀躍不已，整個身體都在歡唱。

湯馬士說：「我看就明天吧，爭取一炮打紅。要注意的是舞蹈和音樂的有機配合。」

臨走前，喬治補充一句：「妳是我們用的第一個中國人，但願生意會更好。」

等在外面的瑪麗迫不及待地衝進來緊緊擁抱我，使我喘氣都感到困難。我也激動得熱淚盈眶。不為別的，就因為好不容易找到一份工作，再也不用為幾個月後的房租憂心忡忡。我當場請她喝了一杯血腥瑪麗酒，聊表謝意。我自己則要了一杯新加坡司令酒，算是慰勞自己。

在酒吧外和瑪麗分手時，她笑著說：「好好跳吧，我的甜心，他們準備捧妳。說妳是東方性感魔鬼。到時賺了大錢，可別忘了我這個伯樂。」

「我們中國有句古話：一日為師，終生為父。我會去看妳的，瑪麗。」我笑嘻嘻地對她說。

85. 脫衣舞孃的掙扎

一九九六年十二月二十日，是我第一天進入央街的MW脫衣舞酒吧工作。這也是我人生的一個重要轉捩點，因爲從今天開始要赤身露體地面對不同膚色、不同年齡的男人。老板喬治已跟我講清楚，公司不支付工資，完全靠顧客的小費過日子。是喜是憂，難以預卜。

下午三點我來到酒吧後，湯馬士就把我叫到包廂裡，給我個別輔導音樂與舞蹈的有機配合，最後和我商定三首拿手曲子，今晚就用。這個人不修邊幅，透過鏡片的目光異常深邃，外表很冷很酷。他的話不多，但句句點到穴位，工作時充滿熱情。音樂一響，他就進入角色，似乎與音符共舞。他叫我不要急於上台表演，要多觀察老人馬的跳舞動作，從中吸取長處。

湯馬士最後表情嚴肅地對我說：「妳有舞蹈功底，再注重動作與音樂的和諧配合，效果不會差。今晚八點鐘黃金檔，我安排妳第一個出場。八點前，先不要登台演出，就在下面對客人隨意跳跳，也乘機熟悉一下環境。有空多注意台上跳舞者的動作。」

下午的生意並不好。一個上了年紀的白人舞孃，在昏暗的台上有氣無力地狂舞著。牆上的霓虹燈啤酒廣告一閃一閃，裸女霓虹燈招牌若隱若現。近十個舞孃在黑漆漆的台下轉來轉去，招攬生意。我

也沿場逛了幾圈，看看行情。不計包廂，正廳內能容納一百五十個客人，算是有相當規模的了。感到奇怪的是，老板明確規定不准讓客人碰身體，但有幾個舞孃任由顧客摸上身，更有個別在包廂裡的舞孃任人上下其手，放出陣陣淫蕩的笑聲。

我故意坐到冷清清的吧前，點了一杯「螺絲起子」雞尾酒，與酒保艾倫聊天，想問個究竟。除非客人請客，舞孃喝酒都是自己掏腰包，所以和酒保搞好關係也很重要，這是瑪麗再三叮囑我的。艾倫瘦骨嶙峋，好像吸毒者，一頭鬈髮倒顯得很瀟灑，大概四十歲上下。

「祝妳開工大吉，我請妳喝酒。」艾倫見到我坐下來，眼笑眉開，大概高興總算有人陪他聊天了。

我剛開口提及舞孃任人摸的話題，艾倫就嘮叨起來：「妳剛來，慢慢就學會了。如果妳規規矩矩的跳啊，一天跳下來累死妳，掙不到六十元，如果肯讓客人摸上身，保妳每天進帳二百元，如果下身也肯讓人碰，那一定有三百元。還有啊，下班後跟客人走，那錢更多，不過要小心，有的男人很毒辣的，不要隨便上他們的車。光多倫多就有二千五百名有執照的脫衣舞孃，競爭激烈啊，不動腦筋怎麼能掙到錢？」

這時我才恍然大悟，報紙廣告上「日賺三百元」的意思。但我已踏出第一步，毫無選擇，只能潔身自愛，看一步走一步。

見我有些疑惑，艾倫提醒道：「一定要小心，我們這裡明文規定是不准跳腿上舞的，就是妳不要坐在客人大腿上去跳，警察會來突擊檢查的，有時他們是穿便衣來的。當然，客人要摸妳是另外一回

事，關鍵是妳自已掌握尺度。」

「艾倫，非常感謝你的指點，以後還請多多關照。先請你喝一杯酒，到時一定請你吃中國餐。喜歡中國餐嗎？」我塞給他十塊錢，他嘴裡說不要手早已伸過來了。

「當然喜歡，等妳賺多點錢吧。今晚就看妳的了，今天星期五，是生意最好的一天。還有，妳一定要跟湯馬士搞好關係，他是皇家音樂學院畢業的，是個有名的ＤＪ，到這兒來做兼職。他還是老板的好朋友，喬治有什麼事都會找他商量。他的權力啊，比全職的經理還要大。」艾倫把錢塞進自己的口袋，越說越興奮。

我從內心深處感謝艾倫的關照，確有「與君一夕談，勝讀十年書」之感。過了五點，客人三五成群地擁進來，有的西裝革履，有的披著皮大衣，有的穿著厚厚的滑雪衫。七、八個身穿迷你裙的女侍應開始忙碌起來，據說其中有幾個以前是舞孃，後來年紀大了只好改行。

我剛到台下走動，就有一個胖男人向我招手，我手提小木凳坐到他面前。

「我怎麼從來沒見過妳？第一天上班？」胖子有禮貌地握著我的手。

我按照瑪麗事先與我編好的故事說：「昨天剛從溫莎來。」

「喔，是這樣。歡迎，歡迎。我叫維克托，差不多每天都來這裡坐坐。今天就試試新人吧。」

音樂響起，我脫下外衣，穿著粉紅色胸罩和內褲扭動起來，胖子喝著啤酒朝我看。三分鐘未到音樂結束，我慢吞吞脫下胸罩，胖子盯視著我上身，一動也不動，第二支音樂響起我繼續舞動起來。等

第三支音樂開始時，我已脫得一絲不掛，胖子更是瞪大了眼，好像要把我吃下去一樣，很嚇人的。

「太美了！太美了！東方維納斯。」我的舞姿隨音樂剛停下，胖子就迫不及待地拍起手來。

「休息一下，請繼續。」胖子塞給我五十元，並招呼侍應送來冰凍橙汁。

通常跳三支舞爲一組，約三分鐘，客人付十元現金。這意味著我還要給胖子跳四組。豈不知，剛跳了兩組，他又塞給我五十元，給我點了一杯新加坡司令酒。眞不知他葫蘆裡賣的什麼藥？趁到廁所去時，我溜到酒保艾倫那裡打聽胖子維克托情況。艾倫說我碰到救星了，胖子是電腦工程師，爲人正直，出手大派，也是老板喬治的多年好友，家就住在附近，幾乎每天都來捧場。這樣，我才放心地回到胖子面前。又給胖子跳了兩組，他叫我去休息，晚一點再來找我。

他確實是個正人君子，半個多小時都沒碰過我一根汗毛。

過了一會兒，又有一個白人男子向我招手。他連續要求跳五組，付了五十元。跳到第四組時，他試圖想摸我的上身，但被我婉拒了，後來也沒有出格表現。看來，來這兒消遣的人文明程度不低，錢也的確好賺，兩個小時內就進帳一百五十元。

時針指向八點，場內幾乎座無虛席。我早已來到台後音響室湯馬士身邊，準備上場。隨著激烈的搖滾樂奏起，湯馬士用抑揚頓挫的聲音介紹：「各位朋友，今晚第一個亮相的是東方女神Camille，她從溫莎光臨多倫多，芳齡二十五歲，具有多年脫衣舞經驗，節奏感強烈，深受美加人士青睞。」

我面帶笑容，披著薄如蟬翼的白色拖地肩紗，腳踏白色高跟鞋，款款地走上台。來回走動幾步後

讓肩紗自然飄落在地，突然露出黑色胸罩、黑色三角褲，場下頓時爆發出雷鳴般的掌聲，我緊跟音樂，節奏分明地擺動全身。

第二支柔和清脆的音樂響起時，我在台上慢慢吞吞解下胸罩，露出堅挺的雙乳，台下一片雀躍，然後手握胸罩在半空旋轉幾下，朝胖子維克托的方向拋去，激起台下一陣喧囂，我踏準每一個節拍，使出渾身解數扭動全身。

隨著第三支纏綿悱惻的音樂奏出，台上的燈光突然變暗，在這瞬間我已脫下三角褲和鞋子，赤裸裸地平躺在一塊毯子上，隨著音樂節奏，雙腿伸向空中，與背部成九十度，慢慢張開雙腿，又迅速合併雙腿，若隱若現地露出陰部，台下已是一派喧嘩，有人不停地吹口哨，這時我雙手緊抱大腿，利用背部力量，身體來個三百六十度旋轉，然後突然站起身，大大方方地展露胴體，快節奏地舞蹈，台下再一次掌聲如雷，飛吻聲不斷，吶喊聲不停，有的人乾脆把錢拋到台上。

「各位觀眾，眞是百聞不如一見，你們親眼目睹了東方女神Camille的精湛舞技。今晚十一點她還會登台演出，請大家不要錯過良機。」湯馬士再次吹捧。

十多分鐘的全力演出，已使我汗流浹背。顧不得觀眾的起哄，我馬上裹著大毛巾，衝向浴室。梳洗完畢後，坐到吧台前休息片刻。幾個舞孃見我坐下，像見到瘟神一樣地起身走了。也許她們患了嫉妒病，不得不提防。

酒保艾倫像對待公主一樣，遞給我一杯冰凍橙汁，笑呵呵地說：「我說妳，第二炮就會紅，沒錯

吧。不瞞妳說，這種轟動場面已有幾個月不見了。也沒辦法，都是老人馬，客人就是喜新厭舊。妳得多謝湯馬士，看來他眞想捧紅妳。」

我剛要回話，就被客人請去跳舞了。整個晚上，一個接一個的客人請，我的錢包很快鼓鼓的。十一點鐘再次上台表演時，又引起了台下一陣喧嚷。一直到十二點鐘，才有時間走到胖子維克托桌子前，他正跟三個朋友聊天。

他高興地摟著我說：「快坐。喬治的眼光眞好，把東方維納斯都請來了。」

我落落大方地說：「初來乍到，多謝你們捧場。今天生意不錯請你們喝酒。」

「開玩笑，怎麼讓妳請客？」胖子拉長臉。

「你請過我好多了。就讓我請一次吧。」

侍應送來了五瓶摩紳啤酒，大家舉杯祝我開工大吉，氣氛熱烈，其他桌子都朝我們看。請喝幾瓶酒根本就是小意思，但我想拉攏胖子，至少他可以成爲我的臨時靠山。這種場所人際關係繁雜，剛才那些舞孃給我臉色看，我已深深感到她們非等閒之輩。我孤獨一人，能不找一個有錢有勢的靠山嗎？以往我太不成熟，所以上了那麼多當，吃了那麼多虧。從今以後，我章媛媛每走一步都得三思而行。

凌晨兩點放工，門口已有兩個客人等著我，約我去宵夜，被我婉言拒絕了。開車回家只需二十多分鐘，這是最理想不過的路程。精疲力竭地躺在床上，怎麼都難以入眠，第一天上班就賺了八百多元，這是我萬萬沒有料到的。也許眞的是轉運，碰到了貴人。俗話說風水輪流轉，我倒霉了這麼長時

間，也應該轉好運了。

86.巧遇台灣留學生

接下去正是聖誕佳節和新年，MW脫衣舞酒吧的生意火旺。我一週工作六天，每個星期天休息。只要上班，每天平均都能賺三百元。其他舞孃的生意也不錯，幾個年紀略大的差一點，估計每日也能掙一百元，她們最希望客人摸。

胖子維克托對我不錯，常來捧場。工作第一個月共賺了七千多元，這是打任何高級工都難以得到的數字。並且，我的乳房和下體也沒被人碰過，更沒有和客人發生任何不正當關係。這倒是我對這一職業另眼相看，脫衣舞孃和賣身沒有必然聯繫，只要潔身自愛，並不可怕。

酒保艾倫講得不錯，二三月份是生意淡季，大概是過了新年大家的荷包縮水。但不管怎樣，每個月我也能賺到三千元，多虧老客戶的捧場。不過，這兩個月的錢掙得比較辛苦。由於生意清淡，完全是客人挑舞孃，不少人願意找那些全方位開放的舞孃。他們提出的服務第一次遭到我拒絕，第二次就不會再找我，白白看著客人流失到那些舞孃身上。考慮再三，既然做了這一行也沒必要扮清高，只要賺到錢，摸摸上身又何妨？又不是發生性關係。最後決定，上半身實行「開放政策」，下半身依然「閉

關自守」，除非有特別好的開價。

做這一行眞的也是見多識廣，什麼樣的男人都會碰到。單身男人提出性方面的要求，還情有可原。那些有家室的男人，除了想採野花心態外，另一方面是與太太缺乏性方面的溝通，所以他們寧願把性幻想、性要求帶到我們面前。這倒提醒我們的女同胞，既然組合了家庭，就要想法子讓妳的另一半得到應有的滿足，這是女人的責任。妻子不盡職服侍男人的下半身，丈夫出去開開小差又怨得了誰？或許還是天經地義的。既要巧妙控制好男人的荷包，又要讓男人每晚想爬到妳身上，那才是一個成功的女人。

有些客人剛剛和我見了面，就提出非分之想，使我感到可惡又可笑。在他們眼裡，我們是賤貨，是性發洩的工具。二、三月份，我碰到了一個台灣留學生，叫連浩天，自稱是多倫多大學的博士生，第一次相見他就提出上床，被我拒絕後還是死纏著我，幾乎每個星期都要來一次，有時要來兩次，來了專找我一個人，後來看他可憐才允許他摸上身，他給錢倒也很爽快。

四、五月份的時候，連浩天還帶他表弟賴文雄來過酒吧。賴文雄長得很酷，據說是滑鐵盧大學的博士生，我倆似乎有緣份，第一次見面就談得很投機。

依稀記得，那天見面後我就問他：「你和秦漢什麼關係？」

「那妳一定是瓊瑤的電影看多了。」他笑著說。

「你是答非所問啊。」我俏皮地盯著他的眼睛。

他故意把臉湊近我的跟前說：「不是同志，也不是兄弟，更不是父子，都是台灣人，僅此而已。」

我被他的怪樣逗得直笑。接著，我們談了很多電影方面的話題，他甚至對大陸的影星也瞭如指掌，像陳沖、劉曉慶之類的，他都能如數家珍。不一會兒，他請我喝了一杯酒，我們越談越興奮，似乎把旁邊的連浩天忘了。

我示意他到包廂裡去坐坐，他馬上跟著我走了。這樣做眞是一箭雙鵰，既可支開那討厭的連浩天，又可向他「開放上身」。通常，第一次和客人見面，即使出再高的價錢，我都是不讓人家碰的，誰知道他是哪路貨色？說不定還會是便衣警察，那可就倒霉了。

在幽暗的光線下，他邊幽默地講著黃色笑話，邊鬼鬼祟祟地撫摸著我的雙乳，似乎仍心有餘悸，怕便衣警察突然衝上來，倒也傻得可愛。到最後，他好像對我的腳也感「性趣」，情不自禁地摸起我的一隻腳來。

「你眞的與衆不同，這腳有什麼好玩的。難道我乳房還不及這隻腳？」我納悶起來。

他一本正經地說著，好像發現了新大陸：「妳可能不覺得，妳的這雙腳同樣性感，不比其他部位遜色。」

我好奇地說：「新鮮！我還是第一次聽人誇獎腳的。以前只在《水滸》裡讀過，西門慶在勾引潘金蓮時的關鍵動作，就是在她小腳上捏一把，然後她就情慾頓開了……」

他書生氣地說：「腳可是一門學問啊，可以做博士論文的……講起腳，不知道妳參觀過鞋子博物

館沒有？就在這附近，今天上午我剛去過，很值得一看的。」

「做我們這一行的，哪有這麼多時間逛街，過著日夜顛倒的生活。再說，也沒什麼興趣。」音樂太鬧，我對著他的耳根說。

他無微不至地說：「那白天也要出去逛逛街，曬曬太陽，對妳身體也好啊。」

在脫衣舞酒吧內，還從來沒有一個人如此關心過我，我內心一陣激動。也許就是這個深藏在記憶系統的感激，造就了若干年之後的一段「重逢」，乃至一段永遠值得珍藏的經歷。也就是這個賴文雄，在我以後的生命中起著舉足輕重的作用，在此先賣個關子。

也許是賴文雄來了一次，給我帶來運氣，六月份的生意突然好起來，光一個月就賺了六千多元，是前面兩個月的總和，心情自然又好起來。我的生活情緒表完全由賺錢多寡決定，每月過了五千元我就歡天喜地，低於三千元我只好悶悶不樂。這時，我的積蓄也有兩萬多元，但願一直保持六月份的勢頭。

荷包滿滿的，人也精神爽，我總算有點興致逛街。我最愛去的就是時尚薈萃之地約克維爾區（Yorkville），這個區不但是市民逛街的好去處，也是雅痞出沒的地方。其實，它是多倫多名店林立的布爾街往後所延伸出的一片商業區，它的前面有一個小公園，後面便是小巧精緻的服飾店，其間還穿插著畫廊、家具店和寵物店，以及餐廳和咖啡館等，該區也是當地上班族集中的地方。在這裡，還會經常碰到美加明星，一睹他們的芳容。

有名店街之稱的布爾街幾乎全被名牌服飾店淹沒，凡是叫得出的名牌子在這裡都可以找到，如

Chanel、Hermes、Emporio Armani、Versace等都有，我的不少衣服都是在這些店買的。即使你不買東西，逛逛也舒服，也是一種享受。這次逛了三個小時商店後，買了幾件內衣，倒也不覺得累，這顯然又和我的情緒有關了。女人嘛，是情緒最多變的動物。

回家的路上，經過Bata鞋子博物館，見到門口一大堆人圍在那裡，我也湊上去看熱鬧，原來今天門票減價，吸引了很多觀眾。開張一年多了，我還從來沒有問津過，想起上次賴文雄的全力介紹，看看時間尚早，也就自然地加入排隊行列之中。

早就在報上看過報導，這是西方唯一的鞋子博物館，它擁有世界上最多的鞋子收藏品。該博物館共分爲五層，它的宏大建築沒有花去加拿大政府一分錢，完全是以私人集資的方式籌建的。該博物館的名字，來自世界上皮鞋銷售量最高的Bata牌子，館內的鞋子大約有一萬雙，鞋的歷史跨越四千五百年。

進入館內，如臨鞋的世界，衣帽間、牆上的指示牌，都是主要以造鞋的皮革作爲素材；而館中央的樓梯扶手，都佈滿了一個又一個以不同款式的鞋子作爲圖案的徽章，這一切設計的目的只有一個，就是要把博物館的主題不知不覺地滲透到博物館的每一個角落。

那千奇百怪的鞋子令人著迷，從比利時走私者所穿的木鞋，到日本的木屐，到泰國皇后詩麗吉的高跟鞋；從十七世紀義大利威尼斯高級妓女的軟木高底鞋，到緬甸的宮廷拖鞋等等，應有盡有。

站在邱吉爾、畢卡索、貓王普利斯萊及艾爾頓強等人曾經穿過的鞋子前，更使我流連忘返……我

終於明白，賴文雄推薦我來參觀的意圖，他不但喜歡我這雙性感的腳，從他的每句每言中也可以感受到，他更希望我的腳下走一條明亮的道路。我還清晰地記得，那天臨走時他還笑著對我說，為了這雙性感的腳，一定會來找我。

回家的路上，我突然想起「千里之行，始於足下」的成語，那我腳下崎嶇的道路，到底怎樣走呢？

87.人面獸心的酒保

七月底，我和酒保艾倫發生了一件聳人聽聞的事，差點搞出人命。現在回憶起來，都令我毛骨悚然。這實在是個可惡卑鄙的小人！並不是我詛咒他，這種人惡有惡報，不得好死。

一天深夜收工，他請我到唐人街吃宵夜。和往常一樣，我坐在他的摩托車後面，雙手攔著他的腰，一路風馳電掣，感到非常刺激、過癮。艾倫三十五、六歲，還沒成家，按照他自己的說法，每天在酒吧看裸女看多了，似乎已對女人失去「性趣」，他父母住在魁北克省，他一個人住在多倫多。我自從進了MW脫衣舞酒吧第一天開始，他就給了我無數幫助，不斷提醒我要搞好人際關係，我和他似乎無話不談，親如兄妹。在我的影響下，他對中國文化有點興趣，並且非常喜歡吃中國餐，兩三個星期我

們就去唐人街宵夜一次。我早已發現他吸毒，勸了幾次都無濟於事。

那晚宵夜到一半，他開口向我借三千元，說是有點價廉物美的海洛因要進，自己手頭有五千元，想做點小買賣。由於我以前太相信別人，失去了很多錢，所以目下誰和我借錢立即「色變」。何況他三個月前借過我三百元，至今沒有下文。

我直截了當拒絕他：「我眞的沒錢，你又不是不知道，現在的生意越來越難做。」

「妳沒錢，我們酒吧沒一個人有錢了。妳可是MW酒吧的一號明星。」他皮笑肉不笑的樣子。

「別亂講。我又不肯讓客人摸下身，怎樣會有她們賺得多？眞的是沒錢，我每個月還要寄錢回上海，我祖母病得很厲害。」

「好啦，別給我哭窮了。你和胖子維克托上一次床，他就會給妳好幾百的。」

「你眞的相信這些謠言？告訴你，至今爲止，他都沒碰過我一根汗毛，我可以對天發誓。」我舉起手。

「好啦，不肯就算了，我再另外想法子。」

「艾倫，作爲朋友勸你一句，販毒可不是好做的買賣，警方不會放過你的。」

「說實話，我也想多賺點錢。如果我是女人，特別像妳這麼漂亮的女人，一定賺很多很多錢，就是脫褲子嘛，太簡單了。」

我無言以答。在他眼裡，我們這種女人就該是脫褲子的機器。並且他認爲，我早已做了這種機

器。冤枉啊，眞是跳進安大略湖都洗不清楚。也許在很多人眼裡，脫衣舞孃和「雞」沒有分別。

宵夜後跨上艾倫的摩托車，還是一路笑聲。過了一會兒，我感到有點不太對勁，平時他都會送我回酒吧，然後我開自己的車子回家。此刻他怎麼會向空曠的湖濱大道快速駛去呢？道路兩旁越來越偏僻，房屋稀少，女性的本能使我覺得驚慌不安，我轉動身子大聲地叫喊：

「艾倫，要到哪兒去？我想回家。我要下車。」

「閉嘴，小心把妳推下去，摔死妳。」他粗聲回應。

摩托車越來越向東行駛，路邊草木叢生，第六感告訴我凶多吉少，大難將臨頭。我嚇得眼淚直流，感到自己像一隻正在被趕上屠場的小羔羊。

車在一堆廢墟前停下，艾倫取下頭盔，緊抓我的手朝裡面走。

「你想幹什麼？艾倫。三千元我可以借給你，千萬別亂來。」

「三千？沒那麼簡單，我現在要的是三萬，三十萬。」

跨過荒野，來到一座破舊不堪的大房子前，大概是即將拆卸重建的貨倉。他把我拖進一間屋內，打開了隨身攜帶的手電筒。房內什麼家具都沒有，只有一張破爛的床和一大堆酒瓶，屋內還散發出一股難聞的怪味。

「委屈妳了，東方維納斯，今晚老子就教妳怎麼賺錢。」他轉動著綠眼睛，色迷迷地張著嘴。

見我呆若木雞地站立著，他一手把我推倒在床上。迅速撲上來，撕破我的連衣裙，像野獸般地強

暴著我。如此荒郊野外，再喊再叫也沒有用，我乾脆閉目，麻木地由他發洩。

大約二十分鐘後，他心滿意足地坐起身，點起煙說：「眞的名副其實。太好了，妳應該賺大錢。」

「你爲什麼對我這樣？我把你當親哥哥看的……」我放聲大哭。

「別哭。當心把妳的頭砍下來。妳知道嗎？我就是『霹靂摩托車黨』成員。」他從床底抽出一把長柄刀，晃了晃。

一聽「霹靂摩托車黨」這幾個字，我就嚇得魂飛魄散。他們的「事蹟」最近媒體屢作報導，他們都是一些不良青少年，大部分無固定職業，平時喜歡群居於廢棄的房子內，居所往往塗鴉攻擊政府、少數族裔的句子，進行打劫、搶掠、強姦等一系列犯罪活動。上個月他們槍殺了三個路邊妓女，火燒了一家脫衣舞酒吧，警察看到他們都頭痛。沒想到，平時和藹可親的艾倫也是其中一員。

「嚇死妳了，是不是？給我乖乖的，我絕不會殺妳。還要靠妳給我賺錢呢，我一早就看上妳了。好好的聽我的話，保你每天進帳一千元。」

艾倫和盤托出了他的「大計」，叫我辭去MW脫衣舞酒吧的工作，在市中心希爾頓酒店包一間房間，每天在酒店裡接客，當高級妓女，接待一個客人至少三百元。他仍在酒吧做酒保，負責給我覓尋芳客，每天保證有十個人，也就是說他充當拉皮條角色，跟我五五分帳。

天啊，一夜之間我不是成了被黑幫控制的妓女。我嚇得渾身發抖，冷汗直冒。你這個人面獸心的艾倫，想得太美了，讓我成爲你的搖錢樹，自己可以毫無後顧之憂地吸毒，不時地再來強姦我，眞是

個一箭雙鵰的「好主意」。

「答應？還是不答應？如果報警，就把妳扔進安大略湖。」他粗魯地捏著我的上身。

如果硬跟他頂撞，真是自討苦吃。還不如給他來軟的，先躲過眼前的一劫。

「艾倫，這個想法不錯。不過，我們得從長計議，說實話，老板喬治和湯馬士對我都不錯，我不想辭職，拆他們的台。我想利用白天在酒店接客，晚上還是到酒吧跳舞。」我央求著。

「暫時這樣也好。到時我們的客人多了，再辭職。」他又順手把我壓在下面，像幾十年沒見過女人般地抱緊我，粗野地進入我的身體。

踉踉蹌蹌回到我自己的小窩，天已微亮。仰望金黃色的晨曦，就像看著黑色的帷幕。我再也沒有淚水，所有的眼淚早已哭乾。沒想到，我從東京的火坑好不容易跳出來，一頭又跌進多倫多的地獄。誰說人能控制自己的命運？我的命運都掌握在別人手裡。蒼天啊，您睜睜眼吧，救救我這個孤苦伶仃的弱女子。

88. 黑幫控制被迫賣淫

下午，我還是強打起精神到MW脫衣舞酒吧上班。酒保艾倫當衆和我笑呵呵地打招呼，好像沒有發

生任何事情。本來想把心中的苦水告訴老板喬治，或講給胖子維克托聽，也想過致電以前的鄰友巴巴拉求救，但一想起艾倫臨走時的那句話就膽戰心驚——「不准告訴任何人，否則三天內人頭落地」。

我只能一人承受巨大的壓力，整天憂心忡忡地過日子。和艾倫則採取拖的辦法，避免與他單獨在一起，一下班趕快回家。整天生活在驚弓之鳥狀態下，我眞擔心自己會變成精神病。

一週後的晚上下班，當我剛剛發動汽車時，後座位突然坐起一個人影，嚇得我大叫大喊。

「住口！再叫，我殺了妳。東方維納斯，一週過去了，怎麼一點動靜都沒有？請把車開到希爾頓酒店，然後直上七〇八房間，那兒有個朋友等你。」一個年輕洋男人的聲音，他帶著面具。

「你是什麼人？不要亂來。」我央求著。

蒙面人說：「那還要問嗎？眞是傻得可愛。妳放心，我們不會亂殺無辜，但妳一定要跟我們合作。」

此人肯定是艾倫的同黨，我不敢再講話。按照他的指示，我把車停在希爾頓酒店停車場，他突然跳下車，消失得無影無蹤。

我逕直登上七〇八房間，門沒上鎖，室內空無一人，我更害怕。癱在沙發上，心裡怦怦直跳。過了十分鐘，艾倫獨自一人闖進來。

「我的東方維納斯，喜歡這裡嗎？小了一點，但房租也要一百元一天。」他粗魯地把我抱到床上。

「先陪我一下，眞的很想妳哩。過一個小時有個貴客到，是個美國老頭子，陪他一小時，付妳六百

美金，夠大手的吧。」我還沒講話，他就壓在我身上呻吟起來。

一小時後，果眞有個上了年紀的洋人敲門。他自報七十歲，看上去只有六十。應付了一小時後，他興高采烈地付了七百美金走了。不一會兒，艾倫衝進來，拿走了三百美金。

「我不想跟妳多講，今天起就住在這裡。明天中午有兩個客人，下午有三個，每個人一小時，收費四百加元。晚上的客人，到時再通知妳。」

艾倫走了。我在浴室裡邊洗澡邊大聲地痛哭。再洗也洗不去我的恥辱；再哭也哭不掉我的悲慘。我要永遠記住這個日子——一九九七年八月八日。這是我公開接客的第一天，以後越陷越深。我也不知道，怎麼莫名其妙地走上了這條不歸路，到底是自己的錯，還是社會的錯？

經過幾天幾夜的深思熟慮後，決定八月底宣誓入籍後即與林天賜「離婚」，然後悄悄離開MW脫衣舞酒吧，擺脫艾倫的控制。既然完全「下海」接客，就不想受任何人的控制，自己辛苦賺來的錢要完全歸自己，和「霹靂摩托車黨」扯在一起遲早會出事，到時極有可能死無全屍。

入籍那天，唱著加拿大國歌，我眞想放聲大哭。美麗而富有詩意的楓葉旗下，有多少骯髒的黑手在跳動。但我不該責怪加拿大，艱辛的移民之路是我自己選擇的，沒有人用鞭子抽打我，更沒有人逼迫我。只能怪自己愚蠢，只能怪自己無知。不怨天不怨地，只怨自己的命不好。

與林天賜的「離婚」手續辦得異常簡單順利。一年不見，他倒沒有什麼變化，但他盯著我的臉直發愣，好像看到了一頭稀有動物。

我看得出他的眼神，便自覺地說：「阿林，是不是我老了很多？」

他未吭聲，只是默默地點了點頭。然後，他若有所思地說：「章小姐，別太辛苦了，路還長著呢。」

「加拿大，艱難大嘛，每個人都在爲生活奔波。」我裝出若無其事的樣子。

目下，他在士嘉堡的「重慶樓」做二廚，生活如常，依然獨身。還聽他說，黃虹回流上海開餐館了。

臨分手前，他再三說：「章小姐，眞的非常對不起妳。以前，我太沒良心了……」

我握著他的手說：「這些，對我已不重要。阿林，祝你好運。」

離開MW脫衣舞酒吧那晚，我和老板喬治說有急事去美國，過幾天就會回來，他並不開心，但又不得不答應。在加拿大誰都管不著我，這是我的自由。

17 「越陷越深難以自拔」

89. 機場兜客遇教授

悄悄離開了MW脫衣舞酒吧後，終於擺脫了酒保艾倫的糾纏，遠離「霹靂摩托車黨」的魔掌，內心最大的感慨就是——我眞正自由了，我高興做什麼就做什麼了。

爲免節外生枝，我遠離多倫多市中心，搬到了西區居住，靠近皮爾遜國際機場。而機場候機室，則是我主要的兜客地點，專門迎接從世界各地來多倫多獵艷的「嫖客」。之所以選擇機場，也是看了一段新聞的啓示，溫哥華有個亞裔妓女專做機場生意，生意火紅。

也許正值旅遊季節，每天進出機場的人絡繹不絕。我專門挑從美國來多倫多公幹的商人，並且看上去是較有錢的那種人。有一次接待了一個從紐約來多倫多開訂貨會的商人，他出手十分闊綽，那晚在機場酒店陪了他一個晚上，他給了我一千美元，本來說好是五百美元的，但他說我的「服務一流」。但是像這種「豪客」畢竟是少數的，有時兩三天都碰不到一個客人，也許是我的開價太高，我開口價至少三百美元，不過有時打對折我都願意幹。

在機場拉客，會碰到各種各樣的人，有時眞讓人哭笑不得。有一個晚上，我在候機室內逛了三個多小時，都找不到目標，就在我準備離開時，有一個非常漂亮的女人走過來，一聽口音就知是從美國過來的。講了半天我才明白，她是個雙性戀者，問我有沒有興趣與她共度良宵。

我一聽同性戀就害怕，因爲他們帶愛滋病毒的可能性非常大，我立即婉拒了她，但她硬拉著我的手不肯放，不停地說服我：「我的床上功夫，一定使妳驚訝的，也非常刺激。」

說實話，我在脫衣舞酒吧做過一段時間，每時每刻都看到女人的胴體，都看厭了，甚至早已倒了胃口，和女人上床，更感噁心。恐怕這輩子，我的心理上都不會接受同性戀。

如果說最有趣的，莫過於碰到格林教授了。有一天晚上，我在機場咖啡店遇到一個很奇特的男人。他是從波士頓來多倫多開會的，本來約好一個朋友，在搭機回波士頓前，在機場咖啡店見面。但突然那個朋友打他手提電話，說是他太太出了車禍，取消了約會，離飛機起飛還有兩個小時，他遇見了我。我在咖啡店看他六神無主的樣子，立即上前和他搭訕。

三言兩語之後，他就將機票延至第二天，並馬上招了一輛的士，把我帶到附近的「假日酒店」。他的樣子不像有錢的商人，自稱是波士頓一所大學的歷史學教授，還能講一點點國語，據他說還在上海待過一年。我對他感興趣，是因爲我的初戀情人陳智偉也在波士頓讀過書，懷著好奇感，想打聽一下那裡的風土人情，所以他說二百元美金陪他一晚，我也答應了。

但我還是第一次碰到這樣的「正人君子」。通常嫖客一進房間急於上床，但這位教授毫無碰我的意思。在我的挑逗下，他才一本正經地說，他只是想出錢找個妓女談談心，因爲他正在寫一本有關「妓女發展史」的書。

知道他的用意後，我再三關照他，不准用我的藝名Camille，也不能講我在多倫多，他都一一答應。他請我到酒店餐廳吃了一頓日本餐後，回到房間，他叫我躺在床上，他則坐在不遠的沙發上和我交談，他邊說邊做著筆記。他問的題目很廣泛，包括問我爲什麼走上這一條路，我說是生活所逼；他又問我，是不是每天找男人上床才舒服，我說和一個沒有感情的男人性交，只是爲了錢，談不上快感，更沒有感情可言。

一直問了三、四個小時，他都沒有上來碰我，眞是一個怪人，像這樣坐懷不亂的男人，在這個世界幾乎不存在。我簡直懷疑，他是否有性功能。

他對中國歷史非常熟悉，能用很標準的國語講出「唐宋元明清」的分段史，每個朝代的皇帝都倒背如流，還說中國的宋詞和妓女分不開，妓女對中國的音樂貢獻很大。

他突然走到我面前，我以爲他要撲上來，誰不知，他只是坐在我旁邊說：「冒昧地問妳一句，妳是不是來自上海？」

「你沒必要問吧，格林教授。」我嬉皮笑臉地說。

他又回到沙發上坐下，對著我說：「Camille，不瞞你說，我在上海待過一年，在一所大學教英語和美國歷史，對上海姑娘多少有點了解，我在機場咖啡店見到妳時，早就有這種感覺。」

我點點頭，好像是一種默認。在他不斷的要求下，我講了初戀被人欺騙，東京被人強暴，多倫多中了同窗的暗箭，以及被迫走上歧途的簡單經歷，他邊聽邊問，不停地記著筆記。

「這是一個非常精彩的電影素材，我回波士頓以後，一定向我搞電影的朋友推薦。」

我再三叮囑他，千萬不能暴露我的任何身分，他答應就叫「中國女孩」，或者隨便編一個名字。他說名字只是一個代號，關鍵是寫出一種生存狀況。

晚上十點，他提議到下面的咖啡店喝杯咖啡，我立即答應了，有一種女兒跟著爸爸遊山玩水的感覺。

在喝咖啡時，他深表同情地說：「妓女是個老掉牙的問題，只要有人類存在，這個問題就不會消亡。中國妓女在北美洲的歷史，可以追溯到很遠，美國有很多這方面的資料，中英文的都有，最有名的，當推一個叫阿彩的妓女。」

「能跟我講講這個故事嗎？」我好奇地請求。

他點點頭，慢慢道來：「自一八四八年加州尋金熱開始，到一八五四年的六年間，共有四萬五千中國人到如今的舊金山一帶掘金，由於絕大多數是男丁的關係，比例自一九〇一到一九一〇年的十年間，舊金山的男女比例依然為九十四．四比五．六之懸殊，其後果可想而知，賣淫當時在唐人街成了與鴉片並駕齊驅的行業。」

他感慨地說：「當時的華人世界，男人去金礦掘金，女人在男人身上挖金。一個叫阿彩的中國女人，便是當年最出名的妓女。她美貌如花，雙十年華，一對黑色深邃的大眼睛，身材修長，配上華裔婦女特有的蓮花足。難得的是她有一種高貴的氣質，又懂得中英文，各路尋芳客紛至沓來。」

他繼續說著，好像在課堂上：「阿彩以自己圓滑的手段，多次出入法庭，依法取得居留權，勇敢地把那些以銅沙充當金沙作肉金的尋芳客告上法庭，但又因其妓院實在太門庭若市，而被左鄰右舍告上法庭等等，阿彩可謂身經百戰，成為當時名噪一時的名妓。藉著她每次服務收取金沙一兩的價碼，加上客似雲來，阿彩很快就積蓄了大筆金錢。後來她更購買中國女人到其門下操業，至人老珠黃時，搖身一變成為鴇母，據說還曾與一名洋人結婚，後又養了名吃軟飯的白人男子與她同居，她自己後半生一直安安穩穩地過日子，可謂一生傳奇，直至以近一百歲高齡去世。」

講到這裡，我真正相信他是教授了。因為只有教授，才這麼博學。他看了看手錶說：「太晚了，快點睡吧，明天一早我們去機場，妳的車還在那裡吧。」

這時，我對他產生了敬佩之情，他要我做什麼我都會答應的，何況我們還是金錢關係呢。但沒想

到，他始終沒碰我一下，並且說兩個人分睡兩張單人床正好，互不相干。

在臨睡前，他略有感慨地說：「早在三〇年代，美國就有作家寫過一本叫《移民》的書，後來拍成電影，轟動一時。這本書的開頭，好像是這樣寫的：移民對他們扮演的角色是毫無意識深度的，他們對歷史沒有任何夢想，也沒有想到自己是歷史的一部分，他們分擔了落腳地神話的一部分，但他們對這地方一無所知，悲哀吸收了他們，嘔吐吸取了他們，他們口腹的苦痛溶化了他們。」

我也故作深沉地回答了一句：「移民是要付出代價的，是一種精神上的脫胎換骨。」

「不簡單，妳還是一位哲學家。」說完這句話，他呼呼大睡起來。

翌日清晨，格林教授給了我二百元美金，又給了我一張名片。我一看，他確實是一名歷史學教授，還是博士呢。

「遇到需要幫忙的時候，給我個電話，說不定，我那些好萊塢朋友，還會請妳當演員呢！」他幽默地跟我道別。

我情不自禁地投入他的懷抱，他低下頭來，輕輕吻了一下我的額頭，完全像長輩一樣。

遺憾的是，後來幾次搬家，我不知把他的名片塞到哪裡去了，否則，也許會打電話找他。

90.上門跳脫衣舞惹禍

到了冬天，機場兜客的生意一落千丈。也許是多倫多的大雪阻擋了遊客。也難怪，嚴寒的天氣，只有候鳥南飛去佛羅里達州避寒，哪有到雪國來喝西北風的？

一九九七年底到一九九八年初之間，生意淡得令我發毛，有時一個月只能遇上幾個客人，連房租都掙不回來了。我已把價錢降到一百加元一晚，還是釣不到魚。長此以往，我在MW脫衣舞酒吧掙的血汗錢也會賠光了。

就在我爲錢煩惱時，看到本地一份英文小報上的招聘廣告：「高薪聘請上門脫衣舞孃」。我立即致電這家XY表演公司，對方說「按貨論價」，最高每次表演可得到二百元酬金，最低的也有七十五元，每次表演半個小時。儘管我對跳脫衣舞已極端厭惡，或者說早已形成了逆反心理，但這個價錢實在是太吸引人了，豈能錯過？

翌日下午，我精心打扮一番，到市中心的XY表演公司面試。聯絡主任比爾見了我，隨便問了幾句，馬上叫我到內房表演。他和副總經理看我跳了兩隻舞後，就點頭說聘用我了。他倆交頭接耳了一陣，副總經理走了。

比爾對我說：「Camille，妳確實受過專門的訓練，但我們的表演和脫衣舞酒吧的表演，還是有一些區別的。比如說，我們會根據客人的要求，將妳們打扮成不同職業的人員上門服務。所以，妳還需要一段時間的培訓。」

我爽快地問道：「那我的出場費是多少？」

「全裸每次一百二十元，大約半小時左右，另外客人會給約百分之十五的小費。」他透過鏡片的眼睛朝我瞟了一眼，好像有點驚訝的樣子。

對這類洋人，我在MW脫衣舞酒吧見多了，毫不客氣地說：「我的職業水準你也領教了，沒有一百五十元出場費，我是不幹的。」

「好，那就一百五十元，三個月後可能會加到二百元，最高可以到二百五十元呢，好好做吧。」他倒也十分爽快。

如此簡單，我又走回跳脫衣舞的老本行了，是喜是悲，難以形容。生活是一個循環，走來走去還是回到原路。這一切都是命中注定的，再有天大的本事都逃脫不了。

一個星期六的晚上，我被召到一對新婚夫婦家裡。一開門，裡面亂哄哄的，大部分都是女性客人，新郎新娘見我進來，有點丈二和尚摸不著頭腦。

一個胖女人立即笑臉相迎，拉著我的手對他倆說：「這是我們一幫姐妹，合資請她來跳脫衣舞的。」

「對啊，新娘在辦公室裡太害羞，請位舞孃回來讓你們有一次難忘的經歷。」一個斯斯文文的女人說著，看她的樣子，準是個秘書。

另一個帶眼鏡的女人拖著新娘的手，做著鬼臉說：「也讓你們今晚更開心！」新娘不好意思地低下頭，本來就是紅彤彤的臉好像要冒出金星出來。難怪，電話裡聽比爾講，新娘是讀英國教會學校長大的，家裡也是傳統的英國式保守作風。

等新娘新郎完全理會我的來意後，我拿出隨身攜帶的一張CD，交給新郎，他馬上放入CD機內。隨著悠揚的音樂響起，我先是脫掉上衣，只戴一件黑色的胸罩，擺動我的身體。第二支曲子奏起時，我邊跳邊慢慢取下胸罩和裙子，到最後只剩下一條眞絲黑色內褲時，繼續用力扭動我的上身，展現惹火的雙乳。到第三支曲子時，我脫下內褲，扔到新郎頭上，他嚇了一跳，馬上讓開，好像見到死人上身一樣，全屋響起一陣鼓掌聲。也難怪，他是個只會和電腦打交道的IT人士。

隨著全屋一輪喧鬧平息後，我也收拾簡單的行李，到廁所換衣服，前前後後半小時。臨走時，胖女人塞了二百五十元給我，這錢來得也眞容易。

還有一次值得回味的經歷是，有一個週五下午，被召到卑街的一家高級律師樓。這是多倫多市中心有名的金融和商業中心，平時進進出出的人都是西裝筆挺的，一副道貌岸然的樣子。這次是一幫雇員，爲慶祝老板五十大壽，在公司裡爲他舉辦一個別開生面的派對，聽比爾介紹，這個老板平時也喜歡光顧脫衣舞酒吧，有不少大生意還是在酒吧裡談成的。

走進高級辦公大樓的感覺確實不一樣，自己也好像高貴起來。本來講好是真空上身，穿內褲表演的，但那老板見了我，偷偷碰了一下我的屁股，馬上當衆建議我全裸，引得哄堂大笑。專業人士就是不一樣，他們每一個人都非常守規矩，只是靜靜地看著我表演，有兩個律師不好意思地說，還是第一次看脫衣舞表演。

那老板立即嘲諷他倆說：「你們還好意思說，憑這一點，就該炒你們的魷魚啦。」

這番話引來衆人捧腹大笑，再一次把氣氛推到最高潮。一連三支舞曲後，老板要求再來一輪，他拍拍胸脯說，今天的開銷他全包了。果然不錯，臨走時，老板爽快地開了張五百元的支票給我。

半年當中，我應客人要求，先後打扮成護士、牛仔女郎、女學生、女教師、女傭人、女警察和寡婦等。上門跳脫衣舞大多是在週末，有時一個晚上要趕三場，這樣下來，每月收入有四千到五千加元，日子過得還不錯。平時則靠看電視、逛街和逛圖書館打發時光，有時也會到公共場所接客，算是「客串」。

但好景不長。一九九八年聖誕節前夕，我被一家越南裔家庭召去表演，那天是星期六晚上，是爲一個叫「龍二哥」的人慶祝四十歲生日。他們事實上是越南華僑，十多個男人中，幾乎每一個人都會說國語。

當我穿著胸罩跳第一支舞曲時，下面有幾個年紀較輕的人就噪動起來。當我脫下胸罩，露出兩點時，有一個人驚叫起來，要上來摸我，嚇得我往後直退。還好，被一個年紀稍長的人阻擋了。第三支

音樂響起時，我小心翼翼地脫下了內褲，但沒料到旁邊一個年紀較大的男人，一手抓住了我的屁股，嚇得我驚叫起來……

「住手！太不像話了。叫你們要守規矩……」龍二哥立即站起來，阻止這個男人。

龍二哥繼續對我說：「小姐，眞對不起……」

就在這時，門鈴突然響起。開門後，四、五個全副武裝的警員突然闖入，手持搜查令，龍二哥等人都驚惶失措。其中還有一個華裔警員，會講廣東話、國語和越南話，他們一番搜查後，在二樓的太陽房內發現一批水栽大麻，據警方估計市値約十五萬加元。

那晚，我也被同時帶到警察局問話。次日，XY表演公司的聯絡主任比爾擔保我出去。看來，做上門表演並非易事，會碰到各種不同的狀況，還存在著很大的生命危險。就在我進退兩難之際，XY表演公司也被警方查封，涉嫌以脫衣舞表演爲名，暗地開妓寨，爲顧客提供性服務。我也被帶到警察局遭查問，好在我任職半年多來，從未「獻身」。

最終，公司裡的四個脫衣舞孃被控賣淫，比爾等人也被控以經營淫業，XY表演公司不得不壽終正寢，我又成了一個沒有「組織」的流浪女。海外另類女性的艱辛生活，是國人難以想像的。神女這碗飯，什麼地方都不好吃。

91.同病相憐捲入販毒

XY脫衣舞表演中心被封時，正是大雪紛飛的時候。來到加拿大好幾年了，我還是第一次怕雪。與其說是我怕嚴寒，倒不如說我內心怕「失業」，怕孤獨。

經過反反覆覆考慮後，我決定搬回多倫多市中心居住，因爲那裡五星級酒店多，一定能釣到「大魚」。既然走上這條路，我已沒有選擇，世上再也沒有比脫褲子賺錢容易的好事，八字一開，白花花的銀子就這樣進入我的子宮。作好最壞的打算，掙夠二十萬加元後，回上海過好日子，說不定到時還能找到青春玉男，歡度美好的下半生呢。

不知是緣份？還是上帝的旨意？一九九九年初我剛回到多倫多不久，那晚我在「四季酒店」大門前招攬生意，差點被一個色狼性侵犯，還好旁邊的俄羅斯女郎卡秋莎及時伸出援手，打了那個色狼一個耳光，她的男朋友老鷹也衝出來見義勇爲，制服了那傢伙，幫我解了圍。也就從這時起，我搬到市中心的教堂街公寓，和卡秋莎共租一個單位。

說來也是一種歷史的巧合，或者是一種宿命。聽一些老華僑講，三十年代初，在我居住的教堂街附近，便有一間歷史悠久的妓院，老華僑謔稱之爲「雞竇」，廣東人稱「妓女」爲「雞」，其來源實無

從考證。當年華人來美加淘金，並無攜帶家屬，生理上的需要就只好到「妓院」發洩了。加上當時妓院內均爲洋妓，身裁高䠷，金髮碧眼，豈不讓人心動？於是心甘情願到此掏腰包，以滿足生理需要，況且是在洋妞身上發洩，更倍添滿足感和新奇。華人嫖客在一陣翻雲覆雨後，小費是從不吝嗇的，於是經營淫業的洋人便乘機擴張，毗鄰華埠艷幟高張，洋妓成行成市，華僑壯男們辛辛苦苦所得的血汗錢，都悄悄流進洋妓的口袋裡去了……

我把這些道聽途說講給卡秋莎聽時，她好像很開心，自豪地說我們在發揚光大中國傳統文化，眞是讓人哭笑不得。這個女人無論從相貌還是身材上來講，都是一個大美人兒，她美得非常風騷，是讓任何一個男人動心的女人。尤其是那惹火的胸脯，大得讓人懷疑是假的，有一次晚上就寢前，她見我的目光老是注視著她的胸脯，她坦率地脫下小背心，抓起我的手摸她的豪乳。

她驕傲地說：「這是父母給我的最大禮物。自從我上中學時，這玩意兒就惹來麻煩，有一次被一名體操教練摸了一下，我立即報告校長，第二個禮拜他就被革職了。」

我不好意思地說：「我還眞以爲是假的，誰知道還貨眞價實，簡直比加拿大的明星彭美拉還要大，妳眞該去拍電影。」

「是啊，專去拍三級片……」她那淫蕩的笑聲磁力無窮，難怪有那麼多豪客圍著她轉。

在她的指教下，我很快釣到「大魚」，尤其是她介紹過來的北歐男人。碰到一些個子矮小的亞洲嫖客，她也會主動轉給我，按照她的說法，這種小尺寸的男人，經不起她的折磨，她可不願意看到那些

男人死在她的床上。

但沒想到，她的那個非常講義氣的男朋友老鷹是個販毒份子。我也莫名其妙地捲進二十公斤海洛因走私大案中，陪卡秋莎把貨運到溫莎市。還好老鷹被黑幫滅口，否則我也會坐進監獄了。

自從老鷹死了以後，卡秋莎似乎失去了生存的勇氣，在家睡了好幾個月，如同行屍走肉。最後，她搬到城北去住了，聽她說是跳脫衣舞，但按我的專業眼光看來，她不是第一流的舞孃，她的個子太高，屁股不夠性感，但雙乳彌補了這些不足。卡秋莎走後，我也搬到皇后街上一幢公寓內居住，租了一間較小的一房一廳單位。

我依然在附近的一些高級酒店覓尋芳客，主要還是做觀光客的生意，一個禮拜也能釣到一、兩條「大魚」。但最怕的一點是，多倫多警察局展開打擊娼妓活動，幾乎每晚都會出動大批人馬，在約定俗成的幾個紅燈區捉人，包括市中心最著名的Carlton、Church的教堂街區，市東的Regent Park麗晶公園區，市西的Parkdale區，士嘉堡的Kingston區，北約克的Jane、Finch區，還有一個是男妓區，位於市中心Bay、Yonge街。而我經常出沒的教堂街一帶，靠近警察局總部，自然成為重點對象。

有一天深夜，我剛從希爾頓酒店接完客出來，就看到三輛警車飛馳而來，我嚇得直溜。第二天看報紙，果然是來抓娼妓的，當場逮捕了五個泰國裔非法移民，她們是被一個犯罪集團所控制的。

還有一個晚上，我有幸逃過了一個便衣偵探的手掌。那晚十一點多，我站在央街、登打士街交叉路口的伊頓購物中心處兜客，突然有個高個子亞裔男人走過來和我搭訕，我覺得這個人有點眼熟，大

概是以前MW脫衣舞酒吧的客人。他先用英語跟我交談，見我英文不很流利，又用帶著廣東話口音的國語和我對話。他一開口講中文，我才想起此人正是上次搜查越南家庭大麻案的華裔警員，他還會講越南話呢。

我馬上改口：「對不起，我是等一個朋友，只是你剛剛講的英文，我不太明白。」

「這麼晚，妳還在等朋友？」他有點不悅。

「這是我的自由，犯法嗎？」我毫不客氣地說。

他只好笑著說：「那要注意安全。」

我說了一聲「謝謝」，馬上拔腿就逃。剛走進對面一條小街，就發現一輛打著燈的警車停在街口，裡面還坐著一個警察，我不由自主地拍了拍自己的額頭，慶幸自己又一次走運。

但是，我逃得了便衣警察，卻逃不過這黑社會的糾纏。八月下旬的一個晚上，我在市中心一家假日酒店咖啡店準備「釣魚」，突然有一個矮個子男人走上來搭腔，看他樣子是亞裔，一開口就是國語，自稱是馬來西亞華僑，一陣討價還價後，他願意出一百五十元。跟他上樓，剛踏進三〇三房間，我就發現有個人坐在沙發上。

見我有點驚訝，那中年男人從沙發上站起來：「Camille小姐，不要緊張，我不會吃了妳，請坐。」

「你怎麼知道我的名字？」我吞吞吐吐地說。

「老實說，我們已注意妳很長時間了。不要怕，只要跟我們合作，好日子有得妳過。」中年男人說。

「那你們到底想幹什麼？想上床，也得排隊，一個一個來。」我氣呼呼地說。

中年男人說：「小姐，妳誤會了。妳一定知道上個月發生在多倫多的一宗大案，四個妓女在同一個晚上被人刺死。」

「警方不是已破案了嗎？是霹靂摩托車黨幹的？」我疑惑地問。

「警方只公布了一半，那四個女人可是我們手下的人。」中年男人接著講。

「那你們是從紐約過來的黑蝙蝠黨？」

「對，小姐，妳眞聰明。」中年男人終於露出了一絲微笑。

我在一篇英文報導中曾讀到過，大本營在魁北克的霹靂摩托車黨，正和從紐約來的黑蝙蝠黨爭奪多倫多的地盤，而後者是以亞裔爲主的犯罪集團，包括賣淫和販毒。

中年男子慢條斯理地說：「妳是一個聰明人，不必我多講了吧。」

我眞的不知他葫蘆裡賣的是什麼藥，便問道：「眞的不曉得你找我幹什麼？」

「妳別裝糊塗了，妳和霹靂摩托車黨的艾倫關係不錯，那個MW脫衣舞酒吧的酒保，他現在可是一個骨幹分子……」中年男人津津有味地講著。

我也直截了當地說：「你的意思是說，讓我打進他們內部，獲得情報？」

「對！真不愧爲上海女人，就是聰明。放心，我們會在暗中保護妳的。」中年男人笑著說。既然他們對我如此了解，看樣子難以逃離他們的魔掌。俗話說，好漢不吃眼前虧。我馬上答應：「這突如其來的事，也要讓我考慮考慮。」

「沒關係，讓妳考慮三天，夠了吧。」

中年男子邊說邊遞給我一張名片，上面只有簡單的名字和電話：「江山 416-888-3333」。

回到家，我全身骨架散開，癱倒在地板上，動彈不得，像一團泥，也像一灘水。來來往往，往往來來，我還是回到了原點，又要和那個魔鬼艾倫打交道。慘無人道的黑幫啊，你們爲什麼不放過一個無辜的女人？爲什麼？蒼天，你叫我怎麼辦？……

痛定思痛，我毫無選擇，只有「逃亡」一條路。三天後，我並沒有致電江山，而是偷偷搬出寓所，匆匆住進一家小酒店，準備我的「逃亡行動」。

翌日傍晚，發生了一宗令人髮指的事。我在小酒店附近的一家咖啡廳出來，突然遭到一個裝瘋賣傻男子的騷擾，糾纏了好一陣子，我只好快步離開，就在這時，有一個女人突然從馬路對面衝到我跟前，從懷裡拿出一樣東西，朝我臉上噴來，我急中生智，一個轉身，朝她褲襠裡猛踢一腳，拔腿就逃……回到酒店才發現，我的髮梢已燒焦，確認這是一宗企圖毀容事件，我捏了一把冷汗。到底是誰幹的？也許是霹靂摩托車黨，也許是黑蝙蝠黨，似乎後者的成份更高。這倒也好，加速了我的「逃亡行動」。

一九九九年八月二十八日中午，我獨自一人駕著二手尼桑車，帶著簡單的行李和五萬多元的銀行存款簿，沒有跟任何人透露，偷偷地逃離了多倫多，駛往世界十大奇景之一的尼加拉瀑布市。

是爲逃離虎口？是爲跳出火坑？還是爲釣大魚？確切地說，是一個「下海」女人，爲尋求自由放蕩的生活空間。再說「尼加拉瀑布賭場」開張以來生意興隆，瀑布每年接待兩千萬遊客，我想賺賭客和遊客的錢，釣魚就要釣大魚。那兒與美國只有一水之隔，要去對岸發展也容易。

汽車行駛在高速公路上，我在照後鏡裡突然看到了CN塔，他依然像堅挺的陽具，雄偉地屹立在多倫多的上空。但此時此刻的心情，和五年多前有天壤之別，那時和黃虹一起攀上高塔，帶著自豪，做著美夢；而如今，事過境遷，夢已破碎。

18 遲到的遺書披露眞相

92. 送上門的出氣筒

賈峰一口氣看完章媛媛的自傳體小說《新茶花女》，已是十五日晚上九點多鐘。雖然只寫了一半，但已足夠引起震撼，悲涼得令人心酸流淚。姑且不談她的文學技巧，其內容及情節，幾乎超過了所有的移民文學，作者的坦誠令人折服。文學需要的就是激情和眞誠，章媛媛顯然已達到了這一境界。他關掉電腦，心情依然久久未能平靜。

他腦海中不斷疊現小說中各個人物形象，出現一連串問號：可憐的章媛媛啊，妳果眞是紅顏薄命

嗎？可惡的日本人青川角榮，你為何如此喪心病狂地強暴上海少女？貪得無饜的黃虹，妳為什麼逼得昔日同窗走投無路？可憎的酒保艾倫，你憑什麼逼良為娼？我羅斯女郎卡秋莎，妳為什麼要引誘她販毒？神出鬼沒的黑蝙蝠黨，你們為什麼緊盯她不放？還有那個假丈夫林天賜、東京情人丁旭、脫衣舞酒吧老板、洋人鄰居巴巴拉老太太等一系列人物，在他腦海裡旋轉、翻滾。

過了一個多小時，賈峰的思緒還是沉浸在章媛媛淒涼的故事中。他乾脆打開電腦，準備挑選手稿中最精彩的部分，編輯成《上海神女秘聞》專題，先發表在本週六的《多倫多週刊》上，如此獨家內幕，肯定又能引起轟動，到時連洋人傳媒都會跟著追蹤採訪。

恰在這時，賴文雄從滑鐵盧市打來電話，嗓音很沙啞。他告訴賈峰，以往由於忙於學業，也沒好好看章媛媛的手稿，只是斷斷續續聽她口述過，這次幾乎含著淚水，邊看邊翻譯手稿的主要部分，當中有好幾次悲傷得不得不停頓下來，但願警方能夠從中找到破案的重要線索。

最後，賴文雄帶著求助的口吻說：「媛媛活得太淒慘了，我想好好替她舉行一個土葬儀式，而她家人主張火化，我卻想把她留在加拿大，就安葬在瀑布附近。她生前非常喜歡大瀑布，曾不只一次地跟我開玩笑，作為『瀑布之女』，死後一定要葬身於此。不知道她家人同意不同意？你是他們同鄉，她家人又很信任你，可以和我一起說服他們嗎？多謝你了！」

賈峰不假思索地說：「我想應該沒有問題，但要抓緊時間，墓地都要事先預訂的。」

「這好辦，多出點錢就是了，全部由我來付。」賴文雄爽快地答道。

賴文雄剛放下電話，突然有人來敲門。打開一看，原來是連浩天，他馬上皺起眉頭。還沒讓連浩天進門，他自己就偷偷鑽進屋了。

「你來幹什麼？畜生！」賴文雄破口大罵。

連浩天哭喪著臉說：「文雄，你怎麼罵我都可以，打我也絕不還手，我是該死！我是該死！」

「該死你還來？趕快去跳大瀑布吧！到我這兒來幹什麼？來找章小姐上床？帶了迷幻藥沒有？憑這點，我就該殺了你！」賴文雄聲嘶力竭地叫嚷著，完全失去了理智。

連浩天蜷縮在客廳的沙發上，一動也不動，像隻剛剛被痛打過的落水狗，連屁都不敢放。

賴文雄衝過去，一把抓起他的衣領，用力往上一提，他就乖乖地站起來了，嚇得渾身打顫，臉色發紫。

「別，別亂來。文雄，看在我們從小情同手足的份上，你就饒了我這一次吧……」

看他那副狼狽可憐的樣子，賴文雄猛地一鬆手，他又癱倒在沙發上，像一團爛泥。

「我再罵你多少次，再怎麼打你，又有什麼用？人都走了，什麼都彌補不了，誰還我章媛媛？誰？你倒是跟我說啊！」賴文雄氣急敗壞地說著。

「我知道，一切都是我的錯。當初在台北，不是我多嘴，章小姐肯定不會發生這樣的事。」連浩天吞吞吐吐地說。

「何止錯，簡直是犯罪！警方還沒確定你沒罪呢！」賴文雄咬牙切齒道。

「我寧願坐牢，來彌補我的罪過。現在我們的頭等大事是幫助警方儘快緝拿兇手，章小姐走了半個多月，警方的調查並無實質性的進展。」連浩天有意改換話題。

賴文雄急中生智說：「可別忘了，你仍是嫌疑犯之一，警方會隨時傳召你的。」

連浩天突然跪倒在地上說：「文雄，請你相信我，我絕不是兇手，你知道，我自幼膽小怕死，絕對沒有膽量下手。」

「這些，你不必對我講，去跟警察局說吧。」賴文雄故意氣他。

「眞的！如果說假話，我就不得好死，出門就被車撞死。」連浩天有點語無倫次。

「少跟我來這一套。你想章小姐想瘋了，早已變態，什麼事幹不出來？」賴文雄有意刺激他。

連浩天低下頭說：「我承認，我整天都想著她，我眞的不知道你們之間的愛情這麼深，簡直是現代童話。否則，我絕對不會這樣，俗話說，朋友妻不能欺，何況我們有血緣關係？」

賴文雄嘲諷地說：「你還懂這些？眞是天大的笑話，根本就是變態的人格。天涯何處無芳草？你爲什麼老是纏著章媛媛不放？」

「我是有病，我是有病。早點去看心理醫生就好了。她太美了，那皮膚，那身材，太迷人了……」連浩天眞的像個精神病人，自言自語起來，大腦中一定又浮現出章媛媛的胴體了。

「怎麼？美也犯法嗎？那好萊塢那麼多明星，整天被你這樣的色狼盯梢，豈不是不要過日子了？眞是天大的笑話，你眞的控制不了自己嗎？你是十歲的少年嗎？」賴文雄氣好像消了一點，內心深處越

來越看不起這個表哥。

連浩天又自說自話起來：「我就搞不明白，十二月二十九日凌晨，我和章小姐分手後，後面五個小時，她到底發生了什麼事？」

賴文雄迅速插嘴道：「浩天，你眞的去賭場了？」

「事到如今，我能騙你嗎？我向老祖宗發誓，我去了賭場。」連浩天舉起右手，一本正經的樣子。

連浩天接著說：「我知道，在這段眞空時間內，警方還沒找到疑犯，我自然成了替罪羔羊。可以說，我比任何人都著急，如果找不到兇手，我還是最大的嫌疑犯，我眞是跳進黃河也洗不清，永遠背著這個罪，還要坐牢……」

「好啦！這裡不是警察局，你還是坦白跟西蒙警長去會報吧。」賴文雄勸他說。

賴文雄根本無心和他多攀談，送上門的出氣筒發洩完就算了。倒是連浩天嘮嘮叨叨，沒完沒了。

原來，賴文雄一踏上飛機，台北的家人就打電話給連浩天，特別是賴媽媽，更是哭哭啼啼叮囑連浩天，一定要去看一看文雄，怕他有個三長兩短的。當然，連浩天是不可能將自己的「罪行」公諸賴家，只是答應一定會「照顧」好賴文雄。連浩天今天打了一天電話，但賴文雄家裡都沒人接，一直到晚上都還是沒人接電話，他擔心會發生意外，故匆匆忙忙從多倫多駕一個小時的車來到滑鐵盧，才知賴文雄一直在家裡，但忙於翻譯章媛媛的手稿，關了電話機。

賴文雄下意識地看了看時鐘，差不多午夜十二點了。連浩天說明天還要上班，早點起程回多倫

多。照以往，連浩天來滑鐵盧，總會住上一宿，何況現在是半夜呢，但看賴文雄毫無留他過夜的意思，便站起來準備告辭。

臨走前，連浩天再三說：「我眞的不知道，你們的感情這麼深……」

「你以爲，這個世界早已沒有眞情了。等有一天，你看完章媛媛的自傳體小說後，你也許就會明白，什麼叫愛情？你也會眞正了解她，同情她，甚至從精神上愛她。」賴文雄滔滔不絕。

「眞的嗎？什麼時候能出版？」連浩天有點懷疑的神態。

賴文雄毫不猶豫地說：「快了，一個作家型的記者正在趕寫，也許能成爲今年華文界的暢銷書。」

「能透露書名嗎？」連浩天邊披上大衣邊問。

「暫時叫《新茶花女》。不，現在一切保密，等案情水落石出後，才會推出市場。案子涉及的人和面太廣了，連警方的頭緒都亂了。」

「到時，我一定好好拜讀。別忘了，剛才跟你講過的，如果確定了哪一天出殯，一定要通知我，也請你允許我出席。當然，不要講給她的家人聽。」連浩天再一次請求。

「老兄，你的卑鄙行爲，怎麼叫我過得了自己的心理關？」賴文雄搖搖頭說。

連浩天有點忝不知恥地說：「文雄，請給我一個贖罪的機會。」

「這，你最好還是去問章媛媛吧！」賴文雄大力地關上了門。

93.登門說服土葬

賴文雄早就跟西蒙警長約好，十六日下午去警察局見面，會報章媛媛自傳體小說《新茶花女》中的重要線索。他一早起床，還跟警察局長打了電話，約他在下午四點見面。

午飯後，賴文雄整理好所有的英文翻譯稿和中文原文，駕車從滑鐵盧到尼加拉瀑布，這條路他不知走了多少次，以往旁邊總有美麗的章媛媛相伴，談笑之間眨眼就到了。但今天，似乎越開越長，大腦中老是浮現出她的音容笑貌。他心裡並不清楚，這條路到底還要來回多少次。如果章家同意土葬，媛媛安葬在瀑布區，那他一定會經常來陪伴，至少一個月來一次；如果章家執意火化，一半骨灰留在加拿大，他倒準備將骨灰盒放在滑鐵盧的寓所，等到年底畢業找到工作，再找墓地安葬。

下午兩點，賴文雄準時來到尼加拉警察局。西蒙警長、女警喬安娜正在會議室裡等候。

「這是章小姐自傳體小說的主要內容翻譯件，與破案有關的資料已全部翻成英文，但願翻譯得不是太差。」賴文雄把厚厚的一疊英文稿遞給西蒙。

西蒙瞄了幾眼，立即叫秘書去複印了兩份。數分鐘後，三人各執一份。賴文雄邊看著翻譯稿，邊解釋給他們聽，西蒙警長手拿紅筆，不時在翻譯件上劃上粗線。

喬安娜看了幾頁，馬上說：「賴先生的英文很好，翻譯得清清楚楚。」

西蒙警長瞪著眼說：「博士嘛，當然英文要過關。」

「這可不一定，有的博士英文表達能力並不好，以前我們碰得多了。」喬安娜翹起嘴說。

西蒙有點不耐煩：「人家賴先生是社會學博士，英文不好行嗎？」

賴文雄在一旁，有點不好意思地說：「趕時間，就不講究文字優美了，把主要意思翻譯準就是了。」

三個人一直討論了將近兩個小時，警方對章媛媛的自傳體小說《新茶花女》的前前後後，有了一個大致的認識，而他們最感興趣的是，章媛媛到底和哪些人交往，包括日本時期的青川角榮、丁旭，多倫多的黃虹、林天賜，還有MW脫衣舞酒吧的酒保艾倫、黑蝙蝠黨的江山，以及那個俄羅斯脫衣舞娘卡秋莎。

提起卡秋莎，賴文雄特地加插了一句：「這個女人不簡單，神通廣大，最好能找到她。她一直在唆使章媛媛販毒。」

西蒙警長說：「自從你下機那天，提及這個卡秋莎，我們當晚就和多倫多警察局聯絡了，她人已不在多倫多，可能出境了。」

賴文雄再次向警方詳細描述了卡秋莎的外表特徵，希望全國通緝她，西蒙並未答應，只是說，正在和溫哥華的皇家騎警聯絡。

最後，賴文雄請求警方：「發現章小姐屍體已半個多月了，我知道你們做了很多工作，但好像沒有大的進展。她的父母也建議，能不能請美國的ＦＢＩ介入該案。」

西蒙一聽美國兩字，好像觸動了神經一樣：「也並不能保證ＦＢＩ高明多少，這裡發生的案件，背景資料他們又不清楚，要花很多時間去研究的。」

賴文雄見西蒙一副傲慢的樣子，便把話挑明：「至少，ＦＢＩ的偵探手法比較高明，用的機器也更靈敏，再說還有華裔神探。」

「我理解你的心情，賴先生。但可以跟你說，我們和ＦＢＩ用的機器完全一樣。至於說警員素質，那就見仁見智了。」西蒙警長瞪著眼睛。

賴文雄再三表明：「你別誤會，我沒有貶低你們的意思，只是請你們儘快考慮。」

女警喬安娜見雙方都有一點火藥味，馬上笑臉充當和事佬：「家屬的心情我們是可以理解的，我們也盡了最大的努力。從你前晚回加拿大，西蒙都好幾天沒睡了。還好他胖，如果換了我啊，就變成皮包骨了。」

西蒙拍拍肚子說：「正好減肥，還要多謝章小姐呢。」

三人都笑出聲來，總算調和了緊張的空氣。看來，警察局裡還真少不了女性，否則，男人和男人之間非打起架來不可。女人，天生就是充當調和劑的。

賴文雄在喬安娜的陪同下，來到局長辦公室。局長比想像中要年輕一點，大概也就和西蒙差不多

的年紀，四、五十歲之間。寒暄一陣後，喬安娜識相地告辭了。

局長知道，家屬對破案進展一定不滿，馬上問賴文雄有什麼建設性的意見。賴文雄還是那句話——請FBI插手調查。局長回答說可以考慮，但要看看西蒙的意思。

見他有「耍太極」的架勢，無奈地說：「那到底何時再請FBI介入呢？」

「放心，賴先生。今晚我會去出席專案小組的緊急會議，會給他們施加壓力的。」局長最後爽快地說。

就局長這一句話，賴文雄也不想多講了。他今天和局長見面的唯一目的，就是爲了這件事，讓局長向「一號女屍特別調查組」施加壓力。

當晚七點正，《多倫多週刊》記者賈峰如約來到了大瀑布湖濱大廈一〇〇號，賴文雄已在大廈樓下大廳等著他。賈峰和門衛貝利早已成爲朋友，難免寒暄了幾句，然後才上樓。

章家三口見到他倆，顯得很高興，氣氛馬上活躍起來。事實上，經過前天晚上打交道，他們已把賴文雄當成親人，他和章媛媛的關係非同小可，不是夫妻勝似夫妻，而賈峰則是「阿拉上海人效應」，再說從案件第一天開始，他就傾注了全部力量，是一個難得的新聞從業員，令章家感激不已。

老章對賈峰說：「不好意思，讓你從多倫多專程跑來。」

賈峰把一大包熟食遞給章太太：「這是白斬雞和叉燒，還有一點海蜇皮，你們吃吧。」

章太太回應道：「眞是不好意思，你那麼遠來，還帶這些。」

「想讓你們換換口味，當然啦，沒有上海的三黃雞好吃。這個旅遊區，不一定能買到。」賈峰說。

賴文雄插了一句：「市中心的中餐館有，但味道不如多倫多的。」

章嗚嗚沏了兩杯上好的龍井茶給賴文雄和賈峰。好像也是有緣份一樣，自從前天晚上和賴文雄第一次見面後，嗚嗚就喜歡上了這個「姐夫」，只可惜姐姐去得太早了。上帝眞是不公平，硬要拆散一對鴛鴦。

坐定後，老章迫不及待地問：「局長怎麼講了？賴先生。」

「他答應參加今晚的緊急會議，一定會向特別調查組施加壓力。適當時候，會請美國FBI介入。但西蒙警長的口氣較硬，他好像和FBI有仇一樣。」賴文雄說著。

賈峰喝了一口茶說：「這裡有的警察是不賣美國帳的。」

老章遞了一支煙給賈峰，自己也點了一支：「賴先生不要介意，我的煙癮太大，一開口就要抽。」

章太太及時上來勸說：「你這樣再抽下去，賴先生都不敢來了。」

賴文雄接過話題說：「沒關係的，我以前也抽煙，只是來了加拿大後戒了，因爲我的導師對香煙敏感。」

老章猛抽了一口煙說：「說句良心話，警方也盡力了，我們也不要催得太緊。有些案件不是那麼容易破的，需要耐心等待……」

賴文雄認爲老章講得也有道理，不愧爲見過風浪的人。與他相比，自己還是魯莽了一點，也許是

太想早日知道眞相了。

一支煙的功夫，章太太提醒賴文雄：「賴先生，你電話裡說，有要事跟我們商量？」

見賴文雄一時開不了口，賈峰接過話題說：「是這樣的，賴先生看了章媛媛的自傳體小說後，越來越想替她辦土葬……」

「是的，媛媛的經歷太感人了，火化的話於心不忍。再說，她非常喜歡大瀑布，生前也曾經跟我開過玩笑，死後要安葬於此，聆聽大瀑布的濤聲。她自稱是『瀑布之女』，所以我建議改爲土葬。」賴文雄馬上接著說。

章家三口並未感到驚訝，這個問題賴文雄下飛機的當晚就提出過，兩天來他們也曾談及。他們也估計到，賴文雄會再次提出。

還是老章先開口：「賴先生，你的心我們領了。媛媛能遇到你這樣的賢人，也是她的福份。但有個客觀的問題，我們不得不考慮，如果把她安葬在這裡，我們怎麼來看望她呢？畢竟不是上海到蘇州那樣方便。」

章太太哭哭啼啼說：「是啊！讓她一個人在加拿大太可憐了，這麼多年，她都是孤零零的一個人在海外漂泊，現在還要讓她一個人，我實在受不了。眞後悔，當初讓她一個人出來……」

賴文雄呷了一口茶，清了清嗓子說：「伯母，妳別難過。在這裡，媛媛是不會覺得孤單的，因爲有我永遠陪伴她。如果她葬在這裡，我會搬來尼加拉瀑布住。」

「那你畢業以後，不在這裡工作怎麼辦？」章嗚嗚插了一句。

賴文雄不加思索地說：「很簡單，我會在附近數百公里內找工作，包括對面美國水牛城，也有不少大學的，這根本不是問題。」

老章又點了一支煙說：「她媽媽的意思是說，讓她一個人在加拿大太孤獨，我們又沒辦法來看望她，不如火化了帶回上海安葬。」

賈峰及時插嘴：「賴先生說到做到，他會搬到這裡住的。賴先生是一個講信用的學者，並且他愛章媛媛勝過自己。關於這些，你們如果看了章媛媛的自傳體小說，就可以明白。再看她去世前寫給賴先生的兩封信，早已說明問題了。」

章太太說：「我們絕對相信賴先生對媛媛的一片眞心，在這個年頭，像賴先生這樣的人也沒幾個了。」

賴文雄若有所思地說：「退一萬步，如果把媛媛屍體運回上海，還是要火化，太殘忍了，就請求你們把她安放在這裡吧。至於你們以後來看望她，我一定會爭取的，最簡單的辦法是叫嗚嗚留學加拿大，你們馬上就可以申請來探親了。」

賈峰馬上說：「這倒是一個好辦法。賴先生也可以幫嗚嗚聯絡學校，很容易拿到簽證的。」

章嗚嗚邊給各人倒茶邊說：「我倒不一定要來加拿大讀書，上海的機會也挺多的。但如果爲了方便父母探望姐姐，可以這樣考慮。」

老章夫婦見兒子突然改口，先是一愣，但馬上又平靜下來，他們相互交換了一個眼神。

章太太說：「自從媛媛出事後，嗚嗚對出國早已不在乎了，甚至有點反感，本來他倒是想去美國留學。」

賴文雄說道：「如果能到美國留學也一樣，到加拿大來很方便的。」

「我以前在電話裡，也跟姐姐提過，她倒希望我到加拿大唸書。」章嗚嗚插了一句。

最後，相互又討論了一番，老章說：「既然嗚嗚有這樣大的決心，那很快就會來北美洲讀書，他現在已是大學三年級了。」

這番話，事實上就是同意了土葬，賴文雄急忙站起來道謝，緊緊握住老章的手不放，那股開心勁兒，簡直能和章媛媛同意嫁給他的興奮場面媲美。

章太太的嘴角也露出了一絲安慰的笑容，這是賴文雄從來沒見過的。

「媛媛眞是有福，有這麼好的男朋友。」章太太不停地嘮叨。

賈峰乘機道：「一個人能這樣不容易啊，身後還有這樣的人癡情地愛著她。」

接著，他們詳細商量了土葬的安排。賈峰提議，請警方協助聯絡，一定保證在二十三日前舉行葬禮，因爲二十四日章家三口要搭飛機回上海。

不知不覺，時鐘已指向九點。賈峰提醒賴文雄，別忘了講他們的另一個行動。

「伯父，伯母，鑑於警方偵辦速度過慢，我估計他們今晚也不會有什麼突破性的動作，我想請私人

偵探協助破案，你們看好不好？」

老章問了一些簡單的情況，然後回答說：「好是好，但要注意與警察局的關係，要注意一個『度』字，咱們中國人最講究禮儀了。」

賴文雄高興地說：「請你們放心。我這幾天就去多倫多，找華裔神探石磊。」

94. 局長出席緊急會議

一月十六日晚上八點整，尼加拉警察局會議室內燈火通明，「一號女屍特別調查組」正在展開緊急會議。在座的除了調查組的六名成員外，還有資歷非常豐富的局長，以及數名第一次出席會議的軍裝警員。內行人一眼就知道，局長大人親自出席會議非同小可，再說又增加了新人，顯然是想擴編，更使會議籠罩了一層嚴肅的氣氛。

西蒙警長首先向諸位會報情況：「根據死者Camille的男友賴文雄提供的材料，他親自見過俄羅斯女郎卡秋莎，這在Camille的自傳體小說《新茶花女》中，也有詳細的記錄。據我們兩天來的調查，卡秋莎與前年初發生的二十公斤海洛因販毒案確實有關，那個死者老鷹就是她的男朋友。但遺憾的是，根據多倫多警察局提供的資料，卡秋莎已於去年十月離開多倫多回俄羅斯，但機場出入境管理局並未

顯示出她出境。另外，據溫哥華皇家騎警的報告，在溫哥華的本那比地區也活躍著一批俄羅斯妓女，有兩人叫卡秋莎……」

局長點起一支雪茄說：「那就請溫哥華方面，儘快弄到所有卡秋莎的照片，火速電郵過來，讓賴文雄先生辨認。」

西蒙又接過話題說：「因爲卡秋莎在去年初，還想叫章小姐和她一起去亞洲販毒，後來是賴先生想的辦法，巧妙地讓章媛媛與她分手。但作爲一般市民，常常會低估有組織犯罪集團的力量，即使章小姐換了電話號碼，他們馬上有辦法查到，如今高科技時代，他們的作案手段也越來越高明。」

女警喬安娜說：「西蒙警長，你是懷疑卡秋莎發現被賴先生和章小姐欺騙後，趁賴先生不在加拿大，找章小姐麻煩，悲劇就發生在這裡。很有可能，卡秋莎硬要章小姐和她去亞洲販毒，章小姐死活都不肯去，兩人爭執之下，令卡秋莎失手，釀成了慘劇，卡秋莎個子高大、力氣也大。」

西蒙警長又點了一支煙說：「章小姐的小說指出，她還和紐約來的黑蝙蝠黨有關係，確切地說，在一九九九年八月二十八日，她是逃避他們的糾纏來尼加拉瀑布的。而黑蝙蝠黨的死對頭霹靂摩托車黨，曾經操控過章小姐賣淫，所以，這個案子如同這幾天的大雪，越下越大，我家裡的車道都沒地方再堆雪了。」

一個較瘦削的男警員說：「現在變得兩派黑幫都在找章小姐，她眞是一個很吃香的人物，難道這是眞的？」

西蒙警長搶過話題：「兩派黑幫要找章小姐的目的不一樣，霹靂摩托車黨的小頭目艾倫要找她，是爲了找搖錢樹，也想享艷福。而黑蝙蝠黨的江山找她，是爲了獲取對方的情報，準備吞併他們，以全盤控制多倫多地區的賣淫業和販毒業，與紐約連成一線。」

局長清了清嗓子說：「對，大多倫多地區可是一個要道，不少犯罪集團從溫哥華登陸，然後以多倫多作爲跳板，藏身目的地是紐約。所以，多倫多這個中轉站，就成爲黑幫的必爭之地，這早已引起加美政府的關注，並已經成立了跨國小組專門負責。」

女警喬安娜插嘴道：「我們正在和紐約警察局聯絡，請他們儘快提供黑蝙蝠黨的背景資料，那個馬來西亞裔男人江山，到底是怎樣一個角色？」

一個以前在紐約工作過的警員說：「黑蝙蝠黨在紐約的地盤不小，都敢和哈林區的黑人爭地盤，其中有不少是越南裔人。我估計，江山只是其中一個小小的角色，或者說經驗不太豐富，否則，章小姐就不會在他眼皮底下逃到尼加拉來了。」

喬安娜不服氣地說：「我倒不這麼認爲，江山是太疏忽章小姐的能力。如果他有資格來多倫多建立基地，一定是個不大不小的人物。他們應該清楚，多倫多除了霹靂摩托車黨外，還有不少其他的幫派，包括亞裔的十八羅漢、義大利裔的綠眼黨，他們一定是有備而來的。多倫多的越裔、福建人都不少，其中一部分人歷來和紐約的黑幫關係密切。」

有個胖胖的警員岔開話題：「不妨，先通緝MW酒吧的酒保艾倫。」

西蒙搖頭說：「憑什麼通緝人家？根據在哪裡？」

「章小姐的小說，不是已寫得非常詳細了嗎？她的情書中也講到，十一月底先被他們盯梢上的。」胖子脫口而出。

局長馬上插嘴：「這是小說，不是日記，帶有很強的文學性，但眞實性值得探討，只能作爲我們破案的參考。現在要通緝那個酒保艾倫，還不是時候。西蒙，你倒可以和多倫多警察局明說，請他們協助，別讓那小子溜走了。還有，剛剛講到了紐約黑蝙蝠黨，也要抓緊調查。在這裡，不妨向大家透露一點，這兩個黑幫最近可能會在蒙特利爾握手言和，有跡象表明，他們準備聯手抗衡魁北克省的『野狼摩托車黨』，從章小姐的小說中給了我們啓示，她當初逃避黑蝙蝠黨而來的，還差一點兒被他們毀容。」

女警喬安娜很贊同局長的高見：「我們要加快調查江山這個人，黑蝙蝠黨在多倫多早已站穩腳根，正在往東部的魁北克省擴充地盤。」

西蒙警長又點了一支煙，講到另外一個話題：「據章小姐的小說，她在日本的相好青川角榮也不是一個好東西，他老婆喜美子的弟弟是『暴力團』的成員，這是東京最大的一個黑勢力團體，也是一個跨國犯罪集團，我們早已知會了駐日本大使館，要求了解暴力團的詳細資料，尤其是儘快得到喜美子弟弟的背景資料，也要查一下青川角榮，去年底是否來過加拿大？」

女警喬安娜倒認爲：「青川角榮，或者他的太太喜美子都沒有必要跑到加拿大作案。因爲章小姐

離開東京已有好幾年，再說她後來也從來沒提到和青川角榮的瓜葛，一提起這個人，她都恨不得殺了他。」

胖子警員插嘴：「妳的意思是說，暫時不要花精力了解青川角榮的情況，我認爲很有道理。」

局長打斷胖子的話說：「這花不了多少時間，打打電話，發發電子郵件就解決問題了。在人手可能的情況下，還是要多方面的出擊，這是當今破案的趨勢嘛。」

西蒙警長點點頭，表示贊同局長的意見。又有幾個警員認爲，也有必要了解青川角榮，因爲章小姐走上歧途，和這個日本男人有極大的關係。

局長又對西蒙警長說：「還有一點，我們必須注意，就是傳媒和我們的關係，絕對不能讓媒體公佈細節，否則會打草驚蛇。」

西蒙警長和喬安娜心裡都明白，局長是有所指的。有一個英文電視台不知哪裡搞到的消息，在昨晚的報導中說，章小姐和東京最大的黑幫有關係，再三查證，原來是調查組的一名警員曾提到過一句。另外，局長對《多倫多週刊》過於積極投入，也不以爲然。

西蒙馬上對各人說：「局長講得對，凡是傳媒採訪，就叫他們找我一個人，以免口徑不一。」

然後，西蒙又將頭轉向局長，好像是故意講給他聽的：「多倫多那份中文週刊幫了我們很多忙，有些信件都是兩個記者代翻譯的。照理，我們是不應該讓他們知道這麼多，但一時找不到人，又急著要看到英文件，他們又不收翻譯費，眞搞得我們不好意思。」

「好在那兩個記者很講信用，從來沒有擅自發新聞，都是在我們的規定範圍內。」女警喬安娜插嘴。

局長似乎嗅出什麼味道：「我知道，你們都跟我講過。這份中文週刊確實值得讚揚，但那些翻譯費我們還是要給的，就開張支票給他們編輯部吧。另外再寫封信給他們的總編，好好表揚一下，警民合作嘛。」

西蒙警長點點頭，算是過了這一關。事實上，他們心中都有數，週刊發的都是一些獨家新聞，難免會涉及到案情，好在是中文的，主流媒體不一定重視。

臨散會前，局長一本正經地宣佈：「爲儘早使案情水落石出，我們決定增加三名警員加入一號女屍特別調查組。一個是從紐約過來的，對黑蝙蝠黨有不少認識，再說那兒地頭也熟；另一個是曾經到東京辦過不少案件的，又懂日文，便於和日本警方溝通。」

接著，局長指指喬安娜旁邊的一名女警員說：「再增加一名女性警員，剛從警校畢業的，邊學邊幹吧。」

西蒙見這突如其來的安排，有點不悅的樣子。局長似乎也看出苗頭，接著說：「增加人手，並非說你們工作不力，而是想加快破案進度。」

事實上，大家都心照不宣，今天下午賴文雄專門會晤了局長大人，施加了不少壓力。賴文雄已明確要求局長，請求美國FBI插手，並且知會警方，會請私人偵探介入破案。而局長早就問過西蒙，是

否要ＦＢＩ插手，西蒙一味回絕。這種時候，西蒙警長還是不說話爲妙，免得在新人面前被局長訓斥。

最後，局長再次關照大家抓緊破案速度，幾乎在下最後通牒：「我希望各人在西蒙警長的帶領下，儘快破案，再給你們一週時間，如果還沒有實質性的進展，那案件只好升級，或許非要請ＦＢＩ不可了！」

局長這番話，無疑給每個人施加了壓力，導致整個會議室都瀰漫著緊張的空氣。似乎要將這股緊張氣氛，讓每個人帶到家中去。

95.神探出馬找線索

果然不出賴文雄所料。十七日一早起床，他就致電西蒙警長，昨晚警察局的漏夜緊急會議也沒個所以然。賴文雄預感到，警方很有可能將此案擱置一邊，加拿大不少殺人案一拖就是幾年，甚至幾十年，最後還不都成了無頭案。

賴文雄坐立不安，決定立即到多倫多找「飛鷹偵探社」石磊探長。前一天他們已通過電話，還是《多倫多週刊》記者賈峰竭力推薦的。

賴文雄駕車趕到多倫多，已是上午十一點多。石探長正在辦公室裡研究他一早傳眞過來的資料。

石探長五十多歲，個子不高，但很結實，聽說身懷絕技，一個人能對付四個洋人。他的知名度很高，素有「華人福爾摩斯」之稱，年輕時曾在皇家騎警做過數年，後來又到美國去深造，與美加警方關係甚好，就連美國的FBI也常常請他幫忙。他不但能講流利的中英文，還能講流利的法文和日文。

兩人見面打過招呼後，石探長說：「我剛剛和尼加拉的警察局長通過電話，他會全力支援我，我們以前也打過交道。」

石探長收了賴文雄五千元定金後，馬上展開工作，答應三天內一定給回音。他首先詢問了賴文雄與章媛媛自相識第一天起的詳細情況，然後對章媛媛的自傳體小說《新茶花女》作深入仔細的研究。《多倫多週刊》的記者賈峰與石探長是老相識，又特地致電打招呼，石探長一口答應先放下手頭的所有案件，全力以赴。

漏夜閱讀完章媛媛的手稿，石探長夜不能寐。抽著雪茄，逐章逐段地尋找蛛絲馬跡。從種種跡象看，不能排除自殺，但似乎他殺的可能性較大。如果是他殺的話，最大的嫌疑犯可能有兩個。「重慶樓」的廚師林天賜貪得無饜，當初與黃虹合謀騙章媛媛的錢，這次他有可能又尋上章媛媛的門，再次敲詐勒索，章媛媛不肯上當，兩人發生爭執後失手誤殺，匆忙慌張中只好把她扔進瀑布，一了百了。

MW脫衣舞酒吧的酒保艾倫也是最大的兇嫌之一。從小說的語氣看，章媛媛對他恨之入骨，恨不得親手用刀把他殺了。很有可能是這樣的情形：艾倫與章媛媛偶然在尼加拉賭場相遇後，他就死纏著她不放，不但劫財還劫色，並要再次逼她為娼，成為他的搖錢樹，但她堅決不肯順從，最後兩人追逐到

瀑布旁再次爭吵起來，他一怒之下，把她推到瀑布下，或者是他硬逼她跳下去。

石探長深深吸了口雪茄，吐出一圈圈濃煙。也不能排除東京的青川角榮來加拿大幹的好事，或許是章媛媛沒得到賴文雄家的認可後自暴自棄，萬念俱灰下致電青川角榮，想回東京發展，想不到惹來殺身之禍。精練的石探長最後決定，先從多倫多的兩個嫌犯著手，順藤摸瓜，如果沒有收穫再考慮日本方面的可能性。

次日中午，石探長和一個黑白兩道都通的川哥，來到士嘉堡「重慶樓」餐館。原來，川哥和該餐館老板光哥在香港相識多年，一聽是大神探石磊駕到，餐館上下一片歡騰，光哥馬上請他們到包廂用餐。問清來因，光哥迅速把林天賜叫到包廂詢問。

光哥像訓小孩一樣：「阿林啊，這就是大神探。你可要講實話，大家都是好朋友。」

石探長快言快語：「你知道章媛媛小姐死了嗎？」

「什麼？是被人家殺死的？眞是紅顏薄命。」林天賜好像眞的不知道，驚訝起來。

「現在還不知道，所以要來找你。」石探長說。

「找我有什麼用？以前我曾騙過她錢，眞對不起她！」

石探長一針見血地問：「哪你最近和她有聯絡嗎？」

林天賜抓抓頭說：「我們有很長時間沒見面了，根本不知道她在哪裡？她這種漂亮女人，是不願意和我打交道的。不過，她倒是個好人。」

石探長經驗豐富，問了幾句就可判斷對方是眞是假，他馬上示意林天賜去幹活。原來，十二月二十九日凌晨四點他剛剛收工，這點光哥敢保證。他拿出餐館簽到本，馬上得到證實。而據法醫鑑定章媛媛是二十九日凌晨五點斷的氣，從多倫多到尼加拉瀑布，再開飛車一個小時也不夠，所以很快就排除林天賜是兇嫌。

96. 裝瘋賣傻套取血樣

十八日當天晚上，石探長和一個高大威猛的洋人拍擋Bob，一起來到央街的MW脫衣舞酒吧。根據章媛媛的描述——瘦瘦的、高高的、一副吸毒的樣子，他們一眼就認出了酒保艾倫。

Bob親熱地打著招呼：「艾倫，你好嗎?不認識我了吧，我叫Bob，去加州做生意，好幾年沒回來了。哎，你還是老樣子，這麼瘦，還是喜歡抽那玩意。這是我朋友Glen，從魁北克來的，你們可以講法語。」

他倆坐在吧台前，各點了一杯曼哈頓。石探長用法語跟艾倫寒暄了幾句，接著他和Bob聊美國新總統布希，談笑風生。過了一會兒，兩人又點了一杯曼哈頓，特地多塞給艾倫十元小費，艾倫也不時地抽空檔與他們答幾句。

趁石磊去廁所時，Bob突然湊過頭去輕聲問艾倫：「老兄，以前有個中國女人，好像叫Camille，今天休息嗎？上次你還介紹我到希爾頓酒店，和她共度良宵，至今記憶猶新啊。」

「她在尼加拉賭場掙大錢……哎，老兄，我也是聽朋友講的，我沒見過她。」艾倫欲言又止。

「喔，那就算了。西方女人玩膩了，只是想換換口味，手頭有沒有東方女人？」

「韓國人，要不要？床上功夫一流的。明晚她會來這裡跳舞的，收工的時候你帶她走。」

「好的，多謝你了。等一會兒Glen過來，千萬別提這事，他和我老婆很熟的。」

石探長回到吧台，Bob與他會意地點了點頭。他倆又各自要了一杯曼哈頓，又塞了十元小費，繼續聊天。接著，石探長嗓音粗起來，用法文嘰嘰喳喳地自說自話。

「艾倫，他講的法文什麼意思？我都不懂。」

「喔，他說她老婆一個月只允許同房一次，眞想休了她。」艾倫翻譯成英文。

Bob說：「他大概是醉了，他酒量不好的。」

「誰說我酒量不好？請，請來一杯威士忌加冰塊。」石探長大聲地裝瘋賣傻起來。

「給他來一杯冰水吧。」Bob急著說。

「不，不！我要威士忌……」石探長邊叫邊一手有力地打碎艾倫遞上來的冰水杯。

玻璃杯碎了，艾倫的左手有一點出血。Bob眼明手快，馬上站起身，抓住艾倫流血的手，用紙抹乾，立即把紙塞進口袋裡。

Bob接著說：「對不起，艾倫，他是喝多了。我付你錢，賠你的損失。」

「威士忌，威士忌加冰塊……」石探長還在自言自語。

「我去廁所洗一下手，就來。別給他喝酒了。」

Bob快步衝進廁所，立即把帶血的紙放進隨身攜帶的真空小袋裡。然後，他又馬上趕回吧台，塞了二十元給艾倫說：「真的非常抱歉，只能聊表心意，我得早點送他回去。」

「沒關係，我們當酒保的，手流血是經常的事。」艾倫口頭推辭，手卻迎上來了。

Bob拖著石探長的手臂，步出了酒吧。他們快速向停車場走去，趕往附近的醫院。

「老兄，這種小差事就交給我們下面的人做就好了，一個名探何必來裝瘋賣傻？」Bob不解地問。

坐在他旁邊的石探長說：「沒辦法，是傳媒的朋友托來的。三個月前，他們剛跟我出了個專輯，效果比登廣告還好。另外，死者身世夠慘的，早點抓到兇手，讓她在九泉之下瞑目。」

驗血報告很快出來，艾倫是AB血型，與章媛媛手指甲內存有的血型相符。他倆相互接掌，折騰了一個晚上，要的就是這個結果。法網恢恢，看你艾倫逃到哪兒去？

翌日，石探長馬上把驗血報告傳真給尼加拉瀑布警察局，要求他們馬上通緝艾倫。警方立即與MW脫衣舞酒吧經理通電話，證實十二月二十八日晚上艾倫正好沒上班，據經理說他是下午四、五點突然打電話來請病假的，說是發高燒。警方決定，馬上緝拿艾倫。

下午審訊他時，他一副囂張的樣子，咬定十二月二十八日晚上人在多倫多，但又提供不出人證。

警方只好先拘留他，並進行DNA測試。最近，加拿大從美國買了新機器，當天就可知道結果。

深夜，DNA報告顯示，艾倫的染色體和章媛媛子宮壁的精液染色體不符，也就是說，事發前他並沒有強暴章媛媛。西蒙準備第二天傍晚再審問他一次，如無大的可疑之處，也只好先放他出去。

石磊探長接到西蒙警長的電話，心中很不是滋味，黑暗再一次籠罩著他的心。沒想到，眼看上鉤的大魚又滑下水了。他點起雪茄，陷入沉思之中。

對著黑夜，他吐了一口煙，坐在旋轉椅上轉了一圈，馬上致電賴文雄。叫他明天一早火速趕來多倫多，再次商量案情。

97. 遲到的遺書解謎團

眨眼之間，發現章媛媛屍體已經整整二十天了。大雪依然斷斷續續地在下，大瀑布的水依然流個不停，但對章家三口和賴文雄來講，彷彿度過上萬年，日子一天比一天難熬。

應石磊探長相約，星期六一早賴文雄就駕車趕到多倫多。中午時分，他倆絞盡腦汁研究章媛媛死前四個月的狀況時，西蒙警長突然致電賴文雄，說湖濱大廈門衛老貝利今天上班才發現，桌子上有一封昨天收到的信，是從台北轉來的退信，發信人是章媛媛，收信人是賴文雄，是十二月二十九日從大

瀑布寄出，信是用中文寫的。眞可謂天有不測風雲，宇宙瞬息萬變。

「遺書！一定是章媛媛的。還不快點去大瀑布？警方等著你翻譯呢。」石探長反應敏捷。

「眞的嗎？」賴文雄半信半疑的樣子。

石探長揮了揮手中的鑰匙：「我和你一起去吧，看你六神無主的樣子。」

鑽進石探長的賓士三二〇，賴文雄的心更是七上八下起來。是兇？是吉？也許就在一個多小時後揭曉。

他們倆到達尼加拉瀑布警察局時，西蒙警長、女警喬安娜已在會客室靜候。石探長與他們首次見面，互相交換名片，算是認識了。

「賴先生，就是這封信。」喬安娜遞給賴文雄。

信封上有幾個印章中文大字：「查無此地址退回」。一旁的退信日期是手寫的阿拉伯字：「2001.1.12.」。

賴文雄仔細一看，是章媛媛把他們家的地址完全寫錯了，應該是「XX北路三段一七二號」，而她誤寫成「XX南路八段二七一號」。他打開信，字跡雖然潦草，但確實是章媛媛的手跡，全文如下：

「文雄：

當你收到這封信時，我已葬身大西洋，或者聖羅倫斯河，說不定還在安大略湖裡漂浮。請原諒我

的無奈，也請尊重我的選擇。死亡並不可怕，可怕的是對生活失去勇氣。

從如此高的瀑布跳下去，需要多麼大的勇氣啊。但我有，這是生活的逼迫，社會的逼迫，自身的逼迫。

先把剛剛發生的可怕一幕告訴你。昨晚你那可惡的表哥連浩天糾纏了我一個晚上，他想迷姦我未得逞，到了深夜十二點終於擺脫了他，我總算獲得了自由。

剛進入湖濱大廈公寓，還沒脫下外套時，就被兩個蒙面人綁架。一聽他們開口，我就知道是「霹靂摩托車黨」成員，一個是MW脫衣舞酒吧的酒保艾倫，另一個是上次在多倫多強迫我去希爾頓酒店賣淫的蒙面年輕人。我於二十五日聖誕節那晚去中餐館取外賣偶然碰到艾倫，我想躲都躲不了，那晚他逼我到附近的酒店，三個同夥輪姦了我，並且要我一週內回多倫多賣淫，再次成為他們的搖錢樹，否則就取下我的頭。但我沒有理他們，想等你回來後商量，是否搬到溫哥華，離這伙人越遠越好。但沒想到，他們竟這麼快知道我的住址。

見我知道他倆是何許人，他們乾脆拿下面具，放鬆勒在我頸部的尼龍繩。立即命令我跟他們回多倫多，我堅決不肯，抓起電話要報警，他們立即像兩條喪心病狂的瘋狗向我猛撲過來，拳打腳踢，我竭力反抗，用手指甲抓他們，用嘴咬他們，此時艾倫拔出長柄刀想砍我，還好被我的手臂擋住，我嚇得魂飛魄散，立即答應他們過幾天就回多倫多找他們。

趁艾倫上廁所時，那個年輕人撲上來強暴了我。見我癱在地上動彈不得，他們搶了五千多元現

金，才揚長而去。

文雄，寫到這裡，我渾身疼痛，筆也抓不穩，但我還是要寫下去，因為這世界上只有你一個人理解我，因為我們畢竟真正地愛過。對我倆的愛情，我從來沒有後悔過，只是老天不助我，算是我倆有緣沒分，我曾經向你山盟海誓，愛上你之後，再也不讓任何男人碰我，我要為你守下半輩子的貞潔。但沒有想到，我連這點最最起碼的諾言都未兌現，我對得起你的一片赤誠之心嗎？我也太無能了，再次抱歉。沒想到，八月十五日的中正機場一別竟成永訣，我絲毫沒有懷疑你的感情，我多麼想披上婚紗，步上紅地毯，成為你的新娘，和你攜手共度後半生……但你愛上我這樣的女人本來就是一種錯誤。

還是那樣一句話，母親只有一個，而女人天下都是。

迫使我走上自絕的道路，還有一個重要原因，我真的患了愛滋病，是十月份發現的。得了這種世紀絕症，遲早要見上帝，我不想忍受太多的折磨，所以還是早一點走。你最好去檢查一下，如果患上此病，那是我不可饒恕的罪過，俗話說，一日愛滋，終身愛滋。

如果有可能，等你拿到博士學位後請續寫《新茶花女》，只是想警告後來者三思而行，尤其是像我這種漂亮、愛虛榮、好強而又單純的女人。如果你願意的話，可以把部分稿費捐給加拿大愛滋病基金會，在我生前的最後幾個月，他們給了我難以想像的生活勇氣。

好了，文雄，請多多保重。我先走了，我在那兒等你。人間不能共同眠，只有地獄長相伴。

永遠愛你的　媛媛

二〇〇〇年十二月二十九日　凌晨二點四十五分　絕筆」

「爲什麼，爲什麼？……」賴文雄淚流滿面，不停地叫喊著，像發了瘋一樣。

突然間，賴文雄再也支撐不住了，癱倒在地上。好在警方早有預防，旁邊好幾個醫護人員立即衝上來，把他扶到沙發上。

西蒙警長鎮靜地說：「應該是遺書吧。石先生，能幫忙翻譯一下嗎？」

「是遺書，章小姐的絕筆信。」說著，石探長以最快的口譯速度，把該信的大致內容講給警方聽。

聽罷，西蒙搖搖頭，擦了擦眼睛，眼含淚光。女警喬安娜轉過臉，不禁失聲痛哭起來……

98.荷槍實彈擒匪徒

西蒙警長以最快的速度穩定自己情緒後，立即請石磊探長筆譯章媛媛的遺書。然後，他又和女警喬安娜仔細研究了一番。

當日傍晚，西蒙警長親自來到審訊室。他眼看艾倫一副囂張的樣子，情緒又高漲起來，渾身冒火。

剛坐下，艾倫就對著西蒙惡狠狠地說：「快放我出去，我沒罪，你們有證據嗎？我要請律師。」

西蒙硬壓住怒火，再問一句：「艾倫，十二月二十九日凌晨，你到底在哪裡？」

「我早就跟你講過，我在多倫多！」艾倫站起來，大聲嚷著，好像是他在審訊西蒙。

「啪！」西蒙一個反手，傳出響亮的耳光聲。

「還在說謊！」西蒙站起身，大聲地追加了一句。

艾倫捂著臉，發起瘋來：「警察打人，我要告你！我要告你！」

兩個全副武裝的警員馬上衝進來，按住艾倫的雙手。他乖乖地坐在那裡，嘴裡還在不停地叫冤。

「你告吧！我寧願降職，也絕不放過你。」西蒙邊說邊把章媛媛遺書的英文翻譯件扔在他面前，還附了一份中文複印件。

西蒙警長理直氣壯地說：「你看，這是什麼？」

艾倫低頭瞄了一眼，馬上吞吞吐吐地說：「我不是兇手！我不是……」

西蒙警長終於恢復平靜：「趕快交待吧，另一個人是誰？在哪裡？一定要講眞話。」

艾倫抓抓頭皮說：「你們很難找到他的。」

「不管他走到哪裡？都要把他拘捕歸案，哪怕他燒成灰。如果找不到，就由你一個人頂罪，好不好？」西蒙瞪起電燈泡一樣大的眼睛。

艾倫規規矩矩地交待：「我說，我說。他叫保羅，現在應該在魁北克的赫爾，那是他老家。」

「就是渥太華對岸的赫爾市？」西蒙問道。

艾倫點點頭。西蒙警長知道，赫爾市就在渥太華的對面，雖是一河之隔，魁省和安省的法律卻大相逕庭，也給罪犯提供了漏洞，那裡也是「霹靂摩托車黨」的一個重要據點。兩個月前爲爭奪地盤，他們還和另一黑幫發生火併，雙方死了十多個人。西蒙想，赫爾市雖然不大，但也不小，到哪兒去找保羅呢？

「那你知道他的確切住址嗎？」西蒙問道。

艾倫搖搖頭，但馬上又張開嘴說：「我只記得，他父母開一家酒吧，好像叫『里昂酒吧』，是上居下鋪的那種，他每次回家都住那裡，而到多倫多的話，就住在我那兒。」

臨走前，西蒙再一次問他：「你們到底怎樣發現章小姐行蹤的？」

這次，艾倫規規矩矩地回答著，再也不敢撒謊，憑他的經驗，警方已掌握了不少證據。原來，他們根據有關情報證實，章小姐住在瀑布地區，有一陣子還在賭場接客，他就派人馬去尋找，大概在去年十一月底的時候，一個同黨在賭場盯上她，但不幸被她逃走了。聖誕節的時候，他和一幫同黨去尼加拉瀑布賭場玩幾手，絕不是特地爲找她去的，後來他們去吃晚餐，偶然在一家中餐館門口碰到了她，然後就逼她到酒店，三個人輪姦了她……

西蒙聽罷，與掌握的材料完全吻合，他便指了指艾倫的腦袋說：「那你們知道章小姐在尼加拉瀑布，到底根據哪兒來的情報？一定要講實話！」

「我也是聽保羅講的，到時你們可以問他。」艾倫說。

回到辦公室，西蒙警長立即致電赫爾市警察局，請他們馬上提供「里昂酒吧」的情況。然後，他又打電話給局長大人，不巧的是，家裡沒人接電話，想想今天是星期六，局長可能外出旅遊了，也沒必要打擾他。但事態緊急，怕保羅那小子溜了，只好打局長的手提電話。

局長收到電話時，剛從電影院裡出來，開口就說：「老兄，你也眞會找人，我剛剛開機。帶了全家來看《臥虎藏龍》，不錯的，說不定還能獲奧斯卡獎。我建議，全局的人都看一下……言歸正傳，有什麼急事找我？」

一聽是收到了章媛媛的遺書，案情已水落石出，艾倫又交待了同伙，局長在電話裡突然興奮起來，好像當年第一次獲得「優秀警員」稱號一樣。緊接著，他馬上宣佈，「一號女屍特別調查組」所有成員晚上八點到警察局報到，進入一級戰備狀況。

八點鐘還沒到，調查組九名成員全部到達警察局會議室。局長早在一個小時前就到了，正在和西蒙警長交頭接耳。

西蒙以最簡單的話和大家交待任務後，局長關照各人：「由於霹靂摩托車黨的厲害，我們不得不作嚴密的佈置，嚴陣以待。大家先分頭聯絡，一個小時後，再在這裡碰頭。」

頓時，整個警察局裡忙得不可開交，十條電話線同時使用。按分配，彼此分頭聯絡安省省警、魁北克省警、赫爾市警察局、皇家騎警等數個單位。唯有女警喬安娜被局長召去談話，原來叫她代表警

察局，好好安慰章媛媛家人，也請轉告警方正在準備緝獲所有疑犯。

由於尼加拉瀑布市離赫爾市有五百五十公里之遠，所以要有直升機才能行動，但局裡的巡邏機只能乘坐五個人，故還需要有一架直升機。這時，西蒙警長自然想到了昔日警校同窗、現任多倫多警察局副局長，一個電話過去，老同學在電話裡拍著胸脯說，下半夜正好有一架巡邏直升機空著，隨叫隨到。

一個小時後，赫爾市警察局發來「里昂酒吧」詳細方位圖的傳眞。過了一會兒，赫爾市警察局長親自打電話給西蒙警長，建議凌晨三點酒吧打烊後行動，避免不必要的傷亡，並說已派便衣去打聽過，那業主的兒子確實叫保羅，正在酒吧裡幫忙，他們已派了兩個人盯著他。

二十一日凌晨一點，西蒙警長帶領荷槍實彈的七個警員，分乘兩架直升機，離開尼加拉瀑布市。局長親自把他們送上飛機後，逕直回警察局坐鎮，等待他們的好消息。

眨眼之間，兩架直升機就抵達五百五十公里之外的赫爾市軍用機場。赫爾市警察局的大客車，早在機場迎候著。到了赫爾市警察局，一杯咖啡還沒喝完，皇家騎警的十多個人馬也來了。三方近三十名全副武裝的人員，立即組成聯合行動小組，馬上討論偵破方案。最終制定兩套方案，決定凌晨四點行動。如果行動前未驚動霹靂摩托車黨，就用簡單的一號方案；反之用第二套方案，全力迎戰黑幫。

時鐘指向四點整，西蒙一行八人在赫爾市數十名警員帶領下，快速包圍了「里昂酒吧」，皇家騎警的十多個人馬則埋伏在酒吧數十公尺之外，隨時增援。

先按門鈴，無人反應。只好大力拍門，一個赫爾市便衣警員裝瘋賣傻地用法語大叫：「老板啊，我要酒，我要喝酒，我付雙倍價錢……」

叫了一陣子，總算聽到裡面有動靜。一個年紀較大的男人邊抱怨邊準備來開門：「誰要喝酒？已過時間了。再賣酒，警察可要來找我麻煩……」

說時遲，那時快，他剛開了一條門縫，好幾個荷槍實彈的警察就衝了進去，直奔二樓。

「什麼事？我們沒犯法……到底是眞警察，還是假的？」

西蒙警長立即拿出搜捕令，用並不流利的法文對老人說：「不好意思，這麼晚驚動您了。我們懷疑你兒子和一宗人命案有關。」

說罷，西蒙警長也衝上了二樓臥房。穿著長睡袍的保羅，正在房門外和一個警員翻著臉：「憑什麼抓我？我在睡覺……」

「就憑這個！我們從尼加拉瀑布來的，不必我多解釋了吧。」西蒙把搜捕令遞給他看。

「我沒犯法。」他還在裝糊塗。

西蒙大聲地說：「那你認識艾倫嗎？」

「這小子，軟骨頭。」他自言自語。

西蒙又大聲地嚷著：「你認識章小姐嗎，Camille？還不趕快跟我們走？」

「我沒殺她！眞的。」保羅有點驚慌了。

正在這時，旁邊一個警察聽到房內有動靜，立即叫了起來：「小心！裡面有人！」

他急中生智踢開門，四個手持步槍的警員蜂擁而上。原來，床上赤身露體的女郎正在慌張地拿著手提電話撥號碼，顯然是準備向黑幫告急。兩個警員一個箭步衝上去，奪過她的電話機，把她按在床上，她掙扎著用被褥裹著身體。又有幾個警員跟進來，在枕頭下搜出一把手槍，又在壁櫥裡搜到兩枝長槍。

這時，被帶上手銬的保羅，乖乖地跟著西蒙走進臥室內。西蒙一見眼前的妙齡女郎，馬上就回憶起賴文雄的描述。

他走上前脫口而出：「妳就是卡秋莎吧！俄羅斯人。」

「你怎麼知道？」她驚訝地昂起頭。

「找你很久了！趕快穿衣服，一起去遊大瀑布！」

99.大瀑布的女兒

「媛媛，媛媛，回來，快回來……我要跟妳結婚……」賴文雄一陣夢語，驚動了章家三口。章太太見他這樣，眼淚又禁不住地往下直流。

此時是一月二十日晚上八點。在湖濱大廈章媛媛生前的寓所內，賴文雄正躺在床上。這張床，也是他跟章媛媛一起共度過無數美好良宵的床。

「我怎麼會在這裡？不是在作夢吧。」他睜開大眼，問旁邊的章嗚嗚。

原來，今天中午賴文雄在警察局暈過去後，局裡就派人把章家三口接過去。當他們全家得知遺書後，章太太也當場暈過去了，還好醫生立刻給她打了一針鎮定劑。醫生告訴章家，賴文雄由於嚴重的睡眠不足，再加上強烈的打擊，所以需要休息，讓他好好睡一覺就沒事了。知道詳情後，章先生立即請警察局把賴文雄接到家裡休息……

賴文雄邊聽章嗚嗚講，邊流著淚說：「哎！媛媛爲什麼這麼傻？爲什麼？等我回來，我絕對不會怪她的。是我害了她，是我……」

老章拍了拍他的被褥，語重心長地說：「賴先生，不要自責了。這也再一次證明，你們的愛情是眞摯的。」

章太太擦著淚水回憶道：「這孩子，天生就屬於情感型的，沒想到她內心這麼脆弱。」

賴文雄起來坐在床上說：「她的承受力已經夠強的了，都是艾倫那夥人，狼心狗肺的，我非殺了他們不可！」

章先生點了一支煙：「這個消息對我們來說，眞是雪上加霜。但不管怎樣，在我們臨走前知道了結果。人都走了，也就不管怎麼走的，都再也不會回來了。」

賴文雄眼淚汪汪地說：「她這樣走，更加深了我的內疚，加重了我的悔恨。如果我早點回來，絕對不會發生這樣的事，可就偏偏碰到我媽動手術……」

章太太止住淚水說：「賴先生，這就是緣份，你和媛媛是有緣，但沒有份，一切都是這孩子的命苦。我也不知，我們上輩子到底作了什麼孽？要讓媛媛一個人來承擔。」

老章接過話題說：「這孩子，怎麼走來走去都往絕路上想，在上海初戀失敗後想跳黃埔江，在多倫多被中學同窗騙，又有跳橋的念頭，最後乾脆跳大瀑布了……」

「伯父，她是瀑布之女，也是大自然的女兒。能夠有膽量跳大瀑布的人，她的心理素質不低的，瀑布那麼高、那麼驚險，看了都害怕，不要說往下跳了。媛媛是徹底覺得絕望了，再加上有愛滋病。我也只能相信命了，如果她能等到我回來，說不定我們現在已經在溫哥華，就不會發生這樣的事了。」賴文雄無奈地說道。

老章溫文儒雅地說：「我反覆思考，我和她媽媽家族，從來沒有半個人走上自絕的道路，找不到半點的遺傳基因。」

「她在海外闖蕩了這麼多年，生活非常艱難，我只是告訴了你們一小部分，等賈峰寫完那部小說後，你們一定明白，她是被生活逼出來的……」賴文雄回答得乾乾脆脆。

正在這時，有人按門鈴。進來的是女警員喬安娜，賴文雄馬上從床上爬起來，走到客廳去迎接。

喬安娜走到賴文雄身旁，關切地問：「賴先生，身體舒服一點了嗎？我是代局長、西蒙警長來看

望你們的。」

賴文雄點了點頭，再次感謝警察局的關懷。他沒想到，加拿大警察有如此濃厚的人情味。

喬安娜低下頭說：「說實在的，今天中午我也差一點暈過去了。我在整個破案過程中，已潛移默化地喜歡上了Camille，眞不希望看到這樣的結局……不管怎麼說，她是一個很了不起的女性。」

章先生轉了一個話題：「喬安娜，這麼多天來，妳也沒有好好休息，眞是難爲妳了，再次感謝調查組所有的人。」

喬安娜面帶一絲笑容說：「告訴你們一個好消息，那個和艾倫一起迫害章小姐的人，已經被我們盯上了，可能這一、兩天就會落網。」

章嗚嗚插嘴：「那我姐姐最後是自殺的，他們還會被判罪嗎？」

「當然會，只不過是輕重而已。你想想，如果不是他們逼迫你姐姐，她會走上這條絕路嗎？不過，他們一定會請律師辯護的。」喬安娜答著。

喬安娜走後，賴文雄也想告辭，但被章家留下了，因爲怕他一個人開車會出事。反正二十二日要舉行葬禮，還不如叫他暫住這裡，大不了和嗚嗚一起打地鋪。

臨睡前，章太太突然問賴文雄：「媛媛養過狗嗎？我在整理衣物時，發現兩套非常漂亮的狗服，好像穿過的。」

賴文雄慢慢道來：「喔，提起這事，她還哭過一次。我在大瀑布和她相識後不久，她曾養過一條

灰色的狗，叫歡歡，媛媛像對自己小孩那樣寵愛牠。有一次，歡歡咬壞了她一件新買的衣服，她發火打了牠幾下。殊不知，第二天歡歡就不見了，我還跟她四處尋找，都無下落，讓她傷心了很久。後來提起那事，她就難過，從此不再飼養小動物了。」

章太太建議：「這兩套衣服，葬禮那天就放在墓地裡陪伴她吧。」

賴文雄點點頭，心裡想女人總是細心的，何況是母親對女兒的了解。

「她小時候曾經養過一隻貓，也叫歡歡。後來是我叫她不要養的，我怕髒。」章太太自言自語。

次日下午三時，尼加拉警察局召開記者招待會。賈峰、吳小嫻也從多倫多趕來了。事實上，他們昨晚就知道了，是石磊探長通風報信。記者會還是由西蒙警長主持，儘管整夜在赫爾市捉匪徒，但看不出十分勞累的樣子，大概是案件結束，心中的石塊終於落地的原因。

他無奈地向大家宣佈，章媛媛死於自殺。但在自殺前數小時遭到兩名歹徒的強暴，這兩名歹徒也已緝拿歸案，並意外地捉到了唆使章媛媛販毒的俄羅斯女郎卡秋莎。他最終強調，警方也從來未排除自殺。

記者會結束後，賈峰和吳小嫻來看望章家三口和賴文雄。攀談幾句後，賴文雄突然把賈峰拉到內房，講起悄悄話來。

「媛媛的遺書你看了嗎？我這兒有一份複印件，專門留給你的。」賴文雄神秘兮兮地說。

「那太好了！石磊探長昨天電話裡告訴過我，但我還沒見過書面的，太感謝了。」賈峰高興起來。

「考慮來考慮去，我想明天在葬禮前，在這裡舉行一個閉門婚禮，了卻媛媛的心願。」賴文雄抓住他的手請求說。

賈峰爽朗地回答：「我昨晚做夢，也夢見你倆步上紅地毯了！」

賴文雄緊緊地握住賈峰的手，久久不肯放下。

「那我明天幾點鐘來幫你？」賈峰問道。

「中午十二點準時出席，請你和吳小姐、攝影一起來。」

100. 葬禮前的婚禮

公元二〇〇一年一月二十二日上午，蔚藍色的天空清澈如洗，沒有一點瑕疵，也沒有一絲皺褶，金光燦爛的太陽灑遍大地，照得萬物暖融融的。這是冬天極少碰到的好天氣，如果不是光禿禿的樹枝和滿地亮晶晶的積雪，人們還以爲春姑娘提前降臨了。

奔騰不息的尼加拉瀑布，在陽光照射下顯得格外壯觀，吸引著更多遊客流連忘返。近鄰的湖濱大廈一〇〇號四一四室內，卻籠罩了一層死氣沉沉的氣氛，因爲數小時後白髮人要送黑髮人入葬。章家三口和賴文雄，都坐在客廳的沙發上發呆，誰都不願意多出聲，誰都害怕傷心的時辰早一秒鐘來到。

十點剛到，突然有人送上九十九朵鮮紅的玫瑰和一大包CD、彩紙。正在章家三人納悶時，賴文雄說是他打電話預訂的。話一出，更弄得章家丈二和尚摸不著頭腦，葬禮怎麼送玫瑰花？真不知道這個台灣人搞什麼名堂。

章鳴鳴好奇地問賴文雄：「今天不是葬禮嗎？」

「伯父、伯母、小弟，不好意思，是我自作主張，十二點正，我們先在這裡舉行一個閉門婚禮，我要以行動了卻媛媛的心願，讓她做我的新娘！」說罷，賴文雄已跪下地來請求。

「賴先生，起來，快起來！不要這樣，我們什麼都答應你……」章太太上前扶他。

老章動情地說：「這個年代，像你這樣癡心的男人簡直沒有了，眞是我們媛媛的福份啊！」

章家爽快地答應之後，衆人立即行動佈置。一個小時後，就把莊嚴肅穆的靈堂換成喜氣洋洋的婚禮場面。遺像黑色的鏡邊被金紙代替，牆上還用大紅紙貼了「賴章聯姻」的魏碑體字樣，這肯定是老章的手筆。九十九朵鮮紅玫瑰簇擁在遺像前，正是一派人在花中笑的氣氛。

中午十二點，「婚禮」正式開始。在場的除了他們四人外，還有《多倫多週刊》的記者賈峰、吳小嫻和攝影記者李志豪，後者肩負著拍照的重大責任。

賴文雄站在章媛媛的照片旁邊，一字一句地說：「今天，請諸位見證，我和章媛媛小姐成婚，特別要感謝你們三位從多倫多趕來。」

此刻，CD機傳出了動聽的《完全的愛歌》：「完全的愛，超過人間的思想，虔誠信衆，向主屈膝

頌揚，爲此佳偶，求主厚賜恩無量，主作之合，恩愛地久天長……」

賈峰走上前，手捧《聖經》說：「主啊！請您允許我主持這場特殊的婚禮。這場婚禮是由偉大的愛交織而成的，不帶一絲塵埃，沒有一點偏見，正像您所說的——應當彼此相愛，因爲愛是從上帝來的，凡有愛心的，都是上帝而生，並且認識上帝……」

一段長長的禱告和勉詞之後，賈峰一本正經地問：「賴文雄先生，你願意娶章媛媛小姐爲妻嗎？」

賴文雄畢恭畢敬地說：「願意，終身願意，絕不後悔。媛媛，我之所以這樣做，並不是形式上了卻妳的一個心願。在此，我可以向妳山盟海誓，這輩子爲了妳，我終身不娶，妳是我唯一的戀人……」

聽到這裡，所有人的眼睛都濕潤了。誰都沒有想到，賴文雄會作出如此重大的人生選擇。這何嘗是愛的宣言，更是愛的承諾。對於眞心相愛的戀人來講，愛是不講究形式的，愛是自由的，愛是刻骨銘心的，愛是超越一切的。

章太太噙著淚花，不由自主地說：「我代表媛媛，衷心接受賴文雄先生的愛。女兒，妳有這麼好的丈夫，是妳的榮幸，也是我們的驕傲……」

老章睜大眼睛，面帶一絲笑容：「我們爲有這樣一位好女婿感到自豪！」

賴文雄走上前，一手拉著老章，另一隻手緊握著章太太的手，點點頭說：「岳父、岳母，眞是謝謝你們！」

章嗚嗚也走上來，搭著賴文雄的肩膀，溫馨地說：「文雄哥，都是一家人了，還謝什麼？」

一旁的賈峰自言自語：「章小姐在九泉之下，也該瞑目了。」

衆人點頭，默認著賈峰這句話。賴文雄馬上走到賈峰面前，兩人對視，情不自禁地擁抱著。無疑，這是一場別開生面的典禮，也是一場開天闢地的儀式。這不是神話，也不是傳奇，而是活生生的現實。

根據事先的安排，下午二點正，載著章媛媛靈柩的汽車，從驗屍中心出發，先到湖濱大廈一〇〇號，然後沿著湖濱慢駛，讓死者最後一次光臨瀑布，再一次聆聽瀑布的聲音。

章家三口穿著黑色大衣，坐在賴文雄的富豪車上，緊跟著黑色的靈車，沿著尼加拉河慢慢行駛。說也奇怪，正午暖烘烘的太陽，不知躲到那兒去哭泣了。儘管喜氣洋洋的「婚禮」沖淡了悲傷的氣氛，但此時各人的心境如同眼前低垂的雲彩，混濁而沉重。

望著窗外飛流直下的瀑布，賴文雄腦海裡不斷映現出昔日同遊瀑布的良辰美景，遺憾的是如今伊人已逝，一切都成追憶，唯一值得慰藉的是她終於回到瀑布的懷抱。章家三口根本無心觀望瀑布，視線老是盯著前方的靈車，恨不得媛媛從車裡鑽出來，死而復活，讓她再一次親眼觀賞大瀑布。章太太的眼淚流了又擦，擦了又流，微微的啜泣和瀑布的巨響會合，組成一支悲愴的安魂曲，爲美人送行。

就在靈車開往墓地的途中，天公眞正的變臉了。轉眼間，陰雲蔽日，北風呼嘯，天空灰溟溟，大地陰森森，好像馬上就要下大雪，也有一種世界末日即將來臨的感覺……

離尼加拉瀑布一公里的「常青墓園」裡，更是一片蕭索、陰森瀰漫。高低不一的墓碑豎立在白茫

茫的冰雪中，顯得格外清冷。

唯有左側的一個墓地前，圍著三十多個身穿清一色黑大衣的中西人士，包括穿黑色皮大衣的西蒙警長、女警喬安娜。高高瘦瘦的洋人牧師站在墓地前，主持著入葬儀式。墓地四周擺滿了白色茶花，花崗石墓碑上有一幀章媛媛的生前小照片，除了刻有死者的英文名字、出生和死亡日期外，還有幾個中文大字：「愛妻媛媛安息　文雄」。

參加葬禮的除了章家三人、賴文雄和《多倫多週刊》的賈峰、吳小嫻、李志豪七個中國人外，其餘都是西人，包括死者的前男友大衛、前市議員阿維德、湖濱大廈門衛老貝利，以及律師、醫生和各類商人。色鬼連浩天本來也想參加，但被賴文雄拒絕了。賴文雄緊挨著章家三人身旁，李志豪手握相機忙個不停。

手捧《聖經》的牧師一陣唸唸有詞後，數個大個子將靈柩抬進墓穴，準備撒土。就在這時，賴文雄突然躍入墓穴，雙手發瘋般地緊抓棺蓋，大聲呼喚：「媛媛，妳不能走，不能，媛媛……」

兩個彪形大漢立即衝上前，把他挾持上來。他嘴裡還是不停地叫喊著：「媛媛，不要扔下我一個人，不要走……」

如此聲嘶力竭的喊聲，非要把死者叫醒不可。直到左右各一人緊緊按著他的手臂，才動彈不得，只好閉上了嘴。眾人看到這一景象，無不嘆息搖頭，有幾個人的眼淚已噙在眼眶裡。

西蒙警長早已走到他面前，拍了拍他的肩膀說：「賴先生，請不要太傷心。要注意自己的身體。」

章太太眼見「女婿」如此眞誠，再也忍不住地呼天搶地起來，嚎啕大哭聲又增添了幾分悲涼。頓時，好多人都情不自禁地流下了淚水。

牧師看了看賴文雄，一字一句地說：「章小姐是幸福的，她帶著你崇高的愛，去天國等待你，請賴先生節哀順變……」

話畢，數人揮鏟加土。不一會兒，墓穴塡滿了泥土。接著，衆人紛紛對著墓碑鞠躬致哀。此時此刻，北風勁吹，天空飄下鵝毛般的大雪，也許老天爺也在爲紅顏早逝鳴不平。章太太早已哭得像個淚人，不斷叫喊女兒的名字，扶著媽媽的章嗚嗚也抑止不住淚水，滾滾流下，老章咬緊牙關強忍著眼淚。賴文雄邊流著淚邊說著囈語，好像是說給章媛媛一個人聽的。神態悲傷的大衛致哀後緊握賴文雄的手，說了幾句安慰的話，馬上又和老章握手道別。

人群逐漸離去，墓地變得越來越空蕩蕩。賈峰走過來握住賴文雄的手，老章也走上前握住他倆的手，西蒙警長馬上衝上來，伸出雙手包住他們的手。八隻男人的大手緊緊合在一起，一切盡在不言中。知道這其中三味的，只有李志豪手中的相機。

前市議員阿維德握著老章的手，久久不肯放下，呑呑吐吐地說：「您女兒眞是個了不起的人……」

離開墓地前，地上早已是白茫茫的一片，天上的雪花越來越大。賴文雄走在兩位老人中間，一手握著老章，另一隻手挽著章太太。章嗚嗚、賈峰、吳小嫻緊隨在後。

賴文雄再一次凝視墓碑，自言自語說：「媛媛，下個星期，我就會搬過來住的，我來陪妳。」

「文雄，眞是難爲你了。」老章說。

章太太輕輕地對賴文雄說：「你自己也要注意身體啊，還要趕畢業論文。」

剛向大門停車場走了十多公尺，賴文雄突然看到一隻狗，從遠處飛奔過來，在雪地上留下了一串串足印。

「爸、媽，這就是歡歡！眞的，我認得牠！灰狗。」賴文雄指著跳躍的狗，不由自主地尖叫起來。

雪越下越大，灰狗在他們面前轉了一圈，然後又溜走了。他們下意識地回過頭去看個究竟，只見那隻灰狗逕直跑到章媛媛的墓前停留不動。寒冷空曠的大地上，突然傳來歡歡不停的嚎叫聲……

〈附錄一〉不可缺少的鮮花——加籍華人青年作家孫博訪談

朱紅（《文學報》記者）

問：聽說你現任加拿大中國筆會理事、多倫多華人作家協會會員。在網上你還有筆名南方、郁榕等，請你談談你的過去及現在的文學創作情況。

答：我一九六二年生於上海，畢業於上海師大中文系、心理學碩士班，曾任大學講師、編輯。一九九〇年移居加拿大，曾任滑鐵盧大學心理學系訪問學者。已在海內外發表各類文學作品如紀實文學集《楓葉國裡建家園》（台灣水牛出版社）、散文集《您好！多倫多》（台灣水牛出版社）、長篇小說《男人三十》（男人三部曲之一）、長篇小說《茶花淚——一個跨國風塵女的心靈跋涉》等三百萬字。

問：《茶花淚》這部小說描寫了上海麗人章媛媛在東京、多倫多不幸走上賣笑生涯，後來巧遇台灣留學生賴文雄脫離苦海，兩人展開了一場可歌可泣的愛情，但最終未敵愛滋病折磨、黑幫殘害，魂斷尼加拉瀑布。小說到底要告訴讀者什麼？

答：小說主要刻劃了女主角章媛媛三十年的心靈成長史，探究另類女性走上不歸路的生理、心理、文化、社會因素，冀望引起讀者對人性的探索、對婦女的關懷，以及對移民潮的反思。

問：《茶花淚》題材從何而來？爲何採用章媛媛自傳體小說寫法？小說中有你自己的影子嗎？

答：這不是一部紀實作品，而是一部小說。是小說就允許虛構，這是一個作家的基本功。說得白一點，寫小說就是衡量一個作家講故事的能力。而那些靠玩技巧的文體實驗除外，這也不是我追求的目標。

當然，長期擔任中文日報的新聞編輯，使我間接得到不少第一手資料。本人也曾擔任過一份大型週刊的特約記者，採訪了無數三教九流的人，對我目下的創作幫助很大。我曾付錢給街頭女郎，爲的就是跟她們攀談幾句，拿到第一手的資料；也曾深入到按摩院採訪，和另類女性交談；也和脫衣舞孃作過數次交談……可以說，女主角章媛媛是五、六個不幸少女的綜合體，每一個階段的章媛媛，幾乎都能找到原型，所以「章媛媛」是這類女性的代名詞。

當初構思時，不想以單純的愛情小說模式來寫，最終採用了偵探推理、異國情愛於一爐的寫作手法，注重整部書的故事性，以遊客發現尼加拉河上無名女屍爲開篇，警方在謀財害命、殺人滅口、誤殺情殺等多種可能下展開偵破，從多名嫌疑犯口供中自然道出女主角的辛酸史，直到全書結尾才揭開死因之謎。

到目前爲止，我尚未寫過自傳體小說，留待日後再寫吧。硬要說影子，《多倫多週刊》的記者賈

峰似乎和我有些相似，因爲大家都是做新聞工作。事實上，這個人物在我上一部長篇小說《男人三十》中已出現過。挑自己熟悉的生活來寫，是最駕輕就熟的。本書中花了不少篇幅，刊登了章媛媛自傳體小說，是爲了讓人有一種親切感，更易表達她的內心感受。國內總是有一群人懷著好奇心理，閱讀異域風情的小說。移民文學、留學生文學已成爲中國文壇不可缺少的一枝鮮花。

問：聽說你的小說先在網上首發，爲什麼？下一部作品是什麼？還會在網絡上首發嗎？

答：網上發表速度快，也可以聽到反饋意見。對於我來講，也是一種嚐試，按照以往作家的經驗，網絡首發並不會影響紙版書的銷量，反而還會起到促進作用，像「痞子蔡」的《第一次親密接觸》、台灣朱少麟的《傷心咖啡店之歌》。事實上，網絡有一種巨大的宣傳作用。

目前我正在整理一部短篇小說集《叛逆的玫瑰》、散文集《赤裸楓情》。如果談長篇小說，下半年應該完成二十五萬字的《回家的上海男人》(男人三部曲之二)，也會在網絡上首發，似乎已上癮了。寫作就是回故鄉，尤其是互聯網時代，數秒鐘內就可以回到家鄉。

——原載《文學報》二〇〇一年五月二十四日

〈附錄二〉

《茶花淚》的警世意義

陸達（資深新聞從業員）

旅加青年作家孫博最近出版的長篇小說《茶花淚——一個跨國風塵女的心靈跋涉》，塑造了一個悲劇女性章媛媛，具有相當的社會現實意義和警世意義。章媛媛出身於上海的高級知識份子家庭，任職醫院護士，在九〇年代的出國潮中東渡日本。她先成爲餐館老板包養的情婦，繼而以結婚依親的幌子轉赴加拿大多倫多，經商被騙失敗後淪爲脫衣舞孃和妓女，其間雖有情投意合的熱戀，然而不見容於冷酷的現實世界，最終以自沉於尼加拉瀑布了結青春生命。

對章媛媛這樣一個悲劇人物，相信這些年在海外生活過，特別是在日本和北美的華人社區謀生的留學生和新移民，應該或多或少地接觸過，都不會感到陌生的。年輕人藉留學爲名謀生成功的故事固然不少，歷經坎坷營營役役的相信就更多了，當然類似章媛媛這樣極端悲慘的例子應該也是極個別的。

嚮往經濟發達國家和地區，到那裡尋求個人發展，這是人之常情。在中國沿海地區，出國謀生自有悠久傳統，人們尋求合法、半合法甚至非法的手段遠走高飛。在二十世紀八〇年代末九〇年代初，沿海大城市出國潮幾達登峰造極的程度，已由原先留學依親為主演變成全民出國。記得當時在上海，人們常常可聽到「幾時走」或「還沒走」這類問候語，大有大軍過江，兵臨城下之勢。北美、歐洲、日本、澳洲相繼成為一時之選，連地中海蕞爾小國都有人叩門。章媛媛就是在這樣的大背景下，因著個人戀愛失敗，抱著賭氣的心態，尾隨潮流東渡日本，開始了異鄉漂泊放逐的歷程。

以往不少同類作品在處理女性墜入風塵原因時，往往是將其歸咎於家境貧寒或家道中落，缺乏教育。但是孫博這次一反常理，其筆下的章媛媛是家境優渥、教育程度良好的都市新女性，人品也非惡俗之流，最終都栽倒在出國謀生的路途上。可見，作者在揭示人性中普遍存在的弱點上，在刻劃女主角於異鄉掙扎過程中身不由己的無奈與無助上，皆具有相當獨到的視角。

章媛媛的悲劇，不禁使人聯想到曹禺筆下的陳白露。陳白露儘管淪為交際花，但是她當時投身社會的初衷是擺脫封建桎梏，追求婦女解放，其進步意義在當時社會是不言而喻的。陳白露在追求個人解放過程中遭遇挫折，為求生存而不幸淪落風塵，但是她走到這一步完全是社會所迫，對她的際遇，人們大都會寄予同情和理解，特別是她嚮往光明，嚮往未來的態度，給人們留下了深刻的印象。

然而反觀章媛媛。她生活在現代社會，婦女早已撐起半邊天，特別是她生活的階層，女性解放與權力早已成為日常生活題中應有之義。無論在出國前，還是在出國後，章媛媛都有多次機會可以做出

抉擇，可惜她出於虛榮，出於自負，出於無顏見江東父老的可憐自尊，一次次地與機會失之交臂，及至走向深淵而一發不可收拾。從這一點而言，章媛媛遠遠不及陳白露，她從婦女解放的道路倒退了幾十年，拱手放棄了陳白露那個年代知識女性苦苦追求的理想，心甘情願地退回到依附男性、從屬男性的地位。掩卷之際，讀者恐怕不禁會對章媛媛的選擇感到惋惜。

——原載《新民晚報》二〇〇一年五月十三日

茶花淚——個跨國風塵女的心靈跋涉

作　　者／孫　博
出 版 者／生智文化事業有限公司
發 行 人／林新倫
登 記 證／局版北市業字第677號
地　　址／台北市新生南路三段88號5樓之6
電　　話／(02)2366-0309　2366-0313
傳　　真／(02)2366-0310
網　　址／http://www.ycrc.com.tw
E-mail／tn605541@ms6.tisnet.net.tw
郵撥帳號／14534976　揚智文化事業股份有限公司
印　　刷／鼎易印刷事業股份有限公司
法律顧問／北辰著作權事務所　蕭雄淋律師
ISBN／957-818-380-1
初版一刷／2002年6月
定　　價／300元

總 經 銷／揚智文化事業股份有限公司
地　　址／台北市新生南路三段88號5樓之6
電　　話／(02)2366-0309　2366-0313
傳　　真／(02)2366-0310

國家圖書館出版品預行編目資料

茶花淚：一個跨國風塵女的心靈跋涉／孫博著.--初版.--臺北市：生智，2002〔民91〕

面： 公分.

ISBN 957-818-380-1（平裝）

857.7 91003184